EDI GRAF

# Wolfssonne

**DER MOND IST DIE SONNE DER WÖLFE** Sternklare Mondnacht im Schwarzwald. Zwischen Nebelschwaden treibt im Wildsee der Kadaver eines Wolfs, im Totholz des Hochmoors liegt die Leiche eines Mannes. Warum musste der Wolfsberater sterben, kurz nachdem er das unheimliche Heulen des Wolfs gehört hatte? Die Tübinger Journalistin Linda Roloff macht sich auf die Suche nach dem Wolfshasser und Mörder. Mit Hilfe des in Namibia lebenden Safariführers Alan Scott erkennt sie, dass der Tod des Wolfs nur eine heimtückische Falle war. Als ihre Tochter Sarah spurlos verschwindet, wird Linda mit einem dunklen Kapitel ihrer Vergangenheit konfrontiert. Der Mann, der ihr damals Rache schwor, ist in ihr Leben zurückgekehrt, um es zu zerstören. Wird Linda enden, wie jene unglückselige Schwarzwälder Spinnerin, die man vor über 500 Jahren tot unter dem Schnapprad einer Wolfsfalle fand? Oder kann sie ein Armband mit der mystischen Inschrift »Der Mond ist die Sonne der Wölfe« vor dem sicheren Tod in der Wolfsgrube bewahren?

*Edi Graf, geboren in Friedrichshafen, studierte Literaturwissenschaft in Tübingen und arbeitet als Moderator und Redakteur bei einem Sender der ARD. Zuhause ist er in Rottenburg am Neckar. Seit über 30 Jahren bereist der Autor den afrikanischen Kontinent und lässt neben seinen Protagonisten, der Journalistin Linda Roloff und ihrer Fernliebschaft, dem Safariführer Alan Scott, die gemeinsam zwischen Schwarzwald, Neckar und Afrika ermitteln, auch Tierwelt und Natur tragende Rollen zukommen. Er greift aktuelle und bewegende Themen auf und liefert dazu detailliert recherchierte Hintergründe, die er geschickt in den Plot integriert. Durch authentisch beschriebene reale Handlungsorte haucht er seinen Krimis Echtheit und Leben ein.*

EDI GRAF

# Wolfssonne

KRIMINALROMAN

GMEINER

Handlung und Personen sind – bis auf die im Vorwort genannte – frei erfunden. Das Sternehotel Berlins KroneLamm in Zavelstein, Wanderheim, Theurerhof, Wildsee, Spinnerinnenkreuz und eine Wolfsgrube in Neubulach existieren real, ebenso das Armband mit dem Aufdruck »Der Mond ist die Sonne der Wölfe«. Wintersbach, Ojumamuya und Renosterskloof hingegen sind erfunden.




Im Ehnried 5, 88605 Meßkirch
Telefon 07575/2095-0
info@gmeiner-verlag.de

1. Auflage 2022

Lektorat: Claudia Senghaas, Kirchardt
Herstellung: Mirjam Hecht
Umschlaggestaltung: U.O.R.G. Lutz Eberle, Stuttgart
unter Verwendung eines Fotos von: © florian schmetz / unsplash
Druck: GGP Media GmbH, Pößneck
Printed in Germany
ISBN 978-3-8392-0213-5

*»Wölfe wären echte Gewinner der Evolution. Wenn es nur den Menschen nicht gäbe.«*

Andreas Beerlage, Wolfsfährten.
Alles über die Rückkehr der grauen Jäger.

# VORWORT

Die Geschichte des Wolfs geht weiter.

Er hat seine Fährten im Schwarzwald hinterlassen und somit ziehen sich seine Spuren auch durch diesen Kriminalroman, der sich an die Ereignisse aus *Wolfsgebiet* anschließt. Der Fall in *Wolfsgebiet* ist zwar abgeschlossen, der Mörder überführt, aber es sind Fragen offengeblieben, nicht zuletzt, was den Wolf angeht.

Den echten Wolf habe ich inzwischen »kennengelernt«, auf einem »Fahndungsfoto«, das ich vom »echten« Leiter des Kriminalkommissariats überreicht bekam. Tatsächlich durfte ich, nach der Premierenlesung von *Wolfsgebiet* im *Wolf- und Bärenpark Bad Rippoldsau-Schapbach* und der Tatortlesung auf der *WildLine* in Bad Wildbad, den Roman *Wolfsgebiet* auch den »echten« Ermittlern vorstellen, bei der Weihnachtsfeier der Kriminalpolizeidirektion Calw.

Ich habe mir als Autor abermals erlaubt, die Geschichte im realen Wolfsgebiet im Nördlichen Schwarzwald spielen zu lassen. Der Wildsee auf dem Kaltenbronn, das Enztal, das Wolftal, die Heuhüttentäler entlang der Murg, das Wanderheim und das *Spinnerinnenkreuz* in Bad Teinach-Zavelstein, sowie der *Theurerhof* in Speßhardt gehören dazu. Als Vorbild für den fiktiven Schauplatz des Showdowns habe ich die Wolfsgrube am *Premiumweg und Genießerpfad Wolfsgrube Neubulach* gewählt. Den Ort *Winters-*

*bach* hingegen wird man auf der Schwarzwaldlandkarte vergebens suchen.

Ich danke an dieser Stelle Rolf Berlin vom Hotel *Berlins KroneLamm* in Zavelstein, der als einzige reale Person in der Handlung mitspielt und mir zahlreiche Geschichten über den Wolf und die Spinnerin erzählt hat. Danke der Leiterin der Kriminalpolizeidirektion Calw, Sandra Zarges, für die umfassende und ausführliche Recherchehilfe zum aktuellen Roman. Ich danke meiner jahrelangen Lektorin Claudia Senghaas für ihre Unterstützung, auch bei der Covergestaltung und Titelfindung, und besonders meiner Privatlektorin und Co-Autorin des Romans *Maultaschen in Love*, Veronika Wieland, für ihr unermüdliches und großes Engagement, ihre Ideen und ihr Gespür für Feinheiten im Manuskript. Bei den Recherchen war mir dabei vor allem das Buch *Wolfsfährten* von Andreas Beerlage eine wertvolle Quelle. Dazu danke ich aber vor allem auch meinen treuen Lesern, die *Wolfsgebiet* innerhalb eines Jahres vier Auflagen beschert haben, was mir bei der Fortsetzung der Geschichte ein großer Ansporn war.

*Wolfssonne* ist ein Roman, der inhaltlich auch meinen ersten Linda-Roloff-Krimi *Nashornfieber* aufgreift und meine journalistische Ermittlerin mit dem düstersten Kapitel ihrer Vergangenheit konfrontiert.

Ich habe mich entschieden, auch wieder eine Wölfin mitspielen zu lassen, nicht zuletzt, weil sie im inzwischen erschienenen Hörbuch mit Autorenlesung zu *Wolfsgebiet* durch die Darstellung der Schauspielerin Irina Blaul eine wunderbare »Stimme« bekommen hat.

Das Hörbuch ist als digitale Ausgabe über *Bookwire* im Download und Streaming erhältlich, eine Ausgabe mit 6 CDs gibt es bei *Edi Graf & Veronika Wieland GbR* unter info@edigraf.de.

Und nun viel Freude meinen geschätzten Lesern auf einer Reise in das Wolfsgebiet im Schwarzwald, wo seit alten Zeiten der erste Vollmond des Jahres als *Wolfsmond* gilt. Und gemäß dem überaus magischen Spruch »Der Mond ist die Sonne der Wölfe« gelangte der Mond zum mystischen Namen »Wolfssonne«.

Edi Graf, 21. Juni 2021

# PROLOG

**Dienstag, 8. Februar 2005**

Mord.

Dieses eine Wort ragte wie ein Mahnmal aus dem Urteil, das der vorsitzende Richter im voll besetzten Saal des Tübinger Landgerichts mit der Formel »Im Namen des Volkes …« eingeleitet hatte: »Lebenslang, wegen Entführung einer Minderjährigen und schwerer Vergewaltigung in Tateinheit mit Mord.«

Der Mann auf der Anklagebank des Schwurgerichtssaals nahm das Urteil ohne sichtbare Regung entgegen. Dem 32-jährigen Kahlrasierten aus Tübingen war von der Staatsanwaltschaft vorgeworfen worden, eine 22-jährige Studentin vergewaltigt und ermordet und, um diese Tat zu vertuschen und eine Zeugin zu erpressen, die fünfjährige Tochter der Zeugin entführt und in einer Weinberghütte gefangen gehalten zu haben.

ER hatte sämtliche Taten vor Gericht bestritten, doch die vorgelegten Indizien, Zeugenaussagen und Beweise, die vor allem die Mutter der von ihm entführten Tochter und zeitgleich seine damalige Lebensgefährtin, gegen ihn vorbrachte, reichten der Schwurgerichtskammer am Tübinger Landgericht vollkommen aus, um ihr Urteil zu fällen. Der Richter sprach den Angeklagten in allen Fällen schuldig. Mit dem Strafmaß folgte er dem Antrag der Staatsanwaltschaft.

Die Journalistin Linda Roloff war wegen ihrer Zeugenaussage in diesem Prozess nicht offiziell als Gerichtsreporterin im Schwurgerichtssaal, doch sie hatte sich aufgrund ihrer persönlichen Betroffenheit für die Urteilsverkündung akkreditieren lassen.

Dass ER hier saß und jetzt für 15 Jahre in den Knast wanderte, hatte ER ihrer Aussage zu verdanken.

Und das wusste ER.

Als der Angeklagte nach Prozessende in Handschellen aus dem Saal geführt wurde, drehte ER sich zu ihr um und fauchte:

»Das zahl ich dir heim! Genieß die Zeit ab heute. Wenn ich raus bin, mache ich dir dein Leben zur Hölle! Dir und allen, die dir lieb und teuer sind! Das schwöre ich dir!«

Als Linda Roloff das Gerichtsgebäude verließ, klang seine Drohung in ihr nach, und dieses eine Wort aus dem Urteil ging ihr nicht mehr aus dem Sinn.

Mord.

*

**15 Jahre später**

*Der junge Rüde trägt den Duft der Fähe in seiner Nase und ist ihrer Spur seit Wochen gefolgt. Doch er ist unsicher. Seit Tagen hat er die Wölfin nicht mehr gewittert und in den Nächten keine Antwort auf sein Heulen bekommen. Stundenlang hat er vor der Höhle, zu der ihre Spuren immer wieder geführt haben, im Schnee gekauert und gewartet.*

*Als der Mond, rund wie die Sonne, in der Nacht aufgeht, und von einer Kraft, die seine Helligkeit im Schnee silberglänzend reflektiert und den Waldboden auf der kleinen Lichtung zum Leuchten bringt, bemerkt der Rüde in ihrer Fährte den Grund für seine Unsicherheit und weiß mit einem Mal, was ihn stört. Es ist die Richtung, in die sie zuletzt ging. Ihre letzte Spur führt aus der Höhle, und sie kam nicht mehr zurück. Jetzt weiß er auch, weshalb das Fiepen der Nestwölfe verstummt ist.*

*Er hat sie nie zu Gesicht bekommen, weder die Fähe noch ihre Jungen. Da er jedoch nie einen anderen Rüden gewittert hat, ist ihm sein Ziel, ein eigenes Rudel zu gründen, noch nie so nah erschienen wie jetzt und hier, unter den hoch aufragenden Fichten, deren Äste den Wald wie schützende Flügel beschirmen. Zwischen den Bäumen unten im Tal gurgelt das Wasser des schmalen Flusses, an dessen Ufer er den Duft der Schafe wahrgenommen hat, und weiter oben, in einer einsamen Waldschneise, hat er das Meckern von Ziegen und den Ruf des Esels gehört.*

*Das Revier gefällt ihm. Es gibt Wasser, um den Durst zu stillen, dichten Wald, um sich zu verstecken, und weite Wiesen, um die Beute zu hetzen und zu jagen. Und es gibt Wild. Auf seinem langen Weg in das Gebiet mit seinen flachen, kahlen Bergkuppen, den engen Tälern und steilen Hängen hat er sich fast nur von Mäusen und Aas ernährt. Vor zwei Tagen hat er einen Hasen gerissen, ein Reh ist ihm knapp entkommen, der junge Bock war zu wehrhaft gewesen und er zu unerfahren. Und allein. Ihm fehlt das Rudel für die erfolgreiche Jagd. Und ihm fehlt die Gefährtin.*

*Der Wolf wittert die Schafe, und er muss jagen. Es ist der uralte Instinkt seiner Art, und er wird erfolgreich sein und seinen neuen Lebensraum erobern. Doch die Schafe sind von einem hohen Zaun umgeben und werden von einem alten Hund bewacht. Das leise Ticken, das in seinen Ohren schmerzt, verrät ihm Gefahr. Er wird es nicht wagen. Nicht allein. Mit ihr würde es ihm gelingen. Doch sein Instinkt sagt ihm, dass sie nicht mehr lebt. Und er ahnt, dass einer seiner größten Feinde, der das Revier durchkreuzt, ihren Tod verursacht hat.*

*Der Rüde ist entschlossen zu bleiben. Dieser Wald ist ein altes Wolfsrevier, das er für seine Art zurückerobern wird. Er hat seinen Platz hier in diesem Wald.*

*In jener Nacht klingt sein Heulen unablässig zum klaren Nachthimmel hinauf, wo sich die Sterne aus der Finsternis über den Wipfeln der hoch aufragenden Fichten zu einsamem Funkeln versammelt haben. Und wie ihr Herrscher hat in einem matten, aber dennoch strahlenden, hellen Gelb der Mond in der Düsternis der Nacht den Platz der Sonne eingenommen.*

*Der einsame Wolf hat sein Revier gefunden. Er überstreckt seinen Kopf, reckt dabei den Hals nach vorn und das Kinn in die Höhe und stößt jenes Heulen aus, durch das sich seine Art seit Generationen verständigt und mit dem er eine Fähe anlocken will.*

*Jetzt, in der Nacht, ist der Mond seine Sonne …*

*

Es ist die dritte Nacht, die er geduckt in seinem Versteck zwischen den Totholzstämmen ausharrt. Seine Silhouette verschmilzt mit den Bäumen, hinter denen er im Anschlag lauert. Der Mann spürt seine Erregung, denn das Heulen war noch nie so nah. Sein Plan ist so einfach wie genial, und der Grund für diese Jagd so alt wie die Menschheit: Rache. Und er wird sie auskosten, ab dem Moment, wo der Schuss gefallen ist. Der Riemen der Repetierbüchse hängt lose über seine Knie, die Mündung der *Kimber Caprivi* ragt in Richtung seines Ziels. Der Vorderschaft ruht in seiner linken Hand, die rechte hält den Pistolengriff und ertastet die Gravur, die dort auf einer

Silberplatine angebracht ist. Er weiß, dass es ein Mähnenlöwe ist, der dort, mit dem Monogramm des Besitzers und von arabesken Motiven umrahmt, das Pistolengriffkäppchen ziert. Sein Zeigefinger tastet die sanfte Rundung des Abzugs entlang, und er spürt eine leichte Nervosität. Das Heulen ist nah. So nah, dass er heute vielleicht zum Schuss kommt.

Er hat noch nie mit einer Kimber Caprivi geschossen, doch die Repetierbüchse hat alles, was er für den Erfolg seines Plans braucht. Es gibt ganz sicher nicht sehr viele dieser schweren Großwildwaffen hier in der Gegend, eine Handvoll vielleicht, und die Ermittler werden sehr schnell auf die Spuren stoßen, die zu ihrem Besitzer führen. Die Verwirrung wird perfekt sein. Er lacht leise in sich hinein, als das Heulen erneut an seine Ohren dringt. Näher als zuvor.

Die runde Scheibe des Mondes spiegelt sich nur ganz leicht verschwommen in der fast glatten Wasseroberfläche, ehe sie sich wieder hinter einer Wolke versteckt. Niemand ist um diese Zeit hier oben am Rand des Kolks, dieser tümpelgroßen, wassergefüllten Vertiefung namens Wildsee unterwegs, kein Mensch traut sich mehr nachts allein in den Wald, seit das Revier zwischen Großer Enz und Wildseemoor, vom Dürreychbach im Norden bis zum Hirschbach im Süden, Wolfsgebiet geworden ist. Am Schwarzwässerle hat er seine Spuren zuletzt entdeckt und ist ihnen bis zum Hochmoor gefolgt.

In den torfigen Stellen zwischen Moosen und Wollgras haben sie sich tief in den schwarzen Boden eingegraben und sind unschwer zu identifizieren gewesen. Länglich und oval, niemals rund. Vier Krallen. Neun Zentimeter. Zwei übereinander und wieder zwei übereinander, Hinterpfote im Abdruck der Vorderpfote. Geradeaus schnürend, wie an einem Lineal ausgerichtet. Der kürzeste Weg, energiesparend, eine Wolfsfährte, eindeutig.

Düster ragt der Hochwald aus Tannen, Fichten und wenigen knorrigen Kiefern aus dem Moor am Rand des Kolks in den Himmel, nur die weißen Stämmchen der meist in kleinen Gruppen direkt am Ufer wachsenden Moorbirken leuchten hell. Seine Augen suchen nach einer Bewegung zwischen den niederen Latschenkiefern und Preiselbeersträuchern, doch nur das Wollgras wird von einem sanften Windhauch gestreichelt. Die Ruhe ist fast unheimlich, nur ganz selten dringt ein Glucksen aus dem See an seine Ohren. Er weiß, dass in dem sauren Wasser weder Fische noch Lurche leben, nur ein paar Stockenten sind hin und wieder zu entdecken. Und doch lebt das Moor, schwirren an wärmeren Tagen Libellen über das Wasser, und in den lauen Sommernächten zirpen Gebirgsschrecken zwischen Seggen und Totholz. Grasfrösche und Erdkröten laichen in den kleinen, weniger sauren Tümpeln, Waldeidechsen sonnen sich auf den Steinen und Wurzeln in den trockenen Heideflächen und sind bevorzugte Beute für die hier oben meist schwarz gefärbten Kreuzottern. »Höllenotter« nennen sie die Einheimischen. Jetzt, in der Nacht, ruhen sie in ihren Höhlenverstecken, doch sobald am Morgen die Frühlingssonne das Holz und die Steine erwärmt, kommen sie heraus und tanken Energie. Sie brauchen die Strahlenkraft, um ihre wechselwarmen Körper aufzuheizen und erfolgreich auf die Jagd gehen zu können.

Erfolgreich auf die Jagd, denkt er. Dem Wolf reicht hierzu das Licht des Mondes. Und ER ist ihm auf den Fersen. Das erneute Heulen reißt ihn aus seinen Gedanken. Der Wolf muss unmittelbar vor ihm sein. In Schussentfernung! Irgendwo dort, im Totholz.

Er versucht, mit seinen Augen die Dunkelheit zu durchdringen und zwischen Hochmoor und Wald eine Bewegung auszumachen, entspannt gleichzeitig so geräuschlos wie möglich die Kimber Caprivi, indem er mit dem Daumen den Hebel der Schlagfeder umlegt. Das leise Knacken, das dabei entsteht, klingt in seinen Ohren wie eine Explosion in der Stille der Nacht. Er schreckt hoch, als er vom Kolk her einen nasalen Schrei und ein Klatschen auf der Wasseroberfläche vernimmt, und weiß im selben Augenblick, dass es nicht das Geräusch der Schlagfeder ist, das die Ente aufgeschreckt hat.

Er späht in die Richtung und meint, in den Spitzen der Grauseggen den Hauch einer Schwingung der Halme auszumachen. Der Mond schiebt sich in diesem Moment hinter einer Wolke hervor, und dann entdeckt er den schemenhaften Umriss auf dem schmalen Pfad zwischen den krummen Latschenkiefern. Hochbeinig und schlank die Gestalt, die buschige Rute hängt unbewegt nach unten, das Fell verschmilzt mit den nachtgrauen Farben seiner Umgebung, nur die kurzen Ohren heben sich gegen den Schimmer ab, den der Mond aus seinem Versteck in den Nachthimmel sendet. Nur für einen Sekundenbruchteil registriert er das gelbe Leuchten der Augen, setzt die Kimber Caprivi an, stellt den Leuchtpunkt des Zielfernrohrs genau auf die Mitte dazwischen, als das Leuchten auch schon wieder verlischt, und drückt ab.

Der Schuss zerreißt die Stille der Moornacht. Der Jäger sichert durch erneutes Betätigen des Handspanners die Repetierbüchse und starrt auf den leblosen Körper des Wolfs. Ein Grinsen umspielt seine Lippen, als er an seinen Plan denkt.

Der tote Wolf ist erst der Anfang …

# TEIL 1
# WOLFSMOND

Das Heulen war nah.

Zu nah vielleicht. Er lauschte gebannt in die Nacht. Seit über 150 Jahren hatte man diese Stimme in den Tälern des Schwarzwalds nicht mehr gehört. Jetzt war hier wieder Wolfsgebiet. Der Jäger war zurückgekehrt. Ein Spruch kam ihm in den Sinn, ein Spruch, den er auf einem Armband am Handgelenk einer Frau gelesen hatte. Und während erneut das unheimliche Heulen durch die Einsamkeit der sternenklaren Waldnacht drang, ließ ihn dieser Spruch nicht mehr los. »Der Mond ist die Sonne der Wölfe …«

Ja, dachte er, da ist was Wahres dran. Die Sonne, die am Tag für Licht und Wärme sorgte, bekam die Stimme des nächtlichen Jägers wohl eher nicht zu hören. Die »Wolfssonne« war der Mond.

Martin Jaschke schreckte hoch, als er den Knall hörte. Der Biologe war der Spur des Wolfs gefolgt, seit er sie bei der verlassenen Höhle zum ersten Mal entdeckt hatte. Sie hatte sich vom Enztal den Hang hinauf Richtung Sprollenhaus gezogen, und er hatte sie am Kegelbach, der bei der Sprollenmühle in die Große Enz mündete, wieder verloren. Dort, unweit der Straße, die über den Kaltenbronn hinunter ins Murgtal und weiter bis Baden-Baden führte, lag die Höhle, in deren engen

Spalt er sich gequetscht hatte, nachdem er minutenlang vergeblich auf Geräusche, Fiepen und Winseln gelauscht hatte.

Der Strahl seiner LED-Lampe war dem niedrigen Gang gefolgt, in dem er sich auf allen vieren vorangetastet hatte. Der strenge Geruch hatte ihm gesagt, dass er auf dem richtigen Weg gewesen war, doch als der Lampenstrahl schließlich die kahlen Felswände der Wurfhöhle erfasst hatte und einmal durch das kleine Gewölbe gekreist war, hatte er gewusst, dass er zu spät gekommen war. Die Höhle war leer gewesen. Die Wölfin, deren Los er inzwischen kannte, hatte ihre Jungen noch vor ihren Verfolgern in Sicherheit gebracht, und er hatte keine Chance gehabt, sie noch lebend zu finden. Ohne die Wärme ihrer Mutter und ihre Milch waren sie längst jämmerlich verschmachtet.

Während er noch um die Wölfin und das Schicksal ihrer Jungen trauerte, war er auf die Spuren des anderen Wolfs gestoßen. Als Wolfsberater für die Region Nördlicher Schwarzwald war es seine Pflicht, möglichst viel über diesen Wolf zu erfahren, und so hatte er sich tage- und nächtelang im Wald herumgetrieben, um seine Losung zu finden. Im *Senckenberg Museum für Naturkunde* in Görlitz in der Lausitz würden die Forscher die Kotpaste auswaschen und jeden noch so kleinen Partikel unter dem Mikroskop analysieren. Am Ende der Untersuchung würden sie den Wolf per DNA-Analyse identifizieren.

Martin Jaschke hatte schon lange damit gerechnet, dass der Wolf hier oben im Nordschwarzwald auftauchen würde, das waldige Gebiet mit den rauen Grinden und weiten Hügeln und das im Osten angrenzende Heckengäu waren geeigneter Lebensraum für den Rudeljäger, der sich schon seit Jahren Jagdgebiete in den neuen Bundesländern erobert hatte.

Der Biologe war jetzt seit über zehn Jahren im Wolfsmonitoring beschäftigt und lebte seit zwei Jahren in Nagold. Er verfolgte die Spuren der ersten Wölfe im Schwarzwald und dokumentierte ihr vereinzeltes Erscheinen mit der Erfahrung, die er sich in den vielen Jahren als Wolfsexperte angeeignet hatte. Er hatte die Rudel in seiner sächsischen Heimat beobachtet, Fotofallen, Kotproben und Spuren ausgewertet, tot aufgefundene Tiere untersucht, für das *Kontaktbüro Wölfe in Sachsen* Aufklärungsarbeit betrieben und in Fällen von Nutztierrissen Schadensbegutachtung geleistet und war an einem Wolfsmonitoring beteiligt, das die Existenz von 47 Rudeln, 15 Paaren und vier Einzeltieren für ganz Deutschland ermittelt hatte.

Seit 1866 war der Wolf in Baden-Württemberg ausgerottet gewesen, bis man im Juni 2015 einen Einzelgänger aus einem Schweizer Rudel auf der A5 bei Lahr überfahren hatte. Zwei Jahre später war der nächste Wolf am Bodensee aufgetaucht, und im Sommer hatte man ihn erschossen im Hochschwarzwald aus dem Schluchsee gefischt.

Im April vor zwei Jahren war es dann zu einem Blutbad in einer Schafherde in Nonnenmiß mit 44 toten Tieren gekommen, und Jaschke hatte als Wolfsberater alle Hände voll zu tun gehabt, um die Wogen zu glätten. Später, im Sommer, hatte ein Wolf in Huzenbach bei Baiersbronn zwei weitere Schafe gerissen, und die Region um Bad Wildbad war mit einem Durchmesser von 60 Kilometern als Wolfsgebiet ausgewiesen worden. Weitere Risse hatte es später in Oppenau und im Münstertal gegeben, in Hinterzarten und am Feldberg geriet der Wolf in eine Fotofalle. Nachdem er auch bei Villingen-Schwenningen aufgetaucht war und in Grafenhausen und am Schluchsee genetisch verwertbare Spuren hinterlassen hatte, konnte Jaschke, zusammen mit den Experten der *Forstlichen Versuchs- und Forschungsanstalt*, neben dem sesshaften Rüden im Nordschwarzwald einen zweiten residenten Wolf für den Südschwarzwald bestimmen.

Zwischen 2017 und diesem Frühjahr hatten sich die nachgewiesenen Übergriffe auf Nutztiere in Baden-Württemberg auf 16 Fälle summiert. Für Jaschke stand fest, dass inzwischen mehr als zwei Wölfe dafür verantwortlich waren.

Einer davon, die Fähe, deren Nachwuchs er vergebens gesucht hatte, war vor wenigen Wochen offensichtlich erschossen worden. Linda Roloff, eine findige Journalistin, hatte den Kadaver der Wölfin zwar im Kühlhaus einer Metzgerei entdeckt, doch noch vor Eintreffen der Polizei war der Balg spurlos verschwunden. Eine unheimliche und bis heute nicht aufgeklärte Sache, zumal man die Wölfin auch verdächtigt hatte, für den Tod von zwei Menschen verantwortlich zu sein.

Jetzt hegte Martin Jaschke neue Hoffnung, denn die Fährten des Wolfs hatten ihm gezeigt, dass er das Gebiet hier oben als sein Territorium abgesteckt hatte. Er würde sich als Wolfsberater wappnen müssen, um den Anfeindungen zu begegnen, das hatte er schon erfahren, als er damals den Spuren der Wölfin gefolgt war.

Mit Schaudern dachte er an die Nacht, in der sie ihm mit ihren Schneemobilen aufgelauert hatten. Vier Mann hoch hatten sie ihn überwältigt, gequält und schließlich halbnackt in eisiger Kälte im Schnee zurückgelassen. Er hatte sie erkannt, alle vier, trotz ihrer Maskierungen, aber er hatte von einer Anzeige abgesehen. Hatte sie lieber unter Druck gesetzt, den Wolf in Ruhe zu lassen. Genützt hatte es nichts, der Wolf war getötet worden und der Schütze unentdeckt geblieben. Jaschke wusste, dass ihm der Mann immer noch gefährlich werden konnte, doch das Risiko musste er eingehen.

Von den anderen drei, die ihn damals überfallen hatten, ging hingegen keine Gefahr mehr aus. Einer saß ein, ein anderer lebte inzwischen in Südafrika, und der dritte war ein harmloser Mitläufer. Nur vor einem musste er auf der Hut sein, und genau das ging ihm durch den Kopf, als er jetzt durch das Unterholz brach und, einer bösen Ahnung folgend, auf die Richtung zuhielt, aus der das dumpf krachende Geräusch gekommen war.

Der Biologe war oft genug mit Jägern unterwegs gewesen und erfahren genug, um den Knall sofort als Schuss zu identifizieren. Und es war ihm klar, dass er illegal war. Martin Jaschke selbst war unbewaffnet, trug nur das Nachtsichtgerät und sein Fernglas bei sich, seine Outdoorkleidung war in gedeckten Braun- und Khakitönen gehalten, mit Ausnahme der Wollmütze, die ihm seine Oma liebevoll mit roten und gelben Rentiermustern gestrickt hatte und die er in den kühlen Nächten gerne, über beide Ohren gezogen, trug.

Kein Jäger war um diese Zeit im Wald unterwegs, außerdem befand er sich im Naturschutzgebiet, ja sogar im Bannwald. Als er vor sich die glatte Oberfläche des Wildsees im Schein des Wolfsmonds schimmern sah, blieb er stehen und lauschte.

Gab es da ein Knacken, ein Knistern, ein Brechen von Zweigen? Doch es blieb still. Der Biologe starrte in die Nacht und glaubte, den diffusen Geruch von Schmauch wahrzunehmen. Und plötzlich, zwischen den Totholzstämmen, sah er ihn und nahm gleichzeitig das Aufblitzen der Augen wahr, die gelben Diamanten glichen. Zu seiner Verwunderung verharrte der Wolf jedoch regungslos. Der schief verzerrte Mund irritierte ihn, ebenso die Lefze, die ungewöhnlich weit seitlich aus dem halb geöffneten Maul ragte.

Der Mond schob seine runde Scheibe wieder hinter ein Wolkenfeld und tauchte die Szenerie am Moorsee in ein gespenstisches, düsteres Licht. Die Diamanten hörten auf zu funkeln, wie versteinert schien der Wolf jetzt zu lauern, und irgendetwas behagte dem Biologen an der Gestalt, die er gerade noch schemenhaft erkannte, nicht. War es die steife Haltung? Oder doch die Augen, die jetzt, als das Aufblitzen nicht mehr zu erkennen war, jeden Funken Leben verloren hatten.

Martin Jaschke hatte Mühe, sie in der Düsternis noch zu erkennen. Vorsichtig setzte er das Nachtsichtgerät an, und langsam schälte sich jedes Detail des Raubtiergesichts heraus. Und auf einmal wurde ihm klar, was ihn gestört hatte: Die Augen waren kalt, eine tote Fratze glotzte ihn an. Daher auch die unnatürlich steife Haltung. Der Körper des Wolfs schien mitten im Sprung über den Totholzstamm erstarrt zu sein, die Vorderläufe ragten steif wie kahle Äste nach vorne, der schiefe Unterkiefer ruhte auf der rissigen Rinde des gefallenen Baums. Der Wolf schien in seiner Bewegung ausgebremst und erstarrt zu sein. Auf den ersten Blick schien er nur reglos im Totholz zu stehen, doch dann war es nicht zu übersehen: Der Wolf lebte nicht mehr. Martin Jaschke setzte das Nachtsichtgerät ab und schüttelte ungläubig den Kopf. Sah er Gespenster? Träumte er?

Schon will er sich dem Kadaver nähern, als ihm der seltsame Gegenstand ins Auge fällt, der neben dem Wolf aufragt und sich langsam in seine Richtung senkt. Fast scheint es, als ziele der tote Wolf mit etwas auf ihn. Zu spät erkennt er den Lauf des Gewehrs und das Zielfernrohr. Beides auf seine Stirn gerichtet.

Er wartet darauf, sein Leben in Sekundenbruchteilen an sich vorbeiziehen zu sehen, und aus der Fratze des Wolfs wird das Gesicht seines Mörders. Der Mondschein hat eine Wolkenlücke durchdrungen, und er erkennt seine Züge. Im selben Moment weiß er, dass er keine Gnade zu erwarten hat. Sein Blick ist auf den Kadaver des Wolfs geheftet, dessen Fell im Mondschein silbern glänzt. *Der Mond ist die Sonne der Wölfe*, denkt er noch. *Wolfssonne* ist sein letzter Gedanke. Er wartet auf den Knall des Schusses, doch der Tod ist schneller.

Martin Jaschke hört nicht einmal mehr die durch das Abfeuern der Kugel erzeugte Schallwelle.

*

Die Sonne schob sich mit wärmender Kraft über die Baumwipfel östlich des Hochmoors und ließ die wabernden Bodennebel über dem Kolk in einem sanften, hellen Licht schweben. Immer mehr schafften es ihre Strahlen jetzt, den Nebel zurückzudrängen und die Luft aufzuklaren. Gerd Daxer war in den frühen Morgenstunden allein Richtung Wildsee unterwegs, er hatte den Brettersteg verlassen und war auf den Bohlenweg aus alten Eisenbahnschwellen eingebogen, sein Laufen war gleichmäßig, und er liebte es, jetzt im Frühjahr wieder in der morgendlichen Einsamkeit des Schwarzwalds zu joggen. Er bevorzugte die ebenen, gleichmäßigen Flächen der Planken, auf denen man keinem Stein und keiner Pfütze ausweichen musste, nicht über Wurzeln stolperte, sich die neuen Laufschuhe nicht verdreckte und trotzdem ungestört im Wald sein Trainingspensum absolvieren konnte. Er konnte nicht ahnen, dass er nicht allein dort oben war.

Die Höllenotter spürte die wärmenden Sonnenstrahlen auf ihrer glänzenden, trockenen Haut, drückte ihren auf dem weichen Untergrund ruhenden schwarzen Körper durch Abspreizen ihrer Rippen platt und legte ihren kantigen Kopf neben die s-förmige Windung auf die leicht aufgeheizte weiche Unterlage, auf der sie ihren ungewöhnlichen Sonnenplatz gewählt hatte. Ihre Augen waren nicht mehr milchig getrübt, wie noch am Tag zuvor, die Blässe ihrer Haut und das stumpfe Grau waren verschwunden. Sie hatte sich frisch gehäutet, eine mühevolle Prozedur, das erste Mal nach der langen Kältestarre. Jetzt glänzten die Schuppen wieder tiefschwarz, wie nach einem warmen Regen, und reflektierten das Licht der Frühlingssonne, und ihr Blick suchte die Umgebung gezielt nach Bewegung ab.

Der Jogger interessierte sich nur wenig für die Natur des Bannwalds und den Artenreichtum des Hochmoors, er genoss lediglich die frische, angenehm feuchte Höhenluft, durch die in der Nähe des Kolks noch einzelne Nebelschwaden waberten, und hatte keinen Blick für die Schönheiten der Umgebung. Er wusste nicht, dass in dem Moorgebiet, das er durchquerte, an die 20 Libellenarten heimisch waren, es seltene Heuschrecken gab und der Bannwald Lebensraum so seltener Vögel wie Auerhahn, Sperlingskauz und Dreizehenspecht war.

Er ahnte nicht, dass an jenem Frühlingsmorgen am Ufer des Wildsees noch eine ganz andere Überraschung auf ihn wartete. Ohne es wahrzunehmen, joggte er an dem fast transparenten Natternhemd vorbei, der abgestreiften letztjährigen Haut der Otter.

Immer wieder schob die Giftschlange ihre anthrazitfarbene gespaltene Zunge aus dem schmalen, nach oben gewölbten Schlitz ihres Oberkiefers und nahm die Gerüche ihrer Umgebung wahr. Seltsam fremd kamen ihr die Duftfragmente vor, die sie von ihrem Untergrund erhielt. Nichts Erdiges, kein Holz, kein Stein hatte diese Intensität. Doch sie genoss das Weiche, Nachgiebige und Warme dieser für sie neuen Umgebung.

Die beiden Zungenspitzen lieferten ihr verschiedene Duftstoffe gleichzeitig, und sie analysierte im selben Moment deren Entfernung. Es war Zeit, Beute zu schlagen, und sie wartete auf die verlockenden Düfte einer Spitzmaus in ihrer Nähe, und ihre schlitzförmigen Pupillen suchten nach der verräterischen Zuckung einer unvorsichtigen Waldeidechse im weichen Moos.

Seine Laufschuhe federten weich auf den Holzplanken des Pfads, seine Ohren hatten sich an die Gleichmäßigkeit der matten Trittgeräusche gewöhnt, und er nahm die Schwingung seiner Schritte in seinen Atemrhythmus auf. Tief sog er die hier in 900 Metern Höhe noch angenehm kühle Luft ein und entließ sie nach drei Schritten wieder aus der Lunge. Gerd Daxer hatte über den schneearmen Winter nicht viel trainiert, die Arbeit in der Kanzlei hatte ihn zu sehr beansprucht, ein paar wenige Langlauftouren auf den selten gespurten Loipen waren alles, und so war seine Laufintensität noch im unteren Bereich seiner üblichen Leistungsfähigkeit.

Das gleichmäßige Traben fiel dem Anwalt leicht, und er vermeinte, fast geräuschlos unterwegs zu sein. Wie heftig sich seine Laufschritte jedoch in Vibrationen in den Boden entluden, war ihm nicht bewusst.

Die Schwingungen, die seine Tritte hinterließen und ihm wie Blitze vorauseilten, verrieten der Kreuzotter wenige Meter vor ihm die nähernde Gefahr. Noch war die Kraft der Sonne zu schwach, um ihren wechselwarmen Körper auf volle Leistungsfähigkeit zu bringen, noch entsprach ihre Körpertemperatur der morgendlichen Umgebungstemperatur, und das war der Grund, weshalb sie an jenem Morgen nicht vor der unbekannten Gefahr floh, sondern regungslos auf ihrem Platz verharrte.

Während sich Zunge, Nase und die roten Augen auf herannahende Beute konzentriert hatten, ließ sie jetzt diese ganz andere Wahrnehmung in Angriffsstellung übergehen. Ihr inneres Ohr registrierte die heftige Bodenschwingung, die sich ihr mit großer Geschwindigkeit näherte, als möglichen Feind. Die Ottern waren hier oben auf der Hut vor Füchsen und Igeln, ihren einzigen Feinden, doch die kamen lautlos und meist bei Nacht. So laut und unbeholfen bewegten sich nur Wildschweine, die sie sogar in ihren Verstecken witterten und sie in ihren Winterhöhlen ausgruben und in der Starre fraßen.

Gerd Daxer sah die Graspolster des Hochmoors hellbraun im Gegenlicht zwischen den Bäumen schimmern, dazu das junge Grün der Moorbirken und kleinen Latschenkiefern, dann erspähte er die unter dem klaren Himmel tiefblau leuchtende Oberfläche des Wildsees, aus dem wie dunkelgrüne dicke Mikadostäbchen die Halme der Seggen aufragten. Was er dann erblickte, keinen Meter abseits des Pfads, bremste ihn im vollen Lauf aus. Hätte er seinen Blick nur auf den Weg geheftet und sich stur auf seine Schritte konzentriert, hätte er es wohl nicht einmal bemerkt.

Die Höllenotter krümmte ihren Hals nach hinten und richtete die vordere Partie ihres Körpers auf. Zu bedrohlich war die Vibration, zu nah der Feind. Sie hatte ihn jetzt entdeckt, gefährlich groß und mächtig. Ihre Giftzähne im Oberkiefer würden sich aufrichten, um dem Angreifer den tödlichen Biss zu versetzen, doch sie erstarrte in ihrer Attacke, als der Feind plötzlich stehen blieb.

Die Symbiose aus Braun, Grün und Blau – die Naturfarben des Hochmoors am Wildsee – wurde jäh unterbrochen von den leuchtend roten und gelben Hirschen zwischen den Graspolstern. Gerd Daxer hatte es zunächst nur für eine Mütze gehalten, die jemand, vielleicht ein Kind, beim Spaziergang verloren hatte und die neben dem Weg gelandet war. Er erkannte das gestrickte Norwegermuster, und irgendwie kam es ihm in den Sinn, dass es keine Hirsche, sondern Rentiere waren. Doch das spielte in diesem Augenblick nicht die geringste Rolle, denn noch bevor er diesen Gedanken zu Ende gedacht und überhaupt die Mütze näher betrachtet hatte, sah er die Hand.

»Manus mortua« fiel dem Juristen spontan ein, doch er wusste, dass das fleischfarbene Objekt neben der Norwegermütze nichts mit diesem historischen Begriff aus dem Feudalrecht zu tun hatte. Manus mortua war hier ganz einfach die tote Hand eines Menschen, die aus dem Ärmel eines khakifarbenen Anoraks neben einer Wollmütze mit rot-gelbem Rentiermuster ins braune Gras ragte.

Gerd Daxer erstarrte, und sein Blick fixierte die runzlige, fleischige Innenfläche und die unnatürlich gekrümmten Finger, die wie starre Widerhaken in die Luft ragten. Nur der Zeigefinger war ausgestreckt und schien über den Rand der Mütze hinweg Richtung See zu zeigen. Er versuchte, die Farbe der Hand zu definieren, doch es wurde ihm klar, dass es für diese Mischung aus fahlem Grau und schmutzigem Rosa keine Bezeichnung gab. Er starrte auf die Lebenslinie, die sich von der Kante der Handfläche zwischen Zeigefinger und Daumen Richtung Handwurzel zog, bei diesem Toten aber mitten im Ballen aufhörte.

Ende.

Aus.

Tot.

Gerd Daxer versuchte, am unteren Ende der Mütze ein Gesicht zu erkennen, doch die Leiche lag so schräg im Graben, dass der Kopf ihm abgewandt zur Seite gekippt war und schräg mit dem Kinn auf dem Brustkorb ruhte. Auf den ersten Blick hatte er die von ihm abgewandten Gesichtszüge nicht als solche erkennen können. Die Kleidung war der Umgebung in Tarnfarben angepasst, der Nebel hatte sich hier zwar schon zurückgezogen und die Sonne erwärmte den Boden, doch die unförmige Gestalt fiel kaum auf zwischen dem Totholz, das ringsum die Graspolster niederdrückte und an manchen Stellen selbst die Gestalt von unheimlichen Figuren und Formen annahm.

Sah die große Wurzel dort nicht aus wie der Kopf eines Nashorns? Und der geschwungene Ast da drüben – war das nicht eine in ihrer Bewegung erstarrte Python? Und dieser umgestürzte Stamm mit seinen gekrümmten Ästen, schwarz wie Kohle, glich er nicht einer Leiche von Pompeji, konserviert in der Asche des Vesuvs?

Vorsichtig bückte er sich über den Toten, um das Gesicht erkennen zu können. Ein lautes »Sssssssssssss« schreckte ihn hoch, die Schlange katapultierte ihren Kopf mit einem lauten Zischen blitzschnell nach vorne. Der Scheinangriff endete nur wenige Zentimeter vor seinem Gesicht. Er hatte die Schlange überhaupt nicht wahrgenommen! Er fuhr reflexartig zurück, der Schreck hämmerte in seinem Brustkorb, sein Herz raste, und sein Atmen setzte für drei Sekunden aus.

Wie ein rundes Stück Totholz hatte sie mitten auf dem Rumpf des Toten gelegen, eingebettet in den warmen Stoff des Anoraks, der eine natürliche Kuhle für ihren Körper bildete. Jetzt hatte sie sich wieder in einem s-förmigen Kringel zusammengerollt, und ihr leicht nach vorne gestreckter Kopf schaukelte unruhig hin und her. Sie züngelte nervös und schien aufs Äußerste angespannt, ihr nächstes Zustoßen würde ohne Vorwarnung erfolgen, sobald der Gegner ihr noch einmal zu nahekam.

Gerd Daxer richtete sich langsam auf, ging einen Schritt zurück und stampfte laut mit dem Fuß auf die Holzplanken. Irgendwo hatte er einmal gelesen, dass Schlangen vor lauten Tritten flohen, da sie die Schallwellen als Bedrohung wahrnahmen. Er ließ keinen Blick von dem Tier, das wie eine indische Tempelschlange auf dem Körper seiner Gottheit ruhte und den Leichnam zu beschützen schien.

Die Zunge der Höllenotter suchte ununterbrochen nach Duftmarken, die ihr etwas über das Wesen des Feindes verraten konnten. Doch egal, welche Geruchsmoleküle die beiden Zungenspitzen aufnahmen und an das Jakobson-Organ im vorderen Oberkiefer weiterleiteten, es gelang ihr nicht, die Botschaft zu entschlüsseln und einem Feind oder einer Beute zuzuordnen. Nachdem sich die Bedrohung ein Stück weit entfernt hatte, sie aber die Erschütterungen weiterhin in schweren Vibrationen spürte, gehorchte sie ihrem Instinkt und floh.

Das Handy hatte nur schwaches Netz, doch nach zwei Klingeltönen hatte er über die 110 den Leichenfund am Rand des Wildsees gemeldet.

»So schnell wie möglich«, hatte die Person am anderen Ende gesagt, doch er hatte keine Ahnung, wie weit sie überhaupt mit einem Fahrzeug ins Hochmoor gelangen konnten. Zu den Wanderhütten der Umgebung führten Fahrwege, doch hier oben kannte er nur Plankenpfade und schmale Fußwege.

Nachdem die schwarze Schlange plötzlich verschwunden war, bückte er sich noch einmal vorsichtig über die Leiche im Moor und versuchte, etwas mehr zu erkennen. Der Tote trug Outdoorkleidung in Naturfarben, die Beine hingen in den Graben, und er konnte die Schuhe nicht erkennen, der zweite Arm lag unter dem Körper verborgen. Eine Nickelbrille mit runden Gläsern hing seitlich neben dem Hals, und die Ohrläppchen schimmerten neben weißen Haarlocken unter der Norwegermütze hervor. Vergebens suchte er nach der Todesursache, es gab weder Blut auf der Kleidung noch im Gras, kein Einschussloch im Brustkorb, keine Anzeichen eines Kampfs. Er dachte an die Schlange. Schwarz wie die Nacht. Hatte ihm nicht mal jemand erzählt, dass es hier oben Höllenottern gab? Waren sie giftig? Wie lange mochte der Mann schon tot sein?

Kopfschüttelnd sah er hinüber zum Kolk. Was, wenn man ihn hier oben umgebracht hatte und der Täter noch in der Nähe war? Was, wenn er ihn beobachtete? Was, wenn er das nächste Opfer war?

*

Nervös blickte Gerd Daxer zur Uhr. Wie lange mochte es noch dauern, bis die Polizei endlich eintraf? Wie viel Zeit würden sie benötigen? Von Bad Wildbad, unten im Enztal? Oder aus dem Murgtal? Ihm war nicht sehr wohl dabei, hier oben im Bannwald allein bei einer Leiche zu stehen, er spürte die Gänsehaut unter seinen Laufklamotten und das leichte Frösteln, das ihm den Rücken hinaufkroch. Plötzlich hörte er die Geräusche von Tritten auf dem Holz und atmete erleichtert auf. Die Schritte wurden lauter, und er lauschte irritiert, denn sie kamen aus der falschen Richtung. Er hatte die Polizei von Kaltenbronn her erwartet, woher auch er gekommen war. Gab es eine nähere Zufahrt zum Wildseemoor aus Osten?

Die Gestalt tauchte jetzt am einsehbaren Ende des Plankenpfads auf und kam langsam näher. Einer allein? Nein, so ging kein Polizist. Es war ein Wanderer, ein Naturfreund mit umgehängter Fotoausrüstung.

Langsam ging er ihm ein paar Schritte entgegen.

Der andere blieb stehen. Ein Jogger, der nicht joggte, sondern mit seltsamen Gesten auf ihn zukam, erschien ihm ungewöhnlich.

»Guten Morgen«, rief Gerd Daxer, als er sich in Hörweite wähnte. »Ich warte auf die Polizei. Haben Sie jemanden gesehen?« Er zeigte über seine Schulter zurück. »Da hinten liegt einer im Gras. Tot. Ich hab' schon die 110 gerufen.«

»Tot?«, fragte der andere ungläubig. »Eine Leiche?«

Mehr sagte er nicht, kam aber langsam näher.

»Wo?«, fragte er, als er die Hälfte der Entfernung zu Gerd Daxer zurückgelegt hatte, und reckte seinen Hals, um ja nicht über die Leiche zu stolpern.

»Noch ein Stück. Gleich da vorne, rechts vom Weg Richtung See. Kommen Sie!«

Gerd Daxer ging voran, langsam genug, um den anderen aufholen zu lassen.

»Ich bin hier ganz normal entlang gejoggt«, erzählte er, fast froh, mit jemandem darüber sprechen zu können, »da hab' ich ihn gefunden.«

»Ein Mann?«, fragte der andere. »Und wie ist er gestorben?«

Gerd Daxer zuckte die Schultern. »Hm. Keine Ahnung. Man sieht keine Gewalteinwirkung. Zumindest nicht so, wie der daliegt.«

Sie waren jetzt an der Stelle angekommen, wo Daxer seinen Lauf unterbrochen hatte, und er deutete auf die farbige Mütze im Gras.

»Ich wär' fast dran vorbeigelaufen. Wenn ich nicht rüber geschaut hätte, zum See, hätte ich die Mütze wahrscheinlich nicht mal entdeckt. So bin ich stehen geblieben, und dann … naja, Sie sehen es ja selbst.«

Der andere blieb hinter Daxer stehen und folgte mit seinem Blick dem ausgestreckten Arm des Joggers.

»Der sieht wirklich tot aus«, sagte er nur, und: »Liegt wahrscheinlich schon eine ganze Weile da.«

Daxer nickte und betrachtete den Fremden. Er mochte Mitte 50 sein, kurz geschorene Haare lugten unter einer blauen Schlägermütze hervor, sein fast jugendlich wirkendes Gesicht trug Spuren einer schlechten oder gar nicht erfolgten Rasur, seine Lippen waren schmal und rissig, die zu Schlitzen zusammengepressten Augen lagen unter schmalen Brauen, und die inneren Lidwinkel trugen noch die verkrusteten Spuren der vergangenen Nacht. Sein Grinsen war nicht gerade vertrauenerweckend, und Gerd Daxer erinnerte sich später, dass er den Mann von der ersten Minute an als zwielichtig empfunden hatte.

Der Typ trug eine graue Fleecejacke und darüber eine dicke schwarze Daunenweste, dazu Jeans und leichte Wanderschuhe. Die Fototasche hatte er lässig über die Schulter gehängt, die Kamera – eine digitale Spiegelreflex mit einem langen Teleobjektiv – hielt er, an einem Gurt um den Hals fixiert, auslösebereit in der rechten Hand.

»Sie kommen zum Fotografieren her?«, fragte Daxer.

»Ja«, antwortete er. »Kreuzottern. Die sind jetzt am besten zu finden, morgens in der Frühlingssonne.«

»Da hätten Sie mal eine Viertelstunde eher hier sein sollen«, erzählte Daxer. »Da lag eine Schwarze auf der Leiche. Sie hat mich angegriffen, als ich mich runterbeugte.«

»Dann hat sie sich bedroht gefühlt«, meinte der Fotograf knapp, »sonst sind die schneller weg, als Sie denken«, fügte er noch wissend hinzu.

»Ich hätte jedenfalls gerne auf die Schlange verzichtet, wenn ich dafür die Leiche nicht gefunden hätte«, versuchte Daxer, seine Aufregung zu überspielen.

»Eine zu finden, ist schon ein Riesenglück«, bemerkte der andere und schielte zu der Leiche im Gras. »Sie zu fotografieren noch mehr.« Fast schien es, als klänge eine Spur von Neid in seiner Stimme. »Und die saß wo genau?«, fragte er.

»Na hier, mitten auf der Brust, dort, wo die kleine Kuhle im Anorak ist. Die hatte es sich richtig gemütlich gemacht.«

»Warm und weich, das mögen die. Und der Stoff hatte sich mehr aufgewärmt als das vom Nebel durchnässte Gras oder die Holzplanken hier«, sagte der Fotograf und trat demonstrativ auf die Bretter. Dann hob er die Kamera und richtete sie auf den Toten.

»Sie werden jetzt aber die Leiche nicht fotografieren?«, hakte Daxer nach.

Der andere grinste. Wieder dieses Hämische, Zwielichtige, dachte Daxer. Dem möchtest du nicht nachts allein im Wald begegnen …

»Nein, Quatsch!«, entgegnete er. »Aber durchs Tele kann ich mehr erkennen. Ich habe weiter vorne ein Natternhemd gefunden. Vielleicht war sie frisch gehäutet, da braucht sie besonders viel Wärme. Wie groß war sie?«

»Hm. Keine Ahnung. Wir groß wird so eine Kreuzotter?«

Der Fotograf deutete mit beiden Händen einen Abstand von etwas mehr als einem halben Meter an.

»So ungefähr«, sagte er. »Die Weibchen auch mal länger.«

»Und wie unterscheiden sie sich?«

»Die schwarzen Höllenottern erst mal gar nicht. Sonst durch die Farbe des Zickzackbandes.« Er blickte wieder durch die Kamera zu der Leiche. »Hm, seltsam«, murmelte er.

»Was?«

»Seine Hand.«

»Was ist damit?«

»Die Finger. Alle gekrümmt. Bis auf den Zeigefinger.« Er setzte die Kamera ab. »Als einziger ausgestreckt. Fast, als ob er uns was zeigen will.« Sein Blick ging hinüber zum Kolk. »Da schwimmt was im Wasser!«

»Was? Wo?«

»Da drüben. Genau in der Richtung, in die sein Finger zeigt!« Erneut nahm er die Kamera vors Auge und suchte die Stelle ab. »Sie können mich jetzt für verrückt erklären, aber genau dort, wo er mit dem Finger hinzeigt, treibt was!«

»Und was?«, fragte Daxer und suchte mit seinem Blick die Oberfläche des Moorsees ab.

»Schwer zu sagen. Jedenfalls kein Holz. Und auch keine Grasinsel.«

»Noch eine Leiche?« In Daxers Stimme schwang ein düsterer Unterton, und er war froh, im selben Augenblick auf dem Plankenpfad Schritte wahrzunehmen. Aus Richtung Kaltenbronn! Sicher die Polizei, dachte er.

»Könnte schon sein«, murmelte der Beobachter jetzt. »Die Nebelschwaden auf dem Wasser machen das Ganze unscharf. Aber ich würde es in der Tat für einen Kadaver halten.«

»Oh Gott!«, entfuhr es Daxer.

Leise Stimmen mischten sich in die Schrittgeräusche. Der Fotograf setzte die Kamera ab, und seine Gesichtszüge verrieten Anspannung, als er in die Richtung spähte.

»Sie haben doch die Bullen gerufen«, sagte er, »da kommen sie schon. Ohne Tatütata, und man hört sie trotzdem«, fügte er feixend hinzu.

»Ich würde denen den Kadaver da draußen mal zeigen«, meinte er. »Wer weiß, vielleicht hat der ausgestreckte Zeigefinger ja was zu bedeuten.« Er hängte sich die Kamera um den Hals und schielte zum Ende des Pfads, wo jeden Augenblick die Einsatzkräfte auftauchen mussten.

»Und Sie?«, fragte Daxer, dem die Aufbruchstimmung des Fotografen nicht entging.

»Ich mach mich vom Acker«, sagte er, »hab die Leiche schließlich nicht gefunden.«

»Aber Sie sind genauso Zeuge wie ich«, protestierte Daxer, doch der andere schüttelte den Kopf.

»Nicht mein Ding. Ich hab' nichts mit der Sache zu tun und wäre Ihnen dankbar, wenn Sie mich da rauslassen. Ich bin weg!«

Er blickte noch einmal den Pfad zurück, versicherte sich, dass er noch nicht gesehen worden war, und schlug sich auf der von der Leiche abgewandten Seite des Weges zwischen den Bäumen ins Dickicht. Die weichen Graspolster dämpften seine Schritte, er setzte mit einer Flanke über einen bemoosten gefallenen Baumstamm, und schon nach wenigen Sekunden hatte ihn das dichte Grün der niedrigen Bäume und Büsche verschlungen.

Die Schritte der Einsatzkräfte auf den Planken waren schon jetzt lauter als das Knacken der Zweige und Äste des Verschwindenden. Als Daxer die Gesichter der beiden Uniformierten zu erkennen vermochte, war von dem seltsamen Fotografen nichts mehr zu hören und zu sehen.

*

Der ältere unscheinbare Mann in Zivil, der mit einem kleinen Tross knapp 15 Minuten nach den Beamten des Polizeipostens Gernsbach am Fundort der Leiche eintraf, hatte zunächst seine Kollegen mit einem saloppen »Moin« begrüßt und sich Gerd Daxer dann als Leiter des Kriminalkommissariats Rastatt vorgestellt. Sein schütteres Haar, der gebeugte Gang und die Falten in seinem Gesicht zeugten davon, dass er wohl die längste Zeit seiner Karriere im Polizeidienst hinter sich hatte. Ein an Jahren und Erfahrung reicher und während seiner Laufbahn sprichwörtlich ergrauter Bulle, dachte der sportliche und von jugendlichem Elan geprägte Jogger, während er Kriminalhauptkommissar Herbert Lanz noch einmal detailgetreu den Fund der Leiche schilderte. Nein, er habe sie nicht berührt; nein, er habe nichts an der Umgebung verändert; nein, es sei ihm nichts aufgefallen. Bei der letzten Aussage zögerte er und dachte an den Fotografen. Doch er beschloss, die seltsame Begegnung für sich zu behalten. Tat ja nichts zur Sache, dachte er. Nur den Kadaver im See musste er irgendwann noch erwähnen …

»Ist Ihnen nicht kalt? Das Joggingzeug wärmt ja wohl nicht wirklich?«, bemerkte der Kommissar jetzt. »Sie müssen durch das lange Warten sicher ausgekühlt sein?«

In der Tat hatte die Frühlingssonne noch nicht genügend Kraft, um wirklich zu wärmen, und die Birken und Tannen warfen lange Schatten auf den Platz, an dem die beiden Männer jetzt warteten.

»Geht nicht mehr lange, sobald die Einsatzstelle weiträumig abgesperrt ist und meine Kollegen die Wanderer da drüben weggeschickt haben, nehmen wir noch Ihre Aussage zu Protokoll, dann können Sie gehen«, sagte der Kriminalhauptkommissar.

Der Leichenfundort war schon mit rot-weißen Absperrbändern gekennzeichnet worden, und weitere Leute aus dem Team des Polizeireviers Rastatt waren eingetroffen. Schließlich rückte ein geländegängiges Rettungsfahrzeug zum Abtransport der Leiche an, musste aber doch in größerer Entfernung parken, da die Umgebung zu morastig war und es keine Schneise im Unterholz gab. Gerd Daxer beobachtete fasziniert das Treiben der Kriminaltechniker in ihren weißen Einsatz-Overalls.

»Herbert!«, rief jetzt einer der Männer.

»Augenblick, ich bin gleich wieder da!«, sagte Kriminalhauptkommissar Lanz jetzt und ging auf einen der Männer im Overall zu, der ihm einen kleinen Gegenstand in Größe einer Geldbörse entgegenhielt.

Lanz runzelte die Stirn, als er den Personalausweis aus dem Mäppchen gefischt hatte und den Namen des Toten las. Er zögerte kurz, dann griff er zu seinem Handy und wählte die Kurzwahl seines Amtskollegen aus Calw.

Kriminalhauptkommissar Jens Bosch ging nach dem zweiten Ton ran.

»Herbert? Was verschafft mir das Vergnügen?«

»Ich glaube nicht«, bremste der Rastatter Kripochef die Freude seines Kollegen, »dass es dir wirklich Vergnügen bereitet, was ich dir gleich sagen werde.«

Augenblicklich änderte der stellvertretende Leiter des Kriminalkommissariats Calw seinen Tonfall und wurde ernst.

»Dienstlich?«, fragte er nur.

»Ja«, kam die Antwort. »Wir haben einen Leichenfund, oben auf dem Kaltenbronn, nur wenige Meter neben dem Wildsee. Ich kann noch nichts Näheres sagen, aber ich habe mir gerade den Personalausweis des Toten zeigen lassen.«

Kriminalhauptkommissar Jens Bosch schluckte trocken, als er den Namen hörte.

»Und die Identität steht zweifelsfrei fest?«, fragte er.

»Bisher nur anhand des Ausweises, den die Kollegen aus seiner Jacke gefischt haben. Würdest du dir zutrauen, ihn zu identifizieren?«

»Ich denke schon. Ich weiß nicht mal, ob er Angehörige in der Nähe hat. Seine Eltern leben in Sachsen, seine geschiedene Frau auch irgendwo da oben.«

»Bis wann schaffst du es, hier zu sein?«

»Hm. Eine Stunde müsstest du mir geben.«

Herbert Lanz vor Ort sah auf die Uhr. »So lange brauchen die Kollegen sicher noch. Wir haben hier noch einen

Jogger, der ihn gefunden hat. Legst du Wert darauf, ihn zu sprechen?«

Jens Bosch verneinte.

»Nicht nötig. Ich mache mich sofort auf den Weg. Und – Herbert?«

»Ja?«

»Danke, dass du mich angerufen hast.«

»Da nicht für«, antwortete Lanz mit einer Redensart, die er aus seiner Heimat an der Alster ins Rheintal mitgebracht hatte, ebenso wie »Moin«, das er zu jeder Tageszeit als Begrüßung verwendete.

Jetzt kam er wieder auf Gerd Daxer zu und wies zu einem der uniformierten Polizisten.

»Herr Daxer, der Kollege des Polizeipostens Gernsbach nimmt jetzt noch Ihre Aussage schriftlich auf, bitte folgen Sie ihm die paar 100 Meter zum Einsatzfahrzeug. Sie unterschreiben dann bitte das Protokoll, dann können Sie sich den Weg nach Rastatt sparen. Sie sagten, Sie kommen aus Bad Wildbad, das muss ja nicht sein. Oder ist Ihnen inzwischen noch was eingefallen, was uns weiterhelfen könnte?«

Gerd Daxer schluckte trocken und trat verlegen von einem Fuß auf den anderen.

»Also doch kalt?«, fragte der Kommissar und grinste. »Ihr Südlichter müsstet mal einen Winter auf Pellworm erleben, dann wüsstet ihr, was Kälte ist! Einen Schluck Tee?«

Der Kriminalhauptkommissar hatte eine Thermoskanne aus seiner Umhängetasche geholt und bot Gerd Daxer einen Schluck an. »*Friesischer Frühling*. Wärmt von innen heraus«, meinte er.

Gerd Daxer nahm dankend einen Schluck heißen Tee und tat so, als suche er währenddessen den Wildsee mit seinen Augen ab. Er hatte die ganze Zeit gelauscht und die Uferzone abgesucht, ob sich dieser seltsame Fotograf noch einmal sehen ließ.

»Wäre ein idyllisches Plätzchen, hier oben«, meinte er schließlich, »wenn nicht da drüben im Gras ein Toter liegen würde.«

Der Kommissar nickte.

»Dabei passt ein Moor als Tatort ja wunderbar in jeden Krimi«, sinnierte Daxer weiter. *»Der Würger von Schloss Blackmoor* – gab's da nicht mal einen Edgar-Wallace-Film?«

»Sicher schwarz-weiß und mit Donnergrollen«, ergänzte der Kommissar kopfschüttelnd. »Sie haben recht, so ein abgelegener See im Hochmoor mit Nebelschwaden und Totholz ist ein gefundenes Fressen für einen Krimiautor mit Sinn für düstere Landschaften und gruselige Leichenfunde. Komisch, dass es noch keinen dieser Regionalkrimis mit einer Moorleiche hier oben gibt. *Der Tote im Wildseemoor* wäre doch ein schöner Buchtitel für einen Krimi.«

Der Kommissar lachte und nahm einen Schluck Tee.

Gerd Daxer sah seine Chance gekommen, den Kriminalhauptkommissar endlich auf den vermeintlichen Kadaver im Wasser aufmerksam zu machen, und griff die letzten Worte des Ermittlers auf:

»Mit etwas Fantasie könnte man in der Tat meinen, da drüben schwimmt eine Leiche im See«, sagte er nebensächlich und wandte sich wieder dem *Friesischen Frühling* zu. Doch er hatte die Aufmerksamkeit des Ermittlers geweckt und hörte ihn fragen:

»Was? Wo meinen Sie?«

Daxer deutete mit einer Bewegung seines Kopfs in die Richtung.

»Dieses Teil da im See. Neben der kleinen Insel mit den Birken. Treibt da schon eine ganze Weile.«

»Sie meinen, was da schwimmt?«

»Schwimmt oder festhängt, keine Ahnung. Hab's entdeckt, solang ich gewartet habe.«

»Harry?«, rief der Kriminalhauptkommissar, und einer der zivil gekleideten Ermittler hob den Kopf. »Habt ihr ein Fernglas da?«

»Tanja hat ihres sicher dabei«, antwortete Harry. Eine sportlich gekleidete Mittzwanzigerin kam dem Kommissar entgegen und brachte ihm ein Binokular. Er nickte dankend und deutete zu dem Kolk.

»Da draußen, im Wasser, dieser unförmige Klumpen rechts der kleinen Birkeninsel. Können Sie erkennen, was das ist?«

Kriminalmeisterin Tanja Klose setzte das Glas an und sah in die angegebene Richtung.

»Nun?«, fragte der Kommissar ungeduldig.

»Ich würde sagen, ein Fell«, vermutete sie. »Struppig, grau, ziemlich nass. Ein totes Tier. Vielleicht ein Dachs, rein von der Größe. Oder ein Hund?«

»Das will ich sehen«, sagte der Kommissar und ließ sich das Fernglas geben. Er hatte wie immer Mühe, es an der Brille so anzusetzen, dass er richtig scharf sah.

»Warten Sie, ich stelle Ihnen den Gummi am Okular für die Brille ein«, bot die junge Kollegin ihrem Chef an. Ein Blick durch die nun fest am Brillenglas sitzenden Okulare – und der Kriminalhauptkommissar war begeistert und suchte die Seeoberfläche nach dem Fellklumpen ab.

»Danke, Frau Kriminalmeisterin«, sagte er.

»Da nicht für«, antwortete sie und grinste.

»Wenn Sie so weitermachen«, fügte er an, ohne das Glas abzusetzen, »werden Sie noch zur Kriminalkommissar-Anwärterin, bevor ich meinen letzten Fall zu den Akten lege.«

»Das nehme ich mal als Kompliment«, erwiderte die junge

Polizistin, die wusste, dass sie in der Tat die Möglichkeit hatte, den blauen Stern gegen einen silbernen einzutauschen.

»Funken Sie zur Zentrale durch, die sollen uns einen Bergungstrupp mit einem kleinen Schlauchboot schicken. Zwei Mann genügen. Tierkadaver im Wildsee.« Eine kurze Pause entstand, dann sagte er: »Das ist kein Dachs«, seine Stimme hatte jeden Anflug von Heiterkeit verloren, »und auch kein Hund.« Gespannt starrten Gerd Daxer und die Kriminalmeisterin hinaus auf den Kolk, als der Kriminalhauptkommissar flüsterte:

»Das ist ein toter Wolf!«

*

Der stellvertretende Leiter des Kriminalkommissariats Calw traf kurz nach der Feuerwehr am Fundort ein und streckte gerade seinem Kollegen aus Rastatt die Hand zur Begrüßung entgegen, als der kleine Bergungstrupp der *Freiwilligen Feuerwehr Gernsbach* sich mit dem Schlauchboot auf den Weg zum See machte.

»Wasserleiche?«, fragte er seinen älteren Kollegen und beobachtete gespannt, wie das kleine Boot zu Wasser gelassen wurde.

»Tierkadaver«, antwortete der Rastatter Ermittler trocken.

Jens Bosch hatte sich zwischen Lanz und der jungen Kriminalmeisterin postiert, die, während zwei Feuerwehrleute ins Boot kletterten, ihren Blick immer wieder auf den jugendlich wirkenden Kommissar lenkte und ihn zurückhaltend musterte. Ende 40, sportlich, attraktiv, die braunen kurzen Haare leicht gegelt, dunkler Teint, kleine Fältchen an den Augen, sympathische Erscheinung, interessanter Typ. Um Tanja Kloses Mund spielte ein zufriedenes Lächeln.

Typisch Jens, dachte Herbert Lanz, die Frauen fliegen noch immer auf ihn. Dabei war auch Bosch inzwischen in die Jahre gekommen, die grauen Schläfen und die Lachfalten zeugten davon. Die beiden Ermittler kannten sich seit über zwei Jahrzehnten, hatten aber nie direkt zusammengearbeitet. Erst seit Bosch im neu organisierten Kriminalkommissariat Calw arbeitete, gab es hin und wieder Fälle, die sie in ihrer gemeinsamen Zuständigkeit für den Nördlichen Schwarzwald zusammenführten, so wie jetzt hier oben am Wildsee.

Der Rastatter Kommissar wusste, dass sein jüngerer Kollege vor einigen Jahren nach einem Disziplinarverfahren wegen versuchter Strafvereitelung im Amt strafversetzt worden war. Für den nach einer Stelle beim Landeskriminalamt strebenden jungen Ermittler war die Leitung der Kriminalpolizeiaußenstelle Singen am Hohentwiel ein herber Rückschlag gewesen.

Zudem hatte er während seiner Zeit im Polizeipräsidium in Stuttgart mit einer verheirateten Oberkommissarin des Stuttgarter Dezernats für Tötungsdelikte angebandelt, und nach Auffliegen der Affäre Hohn und Spott ertragen müssen. »Viel Spaß im Hegau«, hatte die Stuttgarter Oberkommissarin gegiftet, »ich hätte dir gewünscht, dass du die Uniform ganz ausziehen darfst! Und zwar diesmal nicht bei mir im Bett!«

Seine erfolgreichen Ermittlungen als Leiter einer Sonderkommission bei einem dubiosen Mordfall im Grenzbezirk zur Schweiz hatten Bosch schließlich doch noch den ersehnten Posten im Landeskriminalamt in Stuttgart beschert. Doch der junge Kommissar war inzwischen zu sehr Teamplayer mit Leib und Seele geworden und strebte nach Einsätzen vor Ort. So hatte er im vergangenen Herbst die Bestellung zum stellvertretenden Leiter des Kriminalkommissariats in Calw als neue Herausforderung gerne angenommen und erst vor wenigen Wochen die Ermittlungen in zwei ungewöhnlichen Todesfällen erfolgreich zu Ende gebracht.

Kriminalhauptkommissar Lanz hatte den Fall mit Interesse beobachtet, zumal eine Zeit lang ein Wolf darin eine Rolle spielte und sich die Spuren des Tieres bis ins Murgtal und somit in seinen Zuständigkeitsbereich zogen. Jetzt wartete er gespannt, was für ein Tier die Feuerwehrleute aus dem Wildsee zutage fördern würden. Seine jüngere Kollegin hingegen schien sichtlich mehr von Kommissar Jens Bosch fasziniert.

»Machen Sie sich ein Bild von der Kadaverbergung auf See oder von der Landratte neben mir?«, bemerkte er in seinem hanseatischen Slang jetzt trocken und grinste Bosch dabei an. Die Kriminalmeisterin fühlte sich ertappt und wurde rot.

Jens Bosch, ganz Kavalier, rettete die Situation und streckte ihr die Hand hin, um ihre Verlegenheit zu überspielen.

»Jens Bosch, Kripo Calw, freut mich«, sagte er und lächelte entwaffnend.

»Tanja Klose«, antwortete sie. »Kripo Rastatt.«

»Die Leiche, um die es geht, schwimmt übrigens nicht im See, die liegt transportbereit da vorn am Weg«, sagte Lanz und deutete auf eine schwarze Folie, die sich neben dem Plankenpfad im Gras wölbte. »Wir haben mit dem Abtransport noch auf dich gewartet. Bist du soweit?«

Jens Bosch nickte und folgte seinem Kollegen die wenigen Meter zu der Stelle, an der ein Kriminaltechniker weitere Bodenproben entnahm.

»Habt ihr schon was rausgefunden?«, fragte Jens Bosch auf dem Weg, »Todesursache, Zeitpunkt und so?«

»Schussverletzung in der Brust, mehr hat der Doc nicht rausgelassen. Vermutlich ein größeres Kaliber. Die Kollegen suchen noch die Patronenhülse. Und passiert ist es wohl irgendwann zwischen gestern Abend und heute Nacht.«

Sie blieben vor dem schwarzen Leichensack stehen.

»Wir haben bisher nur den Personalausweis und seinen Führerschein als Anhaltspunkte. Wenn du ihn jetzt identifizierst, werden wir versuchen, seine Angehörigen zu verständigen. Können wir?«

Jens Bosch nickte, und Kriminalhauptkommissar Lanz gab dem Kriminaltechniker ein Zeichen, den Reißverschluss des Leichensacks zu öffnen. Das leise Schnurren durchschnitt die Stille des Frühlingsmorgens und war neben dem Plätschern des Ruders auf dem See das einzige Geräusch.

Jens Bosch sah nur das leuchtend schneeweiße, volle Haar, die hohe Stirn und die erstarrten Lachfalten um die geschlossenen Augen und nickte stumm. Der Mann in Outdoorkleidung, der hier tot vor ihm lag, war identisch mit dem Mann, dessen Namen ihm Herbert Lanz am Handy vorgelesen hatte.

»Er trug eine Brille, so eine mit runden Gläsern«, sagte er noch.

»Die haben wir sichergestellt, ebenso die Mütze, die er aufhatte. Geht alles ins Labor. Du bist dir also sicher?«

»Ja«, sagte Jens Bosch und schüttelte gleichzeitig ungläubig den Kopf. »Es ist Martin Jaschke.«

»Der mit dem Wolf tanzt?«

»Ja«, er gab sich Mühe, ein Lächeln zu unterdrücken. »Ja, so haben wir ihn genannt. Ich kenne niemanden, der sich so gut mit Wölfen auskannte.«

»Dann hatte ich es richtig im Kopf, dass er dir bei diesen beiden Morden unten im Enztal Anfang des Jahres geholfen hat?«

Jens Bosch nickte.

»Er ist mit Wolfsscheiße durch halb Deutschland gereist, um zu beweisen, dass sein Wolf kein Mörder war. Er hat dem Schäfer aus eigener Tasche geholfen, sich einen vernünftigen Wachhund zu kaufen. Und er hat darum gekämpft, dem Wolf seinen Platz in diesem Wald zu lassen. Keiner hat wie er an die Koexistenz von Mensch und Wolf geglaubt. Das war Martin Jaschke.«

Der Rastatter Ermittler legte seinem jüngeren Kollegen die Hand wie zum Trost auf die Schulter.

»Welches Schwein hat das getan?«, fragte Jens Bosch kopfschüttelnd, und seine Gedanken drehten sich wirr um ein mögliches Motiv, den Wolfsberater der Region hier oben am Rand des Nationalparks zu ermorden.

»Wir werden es herausfinden«, sagte Herbert Lanz.

Die Szenarien, die in Jens Boschs Kopf herumspukten, reichten vom Wolfshasser, dem der Wolfsfreund ein Dorn im Auge war, über den Jäger, den der Naturschützer beim Nachstellen des Wolfs überrascht hatte, bis zum verärgerten Landwirt oder Schäfer, der um seine Tiere fürchtete. Doch waren diese Motive stark genug, um einen Menschen kaltblütig umzubringen?

Wenige Worte holten den Hauptkommissar wieder in die Wirklichkeit zurück:

»Die Feuerwehr hat den Kadaver geborgen«, rief Kriminalmeisterin Tanja Klose, die das Manöver des knallroten Schlauchboots auf dem Kolk beobachtet hatte. Sie hatte nichts übrig für den Anblick von Leichen, obwohl sie in ihrem Beruf damit klarkommen musste. Die Action am See lag ihr mehr, und so war sie den beiden Kommissaren nicht zu dem Toten gefolgt. Jetzt eilte sie auf ihren Vorgesetzten und seinen Kollegen zu und winkte sie herbei.

»Komm mit«, meinte Lanz, »wenn sie aufgeregt ruft, haben die da keinen Karpfen und auch keinen ertrunkenen Dackel aus dem See gefischt. Es schien mir ohnehin etwas Größeres zu sein, und jetzt, nachdem du Jaschke identifiziert hast, bin ich mir fast sicher …«

»… dass es ein Wolf ist?«, kombinierte Jens Bosch.

Der Alte nickte.

»Ich habe schon so manchen toten Hund gesehen. Und oben bei uns an der See liegt auch schon mal ein ertrunkenes Schaf im Watt. Und Robben haben wir während der Seehundstaupe zu Hunderten aus dem Wasser gefischt. Und ich sag dir, das Fell, das ich da in diesem Moorsee schwimmen sah, war rau, dicht und wild.«

Sie folgten der Kriminalmeisterin zum Schlauchboot, wo einer der Kriminaltechniker eine Folie ausgebreitet hatte und in die Hocke gegangen war. Auf der Folie lag der Kadaver eines Tiers von der Größe eines Schäferhunds.

Die beiden Kommissare sahen sich wissend an und waren sich beide sicher, dass sie einen toten Wolf vor sich hatten.

»Martin Jaschke wüsste, wonach er zu suchen hätte, um sicher zu sein«, meinte Jens Bosch.

»Für mich ist das eindeutig ein Wolf«, stellte Herbert Lanz fest. »Das Fell, die dichte Behaarung und vor allem die Farbe. Obwohl es durchnässt ist, ist es für mich ohne Zweifel ein Wolfsfell. Hier, ich habe vorher nach Fotos im Netz gesucht.«

Er zeigte Jens sein *iPhone* und deutete auf die Bilder der Wölfe, die auf dem Monitor flimmerten.

»Hier, diese melierte Farbgebung von Schwarz und Hellgrau, fast Silber, nach unten zum Bauch hin immer heller, und die Beine fast weiß. Und die schmale dunkle Schabracke auf der Rückenpartie.« Er deutete auf einen fast schwarzen Streifen, der sich vom Widerrist bis zur Schwanzwurzel zog und den Jaschke als Sattelfleck bezeichnet hatte.

»Ich würde mir gerne die Augen ansehen«, meinte Jens Bosch fragend. Jaschke hatte ihm einmal erklärt, dass Wolfsaugen meist gelbgrün bis hellgelb gefärbt seien. Doch der Kriminaltechniker schüttelte den Kopf.

»Nicht mal die Jungs von der Feuerwehr haben das Tier berührt, obwohl sie Handschuhe tragen. Klare Ansage. Die haben es mit einem großen Netz und Stangen an Bord gehievt. Da wir nicht wissen, was für eine Spezies es wirklich ist, und zu Beginn der Bergung auch keine Ahnung von einer Schussverletzung hatten, sollte es außer der eigenen DNA keine menschliche geben, wenn die im Institut es untersuchen.«

Jens Bosch pflichtete ihm bei.

»Geht der Kadaver nach Freiburg an die *Forstliche Versuchs- und Forschungsanstalt Baden-Württemberg*?«, hakte er nach.

»Ich denke, das wäre eine zuverlässige Adresse. Aber nachdem Hauptkommissar Lanz seinen Verdacht wegen eines Wolfs geäußert hat, haben wir im *Veterinär-Untersuchungsamt Karlsruhe* angerufen, wo Tierkörper rund um die Uhr abgegeben werden können. Sie werden es nicht glauben, aber es gibt tatsächlich ein Institut, das in Deutschland für das *Wolf-Totfundmonitoring* zuständig ist, mit einer Veterinär-Pathologin als Expertin für tote Wölfe.«

»Ich tippe mal auf Görlitz?«, versuchte Bosch, erneut sein Wissen auszuspielen, das er damals von Wolfsberater Martin Jaschke übernommen hatte. Bosch hatte bei den Ermittlungen die *SOKO Isegrim* geleitet, die so genannt worden war, weil nach dem Fund zweier Leichen im Wald ein Wolf unter Tatverdacht gestanden hatte.

Jaschke war extra mit der von ihm gefundenen Wolfslosung nach Görlitz in der Lausitz ins *Senckenberg Museum für Naturkunde* gefahren. Dort wurde das Tier, das sich im Enztal an der ersten Leiche zu schaffen gemacht hatte, per DNA-Analyse eindeutig als Wolf bestimmt. Den Naturschutzgenetikern am *Senckenberg-Forschungsinstitut* in Gelnhausen bei Frankfurt war es, dank ihres Wolfskatasters, darüber hinaus gelungen, den Schwarzwaldwolf, der die Sonderkommission in Atem hielt, als weibliches Exemplar aus der Population 7 in Westpolen zu identifizieren.

»Nein«, antwortete der Kriminaltechniker jetzt, »ich habe das Vergnügen, heute noch nach Berlin zu fahren. Lieferung frisch und frei Haus ins *Leibnitz-Institut für Zoo- und Wildtierforschung*. Die werden den Kadaver forensisch untersuchen und uns hoffentlich am Ende sagen können, wie das Tier ums Leben kam.«

Jens Bosch nickte.

»Die Schussverletzung, von der Sie vorher sprachen – wo wurde das Tier getroffen?«

»Ein sauberer Blattschuss, würde ich meinen. Der Jäger verstand sein Handwerk.« Der Kriminaltechniker holte Luft. »Oder er hat oft genug *One Shot, one kill* gespielt«, bemerkte er sarkastisch und bezog sich dabei auf ein Online-Game, bei dem der Spieler in die Rolle eines Killers schlüpfte.

»Also in den Brustkorb?«, versicherte sich Jens Bosch noch einmal.

»Ja. Herz oder Lunge. Blattschuss eben.«

»Wie Martin Jaschke«, sinnierte Bosch, und seine nächsten Worte kamen stockend und nur ganz leise über seine Lippen, fast unhörbar. Und der Wind nahm sie mit sich fort und trug sie hinüber zum See, wo kein Mensch sie hören konnte. Er hatte sie nur für Martin Jaschke geflüstert:

»Ins Herz getroffen. Erschossen wie dein geliebter Wolf.«

*

*Genau aus der Richtung, in der sie auch heute wieder schnürt, hat die Wölfin zwei Nächte zuvor dieses vertraute Heulen vernommen. Sie ist seit Tagen unterwegs, zielstrebig nach Nordosten ist sie gezogen, hat eine unsichtbare Fährte, wie an einer geraden Schnur gezogen, hinterlassen. Sie hat Berge erklommen und Täler durchquert, ist durch tiefe Bäche gewatet und über harte Felsgrinden getrabt, immer in der Gewissheit, auf der richtigen Spur zu sein. Doch in der letzten Nacht ist das Heulen, das ihr näher und lauter erschien als zuvor, plötzlich verstummt. So hat sie ihre Schritte verlangsamt und sich ein sicheres Dickicht als Versteck gesucht.*

*Sie kann nicht wissen, dass die Menschen das Tal, durch das sie in jener Nacht, nach der Durchquerung des flachen Flusses weiter Richtung Norden wandert, Wolftal genannt hatten, und der Bach, dessen Lauf sie jetzt talaufwärts folgte, den Namen Wolfach trägt. Der Hunger nagt in ihr, und als ihr die laue Frühlingsluft den Duft jungen Fleisches zuträgt, macht sie sich auf, um zu jagen.*

*

Linda Roloff genoss das bunte Bild, das der Tübinger Marktplatz während des Wochenmarkts bot. Sie kam an freien Tagen gerne hierher, schlenderte unter den überwiegend grünweißen Stoffdächern hindurch und ließ sich von den Farben, Düften und Geräuschen treiben. Die Händler mit ihrem überreichen Angebot an Obst, Gemüse und Blumen und die schwäbischen Gesprächsfetzen beim Schwatz auf dem Platz prägten das rege Treiben, dazu roch es nach Gewürzen und frischem Brot, Ziegen- und Schafskäse lagen als *Probiererle* in kleinen Häppchen auf den Verkaufstheken, es gab Fleisch, Wurst, Fisch, Molkereiprodukte und viele Spezialitäten, mediterran und aus der Region, in reicher Auswahl. Die hoch über dem Platz aufragende bemalte Renaissancefassade des Rathauses mit seinem Ziergiebel und der astronomischen Uhr leuchtete in der Morgensonne, und mehrere Cafés am

Rand des Platzes luden nach dem Bummel zum Verweilen und Genießen ein.

Genau das tat Linda an diesem sonnigen Montagmorgen, einem der wenigen freien Tage in diesem noch jungen Jahr. Genussmomente gönnte sie sich nur selten, weil sie in ihrem Job als Rundfunkjournalistin zu wenig Zeit dafür hatte, aber auch weil sie meist allein unterwegs war. Alan war seit zwei Wochen wieder auf seiner Farm in Namibia, ihre Freundin und Kollegin Babs hatte fünf Tage Spätdienst am Stück. Heute Abend würden sie sich treffen, auf einen Absacker, so hatten sie es verabredet. Die Studentenkneipen in Tübingen boten reichlich Möglichkeiten, sich bis Mitternacht zu treffen, Bars und Klublounges hatten bis 1 Uhr, am Wochenende bis in die Morgenstunden geöffnet.

Linda war, als der Morgen noch kühl und wolkig war, durchs Ammertal in die Stadt gefahren, und würde sich nach dem Cappuccino auf dem Marktplatz noch den Dingen widmen, die in letzter Zeit deutlich zu kurz gekommen waren: sich selbst und ihrem Äußeren. Ein bisschen Shoppen in den Boutiquen der alten Universitätsstadt, am Mittag eine »Curry Spezial« im *X*, dem legendären Imbiss und Treffpunkt in der Kornhausstraße, und dann, am Nachmittag, ein ausgiebiger Besuch im Kosmetiksalon.

Sie ahnte nicht, dass ein Anruf an diesem Morgen ihre Pläne jäh beenden würde.

Noch konnte sie träumen und den Tag weiter planen. Sie würde nach der Wellnessbehandlung nach Hause fahren, sich umziehen, um sich dann am späten Abend mit ihrer Freundin und Kollegin Babs an der Blauen Brücke zu treffen, in der nächtlichen Altstadt zu bummeln und sich an irgendeiner Bar einen Gin-Tonic zu gönnen. Oder auch zwei, denn sie würde sich von Sarah abholen lassen.

Ihre Tochter Sarah war gerade 18 geworden, hatte schon ihren Führerschein gemacht, bald würde sie ihr Abi in der Tasche haben, sich ein Jahr lang die Welt ansehen und dann ein Studium beginnen. Das war der Plan. Jetzt jobbte sie in ihrer freien Zeit in einem Hotel im Schwarzwald, um Geld zu verdienen. Sarah wollte Tierärztin werden, davon hatte schon ihr Vater Rob geträumt, der sich in einem ostafrikanischen Schutzgebiet um Nashörner kümmerte.

Statt Tierarzt wurde er Abenteurer, dachte Linda, sicher der bessere Weg für einen Mann wie Rob. Auch Alan Scott war Abenteurer und lebte in Afrika. Doch er war sesshaft geworden. Hatte sich mit seiner Farm in Namibia seinen Lebenstraum erfüllt. Vom Schicksal hart aus der Bahn geworfen, hatte er seinen Job als Safariführer hingeschmissen und sich in einem Loch vergraben, weit weg von den Savannen und der Maasai Mara, die er nie wieder betreten wollte.

An der Küste Kenyas, wo er sich die Einsamkeit des Indischen Ozeans zur neuen Heimat gemacht hatte und in einem umgebauten Kutter mit Kunden zum Hochseefischen fuhr, hatte sie ihn kennengelernt, damals, in diesem anderen Leben. Seither genoss sie das neue Leben mit ihm, auch wenn eine Fernbeziehung mit Hindernissen, wie Babs es mal genannt hatte, nicht ihrer Wunschvorstellung entsprach. Bis auf die wenigen Tage im Jahr, die er sie in Deutschland besuchte, und die paar Wochen, die sie gemeinsam in Afrika verbrachten, sahen sie sich nie.

Linda schmunzelte, als sie sein Gesicht vor sich sah, den Dreitagebart, die bronzefarbene Bräune Afrikas, sein volles Haar, das in braunen Locken mit nur wenigen silbergrauen Strähnen unter seiner Legionärsmütze hervorquoll. Wie schön wäre es jetzt, hier mit dir zu sitzen, dachte sie, deine Hand zu halten und dich lächeln zu sehen. Und deine Ruhe auf mich zu übertragen, das »Pole-pole« Afrikas, jenen ewig langsamen Rhythmus, in dem Alan Scott sein Leben gestaltete. Ohne Navi, ohne Handy, ja sogar ohne Uhr.

»Ihr habt die Uhr, wir haben die Zeit«, pflegte er zu sagen, und sie spürte, dass er recht hatte. Wie wertvoll war das Leben an seiner Seite für sie geworden. Und doch schaffte sie es nicht, eine Entscheidung zu treffen. Die Entscheidung für ein gemeinsames Leben mit ihm. Auf seiner Farm *Ojumamuya*. In Afrika.

Welten entfernt.

Das Vibrieren des Smartphones riss sie aus ihren Gedanken.

Doch das Lächeln kehrte zurück, als sie das Profilbild von Jens Bosch erkannte, dem attraktiven, sympathischen Kommissar, der jetzt bei der Kripo in Calw arbeitete.

»Hallo, Jens«, sagte sie und hatte ihr Lächeln in ihre Stimme gelegt. Jens Bosch war ein Lichtblick in ihrem Journalistenalltag, und sie wusste, dass auch er mehr als nur Sympathie für sie empfand. Sie ertappte sich bei dem Gedanken, dass ein Kaffee mit ihm hier auf dem Marktplatz auch keine schlechte Alternative wäre, doch der Ernst seiner Stimme und die Silben nach einem tonlosen, fast düsteren »Hallo, Linda« beendeten den Tagtraum, noch bevor er begonnen hatte, und seine Worte katapultierten sie aus der Sonne in eine eisige Kälte:

»Martin Jaschke ist tot.«

Die vier Worte explodierten wie ein Stich in ihrer Brust. Sein Schweigen danach schnürte ihr die Kehle zu. Sie zitterte am ganzen Leib und der Versuch, zur Cappuccino-Tasse zu greifen, endete in einem Klappern, das die Köpfe der Menschen an den Nachbartischen herumfahren ließ. Sie versuchte, trocken zu schlucken, doch es gelang ihr nicht. Erst ein kurzes Schließen der Augen und bewusstes tiefes Luftholen ließen eine Antwort zu, nachdem Jens Bosch zweimal »Linda?

Bist du noch da? Hallo?« gesagt hatte, das zweite Mal so laut und besorgt, dass es sie aus ihrer Lethargie riss.

»Ja, ich bin noch da«, kam es stockend, und dann: »Sag bitte, dass das nicht wahr ist.«

Sie hörte nichts und ahnte, dass er nach den richtigen Worten rang.

»Doch.«

Zu mehr schien er offensichtlich nicht fähig, auch ihm fiel das Sprechen schwer, das hörte sie aus dieser einen, brüchig klingenden Silbe.

»Wo bist du?«, fragte sie, ebenso leise.

»Im Schwarzwald. Am Wildsee. Auf dem Kaltenbronn. Das Hochmoor.«

»Können wir uns treffen?« Ein Hauch von Hoffnung schwang in ihrer Frage mit.

»Ich muss zurück nach Calw«, antwortete der Kommissar.

»Kannst du über Zavelstein fahren?«, fragte Linda, »Kennst du das *Wanderheim*?« Dort jobbte Sarah.

»Das von *Berlins KroneLamm*?«

»Ja. Das wäre prima für mich, dann könnte ich Sarah nach ihrem Feierabend mit zurücknehmen.«

»Gute Idee. Mir hat die Sache ohnehin auf den Magen geschlagen, ich könnte eine Maultaschensuppe gebrauchen. Oder einen Linseneintopf«, antwortete er, sicher auch, um der Nachricht, deren Bote er war, ein wenig von ihrer Schwere zu nehmen. Linda sah auf die Uhr und ging darauf ein.

»Um 12 Uhr im *Wanderheim*?«, versicherte sie sich, »das würde ich schaffen. Und raussitzen bitte. Ich habe das Gefühl, ich brauche ziemlich viel frische Luft.«

Sie verabschiedeten sich, Linda bezahlte ihren Cappuccino, ohne ihn leer zu trinken, und ließ noch einmal den Blick über das Marktgeschehen schweifen. Wie bunt, fröhlich und unbeschwert war ihr das alles noch vor drei Minuten vorgekommen. Die Heiterkeit der schwäbisch schwatzenden Marktbeschicker, das Lachen ihrer Kundinnen, die jungen Mütter mit ihren Kinderwägen, die rüstigen Rentnerpärchen, bei denen der Mann die vollen Taschen trug und die Frau mit Kennerblick das Gemüse abwog, und die Studenten, die ihre Fahrräder über den Platz schoben und sicher zu spät zum Seminar kamen.

Jetzt sah sie die einsame Alte, deren Beine so dick geschwollen waren, dass die Waden aus den Stützstrümpfen zu quellen schienen, und die es kaum schaffte, ihren Rollator die Steigung neben dem Rathaus hinaufzuschieben. Die junge, bleiche Frau mit dem Turban, die, gestützt von ihrem Mann, jetzt am Nebentisch Platz nahm. Den dunkelhäutigen Lockenkopf mit orientalischen Gesichtszügen, der am Fuß eines Fachwerkhauses am Rand des Marktplatzes saß und an dessen auf einen Pappkarton gekritzelter Botschaft »Bite nur ein par Cent für Esen« die Leute achtlos vorbeigingen.

Derselbe Platz, derselbe Markt, dachte Linda, derselbe Morgen, dieselbe Sonne. Und doch war plötzlich alles anders.

Sie hatte keine Lust mehr auf die Boutiquen der Stadt, die »Curry Spezial« im *X* würde warten müssen, der Kosmetikerin sagte sie ab. Sie rief Babs an und gab ihr Bescheid, dass es nichts werden würde mit dem Bummel und dem Gin-Tonic.

Linda sah Martin Jaschke vor sich, sah seine weiße Mähne leuchten und seine Augen strahlen, wenn er ihr in seinem unverkennbar sächsischen Akzent, den er ständig zu unterdrücken versuchte – was er jedoch nie schaffte – von den Wölfen erzählte, von seiner Heimat, dem Elbtalkessel in der Lößnitz zwischen Dresden und Meißen.

Wölfe hatten den jungen Biologen schon immer interessiert und noch mehr, seit sie wieder in Deutschland lebten, wo sie schon früher zu Hause gewesen waren. Er hatte Linda mit eindringlichen Worten die Geschichte vom »Tiger von Sabrodt« erzählt, dem legendären Wolf in der Lausitz, der als »Bestie« vom Königlichen Oberförster mit 18 Schützen zur Strecke gebracht worden war, und die vom berüchtigten »Würger vom Lichtenmoor«, dem im August 1948 in der Schotenheide in Niedersachsen mit einem englischen Militärkarabiner sein Ende bereitet worden war.

»Die Märchen vom bösen Wolf haben in Wirklichkeit nie aufgehört zu existieren«, hatte Martin Jaschke abschließend gesagt. Obwohl es ihnen gelungen war, den Tod eines im Wald unter dubiosen Umständen zu Tode gekommenen Mädchens aufzuklären, blieb am Wolf, der jetzt in den Schwarzwald zurückgekehrt war, ein Makel kleben. »Und wenn er zehn Mal unschuldig ist, das Rotkäppchen hat er trotzdem gefressen! Und die Omma dazu!«, hatte Jaschke damals gesagt. »Und es wird genügend Leute geben, die auf ihn schießen würden, wenn sie ihn nur zu Gesicht bekämen.«

Aber wer, so fragte sich Linda Roloff jetzt, hat einen Grund, diesen harmlosen und nimmermüden Tierschützer zu töten? Wem nützte Martin Jaschkes Tod etwas? Denn, obwohl ihr Jens Bosch mit keinem Wort etwas über seine Todesumstände verraten hatte, wusste sie, dass Martin Jaschke in diesem Hochmoor keines natürlichen Todes gestorben war. Wozu hätte man sonst den stellvertretenden Leiter des Kriminalkommissariats Calw hinzugezogen?

Linda Roloff verließ den belebten Tübinger Marktplatz und wählte den Weg über ein paar der einsamen, nicht so stark frequentierten Seitengassen der Tübinger Unterstadt, um zu ihrem Wagen im Parkhaus zu gelangen.

Düstere Gedanken wühlten sie auf, während sie später durch das Ammertal Richtung Herrenberg fuhr.

*

Er beobachtete das Mädchen.

Sie war jung und hübsch, trug schwarze eng anliegende Leggings, dazu einen trendigen graphitgrauen Hoodie, eine ebenfalls schwarze Winterjacke mit weiß-roten Besatzstreifen und sportliche weiße Sneakers. Ihre langen dunkelbraunen Haare fielen ihr über die Schultern und wogten sanft bei jedem ihrer Schritte, wie von einem unsichtbaren Windhauch berührt, als sie den leicht ansteigenden Weg Richtung Waldrand hinaufging.

Er saß hinterm Steuer seines schwarzen Mietwagens, hatte die Kamera vor seinem Auge und zoomte das Mädchen mit dem Teleobjektiv heran. Zickzickzick.

Er fokussierte das Rohr, durch das er sonst die Buntheit des Eisvogels oder den sichelförmigen Schnabel des Sperbers in gestochener Schärfe betrachtete, auf ihren Körper und folgte durch eine leichte Drehung des Stativkugelkopfs ihren Bewegungen. Zickzickzick.

Fünf Meter, zehn, dann war sie auf seiner Augenhöhe, und er registrierte bewundernd ihre Figur und die kleinen Brüste, deren Form sich zwischen dem Reißverschluss ihrer Winterjacke unter dem Stoff ihres Hoodies abzeichnete. Zickzickzick.

Schon schob sich das verschwommene Grau des Windschutzscheibenrahmens in den Bildausschnitt, er öffnete das Zoom, sah sein Motiv noch einmal in voller Größe, bevor es aus seinem Blickwinkel verschwand. Doch er hatte, was er wollte. Ein Foto von IHR.

Er ging in den Wiedergabemodus und sah sich die Aufnahmen an, betrachtete lange und eingehend ihr Gesicht. Sympathisch, hübsch, markant, jugendlich. Unergründlich der Blick aus ihren fast schwarzen Augen. Er vergrößerte ihr Gesicht, bis nur die Partie zwischen Nase und den beiden Augen zu sehen war, etwas verschwommen in der Bewegung.

Genauso ein Bild hatte ER sich von dem Mädchen gewünscht.

*

*Die Alpakastute bückt sich hinunter zu dem langbeinigen braunen Fellbündel, das vor ihr im Gras liegt und schnuppert daran. Sie leckt das Cria* nicht trocken, nicht umsonst hat sie ihr Junges in den späten Morgenstunden geboren. Somit sind es die wärmenden Strahlen der Frühlingssonne, die das Cria als Erstes auf seinem weichen Fell spürt und es bis zu den kühlen Abendstunden trocknen lassen.*

*Die Stute hat fast ein Jahr getragen, und wie ihre domestizierten Verwandten in den Höhenzügen der Anden einen sicheren Platz auf der Weide, zwischen Felsen und hohen Graspolstern, für die Geburt gewählt. Jetzt hat sie die Nachgeburt abgesetzt, und es ist genau dieser Duft, der zusammen mit dem Geruch des Neugeborenen einen ihrer ärgsten Feinde anlockt. Die Alpakamutter ist zu sehr mit dem Säugen des Crias beschäftigt, um die Jägerin in ihrem Versteck zu bemerken. Außerdem ist sie hier auf dieser bergigen Weide am Rand des dunklen Waldes noch nie einem Feind begegnet. Dort, wo ihre Art zu Hause ist, in den weiten Hochebenen der Andenländer Südamerikas, wäre sie auf der Hut vor Puma oder Mähnenwolf, den Crias können auch Pampasfuchs oder Andenschakal gefährlich werden. Ihr angeborener Instinkt lässt sie Abneigung gegen jeden Hund und Kojoten empfinden, nicht umsonst werden ihre Artgenossen auch als Schutztiere gegen solche Räuber bei Schafherden eingesetzt.*

*Der Wind steht günstig für die Wölfin, und sie ist in der*

---

* Cria. Jungtier von Lama, Alpaka, Vikunja und Guanako. Spanisches Wort für Baby.

*Deckung der Felsen nahe genug an die verlockende Beute herangeschlichen, um auch am Tag einen Angriff zu wagen. Die Alpakastute ist mit ihrem Fohlen allein, es hat sich gerade auf die langen, schlaksigen Beine gestemmt und erste unbeholfene Schritte gewagt. Es sind genau diese Schritte, die etwas wie Flucht signalisieren und somit den Jagdtrieb in der Fähe auslösen. Doch sie hat nicht mit der Aufmerksamkeit und Entschlossenheit der Mutter gerechnet, der die Bewegung der näherschleichenden Angreiferin nicht entgeht. Die Stute sieht sich prüfend um, richtet die großen Ohren nach vorn, reckt den Kopf so hoch es geht in die Höhe, und ihre großen Augen fixieren den Feind, während sie mit geschlossenem Maul und weit geöffneten Nüstern einen trillernden Laut ausstößt.*

*Die Wölfin ist irritiert, sie hat damit gerechnet, dass die Beute vor ihr flieht, sich panisch zu retten versucht, was erst recht den Killerinstinkt in ihr weckt. Eine ganze Schafherde kann dann ausgelöscht werden, wenn die Panik um sie herum immer und immer wieder den Reflex in ihr auslöst, Beute zu schlagen und zu töten. Das wilde Durcheinander der davonstiebenden Tiere in unkontrollierter Flucht, das ängstliche Blöken und laute Schreien lässt ihr keine andere Chance, und so tötet sie so lange, bis sich nichts mehr bewegt.*

*Doch diesmal gibt es weder Flucht noch Panik. Wie ein Wächter thront die Stute neben dem Cria und stellt sich dem heranstürmenden Angreifer entgegen. Fast neugierig nimmt sie den Feind an, stößt ein drohendes, kehliges Knurren aus, trabt mutig auf die Wölfin zu, die weder mit Wehrhaftigkeit noch Angriffslust gerechnet hat, und versetzt ihr heftige Tritte mit den Vorderhufen, indem sie sich auf die Hinterläufe stemmt, aufbäumt und unter lautem, fast wieherndem Schreien zu ständig neuen Boxschlägen ausholt.*

*Die Fähe jault auf, klemmt den Schwanz zwischen die Hin-*

*terläufe und bricht den Angriff sofort ab. Gegenwehr ist ihr bei einem Beutetier noch nie begegnet, schon gar nicht so schmerzhaft und gezielt. Ein Huf hat ihre Schulter getroffen, ein anderer Schlag ein Ohr zerfetzt. Blutend und geschunden tritt die Wölfin den Rückzug an.*

*Die Alpakastute sieht dem Feind nach, bis er sich unter der Lücke im Zaun, durch die er auf die Weide gelangt war, wieder in den Wald zurückgezogen hat. Sie hat ihn erfolgreich aus ihrem Revier vertrieben und gezwungen, das Weite zu suchen.*

*

Die Krokusblüte am Rande der einst kleinsten Stadt Württembergs war seit wenigen Tagen vorüber, und der Strom an Tagestouristen war etwas abgeebbt. Rings um den beschaulichen Ort mit seinem denkmalgeschützten Fachwerk und dem für seine Sterneküche berühmten Hotel *Berlins Krone-Lamm* hatte der vom Mittelmeer stammende Wilde Krokus die Weiden wieder für wenige Wochen in ein blau-violett-weißes Farbenspiel getaucht, und der Krokusweg im Naturschutzgebiet *Zavelsteiner Krokuswiesen* war das Ziel zahlreicher Ausflügler und Fotografen gewesen.

Jetzt saßen Linda Roloff und Jens Bosch nur zu zweit an dem rustikalen Holztisch in der Gartenwirtschaft des *Wanderheims*, und auch auf den anderen Bänken hatten sich nur kleine Gruppen von Wanderern und einige Pärchen eingefunden. Sarah, Lindas Tochter, arbeitete gerade am Tresen, und Linda hatte sie kurz begrüßt.

»Mama, was machst du hier?«, fragte Sarah, während sie zwei Schorle weiß-sauer einschenkte. »Du wolltest mich doch erst heute Nachmittag abholen, damit ich nach deinem Absacker mit Babs Taxi spielen kann.«

»Alle Pläne geändert«, antwortete Linda, »ich treffe mich hier mit dem Kommissar aus Calw. Ich hab' dir doch schon von ihm erzählt.«

»Der Nette?«, fragte Sarah und lächelte süffisant.

»Ja, der Nette«, gab Linda zu, »Jens Bosch, Kripo Calw. Er sitzt schon draußen. Ich habe ihm das *Wanderheim* vorgeschlagen und könnte dich später gleich mitnehmen.«

»Du brauchst mich also nicht, um dich heute Abend zu fahren, habe ich das richtig verstanden?«, hakte Sarah noch einmal nach. »Hat das vielleicht mit ›Kommissar Nett‹ zu tun?«

»Nein«, antwortete Linda und betonte: »Das hat nichts mit ›Kommissar Nett‹ zu tun. Ich habe Babs abgesagt. Muss an einem aktuellen Beitrag arbeiten und hoffe, von Jens gleich Näheres zu erfahren.« Linda und Sarah redeten selten über berufliche Belange oder Lindas aktuelle Recherchen, und so gab sich ihre Tochter mit der Aussage zufrieden.

»Dann würde ich hierbleiben«, sagte Sarah jetzt.

»Ich dachte, du hast morgen frei und wolltest in Tübingen shoppen?«

»Ja, schon«, kam es zögernd. »Aber unter diesen Umständen würde ich lieber in Zavelstein chillen.«

»Wie heißt er?«, fragte Linda und grinste.

»Och, Mama!«, protestierte Sarah, »du denkst immer gleich an Jungs!«

»Was in deinem Alter ja auch normal wäre«, meinte Linda.

»Also gut«, gab Sarah zu. »Aber nicht, wie du denkst. Er ist Hotelgast, und mit denen läuft sowieso nichts!«

»Aha.«

»Gar nicht aha. Er ist Tierarzt und praktiziert in Friedrichshafen. Und er ist im Schwarzwald, um die Natur zu fotografieren. Vielleicht bekomme ich bei ihm ein Praktikum im Sommer.«

Linda nickte.

»Aha. Ein fotografierender Tierarzt mit Aussicht auf ein Praktikum. Du musst ja wissen, was du willst. Aber bitte, pass auf dich auf. Falls er noch ein Model sucht für seine Fotos. Oder so.«

»Ach, Mama! Der ist mindestens 50, wahrscheinlich sogar noch älter! Nur weil dir grad wieder ein Beitrag an die Nieren geht und du sicher mit deinem ›Kommissar Nett‹ wieder mal hinter einem Bösewicht her bist, sind nicht alle hilfsbereiten Männer schlecht.«

»Es gibt so viele Scheißtypen auf der Welt!«

»Mama!«

»Und die Guten gehen immer zu früh«, fügte Linda noch an und dachte an Martin Jaschke. Ihre Tochter überhörte diesen Satz.

»Nur weil du mal an einen Scheißtyp geraten bist, müssen nicht alle Männer so sein.

Und Olaf ist nicht schlecht.«

»Aha. Olaf also.«

»Jetzt hör schon auf mit deinem dauernden ›Aha‹«, protestierte Sarah genervt. »Olaf Berwald hat eine angesehene Gemeinschaftspraxis, das wäre eine mega Chance!«

»Schon gut«, meinte Linda, »ich freu mich ja für dich. Finde es nur etwas seltsam, dass meine Tochter ausgerechnet hier, mitten im entlegenen Schwarzwald, einen Tierarzt kennenlernt, der ihr ein Praktikum verschaffen will. Darüber wird man sich als Mutter doch noch Gedanken machen dürfen.«

»Es gibt eben Zufälle«, konterte Sarah. »Ich könnte es ja auch etwas seltsam finden, dass sich meine Mutter ausgerechnet hier, mitten im entlegenen Schwarzwald, mit einem – ich zitiere – ›netten Kommissar‹ trifft, um von ihm Näheres für ihren nächsten Beitrag zu erfahren. Darüber würde man sich als Tochter auch Gedanken machen können.«

Sie sahen sich an und lachten beide. Linda ließ sich ein Mineralwasser und für Jens ein alkoholfreies Weizenbier einschenken und ging nach draußen.

*

Jens Bosch hatte sich die Schwäbische Maultaschensuppe bestellt, Linda verzichtete aufs Essen. Die Nachricht vom Tod des Biologen war schon schlimm genug gewesen, doch die Bestätigung des Ermittlers, dass man ihn ermordet hatte, war ihr auf den Magen geschlagen.

»Es war sicher ein Scheißgefühl, ihn zu identifizieren«, griff Linda das Gespräch wieder auf, nachdem die freundliche Bedienung ihnen die Getränke gebracht hatte.

Jens Bosch nickte.

»Kann man so sagen«, meinte er und starrte auf die gleichmäßige weiße Schaumkrone in seinem Glas, ohne davon zu trinken. Auch er hatte Martin Jaschke gut gekannt und sein Fachwissen zum Wolf mehr als geschätzt. Auch er, der Ermittler, bei dem eine Leiche zum Alltagsgeschäft gehörte, hatte sichtlich ein Problem, dessen Tod einfach so wegzustecken.

»Aber was mich fast noch mehr fertig macht, ist die Tatsache, dass sie in der Nähe von Martins Leiche einen toten Wolf aus dem See gefischt haben.«

Linda horchte auf.

»Das hatten wir doch schon mal, vor ein paar Jahren, im Schluchsee?«

»Ja«, pflichtete Jens Bosch ihr bei, »nur diesmal hat der Schütze gleich zweimal abgedrückt.«

»Moment«, hakte sie nach, »willst du damit sagen, dass der Wolf und Martin mit derselben Waffe erschossen wurden?«

Jens Bosch zögerte.

»Die Vermutung liegt nahe. Es fehlt allerdings noch das Ergebnis der ballistischen Untersuchung und der Vergleich der Schussverletzungen. Beim Kadaver des Wolfs müssen wir den Befund des *Leibnitz-Instituts* abwarten. Die Kollegen der KTU haben mit ihren Metalldetektoren vor Ort zwei Nickelhülsen gefunden, beide stammen auf den ersten Blick aus ein und derselben Waffe. Großkaliber.«

»Hm.« Linda dachte nach. Ihre Gedanken fuhren immer noch Achterbahn, und einige Szenen, die sie mit dem Ermordeten verband, gingen ihr durch den Kopf. Sie sah sich mit Martin Jaschke im Wald, als er die Losung des Wolfs suchte. Sie dachte an die Spuren, die Alan Scott damals am Fundort der zweiten Leiche entdeckt hatte, und die sie schließlich in die Dorfmetzgerei geführt hatten. In den Kühlraum. Allein. Und die Tür war ins Schloss gefallen …

*Du musst hier raus! Und zwar schnell. Sie hatte die Orientierung verloren! Wo, verdammt noch mal, war in dem Kühlraum der Ausgang? Und in welche Richtung führte dieser Türrahmen? Schon wollte sie kehrtmachen, als ihre tastende Hand über etwas Weiches fuhr. Es fühlte sich an wie ein Teppich. Sie schrak zurück, als ihre Finger gegen etwas Hartes stießen, und zog ihr Smartphone hervor. Der grelle Lichtblitz der LED-Lampe traf auf den Schädel des grauen Wolfs, der mit leicht geöffnetem Rachen am Nackenfell nach unten hing. Er war tot …*[*]

Sie starrte durch die Öffnung in der Hecke hinaus auf die weite Wiesenfläche. Irgendwo dort draußen gab es eine Wolfsgrube, hatte sie gehört. Der Wolf war schon immer gejagt worden, solang er den Weg des Menschen kreuzte, und man hatte sich zu seiner Vernichtung aller Mittel bedient. Pulver und Blei, Schlingen und Fallen, Strychnin und Knüppel, Wolfsangeln und Fallgruben. Und großkalibrige Stahlmantelgeschosse.

---

* Wolfsgebiet (2019)

»Der Wolfskadaver damals, in der Metzgerei«, sagte sie jetzt, »war doch plötzlich verschwunden?«

Jens Bosch nickte.

»Es war mein Fehler, dass ich nicht auf das Eintreffen der Kollegen gewartet habe. Jemand muss sich das Fell genau in der Zeit dazwischen geholt haben.«

»Du hattest diesen Großwildjäger in Verdacht. Schwaiker?«, hakte sie nach.

»Ja. Hartmut Schwaiker. Wir haben seinen Waffenschrank auseinandergenommen und seine Großwildbüchse, eine *Kilombero*, forensisch untersuchen lassen. Da war nichts zu finden. Und wir hatten ja weder Geschosse noch Hülsen, um sie einer bestimmten Waffe zuzuordnen.«

»Aber dieses Mal habt ihr Hülsen gefunden«, stellte Linda fest.

»Ja. Direkt am Fundort der Leiche und des Kadavers. Du meinst, wir sollten diesen Großwildjäger noch einmal unter die Lupe nehmen?«

Dieses Mal nickte Linda.

»Du erinnerst dich an die Geschichte mit den Schneemobilen?«, fragte sie und dachte an das, was ihr Martin erzählt hatte.

*… er sah Schnee sprühen, spürte die aufgewirbelte, beißend kalte Luft auf seiner Haut und fühlte die Schneekristalle in den nicht verdeckten Partien seines Gesichts …*

»Du meinst die vier Typen, die Martin Jaschke nachts im Wald bedroht haben?«

*… er fühlte sich wie vor einem auf Eiseskälte eingestellten Ventilator, eisige Luft kreiste ihn von allen Seiten ein, als die Geräusche plötzlich erstarben, die Motoren verstummten und die Lichter ausgingen.*

»Bedroht, ist gut. Er wäre nach dem Überfall fast erfroren!«

*Die nackte Haut seiner Beine schien zu explodieren, als er die Kälte des Schnees spürte. Die vier kannten keine Gnade und kosteten es aus, ihn bis auf die Unterwäsche und das T-Shirt auszuziehen.*

»Ja. Üble Sache. Er hätte sie anzeigen sollen«, sagte Bosch, »hat er aber nicht getan.«

*… die wollten mich einschüchtern, und ich will ihnen das Gefühl geben, dass ihnen das gelungen ist. Ich bin mir sicher, dass ich noch rausbekomme, wer sie waren, dann kann ich sie immer noch anzeigen …*

»Obwohl er alle vier entlarvt hat.«

»Hat er dir das erzählt?«

»Ja«, antwortete Linda. »Er hätte es sogar beweisen können. Die waren so blöd«, sie konnte trotz der traurigen Situation ein Schmunzeln nicht verhindern, »ihm in seine Wildkamerafallen zu fahren. Er hat mir die Fotos gezeigt. Schwaiker war einer davon.«

»Ein Grund mehr, dass ich ihn mir mal vorknöpfe«, meinte Jens Bosch.

»Martin hegte einen ziemlichen Hass gegen Schwaiker, weil er auf alles schoss, was sich bewegte. Aber er hatte eine Abmachung mit ihm getroffen.«

*… Sie lassen ab sofort den Wolf in Ruhe. Das ist alles …*

»Du scheinst mehr von der Sache zu wissen«, mutmaßte der Kommissar. »Frau Spürnase, möchtest du mir nicht alles erzählen?« Doch Linda schüttelte den Kopf.

»Martin wollte, dass ich es für mich behalte. Nur so viel: Der Deal war, dass Schwaiker den Wolf in Ruhe lässt. Aber …«, sie nippte an ihrem Mineralwasser und fuhr fort, »ich bin mir nur nicht sicher« – sie dachte an den toten Wolf im Kühlhaus – »ob sich Schwaiker an das gehalten hat, was Martin von ihm wollte.«

*… »Also gut. Diesmal haben Sie gewonnen.« Es klang wie eine Drohung …*

»Du meinst ... Schwaiker hatte die Abmachung gebrochen und musste jetzt damit rechnen, dass Martin im Gegenzug sein Schweigen brach?«

»Es wäre doch zumindest ein Motiv.«

Der Kommissar gab ihr recht. »Damit bekomme ich vielleicht sogar einen Durchsuchungsbefehl für Schwaiker. Zumindest seine Schusswaffen würde ich mir gerne nochmal ansehen. Und die anderen Namen?«

»Kenne ich auch. Aber ich fühle mich an die Bitte Martins gebunden.«

»Auch jetzt noch, nachdem er tot ist?«

Linda zögerte. »Ich denke schon«, antwortete sie. »Zumal die anderen drei ganz sicher nicht als Mörder infrage kommen.«

»Wie kannst du da so sicher sein?«

»Nun, einer arbeitet inzwischen in Südafrika. Bisschen weit, von Kapstadt zum Wildsee. Der zweite sitzt in U-Haft. Und der dritte ist ein harmloser Mitläufer.«

Jens Bosch widersprach: »Ich würde die drei Namen trotzdem gerne überprüfen, wenn ich sie hätte. Denk bitte darüber nach. Es geht hier immerhin um Mord.«

»Versprochen«, sagte sie und lächelte. Es war rührend, wie Jens sich um sie sorgte. Dabei bildete sie sich einiges auf ihre Menschenkenntnis ein und wusste, dass sie sich hier selten getäuscht hatte.

Während Jens Bosch kurz darauf in dem gemütlichen Gartenrestaurant seine Schwäbische Maultaschensuppe genoss, reifte in ihr der Plan, zumindest einen der drei aufzusuchen. An den im Gefängnis kam sie nicht so einfach ran, das war ihr klar. Auf den in Südafrika könnte sie immer noch Alan Scott ansetzen, falls es nötig sein sollte. Er hatte, von Windhoek aus, den kürzeren Weg. Aber mit dem, den sie als harmlos bezeichnet hatte, würde sie sich treffen können, heute noch, auf ihrer Fahrt nach Hause. Ohne es zu ahnen, mischte sich Jens Bosch, zwischen zwei Löffeln Suppe, mit einer Bemerkung in ihre Überlegungen ein:

»Es gibt keine harmlosen Mitläufer, das wollte ich dir noch sagen. Gerade Leute, die keiner Fliege was zuleide tun können, sind zu den abscheulichsten Verbrechen fähig.«

»Siehe Rotkäppchen«, ergänzte Linda. »Der Wolf, der das kleine süße Mädchen auf die Idee bringt, seiner kranken und schwachen Großmutter Blumen mitzubringen, und schließlich beide verschlingt?«

»So in der Art«, nickte Jens Bosch.

»Aber die beiden überleben und klettern quicklebendig aus dem Bauch des Wolfs!«

»Willst du damit sagen, dass der Wolf harmlos ist?«

»Nein, das nicht. Aber weißt du denn, wer in diesem Märchen der wahre Mörder ist, Herr Kriminalhauptkommissar?«

»Hm«, machte Bosch. »Ich denke mal, der Jäger, der den Wolf erschossen hat?«

»Falsch!«, sagte sie und fügte hinzu: »Schlampige Ermittlung. Sie sollten das Protokoll der Zeugenaussagen noch einmal richtig lesen. Der Jäger wollte zwar seine Büchse auf den Wolf anlegen, doch er schoss nicht, um die Großmutter zu schützen. Also nahm er eine Schere und schnitt dem schlafenden Wolf den Bauch auf.«

»Das wäre Körperverletzung, immerhin«, ging Jens Bosch auf Lindas Spiel ein.

»Richtig«, gab Linda zu. »Aber somit haben wir noch immer keinen Mord.«

»Aber der Wolf ist doch am Ende tot?«, protestierte der Kommissar.

Linda nickte. »Aber wer war's? Denk mal dran, was du eben zu mir gesagt hast.«

Jens Bosch schob die ausgelöffelte Suppenschüssel von sich und sah sie fragend an.

»Ich meine deine Bemerkung zu den harmlosen Mitläufern.«

»Ich verstehe nicht.«

»Nun, jeder denkt, der Wolf ist der Böse. Das hat sich in unseren Köpfen so festgesetzt. Und er wird am Ende vom Jäger erschossen. Dachtest du. Und er zieht ihm sogar den Pelz ab, den man später bei ihm findet. Also muss er doch auch der Mörder des Wolfs sein. Aber nein! Das ach so harmlose Rotkäppchen bringt in Wirklichkeit den Wolf um die Ecke.«

»Das glaub ich jetzt nicht«, protestierte Jens Bosch und fischte sein *iPhone* aus der Jackentasche. Wenige Sekunden später las er vor, was die Suchmaschine ausgespuckt hatte:

»*Rotkäppchen aber holte geschwind große Steine, damit füllten sie dem Wolf den Leib, und wie er aufwachte, wollte er fortspringen, aber die Steine waren so schwer, dass er gleich niedersank und sich totfiel.*«

Er blickte auf und sah Linda an.

»Du hattest recht«, sagte er. »Verdammt!«

»Nein«, widersprach sie, »du hattest recht! Gerade Leute, die keiner Fliege was zuleide tun können, sind zu den abscheulichsten Verbrechen fähig.«

»Ich weiß nicht, was du vorhast, Linda. Aber, bitte, sei nicht leichtsinnig!«, bat Jens Bosch.

»Jawoll, Herr Kriminalhauptkommissar!« Linda deutete mit der flachen Hand ein saloppes Salutieren an und lächelte schelmisch.

»Wir sollten los«, meinte Jens Bosch schließlich und deutete zum Himmel, wo sich dunkelgraue Wolken über den Höhenzügen im Südwesten aufbauten. »Es wird regnen. Und ich habe noch zu tun.«

»Ich auch«, bemerkte Linda, um ihn bewusst zu foppen.

»Sag mir wenigstens, wohin du gehst«, bat der Kommissar.

»Ich bleibe noch ein bisschen im Schwarzwald. Recherchieren.« Sie machte eine Pause. »Blumen pflücken für Oma«, fügte sie schließlich mit einem schelmischen Grinsen hinzu.

Jens Bosch ging nicht darauf ein. »Rufst du mich an, wenn du zu Hause bist?«, fragte er.

»Was wird das?«, stichelte Linda. »Willst du mich kontrollieren?«

»Du nimmst das auf die leichte Schulter. Es ist mir ernst, Linda«, ermahnte er sie. »Und ich hoffe sehr, dass Martins Mörder nicht weiß, dass sein Opfer sein Geheimnis an dich weitergegeben hat.«

»Weil ich sonst ...« Linda sah Jens Bosch mit hochgezogenen Augenbrauen an.

»... weil du sonst Rotkäppchens nächstes Opfer sein könntest.«

*

Linda Roloff war nicht mehr in dem Tal gewesen, seit sich das Schicksal des Mörders droben auf der *WildLine,* der Hängebrücke auf dem Sommerberg über Bad Wildbad, erfüllt hatte. Tagelang hatte er die Menschen im Nördlichen Schwarzwald glauben lassen, dass der Wolf, dessen einsame Spuren sich zwischen Wildsee und Großer Enz fanden, ein Menschenfresser war. Perfekt hatte er die Morde getarnt, und selbst Wolfsexperten wie Martin Jaschke hatten die Harmlosigkeit des Rückkehrers in Zweifel gestellt.

Sie stellte ihren roten Renault unter einer hohen Rottanne ab, deren Wipfel bis in die tiefhängenden Regenwolken zu ragen schien. Die Landschaft, die an sonnigen Tagen in allen Grüntönen leuchtete, wirkte auf sie trist, ja traurig, und schien sich ihrer Gemütslage angepasst zu haben. Der Tod von Martin Jaschke an sich drückte schon auf ihre Stimmung, doch was sie noch mehr beschäftigte, waren die seltsamen Umstände, die Jens Bosch ihr geschildert hatte.

Jetzt, als sie wieder in dem Tal war, in dem sie mit dem sächsischen Biologen nachts den Fundort des ersten potenziellen Wolfsopfers aufgesucht, und wo Jaschke mit Hilfe von Alan Scott die Spuren des Wolfs entdeckt hatte, kehrten die Erinnerungen zurück, und die Gesichter der Protagonisten tauchten vor ihr auf.

Allen voran Martin Jaschke, der Mann, der auf der Seite des Wolfs war und nichts unterließ, um seine Unschuld zu beweisen. Jens Bosch, der als stellvertretender Leiter der Kriminalpolizeidirektion Calw seinen ersten Fall zu lösen hatte und als Kopf der *SOKO Isegrim* ermittelt hatte. Im Zweifel für den Angeklagten, wie er immer wieder betonte. Heinz Werkmann, Förster und Befürworter der Rückkehr des Wolfs, auch in sein Revier. Und Jakob Sommerhalder, der Junge vom Sommerhalderhof, den alle nur Joggele nannten, und der die Tiere mehr liebte als die Menschen.

Und dann die Gegner. Heiko Büsgens, die fieseste, karrieregeilste Ratte, die sie je als Kollegen im Sender hatte. Er war nach Südafrika verschwunden, nachdem man ihm in Kapstadt einen Posten in der Chefetage der *South African News & Broadcasting Conglomeration* angeboten hatte. Role Gassner, vorbestrafter Kleinkrimineller, der das Gesetz am liebsten selbst in die Hand nahm. Hartmut Schwaiker, Großwildjäger mit »Lizenz zum Töten aller vom Aussterben bedrohten Tierarten«, wie Martin Jaschke ihn einmal beschrieben hatte.

»Dem geht's nur um seine Trophäen«, hatte Martin gesagt. »Wenn Sie irgendwo die seltensten Tierarten der Welt suchen, finden Sie alle an den Wänden in seinem Wohnzimmer!« Und schließlich Schäfer Johann. Johann Kerner. Sie hatte ihn nie richtig kennengelernt, war ihm nur einmal begegnet, als er – zusammen mit Schwaiker – die Pressekonferenz der *SOKO Isegrim* zu einem aufsehenerregenden Showdown benutzt hatte. Sie hatte ihn in der Tat für einen harmlosen Mitläufer gehalten, einen Mann, dessen Schafe Opfer des Wolfs geworden waren und der wahrlich allen Grund hatte, den grauen Jäger zu hassen.

Ein überheblicher Journalist, ein unberechenbarer Brutalo, ein schießwütiger Waffennarr und ein Wolfshasser. Martin Jaschkes Gegner hier in diesem Tal. Was für ein Quartett! Ein Schaudern überlief sie, als sie aus dem Wagen stieg, die Kapuze über die Haare schob, sich im Regen duckte und auf den Schafspferch zuging. Der Schäfer würde sich nicht an sie erinnern, zu sehr war er damals mit dem Verlust seiner Tiere beschäftigt gewesen, und sie konnte die Unwissende spielen, wenn sie ihn jetzt nach Martin Jaschke befragte.

Sie erkannte die Gestalt, die sich außerhalb der Schafsweide unter dem Dach einer windschiefen Heuhütte mit dem Rücken an die Wand gelehnt hatte, die Schultern hingen müde nach vorn, und die überkreuzten Arme ruhten auf einer langstieligen Schäferschippe. Ein dicker grüner Poncho bedeckte den ganzen Oberkörper und hielt Regen und Kälte ab. Jetzt triefte das Wasser aus dem filzigen Stoff in langen Fäden zu Boden und bildete um die Gummistiefel des Mannes eine ringförmige, schmutzig milchkaffeebraune Lache, in die immer neue Tropfen ploppten.

Linda ging auf den Schäfer zu, der auf die Geräusche der Wagentür und ihrer Schritte ebenso wenig reagierte wie auf das Blöken der Schafe, die sich auf der eingezäunten Weide in einer Ecke unter einen Obstbaum drängten und jetzt, als sie Linda entdeckten, eilig näherkamen. Sie entdeckte zahlreiche

Lämmer in der Herde, einige noch so klein und wacklig auf den Beinen, dass sie sicher erst wenige Tage alt sein mochten.

Neben der Ponchogestalt erhob sich ein schwarzer Schatten aus dem Gras und trabte mit nassem, triefendem Fell in behäbigen Schritten auf sie zu. Linda war den Umgang mit Hunden gewöhnt, außerdem wusste sie aus den Berichten Jaschkes, dass der Berner Sennenhund von Schäfer Johann ein braves, treues Kerlchen war, der sich über Streicheleinheiten freute.

»Für einen Wolf ist der keine Bedrohung«, hatte Martin mal gesagt, »aber seine Herde würde er mit seinem Leben verteidigen, da bin ich mir sicher.«

In jungen Jahren mochte er sicher stürmisch und ungestüm gewesen sein, jetzt war er eher behäbig unterwegs, doch die gelbbraunen Flecken, die wie hohe Augenbrauen in seinem schwarzen Gesicht leuchteten, die weiße Blesse und seine wie zu einem Lächeln nach oben gebogenen Mundwinkel gaben ihm das Gesicht eines fröhlichen Clowns: Linda kannte die Rasse als gutmütigen und sanften Familienhund. Ein Cousin ihres Vaters hatte die dreifarbigen Riesen mit dem langhaarigen schwarzen Fellmantel, dem weißen Brusthaar und den braunen Läufen gezüchtet. Sie ließ die schwere schwarze Tasche mit dem Aufnahmegerät von ihren Schultern ins Gras gleiten und ging in die Hocke, um den alten Hund des Schäfers zu begrüßen, der sich nicht vom »Basko! Aus!« seines Herrchens beeindrucken ließ. Lindas Hände fuhren über sein nasses Fell, ihre Finger kraulten ihn zwischen den Ohren, und ihre Arme fuhren auch nicht zurück, als er sie abzulecken begann.

»Feiner Kerl«, sagte sie noch, erhob sich und ging auf den Schäfer zu, dessen von dichten, buschigen Brauen und ledrigen Tränensäcken eingerahmte Augen sie aus einem wettergegerbten, bartlosen Gesicht fixierten. Er war bewegungslos stehen geblieben, hatte ihr nur das Gesicht unter dem schmalkrempigen Hut, der die meisten seiner grauen Haare verbarg, zugewandt.

»Feine Rasse«, begann sie, während sie, noch immer den Hund streichelnd, näherkam. »Wir hatten auch Vieräugler.« So hatte ihr Großcousin die Hunde wegen ihres Oberaugenflecks genannt.

»Gelbbäckler, hen mir g'sagt«, antwortete der Schäfer auf Schwäbisch. Linda spürte, dass sie es geschafft hatte, schon mit ihren ersten Worten das Eis zu brechen, und ging mit ihrer nächsten Frage gleich aufs Ganze.

»Sie müssen Schäfer Johann sein, stimmt's?«

Die Augen des Angesprochenen blitzten kurz auf, und fast schien es Linda, als hätte sie um seinen schmallippigen Mund die Andeutung eines Lächelns wahrgenommen.

»So sagt mr«, kam es trocken zurück.

»Entschuldigen Sie, Herr Kerner«, wurde sie jetzt förmlich, »dass ich so bei Ihnen reinplatze. Ich heiße Linda Roloff und arbeite beim Radio. Sagt Ihnen der Name Martin Jaschke etwas?«

»Dr Jaschke?« Jetzt wandte sich der Schäfer ihr mit seinem ganzen Körper zu und trat aus dem Schutz der Heuhütte. Der Regen hatte nachgelassen, Linda streifte die Kapuze zurück und fuhr sich mit den Fingern durch das Haar.

»Ha, freilich. Dr Wolfsberater aus Nagold. Der hat's ao net leicht.«

»Wie meinen Sie das?«, hakte Linda nach.

»Naja. Wenn man so wie der für den Wolf ist. Und das hier, bei uns. Obwohl, mir hat er gleich geholfen. Die haben mir für die toten Tiere sofort was überwiesen. Des muss mr ihm lassen.«

Linda kannte die Geschichte. Sieben Schafe hatte der Wolf getötet, als er nachts in die ungesicherte Weide eingedrungen war. Martin Jaschke hatte vehement dafür gesorgt, dass Schäfer

Johann eine angemessene Entschädigung erhalten hatte, obwohl der Zaun aufgetrennt und das Stromaggregat abgeschaltet gewesen war. Es hatte für ihn keine Rolle gespielt, dass ihm der Schäfer übel mitgespielt hatte. Das war die Geschichte, wegen der sie gekommen war. Linda ahnte, dass sie sich nun auf vermintes Terrain begab, denn Schäfer Johann konnte nicht ahnen, dass sie davon wusste. Martin Jaschke hatte damals – so hatte er es ihr geschildert – Stillschweigen über den Vorfall vereinbart.

»Dann bin ich ja froh, dass Sie Martin Jaschke kennen. Er schickt mich nämlich zu Ihnen«, log sie und ließ ihm keine Zeit, etwas zu sagen. »Es geht um einen gewissen Hartmut Schwaiker. Martin meinte, Sie seien befreundet.«

Der Schäfer sah sie misstrauisch an.

»Dr Schwaiker. Naja. Befreundet …«

»So sagte Martin Jaschke.«

»Er hat mir mal g'holfen. Er isch ja net von hier. Wohnt im Alb-Donau-Kreis. Aber er kennt sich aus mit Tieren. Und als des mit den Wölfen passiert isch, hab' ich ihn angerufen.«

»Und sonst?«, hakte Linda nach.

»Wie – und sonscht?«, fragte er unsicher.

»Martin Jaschke sagte, er hätte Spuren einer Lappjagd gefunden.«

In der Tat hatte Jaschke damals, nachdem der Wolf erschossen worden war, in der Nähe des Schafspferchs Reste eines in Benzin getränkten Stofflappens gefunden. »In Russland«, hatte er ihr erklärt, »ist Lappjagd eine traditionelle Jagdmethode auf Wölfe. Man hängt Schnüre mit Stofffetzen im Wald auf, treibt das Rudel in den enger werdenden Korridor, und am Ende des Trichters stehen die Jäger.«

»Da war ich net dabei!«, kam es wie aus der Pistole geschossen. »Damit hab ich nichts zu tun! Des hab ich dem Jaschke aber auch g'sagt!«

Linda nickte.

»Aber der Schwaiker. Der war doch dabei?«, bohrte sie. Und sagte dann leise, aber jedes Wort betonend: »So wie auch auf dem Motorschlitten!«

»Woher wisset Sie das?«, zischte der Schäfer aufgeregt. »Der Jaschke hat doch g'sagt …«

»… dass er Sie nicht anzeigt. Daran hat er sich auch gehalten. Und ich behalte das übrigens auch für mich. Wenn Sie mir ein bisschen was über Hartmut Schwaiker verraten, Herr Kerner.«

Der Schäfer nickte. Ihre Einschüchterungstaktik hatte funktioniert.

»Sie dürfen aber dem Schwaiker nix sagen. Ich mein, dass Sie's von mir haben.«

Jetzt nickte Linda. Johann Kerner begann zu erzählen. Langsam und stockend. Linda hörte zu und stellte nur wenige Zwischenfragen. Nach wenigen Minuten hatte sie gehört, was sie wissen wollte.

Hartmut Schwaiker war der Drahtzieher gewesen, der Schäfer der Mitläufer. Martin Jaschke hatte ihr erzählt, dass Kerner mehrere Versuche unternommen hatte, sich bei ihm zu entschuldigen.

Und so wiederholte er auch jetzt: »Wenn ich g'wusst hätt, was die vorhatten, hätt ich da nie mitg'macht. Aber der Hartmut wollte dem Jaschke a Abreibung verpassen. Und freies Feld haben für die Jagd auf den Wolf. Ich musst ihm Lämmer als Luder dalassen. Der war wie besessen von der Idee, den Wolf zu schießen. Und er war stinksauer, dass ich das zugeben und mich bei ihm entschuldigt hab. Und dass der Jaschke uns trotz der Schneemasken erkannt hat.«

Auch das hatte Martin ihr erzählt. Schäfer Johann hatte die nächtliche Aktion bereut und alles gestanden, aber ohne die Namen der anderen Beteiligten zu verraten. Auch Hartmut Schwaiker hatte er zu bewegen versucht, Jaschke in Ruhe zu lassen, doch der hatte kaltblütig abgelehnt. Erst nachdem Jaschke seine Wildkameras erwähnt und von den Beweisfotos gesprochen hatte, war er eingeknickt.

Jaschke hatte es damals raffiniert eingefädelt und der Bande auf die Nase gebunden, er habe die Fotos ausgedruckt in einem Umschlag im Postausgangsfach auf seinem Schreibtisch deponiert. Dieser werde am nächsten Morgen von seiner Mitarbeiterin einem gewissen Jens Bosch, seines Zeichens Ermittlungsleiter der *Sonderkommission Isegrim* übergeben. Linda schmunzelte, als sie daran dachte. In der Tat hatte Jaschke ihr diesen Umschlag anvertraut, da es keine *Mitarbeiterin* gab, und so war sie auch jetzt, nach seinem Tod, im Besitz dieser Beweismittel.

»Jaschke hat sogar von versuchtem Mord gesprochen«, fuhr Kerner jetzt fort. »Er hätt' wirklich erfrieren können da draußen.«

»Wie hat Schwaiker darauf reagiert?«, fragte Linda jetzt.

»Der hat schier durchdreht, g'schumpfen wie ein Rohrspatz!«

»Hat er Jaschke bedroht?«

»Nein. Das nicht. Und dann hat Jaschke ja verlangt, dass er den Wolf in Ruhe lässt.«

»Was Schwaiker aber nicht tat.«

»Sie meinen die Lappjagd?«

»Ja.«

»Der war wie besessen«, wiederholte der Schäfer. »Hat immer extra seine Kilombero mitgebracht. Seine Großwildbüchse. Ich durft' sie sogar mal halten und zielen. Der hätt' einen Mord begangen für den Wolf.«

Linda horchte auf.

»Meinen Sie das ernst?«, hakte sie nach.

»Naja, das ist schnell mal gesagt.« Kerner schwieg und rieb sich das Kinn. Leise sagte er: »Aber zugetraut hätt' ich's ihm. Damals«, fügte er noch an.

»Und heute?«

»Heute? Wie meinen Sie das?«

»Würden Sie Hartmut Schwaiker auch heute noch zutrauen, wegen des Wolfs einen Mord zu begehen?«

Kerners Schweigen hing wie ein unsichtbarer Vorhang zwischen ihnen beiden. Der Regen hatte aufgehört, Basko lag entspannt am Boden, die Schnauze auf die Vorderpfoten gebettet, die Schafe waren verstummt. Nicht ein Windhauch wehte zwischen den Bäumen, die Stille hatte etwas Gespenstisches.

*Der Mann, der sich hinter dem dicken Stamm der Rottanne verborgen hält, hat jedes Wort gehört. Seine rechte Hand umfängt den Kolbenhals, drei Finger ertasten den Abzug. Die linke Hand gleitet über den Vorderschaft zum Lauf, der sich kalt und feucht anfühlt. Er hat inzwischen Erfahrung mit der Kimber Caprivi, schätzt die Entfernung ab und weiß, dass er treffen wird.*

Der Regen setzte wieder ein.

»Ja«, antwortete der Schäfer schließlich. »Aber warum fragen Sie das?«

Jetzt war es Linda, die schwieg. Sie schob die Kapuze über den Kopf und versuchte, die Nässe zu ignorieren.

*Er hebt die Waffe an.*

*Der Kolben ruht an seiner Schulter.*

»Martin Jaschke ist tot. Man hat ihn oben am Wildsee erschossen«, sagte sie mit tonloser Stimme.

Der Regen fiel in dicken, schweren Tropfen.

*Er zielt.*

»Ach du Scheiße!«, entfuhr es dem Schäfer, »und Sie meinen, Schwaiker …?«

»Zumindest wäre es denkbar.«

Schäfer Johann hatte Mühe, sie zu verstehen, der Regen prasselte zu laut gegen das Holz der Heuhütte.

*Er hält die Luft an. Sein rechter Zeigefinger krümmt sich um den Abzugsbügel.*

»Kommen Sie, wir gehen rein«, sagte der Schäfer und schob Linda zur verzogenen Tür, die nur angelehnt war. Als er sie öffnete, glaubte Linda, im Augenwinkel eine Bewegung bei der großen Rottanne zu erkennen, und sie hörte Basko kläffen. Dann stand sie neben dem Schäfer im dunklen Inneren des halb verfallenen Heuschobers.

»Gibt es einen Grund, weshalb Sie Schwaiker verdächtigen?«, fragte der Schäfer.

*Sein Ziel ist verschwunden. Er flucht und richtet die Waffe auf ein anderes Objekt.*

Das Geräusch des Regens auf dem Dach klang wie Trommelfeuer, Baskos Bellen wie rhythmische Akzente.

»Man hat neben der Leiche einen erschossenen Wolf aus dem Wildsee gefischt«, sagte Linda im Inneren der Hütte, »wir werden herausfinden, woher die Kugel stammt.«

»Das hat gar nichts zu bedeuten«, widersprach der Schäfer. »Der letzte Wolf wurde auch mit einer Kugel vom Schwaiker erschossen. Aber nicht aus seiner geliebten Kilombero, und er war auch nicht der Schütze!«

Er hatte das letzte Wort noch nicht ausgesprochen, als draußen ein Schuss das laute Prasseln des Regens übertönte. Das Bellen hörte auf. Linda zuckte zusammen, und ein lauter Vokal, der wie ein gepresstes »A!« klang, entwich ihrer Kehle. Doch ihr Aufschrei wurde übertönt vom panischen Ruf des Schäfers: »Baskooooo!«

Er ließ alle Vorsicht außer Acht und stürzte zur Tür hinaus, auf das dreifarbige Fellknäuel zu, das unförmig im nassen Gras lag, nass und schwer und bewegungslos. Er erkannte den massigen, schwarzen Körper, die weiße Blesse und die gelbbraunen Flecken über den Augen. Doch das Gesicht des fröhlichen Clowns starrte an ihm vorbei ins Leere. Schäfer Johann hörte nicht die Schritte, die sich von der Rottanne entfernten, er lauschte nur dem leisen Japsen Baskos, folgte aber nicht dessen Blick. Sonst hätte er den Schützen bemerkt, der sich durchs Dickicht davonmachte. Schäfer Johann registrierte auch nicht das Starten des Motors und das Durchdrehen der Reifen auf dem nassen Untergrund, er bemerkte den Wagen nicht, der sich drüben auf dem Waldweg entfernte.

Linda sah gerade noch die Wolke aus aufwirbelndem Schlamm und Regen, die das Fahrzeug einhüllte, als es hinter einer Kurve verschwand. Sie war dem Schäfer aus der Hütte gefolgt, der jetzt bei seinem Hund kniete.

»Was ist mit Basko? Lebt er?«, fragte sie und Besorgnis schwang in ihrer Stimme mit.

»Na klar«, sagte der Schäfer und erhob sich. »Der Kerl ist nur zu faul, um sich zu bewegen. Wird langsam alt.«

Jetzt hob Basko den Kopf und wache, muntere Augen sahen sie an.

»Er hat die ganze Zeit zu der Rottanne gestarrt«, murmelte der Schäfer, »vermutlich hat der Schütze dort gestanden. Aber worauf hat er geschossen?«

»Darauf!«, sagte Linda Roloff und bückte sich. Sie hielt den Trageriemen ihrer schwarzen Ledertasche in der Hand, hob sie hoch und deutete auf das Einschussloch.

»Er hat auf Ihre Handtasche geschossen?«, fragte der Schäfer ungläubig.

Linda nickte und dachte an die Worte von Jens Bosch.

*Weil du sonst Rotkäppchens nächstes Opfer sein könntest …*

*

»Wie kommt es, dass Sie jetzt doch nicht in Tübingen sind?«, fragte Tierarzt Dr. med. vet. Olaf Berwald.

»Meine Mutter hat ihre Pläne geändert, sie braucht mich nicht als Taxi«, antwortete Sarah Roloff. Sie hatten sich für den frühen Abend zu dem kurzen Spaziergang vom Hotel zum Turm der Burgruine verabredet, doch tiefhängende Regenwolken hüllten die waldigen Höhenzüge ringsum ein, und die Aussicht auf den Schwarzwald bis zur Schwäbischen Alb war nur zu erahnen.

»Ich habe beschlossen, meinen freien Tag morgen hier zu verbringen«, fügte Sarah noch hinzu, während sie im einsetzenden Nieselregen über das Kopfsteinpflaster schlenderten. Sarah schlug die Kapuze ihres Anoraks hoch, Olaf schienen die dünnen Regenfäden nichts auszumachen. Sein kurz geschorenes Haar würde schnell trocknen, und die graue Fleecejacke hielt die Nässe erst mal ab.

»Das ist eine ganz wunderbare Idee, Sarah«, antwortete der Veterinär. »Zumal es morgen regnen soll und meine Fototour zum Ruhestein ausfällt. Wir könnten uns doch irgendwo treffen?«

»Hotelmitarbeiter und Gäste, Sie wissen schon …«, knirschte Sarah, mit einem Hauch zu viel Bedauern in der Stimme.

»Ich will ja nicht mit Ihnen aufs Zimmer«, konterte er und nahm dem Satz mit einem charmanten Lächeln seine Ernsthaftigkeit. »Kennen Sie die Appartements im *Theurerhof* überhaupt?«

Sarah verneinte. Sie wusste, dass der *Theurerhof* zum Hotel gehörte und vom Seniorchef mit viel Liebe zum Detail restauriert worden war, auch dass er im Dachgeschoss des Nebengebäudes eine Wohnung vermietet hatte.

»Die Heuhüttentäler wären eine hübsche Alternative«, schlug Olaf Berwald jetzt vor.

»Ich habe gehört, in den Seitentälern der Murg gibt es die einzigen Tiroler Heuhütten außerhalb der Alpen. Sicher ein guter Schutz vor Regen.«

»Hütten sind keine gute Idee. Ich leide unter Klaustrophobie, seit ich fünf bin.«

»Ach?«, sagte der Veterinär interessiert. »Ein Kindheitserlebnis?«

Sarah nickte.

»Ich bin als Kind mal in einer Hütte eingesperrt worden. Es war total gruselig. Mitten in den Weinbergen, ringsum nur Wildnis, Dornengestrüpp und zerfallene Mauern.«

»Eingesperrt worden?«, hakte Olaf nach. »Von wem?«

Sarah holte tief Luft. »Ich mag nicht darüber reden.«

»Das solltest du – äh – sollten Sie aber«, riet er ihr und wäre fast zum vertraulichen Du gewechselt. Sie schien es überhört zu haben, und er fuhr fort: »Nur so können Sie Ihr Trauma überwinden.«

Sarah atmete tief durch.

»Da haben Sie sicher recht. Aber es fällt mir einfach schwer. Und wenn ich daran zurückdenke, bekomme ich Beklemmungen. Es schnürt mir die Luft ab.«

»Okay«, lenkte er ein. »Aber mein Angebot steht. Wenn Sie es mal loswerden wollen, höre ich gerne einfach zu. Gehen wir zurück? Es wird doch reichlich ungemütlich«, wechselte er das Thema, und Sarah nickte.

Eine halbe Minute lang waren nur ihre Schritte auf dem nassen Kopfsteinpflaster zu hören.

»Diese Hütte«, sagte das Mädchen jetzt leise. »Ich hab' die Details so klar vor Augen, als ob es gestern gewesen wäre. Halb zerfallen. Zwei Wasserfässer, in die das Wasser von der Teichfolie tropfte, mir der das Dach abgedeckt war. Dieses plopp, plopp, plopp hör ich manchmal nachts im Schlaf.«

Sie machte eine Pause, und auch Olaf schwieg.

»Es ist komisch«, fuhr sie schließlich fort. »Ich erinnere mich mehr an das Äußere, obwohl ich das nur ganz kurz gesehen habe. Den dunkelblauen Schimmer im Dickicht, als wir dort ankamen. Die blauen Plastikfässer an beiden Hausecken, sonst alles verwildert, zugewachsen, verrostet, verlottert. Kein Mensch verirrt sich da hin, ich weiß noch, dass ich das damals dachte, so klein ich war, und Dornröschen fiel mir ein.«

»Sind Sie später noch mal dort gewesen?«

Sarah schüttelte den Kopf.

»Ich weiß nicht mal, ob ich es noch finden würde. Es gab eine Schranke, eine schmale, steile Treppe, Bäume und Hecken, wie überall in den alten verlassenen Weinbergen zwischen Tübingen und Wurmlingen. Und ich weiß nicht mehr, wie ich dorthin kam.«

»Aber diese Hütte verursacht Ihnen bis heute Beklemmungen?«

»Ja. Ich mag auch keine Burgen oder Ruinen. Ich weiß nicht, ob ich vorher auf den Turm bei der Burgruine gestiegen wäre. Schiefe Mauern, von denen der Putz bröckelt, Efeuranken, das alles mag ich nicht.«

»Und das Innere? Ganz ausgeblendet?«

»Es war stockfinster. Vor dem einzigen Fenster waren die Holzläden verschlossen.«

»Und warum hat man Sie dort eingesperrt?«

»Das ist eine lange, komplizierte Geschichte«, wich sie aus.

»Und für wie lange?«

»Ich weiß es nicht. Ich kann mich nur erinnern, dass es in dem Raum, in dem ich war, einen Fernseher und ein Radio gab und ich manchmal mitgesungen habe. Das hat mir meine Mutter erzählt.« Sarah holte Luft. »Können wir jetzt bitte das Thema wechseln?«, bat sie.

*

Kriminalhauptkommissar Jens Bosch hatte Mühe, Lindas Stimme im Autotelefon zu verstehen, zu laut prasselte der Regen seit wenigen Minuten wieder auf die Scheibe und das Dach. Er hatte für den Weg aus Rastatt zurück die Strecke über den Dobel genommen, doch die Idee, einen Sonnenuntergang genießen zu können, hatte die Regenfront zerstört.

Bosch war froh, mit seinem Rastatter Kollegen Herbert Lanz wegen der Zuständigkeiten einig geworden zu sein und somit in die Ermittlungen einbezogen zu werden, auch wenn der Tatort im Bereich des Kriminalkommissariats Rastatt lag. Er hatte gerade das Enztal verlassen und war in Höfen Richtung Bad Liebenzell abgebogen, als Linda Roloff ihn erreichte.

In wenigen Sätzen schilderte sie ihm das Gespräch mit Johann Kerner, und er hörte aufmerksam zu, bis sie ihm erklärte, dass der Schäfer den Großwildjäger Schwaiker nicht für den Schützen des Wolfs hielt.

»Wie meinst du das, er war nicht der Schütze?«, hakte er nach.

»So sagte Kerner. Er meinte, der Wolfskadaver damals, in der Metzgerei, sei zwar mit einer Kugel aus der Repetierbüchse Schwaikers geschossen worden. Aber Schwaiker sei nicht der Schütze gewesen.«

»Aber woher will er das wissen? War er dabei? Du weißt doch, wie blöd das alles damals lief! Ich könnte mich noch immer ohrfeigen dafür, dass ich den Kadaver nicht sichergestellt oder gewartet habe, bis die Kollegen eintrafen.«

»Jens, wir mussten los, da war Gefahr in Verzug!«, versuchte Linda, ihn zu beruhigen. »Es konnte ja keiner ahnen, dass sich jemand so plötzlich den toten Wolf unter den Nagel reißt. Und du hast stattdessen einen Doppelmord aufgeklärt.«

»Ja, du hast recht«, pflichtete Jens Bosch ihr bei. »Aber ich werde trotzdem noch mal mit dem Metzger reden. Das ging damals alles viel zu schnell. Und jetzt, mit diesem weiteren toten

Wolf und dem erschossenen Biologen, wäre es interessant zu wissen, wer sich den Kadaver gegriffen hat.«

In der Tat war Schwaiker damals nichts zu beweisen gewesen, nachdem der Wolfskadaver spurlos verschwunden war und es, außer Linda, keine Zeugen für die Existenz dieses toten Tiers gab. Die zuständige Naturschutzbehörde hatte zwar Anzeige wegen illegalem Abschuss eines Wolfs erstattet, doch die Staatsanwaltschaft hatte das Strafverfahren gegen Schwaiker eingestellt. Zu Recht, wenn man jetzt die Aussage des Schäfers hinzuzog.

»Bleibt die Frage«, murmelte Jens, »wenn Schwaiker nicht der Schütze war – wer dann? Hat sich Kerner dazu geäußert?«

»Nein«, antwortete Linda, »dazu kam er nicht mehr. Ob du's glaubst oder nicht, es muss uns jemand belauscht und auf uns geschossen haben.«

»Wie bitte? Und das sagst du erst jetzt? Hat er getroffen?«

»Nein. Beruhige dich!«

»Hast du …?«, rief er aufgeregt.

»Ja, Jens! Ich habe die Polizei verständigt. Ich wusste ja, dass du in Rastatt bist. Deine Kollegen waren sofort vor Ort.«

»Und du? Wo bist du jetzt?«

»Auf dem Weg nach Hause. Alles gut. Es ist mir nichts passiert.«

»Verdammt, Linda! Ich möchte nicht mehr, dass du solche Alleingänge machst.«

»Alleingänge? Jens, das ist mein Job. Und das Gespräch mit Schäfer Johann war wichtig.«

Jens Bosch holte laut hörbar Luft, atmete durch und fragte dann mit wieder ruhiger Stimme:

»Was genau ist denn passiert? Wo hast du ihn getroffen?«

»Ich habe mit seiner Frau telefoniert, und sie sagte mir, er sei bei seinen Schafen. Er hat den Pferch wieder an derselben Stelle errichtet wie damals.«

In wenigen Sätzen schilderte sie ihm ihre Begegnung mit dem Schäfer und kam schließlich auf den Schuss zu sprechen.

»Wir gingen wegen des Regens in die Hütte, als wir den Knall hörten.«

»Das hätte aber auch richtig schiefgehen können«, bemerkte der Kommissar mit sorgenvoller Stimme.

»Ja«, gab Linda zu, »das ist mir hinterher auch bewusst geworden. Vor allem, als ich sah, dass der Schuss meine Tasche zerfetzt hat.«

»Er hat auf deine Tasche gezielt?«

»Vermutlich ja. Deine Kollegen haben sie zur Untersuchung mitgenommen. Und das Projektil, das sie im Boden gefunden haben.«

»Und dieser Schuss – du meinst, er hat bewusst deine Tasche ins Visier genommen?«

»Sieht ganz danach aus. Deine Kollegen haben seine Spuren unter einem Baum ganz in der Nähe gefunden. Von dort aus kann er unmöglich danebengeschossen haben.«

»Das heißt«, sagte Jens Bosch, und seine Worte kamen langsam und nachdenklich, »wenn ihr nicht in die Hütte gegangen wärt und er auf dich gezielt hätte, wärst du jetzt tot.«

Es war keine Frage, sondern eine Feststellung, und sie schnürte Linda die Kehle zu. Jetzt war sie es, die tief Luft holte.

»Ich hatte noch keine Zeit, darüber nachzudenken«, gab sie zu. »Aber jetzt macht es mir Angst.«

»Wer hätte einen Grund, auf dich zu schießen?«, fragte Jens Bosch, um gleich selbst die Antwort zu geben: »Martins Mörder?«

»Du meinst, weil Martin mich eingeweiht hat und ich jetzt die Einzige bin, die weiß, wer ihn damals im Schnee bedroht hat?«

»Hast du eine andere Idee?«

»Nein«, gab sie zu, »und wie geht es nun weiter?«

»Ich würde gerne jemanden abstellen, der auf dich aufpasst.«

»Du meinst Personenschutz?«

»Ja. Man hat auf dich geschossen. Du bist im Visier eines Mörders.«

»Jetzt übertreib' mal nicht!«, widersprach sie. »Man hat auf meine Tasche geschossen. Vielleicht, um mich einzuschüchtern. Das ist Berufsrisiko. Ich kann gut auf mich selbst aufpassen, Jens!«

Von wegen, dachte er. Immerhin kannte er sie inzwischen gut genug, um zu wissen, dass sie nur schwer von etwas abzubringen war, was sie sich einmal in den Kopf gesetzt hatte. Auch jetzt war sie offensichtlich wieder bereit, Alleingänge zu machen, die sie, so befürchtete er, in Gefahr bringen konnten.

»Versprichst du mir, vorsichtig zu sein? Nichts zu unternehmen, ohne es mir zu sagen?«

Ihre Antwort dauerte ihm etwas zu lange.

»Das ist ein bisschen viel verlangt. Ich werde zumindest nichts Unüberlegtes tun.«

»Und mit niemandem Kontakt aufnehmen, der im Zusammenhang mit Jaschkes Tod eine Rolle spielen könnte!«, forderte er noch.

Das überlass mal mir, dachte Linda, und ein Gesicht tauchte vor ihrem geistigen Auge auf. Sie blickte zur digitalen Uhr ihres Autoradios. Der macht jetzt gerade Feierabend, überlegte sie, und bog auf einen Waldweg ein, um zu wenden. Mit etwas Glück würde sie ihn noch in der Metzgerei antreffen.

»Da gibt es niemanden, der greifbar wäre, außer Schwaiker. Und den überlasse ich dir. Ich werde weder ins Gefängnis gehen, um mit Role Gassner zu sprechen, noch nach Südafrika fliegen.«

»Wobei ich dir das noch am ehesten zutrauen würde«, bemerkte Jens Bosch und versuchte, den Ernst in seiner Stimme zu überspielen.

»Nein«, lachte sie, »das werde ich ganz sicher nicht tun! Ich könnte höchstens Alan Scott bitten zu überprüfen, ob Büsgens wirklich vor Ort ist.«

»Das …«, der Kommissar zögerte, »könnte allerdings in der Tat nicht schaden.«

»Und du überprüfst Schwaiker?«

»Ja. Wenn ich es richtig sehe, haben wir jetzt drei Projektile, um die sich der Schusswaffenerkennungsdienst des BKA kümmern wird. Und wir werden Schwaikers Waffenarsenal auseinandernehmen. Diesmal kriegen wir ihn dran, glaub mir!«

Hoffentlich, dachte Linda, doch sie schwieg.

Schäfer Johanns Worte gingen ihr nicht mehr aus dem Kopf.

»Der letzte Wolf wurde auch mit einer Kugel vom Schwaiker erschossen. Aber er war nicht der Schütze …«

*

Er folgte auf dem kleinen Monitor jeder ihrer Bewegungen. Die Art und Weise, wie sie sich zu einer imaginären Musik drehte, strahlten Eleganz und Anmut aus, und er ahnte, dass irgendwo in ihrem Zimmer ein Radio lief oder sich eine CD mit ihrem Lieblingssong drehte.

Die einzige Lichtquelle in dem Raum war eine gelblich strahlende Deckenlampe, doch er würde später keine Probleme haben, durch eine entsprechende Farbbearbeitung der Fotos die Natürlichkeit ihrer jungen, glatten Haut und die sanften Tönungen ihres Teints herzustellen.

Plötzlich fuhr er zurück, als sich ihr Blick zum Fenster wandte und sie in ihrer Bewegung erstarrte. Konnte sie ihn entdeckt haben? Nein, unmöglich, beruhigte er sich, zu weit oben war seine Position, zu unruhig der Horizont, der ihn verschluckte und tarnte. Und doch beobachtete er gespannt die Richtung, in der sie aus dem geschlossenen Fenster blickte. Sie hatte den Hals nach vorne gereckt und den Kopf nach unten geneigt, von dort schien etwas ihre Aufmerksamkeit zu fesseln.

Vorsichtig folgte er mit der Kamera ihrem Blick und erfasste zwei Katzen, die sich unten auf dem Pflaster zofften, Kater womöglich, deren lautes Rallen auch durch das geschlossene Fenster zu ihr heraufgedrungen war. Sie öffnete einen Fensterflügel und beugte sich nach vorn, wohl um die Quelle des Lärms zu entdecken, als plötzlich ein Fenster des Hotels aufgerissen wurde und jemand mit einem empörten »Gsch, gsch!« die raufenden Kater zu verscheuchen versuchte.

Er grinste und fokussierte die Kamera erneut auf das Mädchen. Sie hatte das Fenster wieder geschlossen und sich ins Zimmer zurückgezogen. Er registrierte das Aufflackern des Fernsehers und wusste, dass nun das Licht gleich verlöschen würde. Er würde in zwei Stunden noch einmal nach ihr sehen, beschloss er, wenn sich draußen die Nacht über das Tal gesenkt hatte und niemand bemerken würde, wie er sich bis auf wenige Meter dem Zimmer näherte.

Es gab so gut wie keine toten Winkel mehr im Leben des Mädchens, die er nicht einsehen konnte, nur wenige Situationen, in denen er sie nicht beobachten konnte, nur wenige Minuten ihres Lebens, in denen er nicht wusste, was sie tat.

Er lenkte den Quadrocopter einige Meter höher, ließ ihn über den First des Hauses gleiten und leitete die Landung auf der abschüssigen Wiese ein, wo er, unsichtbar für Wanderer und Spaziergänger, aus seinem Wagen heraus die Fernsteuerung bediente.

Wenige Minuten später hielt er die Kameradrohne wieder in seinen Händen und fuhr zum *Theurerhof* zurück.

*

Linda Roloff parkte ihren Renault seitlich auf dem leeren Kundenparkplatz der *Metzgerei Steidinger* und lief die paar Meter zum Hintereingang, wo die Schlacht- und Kühlräume lagen. Die Dorfmetzgerei in Wintersbach gehörte zu den wenigen Kleinbetrieben, die noch selbst für den Eigenverbrauch schlachteten. Mit leichtem Schaudern dachte sie an ihre Erlebnisse zurück und an das Wolfsfell, das sie dort gefunden hatte und das auf so mysteriöse Weise verschwunden war.

Christian Steidinger, Seniorchef der Metzgerei und Ortsvorsteher von Wintersbach, hatte in der Geschichte eine wichtige Rolle gespielt, doch sie hatte nach Abschluss der Ermittlungen keine Chance mehr gehabt, ihn zu treffen. Sein Sohn Joachim, ebenfalls Metzgermeister und Geschäftsführer des Betriebs, hatte sie damals in die Geheimnisse von Schlachten und Ausweiden eingeweiht und würde ihr jetzt, nach dem Tod Martin Jaschkes, noch eine ganz andere Erklärung geben müssen. Sie hoffte, ihn jetzt nach Ladenschluss noch in einem der Schlachträume anzutreffen, und betrat durch die Stahltür den gefliesten Flur, hörte metallisch klingende Geräusche und lief den schmalen Gang entlang. Sie passierte die dicke Metalltür, die zum Kühlraum führte, und die schrecklichen Erinnerungen an die Tortur in der Kälte stiegen in ihr hoch.

*… das Fell, über das ihre Finger glitten, der scharfe Geruch, beißend, markant, wild, wie im Raubtierhaus im Zoo. Eine Mischung aus frischem Fleisch, rohem Blut und Raubtier-*

*exkrementen. Dann der Schädel, die Schnauze, der Rachen, die Zähne, die starren Augen. Der Wolf, der dort drinnen im Kühlraum hing. Kalt und erstarrt. Er war tot …*

»Sie? Hier?« Der harte Ton in der Frage des Juniorchefs ließ sie herumfahren. Joachim Steidinger war hinter ihrem Rücken aus einem der Räume auf den Gang getreten, langer, hellbrauner Schlächterschurz, weiße Gummistiefel, Metzgerkittel und weiße Kopfbedeckung wie beim letzten Mal, nur dass er heute auch noch Latexhandschuhe trug und der Griff eines großen Hackmessers aus seiner Faust ragte.

»Verschwinden Sie, Sie haben uns schon genug eingebrockt mit Ihrer Schnüffelei!«, befahl er und kam bedrohlich drei Schritte auf sie zu. Seine Augen blitzten auf, und mit Entsetzen starrte sie auf die Edelstahlklinge des Schlachterbeils, an der Blut zu kleben schien.

Scheiße, dachte sie, jetzt steckst du schon wieder in Schwierigkeiten. Sie wusste, dass sie in den Räumlichkeiten des Schlachtbetriebs keinen Handyempfang hatte, und sie hatte weder Jens Bosch noch die Redaktion über ihren Besuch in der Metzgerei informiert. Doch sie wusste auch, dass am Ende des Anbaus der Schlachtraum lag und es dort einen Ausgang zum Parkplatz der Viehtransporter gab. Würde sie es schaffen, die Außentür zu erreichen, bevor Steidinger junior sie einholte? Was aber, wenn er das Beil nach Art der Apachen oder Kiowas wie ein Tomahawk als Wurfkeule benutzte?

Joachim Steidinger schien das Entsetzen in ihrem Gesicht bemerkt zu haben, denn er ließ den Arm mit dem Schlachterbeil sinken und sagte, jetzt mit weniger rauem Unterton in der Stimme:

»Was schauen Sie so entsetzt? Glauben Sie am Ende, ich schlachte Sie hier ab? Sie müssen ja ziemlich schlechte Erinnerungen an Ihren letzten Besuch bei uns haben.«

Er lehnte das Beil mit der Schneide nach unten gegen die Wand, und Linda konnte kein bedrohliches Blitzen in seinen Augen mehr ausmachen.

»Im Kühlraum eingesperrt zu sein, ist sicher kein Vergnügen«, antwortete sie trocken, »zumal Sie mir erklärten, man könne ihn jederzeit von innen öffnen.«

Ihr Blick ging erneut zur Außentür, was Joachim Steidinger zu der Bemerkung veranlasste: »Sollen wir lieber nach draußen gehen?«

»Das heißt, Sie würden kurz mit mir reden?«

Er nickte und folgte ihr durch den Gang in den Schlachtraum und von dort ins Freie. Linda wartete, bis er in den Hof getreten war und lehnte sich dann in gebührendem Abstand an die Wand. Ihre rechte Hand tastete in ihrer Hosentasche nach dem Pfefferspray, und sie stellte zufrieden fest, dass sie es diesmal nicht vergessen oder verloren hatte.

»Sorry. Ich wollte Ihnen keine Angst einjagen«, entschuldigte er sich jetzt, »aber mein Vater ist nicht gerade gut auf Sie zu sprechen.«

»Das mag ja sein«, gab sie zurück. »Aber immerhin hat er damals mitbekommen, dass ich hier eingesperrt war.«

Joachim Steidinger schüttelte verständnislos den Kopf.

»Ich kann mir bis heute nicht erklären, wie das mit Ihnen im Kühlraum passieren konnte. Das geht nur, wenn jemand die Türsicherung außer Kraft setzt. Ich habe das noch am selben Abend überprüft. Die Tür hat sich problemlos über die Notfunktion von innen öffnen lassen. Und die Notrufanlage hat ebenfalls funktioniert. Sie braucht nicht mal Strom, ihr Akku sorgt auch bei Netzausfall für Alarmbereitschaft. Das muss jemand bewusst manipuliert haben.«

Vielleicht derselbe, dachte Linda, der auch heute bewusst auf meine Tasche geschossen hat? Laut sagte sie:

»Auch das mag sein. Fakt ist, dass ich dort eingeschlossen war. Und ein Wolfsfell entdeckt habe, das aber spurlos verschwunden war, als kurz darauf die Polizei eintraf, um es sicherzustellen.«

»Das ist nicht ganz richtig«, widersprach er. »Die Polizei hat sehr wohl einen Balg sichergestellt, der stammte jedoch von einem Wildschwein.«

»Und Sie glauben, ich könne ein Wildschwein nicht von einem Wolf unterscheiden?«, fuhr sie ihn an.

»Wie mein Vater mir erzählte, gab es kein Licht im Kühlraum. Demnach haben Sie das Fell nur ertastet?«

»Nein. Ich hatte gerade noch genügend Akku für die Lampe meines *iPhones*. Und glauben Sie mir, was mich da anstarrte, war der Schädel eines Wolfs! Ein Wildschwein, dass ich nicht lache! Ich sehe den geöffneten Rachen jetzt noch vor mir.«

»Laut meinem Vater waren Sie nicht sicher, dass da ein Wolfsfell am Haken hing.«

»Das stimmt so auch nicht ganz«, widersprach jetzt Linda. »Richtig ist, ich sprach nur von einem Fell. Es war Ihr Vater, der sehr schnell und für meinen damaligen Eindruck unüberlegt ›Wolfsfell‹ sagte.«

»Und deswegen sind Sie jetzt noch mal hier?«

»Ja und nein«, antwortete sie. »Ich bin hier, weil Martin Jaschke tot ist.«

»Martin Jaschke?« Der Name schien ihm nichts zu sagen, und Linda war sich nicht sicher, ob sich der Wolfsbeauftragte und der junge Metzger je begegnet waren. Sein Vater hatte Jaschke gekannt, ja, aber der Sohn?

»Er war der Wolfsbeauftragte hier im Schwarzwald.« Sie beschrieb den Biologen in wenigen Details. »Junger Kerl, trotz seiner langen schlohweißen Haare, trug 'ne Hornbrille und sprach sächsisch.«

»Ach der?« Joachim Steidinger schien sich zu erinnern. »War ein, zwei Mal da, sprach aber nur mit meinem Vater. Und der ist tot?«

»Ja. Unfassbar. Man hat ihn heute Morgen oben am Wildsee gefunden.«

»Und wie …?«

»Erschossen.«

»Aha, verstehe. Und weil er der Wolfsbeauftragte war, und Sie glauben, bei uns im Kühlraum einen toten Wolf gesehen zu haben, besteht für Sie ein Zusammenhang«, kombinierte er.

»Nicht nur. Es verschwand ja nicht nur das Wolfsfell aus dem Kühlraum, sondern es fehlte seit damals auch jede Spur von dem realen Wolf – übrigens eine Fähe aus Westpolen, wie Martin Jaschke über das bundesweite Wolfsmonitoring herausgefunden hatte. Man muss kein Wolfsexperte sein, um eins und eins zusammenzuzählen.«

»Sie glauben also, dass jemand den Wolf geschossen, den Kadaver bei uns im Kühlraum abgebalgt und das Fell mitgenommen hat?«

»Diesen Verdacht äußerte Martin Jaschke. Und weil man ganz in der Nähe seiner Leiche einen toten Wolf gefunden hat, bin ich jetzt hier«, sagte sie und fügte noch an: »Um Ihre Frage von vorhin zu beantworten.«

»Und wie kann ich Ihnen jetzt weiterhelfen?«, fragte er, und Linda glaubte, ihm eine gewisse Ungeduld, oder besser Unsicherheit anzumerken.

»Indem Sie mir sagen, was Sie über diesen Wolf in Ihrem Kühlraum wissen!«

Er schüttelte den Kopf. »Sie geben wohl nie auf«, sagte er und es klang nicht einmal wie eine Frage, sondern wie eine Feststellung.

»Eine gewisse Sturheit wird mir nachgesagt«, gestand sie.

»Aber mal ehrlich: Liegt es nicht auf der Hand, dass es derselbe Schütze sein könnte – damals die Wölfin und jetzt der Wolf am Wildsee?«

Joachim Steidinger ging nicht auf ihre Kombination ein und sagte stattdessen nur: »Mein Vater hat damit nichts zu tun.«

»Das behaupte ich ja auch nicht, Herr Steidinger. Mir wäre eher daran gelegen zu erfahren, wer sonst als Schütze infrage käme. Ich weiß zum Beispiel«, begann sie und machte eine Pause, um ihrer Aussage mehr Gewicht zu geben, »dass Schäfer Johann einen Großwildjäger namens Schwaiker auf den Wolf angesetzt hatte. Es soll sogar eine Lappjagd auf den Wolf gegeben haben, bei der neben Schwaiker noch weitere Schützen beteiligt gewesen sein sollen.«

Erneut holte sie Luft, um dem Metzger Gelegenheit für eine Antwort zu geben, doch der schwieg.

»Martin Jaschke hatte Beweisfotos, dass dieser Jäger und drei weitere Leute versucht haben, ihn umzubringen.«

Sie beobachtete Joachim Steidinger bei jedem ihrer Worte, doch keine Regung in seinem Gesicht verriet, ob er davon wusste.

»Wann erreiche ich Ihren Vater?«, fragte sie schließlich.

»Wie gesagt, er wird nicht mit Ihnen sprechen wollen.«

»Dann sprechen Sie mit mir! Kennen Sie Hartmut Schwaiker?«, bohrte sie weiter.

Joachim Steidinger nickte.

»Ja. Wir haben immer wieder Wildbret von ihm bekommen. Reh, Wildschwein, Hirsch. Er wollte nie Geld, nur die Trophäen. Hat selbst abgebalgt. Also gehäutet.«

»Auch den Wolf?«

Stummes Nicken.

»Dann wissen Sie also doch, dass der Wolf in Ihrem Kühlraum hing?«

»Aber von mir haben Sie das nicht!«, fuhr er auf. »Ich würde es nie zugeben. Ich sage es Ihnen nur wegen diesem toten Biologen. Und weil ich weiß, dass Schwaiker ihn nicht getötet haben kann.«

»Ach«, entfuhr es Linda. »Und warum sind Sie da so sicher?«

»Weil er in Afrika ist. Er hat sich das Fell geholt und ist damit verschwunden. Meinem Vater sagte er irgendwas von Windhoek.«

»Und das Wolfsfell?«

»Mein Vater glaubt, er hat es durch irgendeinen dubiosen Trophäenhändler über Umwege zu einem Präparator nach Namibia schicken lassen. Schwaiker hatte mal ein Atelier in Windhoek erwähnt. Mehr weiß ich nicht.«

»Danke«, sagte Linda, »Sie haben mir mehr geholfen, als Sie ahnen.«

Sie wandte sich zum Gehen, drehte sich noch einmal um und fügte noch hinzu:

»Ach ja, und grüßen Sie Ihren Vater von mir!«

*

*Der Geruch ihrer Art hat sich in ihrer feinen Nase festgesetzt, und die Fähe ist dem Duft gefolgt, nachdem sie ihre Wunden geleckt hat und das Blut an ihrem zerfetzten Ohr verkrustet ist. Die Schulter schmerzt und verursacht ein leichtes Hinken beim Trab, doch sie schnürt kerzengerade durch das Tal bergan, wittert ihre Artgenossen intensiv.*

*Als sich die Dämmerung herabsenkt und der Mond über den düsteren Hängen aufgeht, hört sie das Heulen. Es ist das Heulen eines Rüden und kommt aus dem Wald auf der anderen Seite des Tals. Sie sucht sich einen Weg aus den Felsen, zwischen denen sie gekauert und den Regen abgewartet hat, und klettert auf einen der kantigen Quader. Als sie das Heulen erneut vernimmt, ist es mehrstimmig, und sie wittert das Rudel. Sie legt den Kopf in den Nacken, streckt den Hals und wirft das Kinn fast senkrecht zum Himmel. Laut und deutlich klingt ihre Antwort durch die Nacht, und sie weiß, dort, wo das Rudel ist, wird sie Nahrung finden. Sie werden sich die Schnauzen lecken und gemeinsam jagen.*

*Die Fähe verlässt ihr Felsenversteck, ignoriert die Schmerzen und schnürt über die Wiese und durch den Bach auf die andere Seite des Tals. Sie hat vom Rudel Antwort bekommen und hat ein Ziel. Das Ende ihrer einsamen Nächte, ihrer Suche nach Artgenossen. Sie weiß, sie ist willkommen.*

*Als sie die Markierungen wittert, ahnt sie instinktiv, dass sie die Reviergrenze des Rudels erreicht hat, doch ein Zaun versperrt ihr den Weg. Er ist unnachgiebig und höher als die Zäune, die sie von den Schafen und Ziegen kennt. Doch noch etwas irritiert sie. Der Geruch, der den Duft ihrer eigenen Art überdeckt, ist intensiv, scharf, ja bedrohlich, und obwohl sie ihn noch nie in ihrer Nase hatte, sagt ihr der Instinkt, dass sie auf der Hut sein muss. Die Fähe ist noch nie einem solchen Tier begegnet, und als sie jetzt die Bewegung des riesenhaften Schattens vor sich zwischen den Baumständen bemerkt, verharrt sie mit gesträubtem Nackenfell.*

*

Linda erreichte Jens Bosch gleich nach dem ersten Freizeichen.

»Wir sollten zusammenziehen«, sagte er lachend, »so oft, wie wir miteinander telefonieren.«

Linda schmunzelte. Jens schaffte es in der Tat, auch an einem Dreckstag wie heute, ihr ein Lächeln ins Gesicht zu zaubern. Schade, dachte sie, dass ich ihm seine gute Laune gleich wieder verderben muss.

»Du kannst dir den Weg nach Oberdischingen sparen«, begann sie. »Schwaiker ist zurzeit in Namibia.«

»Woher weißt du das? Und sag jetzt nicht wieder ›Recherche‹!«

»Recherche«, betonte sie und lachte nun ebenfalls. In wenigen Worten schilderte sie ihm das Gespräch mit Joachim Steidinger.

»Wir werden das überprüfen«, meinte der Kommissar schließlich. »Oder besser: überprüfen lassen. Die KTU hat die Kaliber beider Geschosse als identisch gemeldet. Ich denke, die forensische Ballistik wird zeigen, ob die Munitionsteile einer der Waffen zugeordnet werden können, die auf Schwaiker beim *Nationalen Waffenregister* eingetragen sind.«

»Und was dann?«

»Die zuständige Kreispolizeibehörde wird eine sogenannte unangemeldete Waffenkontrolle durchführen. Das ist üblich, um die sorgfältige Aufbewahrung von erlaubnispflichtigen Schusswaffen zu überprüfen. Dazu muss es nicht einmal einen Verdacht geben, und wir ersparen uns zunächst einen Durchsuchungsbeschluss, den wir aber dennoch beantragen werden, falls es bei der Waffenkontrolle Auffälligkeiten gibt. Und dann muss es schnell gehen, bevor der Verdächtige reagieren kann.«

»Und ihr könntet dabei feststellen, ob Martin mit einer seiner Waffen erschossen wurde?«, fragte sie.

»Nicht vor Ort, aber mithilfe eines forensischen Vergleichs unter dem Mikroskop oder durch einen 3D-Scanner können die Experten des BKA im Labor eine Tatwaffe eindeutig zuordnen. Bleibt abzuwarten, welche Schätze Schwaikers Waffenschrank wirklich birgt.«

»Du kannst mich da nicht mitnehmen, stimmt's? Immerhin habe ich dir das mit Afrika gesteckt.«

»Leider nein. Da die Durchsuchung nicht im Zuständigkeitsbereich unseres Präsidiums liegt, wird es ein Ersuchen um die Durchführung bei den Kollegen, vermutlich in Ulm, geben.«

»Klingt kompliziert.«

»Ist es aber nicht. Das ist reine Routine. Und da es taktisch sinnvoll ist, dass wir bei der Durchsuchung dabei sind, werden wir das gemeinsam mit der örtlich zuständigen Dienststelle durchführen. Nur für neugierige Journalistinnen ist dann leider der Zutritt verboten«, fügte er noch mit dem Ausdruck des gespielten Bedauerns hinzu.

»Aber du hältst mich auf dem Laufenden?«, bohrte sie nach.

»Linda, das kann ich nicht«, antwortete er, und diesmal klang das Bedauern ernst. »Eine Hausdurchsuchung und in diesem Fall auch die Waffenkontrolle sind Teil der polizeilichen Ermittlungen, in die aber andere Dienststellen, Behörden und der Staatsanwalt involviert sind.«

»Du lässt mich aber wenigstens wissen, ob eine Waffe Schwaikers als Tatwaffe identifiziert werden kann.«

Der Kommissar schüttelte den Kopf. »Ich fürchte, diesmal musst auch du dich bis zur offiziellen Pressemitteilung gedulden, sorry.«

Selbst sorry, dachte Linda und in ihrem Kopf reifte ein Plan.

Ein Telefonat und weitere zehn Minuten später hatte sie die Informationen, die sie zur Durchführung benötigte, und gab in ihr Navi Schwaikers Adresse in Oberdischingen ein. Fahrtzeit über die Schwäbische Alb: eineinhalb Stunden.

Sie erreichte den kleinen Ort zwischen Ehingen an der Donau und Ulm nach Einbruch der Dunkelheit.

# TEIL 2
# JAGDTROPHÄEN

*Die gedrungene Gestalt bleibt witternd stehen, und die Nässe ihres zottigen, dichten Fells und die seltsame Ausdünstung ihrer leicht geöffneten Schnauze steigen der Wölfin in die Nase. Es ist der Geruch nach frischem Fleisch, nach Beute. Sie wechselt in die Demutshaltung, legt die Ohren an und klemmt den Schwanz zwischen die Hinterläufe. Der braune Riese beobachtet sie mit seinen listigen kleinen Augen, sein massiger Kopf mit der breiten Stirn und den kleinen, runden Ohren wogt hin und her, als schwanke er zwischen Angriff und Flucht.*

*Plötzlich nimmt sie diese andere, schnellere Bewegung wahr, und die Witterung des Rüden mischt sich in den fremden Geruch. Sie hat seine Duftmarke aufgenommen und weiß instinktiv, dass das Terrain eines fremden Rudels vor ihr liegt, irgendwo jenseits des hohen Zauns, den sie an keiner Stelle überwinden kann.*

*Sie entdeckt nun auch die anderen Wölfe, die sich im Dickicht des Walds verborgen halten. Es sind nicht viele, ihr Duft weist sie als Geschwister aus, und sie betrachten die Fähe mit Scheu und Zurückhaltung. Sie ist entschlossen, sich unterzuordnen und in das Rudel zu integrieren, falls der ranghöchste Rüde sie akzeptiert. Doch noch hat sie keine Möglichkeit gefunden, den hohen Zaun zu überwin-*

*den, der kein Ende zu nehmen scheint. Sie weiß nicht, was er zu bedeuten hat, doch sagt ihr der uralte Instinkt ihrer Art, dass dieses Rudel nicht in Freiheit lebt, nicht ungebunden ziehen kann und sein Territorium auf die Fläche innerhalb des von den Zweibeinern errichteten Zauns begrenzt ist.*

*Der Älteste des Rudels, der im Rang über seinen Schwestern und Brüdern steht und als Oberhaupt der Sippe die Führung übernommen hat, bleibt hinter dem unbekannten braunen Riesen stehen, dessen Unruhe sie riechen kann. Auch das Rudel agiert zurückhaltend, keines der Tiere gibt einen Laut von sich, aus dem sie schließen kann, ob sie willkommen ist, und um in den Gesichtern ihre Stimmung abzulesen, ist es zu dunkel geworden. Gebärden und Mimik sind Teil ihrer Sprache, doch sie hat keine Chance, etwas zu erkennen. Unentschlossen nähert sie sich dem Gitter, das sie von dem Rudel trennt, und ignoriert dabei den braunen Riesen.*

*Der scheint das als Provokation aufzufassen, und als sich der Bär auf seine Hinterbeine erhebt und zu voller Größe aufrichtet, nehmen die Wölfe unterwürfige Haltungen ein, und auf das Winseln und Jammern folgt eine hektische, fast panische Flucht ins Unterholz.*

*Nur der Rüde zögert noch einen Augenblick und verharrt. Seine gelben Augen fixieren die Fähe, doch dann tritt auch er den Rückzug an. Sie registriert verwirrt seine angelegten Ohren und die nach unten hängende Rute.*

*Als sie den Zaun verlässt, der den Wolf- und Bärenpark umgibt, und wieder dorthin zieht, woher sie gekommen ist, weiß sie, dass sie dort zwar frei und ungebunden, aber auch wieder allein ist.*

*

Auf kerzengerader Straße führte sie ihr Navi über eine von weißblühenden Kastanien gesäumte Allee zur Ortsmitte. Eine stattliche Häuserzeile mit mächtigen Mansardendächern löste die Bäume ab, und Linda Roloff erkannte an der schwarzweiß karierten Flagge am Monitor, dass sie in 200 Metern ihr Ziel, den Schlossplatz in Oberdischingen, erreicht hatte.

Das hufeisenförmige Kanzleigebäude zu ihrer Rechten machte den Eindruck eines ehemals herrschaftlichen Anwesens, und als sie ausstieg, registrierte sie erstaunt, dass genau dieser Prachtbau die Adresse war, in der Hartmut Schwaiker zu wohnen schien. Sie fand das Namensschild »Hartmut & Franziska Schwaiker« im Erdgeschoss auf der Rückseite des linken Flügels und hoffte, dass Joachim Steidinger recht hatte und der Jäger nicht zu Hause war, als sie läutete.

Ihre Kollegin Babs war wie immer fix gewesen, als Linda sie um den Kontakt zum Obmann für Pressearbeit der Kreisjägervereinigung gebeten hatte, und nach wenigen Minuten kannte sie nicht nur Schwaikers Adresse, sondern wusste auch, welchem Jagdverein er angehörte und an welcher Schießstätte er trainierte. Sollte in seiner Wohnung niemand anzutreffen sein, würde sie so auf anderem Wege ans Ziel kommen. Doch ihre Bedenken erwiesen sich als unbegründet, schon wenige Sekunden nach dem ersten Klingelton hörte sie von drinnen Schritte, und die schwere Holztür wurde geöffnet.

Eine Frau Mitte 60 öffnete und sah Linda fragend an.

»Ja bitte?«, kam es zaghaft, und die zierliche Frau rückte ihre schwarzumrandete Brille zurecht, um ihr Gegenüber besser in Augenschein nehmen zu können. Sie trug eine weiße Bluse unter einem grau gemusterten Poncho, die dunklen, hochgesteckten Haare fielen in ein paar wenigen Strähnen locker in das dezent geschminkte schmale Gesicht.

»Entschuldigen Sie die Störung, mein Name ist Linda Roloff. Ich bin auf der Suche nach Hartmut Schwaiker.«

»Mein Mann ist nicht da«, sagte die Frau freundlich, »worum geht's denn?«

»Ich bin Journalistin und arbeite an einem Beitrag über Jagdtrophäen. Ich habe die Adresse Ihres Mannes vom Landesjagdverband, man sagte, ich solle mich an ihn wenden.«

»Na, dann kommen Sie mal rein«, sagte Franziska Schwaiker, »meinem Mann geht nichts über seine Trophäen, und er wäre sicher enttäuscht, wenn ich Sie draußen stehen ließe.«

Linda folgte ihr in die dunkle Diele und stolperte fast über eine Erhebung am Boden, die wie ein Maulwurfshügel am Ende eines Fellteppichs emporragte.

»Obacht!«, rief Franziska Schwaiker eine Sekunde zu spät. »Ich habe Hartmut schon so oft gesagt, dass das Bärenfell eine Stolperfalle ist. Moment, ich mache Licht.«

Die Deckenleuchte erhellte den Eingang, und Linda betrachtete das weit aufgerissene Maul eines Grizzlybären, dessen Fell, wie das des Tigers in *Dinner for One*, weit ausgebreitet den Fußboden bedeckte. Die LED-Strahler setzten die gehörnten Antilopenschädel an den Wänden dramatisch in Szene, und Linda erkannte eine Oryx-Antilope mit ihren säbellangen Spießen, das Spiralhorn des Großen Kudu, die gigantische Elenantilope und das rostrot glänzende Fell der Nyala-Antilope mit den breit nach oben schwingenden Hörnern.

»Das sind vier seiner schönsten aus Afrika«, erklärte die Frau des Jägers, und in ihrer Stimme schwang ein gewisser Stolz mit.

Eine breite doppelflügelige Tür, die einer Pforte glich und über der ein Dutzend Gamskrucken, Widderschnecken und Rehgehörne hingen, führte in das Wohnzimmer, wo leise klassische Musik erklang. Linda erkannte eine Melodie von Edvard Grieg. Schwaikers Frau stellte den Ton mit der Fernbedienung stumm und bot Linda an, auf einem der Sessel unter dem ausladenden Schaufelgeweih eines Elchs Platz zu nehmen.

Von der gegenüberliegenden Wand ragte ein Kaffernbüffelhaupt weit in den Raum hinein, und mit Schrecken erkannte Linda, dass der weiße weiche Teppich, über den sie gegangen war, ein Eisbärenfell war, und sie der zähnefletschende Kopf des Königs der Arktis mit kalten schwarzen Augen fixierte.

»Wir wohnen hier wie die Fürsten, nicht wahr«, bemerkte Franziska Schwaiker und wies mit einer ausladenden Handbewegung auf den großzügig bemessenen Raum mit seinen Säulenbögen und der verzierten Stuckdecke.

»In diesen Gemächern residierte im 17. Jahrhundert der berühmte Schenk von Castell. Er war ein berühmter adliger Strafverfolger, hat in ganz Oberschwaben für Zucht und Ordnung gesorgt und war als *Henkersgraf* bekannt.«

Als Linda nicht erwartungsgemäß anerkennend reagierte, fügte sie schwärmerisch hinzu:

»Für Hartmut sind die Räumlichkeiten des Schlosses wie geschaffen, um seine wunderbare Trophäensammlung zu präsentieren. Er träumt von einem eigenen Museum.«

Über der Couchgarnitur leuchtete das Gefieder eines balzenden Auerhahns zwischen einem Weißkopfseeadler mit ausgebreiteten Schwingen und einer Szenerie, die einen Habicht auf einem erbeuteten Fasan zeigte.

»Hartmuts Trophäen sind prächtig, nicht wahr?«

Sie deutete auf ein im Liegen präpariertes Rehkitz, einen an einer Wurzel aufgerichteten Marder mit aufgerissenem Fang und einen Rotfuchs, der ein Kaninchen erbeutet hatte. An den Fleckenmustern der Felle an den Wänden erkannte

Linda Ozelot, Luchs und Schneeleopard. Gefährdete Arten. Sie dachte an Martins Worte:

*Die seltensten Tierarten der Welt finden Sie alle an den Wänden in seinem Wohnzimmer.*

»Mein Mann schwärmt für Großkatzen. Diesmal hat er in Namibia die Lizenz für einen Leoparden.« Franziska Schwaiker schien die Jagdleidenschaft ihres Mannes mehr als zu teilen.

»Seit wann ist Ihr Mann in Afrika?«

»Schon seit ein paar Wochen. Wenn ihn das Jagdfieber packt, lasse ich ihn ziehen. Ein Mann braucht seine Leidenschaft.«

»Und wann wollte er zurück sein?«

Seine Frau zuckte mit den Schultern.

»Sobald er seine Lizenzen abgearbeitet hat und die Zollformalitäten erledigt sind. Dann besucht er noch einen Freund in Windhoek, Laurens van Poosen. Sie haben sicher schon von ihm gehört. Er präpariert für die großen Museen und Dioramen auf der ganzen Welt.«

»Schade«, sagte Linda, ohne darauf einzugehen, »das ist jetzt wirklich Pech.«

»Was wollten Sie denn genau von ihm?«

»Naja«, dehnte sie und formulierte vorsichtig: »Ich sollte darüber nur mit Ihrem Mann sprechen. Aber wenn Sie mich nicht verraten, von Frau zu Frau …« Linda grinste verstohlen und zwinkerte ihr zu. In den Mundwinkeln der Frau blitzte ein Lächeln auf.

»Vielleicht können Sie mir schon ein paar Fragen beantworten, und ich würde dann noch einmal vorbeischauen, wenn Ihr Gatte wieder da ist«, meinte Linda und fuhr fort: »Ich hätte mir natürlich gerne seine Trophäen angesehen und vielleicht einen Blick in seinen Waffenschrank geworfen. Aber das ist ja nicht möglich, wenn er nicht da ist. Und sicher hat er seine Waffen ja auch mitgenommen.«

»Nach Namibia nur eine«, sagte Franziska Schwaiker. »Er wollte nach der Jagdsafari noch in den *Etosha Nationalpark.* Da ist die Einfuhr von Waffen verboten. Und er lässt sie ungern in anderen Händen.« Sie machte eine Pause und blickte verstohlen zum Fenster, als ob sie sichergehen wollte, dass niemand lauschte. »Ich weiß, wo er den Schlüssel zum Waffenschrank aufbewahrt. Für den Fall, dass ihm etwas passiert, meinte er.«

»Ich möchte Sie nicht in Verlegenheit bringen, Frau Schwaiker, und ich habe auch noch andere Adressen von Großwildjägern, an die ich mich wenden kann.«

Linda erhob sich zum Schein.

»Nein, nein«, rief die Frau jetzt hektisch, »das wäre Hartmut sicher nicht recht! Ich zeige Ihnen jetzt einfach mal sein Jagdzimmer und den Waffenschrank. Das ist ganz in seinem Sinne. Kommen Sie!«

Linda folgte ihr in das Reich des Großwildjägers, und wurde von der Trophäensammlung fast erschlagen. Keilerschädel mit mächtigen Hauern hingen neben kapitalen Rothirschstangen und Damwildschaufeln. Doch die tropischen Exponate beherrschten den Raum. Eine Arche Noah der toten Tiere, dachte Linda, und ihre Augen begaben sich auf eine Weltreise über alle Kontinente.

Indien, Heimat des mit einem Lebendköder erlegten, zähnefletschenden Tigers.

Australien, Einbürgerungsland des beim Wiederkäuen erbeuteten, wehrlosen Bantengs.

Deutschland, wo Terrier und grober Schrot den Dachsbalg sicherten.

Südafrika, wo auf der Jagdfarm die Lizenz für den Giraffenschädel bezahlt wurde.

Brasilien, Herkunftsland des von der Hundemeute zerbissenen Jaguars.

Grönland, ewiges Eis des mit der Eskimoquote erkauften Walrosspenisknochens.

Alaska, Revier des durch Herzschuss verendeten, in aufrechter Haltung präparierten Schwarzbären.

Unsterblich erstarrtes Fauchen, Flehmen, Wittern. Grandioses Gehörn, blanke Schädel, ausgestopfte Häute, grinsende Grimassen.

Das Lachen toter Trophäen.

Linda schüttelte sich.

»Für den Tiger ist Laurens van Poosen extra nach Europa gekommen, und auch den Bären hat er hier präpariert.«

Linda hatte Mühe, sich nicht angewidert abzuwenden, als ihre Augen über die Felle und Häute wanderten, die an den Wänden und an der Decke hingen. Dann blieb ihr Blick bei einem Tier hängen, dessen starre Fratze ihr einen Schauder über den Rücken jagte.

»›Ein Leben, reduziert auf einen Augenblick, festgehalten für die Ewigkeit‹, sagt mein Mann. Er hat das Tier der Wildnis entnommen, um es für immer zu verewigen. Ist das nicht edel?«

Linda unterdrückte eine Entgegnung, schaffte es aber auch nicht zu nicken.

»Dieser Wolf ist Laurens van Poosens Meisterwerk«, fuhr Franziska Schwaiker fort, »Sehen Sie diese Echtheit in der Bewegung und den vollkommenen Gesichtsausdruck? Als ob er lebendig erstarrt wäre.«

Linda schaffte es fast nicht, dem toten Blick des einst so stolzen Tieres standzuhalten. Sie beschloss, alles auf eine Karte zu setzen, um diesem Leichenmuseum der ausgeweideten und glasäugigen Kreaturen so schnell wie möglich zu entkommen.

»Meinen Sie, wir könnten einen Blick in seinen Waffenschrank werfen?«

Franziska Schwaiker nickte, öffnete umständlich eine

Schublade in einer der Kommoden und hielt einen kleinen Schlüssel in der Hand.

»Er hat mir zwar verboten aufzuschließen, vor allem wenn unangemeldete Kontrollen kommen. Selbst wenn ich nur den Schlüssel hole, ist das ein Zeichen für die Unzuverlässigkeit des Waffenbesitzers, und er kann seinen Jagdschein abgeben.«

»Ich werde dichthalten«, murmelte Linda verschwörerisch.

Der Schlüssel drehte sich im Sicherheitsschloss des lichtgrauen Waffentresors, die stählerne Flügeltür schwang auf, und Lindas Blick fiel auf ein halbes Dutzend Gewehre, die in speziellen Waffenhaltern an der Innenwand des Schranks hingen. In separaten Fächern lagerten Kurzwaffen und Munition.

»Da haben Sie das ganze Arsenal«, kommentierte Frau Schwaiker, »aufbewahrt nach den aktuell vorgeschriebenen waffenrechtlichen Bestimmungen. Darauf legt Hartmut allergrößten Wert. Moment!«, rief sie plötzlich und starrte auf eine Lücke zwischen zwei Gewehren.

»Es fehlen zwei!«, zischte Franziska Schwaiker. »Okay, seine Kilombero hat er auf der ganzen Welt dabei.«

»Kilombero?«, fragte Linda und gab sich ahnungslos.

»Seine beste Großwildbüchse. Aber dass er auch die Kimber Caprivi mitgenommen hat, wundert mich. Mit zwei Gewehren den Aufwand beim Zoll und die Lagerung, wenn er im Schutzgebiet unterwegs ist – komisch.«

Linda hingegen wunderte sich nicht, dass neben der Lieblingswaffe des Großwildjägers noch eine andere Waffe fehlte, und dachte einmal mehr an die Worte des Schäfers.

»Der hätt' einen Mord begangen für den Wolf.«

Jetzt war sie Jens Bosch nicht nur einen, sondern zwei Schritte voraus.

*

Alan Scott war froh, als die Nacht jede weitere Spurensuche unmöglich machte.

Er fühlte sich nicht sonderlich wohl in seiner Haut. Seine Rolle als Jagdführer behagte ihm nicht, doch es war ihm unmöglich gewesen, die Bitte der Witwe seines Nachbarn auszuschlagen. Björn van der Velde war mit 66 Jahren bei einem tragischen Jagdunfall ums Leben gekommen, als sich bei der Nachsuche nach einem waidwunden Löwen ein verhängnisvoller Schuss löste. Nun stand seine Witwe vor der Entscheidung, das 11.000 Hektar große Gelände der *Renosterskloof-Lodge* mit dem 7.000 Hektar umfassenden Jagdgebiet und der Lizenz auf Oryx, Kudu, Blessbock, Löwe und Leopard zu verkaufen, da sie sich nicht in der Lage sah, die Jagdfarm allein zu halten. Zu groß waren auch die Probleme mit der Wilderei geworden. Schon zwei Tage nach Björns Tod, als sich die Nachricht herumgesprochen hatte, waren drei Oryxantilopen auf dem Farmgelände gewildert worden.

Alan Scott, dessen Farm *Ojumamuya* in unmittelbarer Nachbarschaft lag, hatte daraufhin seine Patrouillen auf das Gelände von *Renosterskloof* ausgedehnt und von Ingrid van der Velde erfahren, dass fünf chinesische Millionäre am Kauf der Farm interessiert waren. Alan bangte um die Breitmaulnashörner, die der Lodge ihren Namen gegeben hatten, und dachte mit Schaudern daran, dass in der Traditionellen Chinesischen Medizin Rhinohörner nach wie vor als Potenzmittel galten und der Schwarzmarkt florierte. Seit er auf *Ojumamuya* lebte, waren immer wieder Nashörner von *Renosterskloof* zugewandert, erst im Dezember hatte er eine Kuh mit ihrem frisch geborenen Kalb an seinem Stausee entdeckt.

Für Alan Scott gab es nur einen Weg, den Verkauf von *Renosterskloof* an die Chinesen zu verhindern: Er musste Björns Witwe helfen, so gut es ging, und solang sie keinen professionellen Jagdführer einstellen konnte, würde er über seinen Schatten springen und Jagdsafaris auf *Renosterskloof* führen, hatte er ihr angeboten. Und so war er über Nacht wieder in seinem alten Beruf gelandet, den er bis zu jenem verhängnisvollen Ereignis in der Maasai Mara vor vielen Jahren ausgeübt hatte.

Er war damals für sein eigenes Unternehmen in Nairobi gefahren, sein eigener Herr gewesen, leitete Safaris in allen Nationalparks und Reservaten in Kenya, von den *Aberdares* mit den seltenen Spitzmaulnashörnern über den *Samburu* mit seinen auf den Hinterbeinen äsenden Giraffengazellen, den Gerenuks, bis zu den Seen im *Great Rift Valley*, wo im *Nakurusee* die gigantischen Schwärme von Rosaflamingos zu Hause waren, von denen Linda immer behauptete, sie seien pink.

*Auf seiner letzten Tour war Angie dabei gewesen, eine amerikanische Fotografin aus Texas, die für internationale Naturmagazine fotografierte und die ganze Welt bereiste. Mit der Aufnahme einer Gepardin, die einen jungen Königspython erbeutet hatte, hatte sie es zu Platz zwei der* Wildlife Photographer of the Year *gebracht und den Auftrag für eine Reportage über Afrikanische Elefanten im* National Geographic *bekommen. Sie hatte ihm ziemlich den Kopf verdreht, sonst wäre all das nicht geschehen, das war Alan später klar geworden.*

*Die Safari war schon fast zu Ende gewesen, es passierte auf der letzten Pirschfahrt in der Maasai Mara. Angie wollte unbedingt noch einen angreifenden Elefanten fotografieren. Sie hatten eine kleine Herde aufgespürt, und Alan war ziemlich nahe an die Tiere herangefahren. In der Mara war das kein Problem, weil man dort die Pisten verlassen durfte. Die Kühe führten Junge mit sich und waren leicht zu provozieren. Doch zu einem richtigen Scheinangriff gingen sie nicht über. Die Fotografin redete so lange auf den verliebten Alan ein, bis er ausstieg, um die Tiere zu reizen.*

*Es war ihm klar gewesen, dass es gefährlich und verboten war, doch sein Wille, der Kleinen zu imponieren, hatte alle Bedenken über Bord geworfen. Er, der mutige Safariführer, trat den Elefanten für sie zu Fuß entgegen. Was für eine beschissene, dumme Idee! Alan hatte gewusst, dass erste Angriffe immer Scheinangriffe waren. Doch die Elefantenkuh hatte das offenbar nicht gewusst, und Alan hatte sich gründlich verrechnet. Ein Fehler, der Angie zum Verhängnis geworden war. Alan hatte sofort bemerkt, dass mit der Elefantenkuh, die ihn mit aufgestellten Ohren laut trompetend angriff, etwas nicht stimmte. Dieses Tier hatte es ernst gemeint.*

*Alan war zum Kleinbus zurückgerannt und hatte sich hinter das Steuerrad geschwungen, den Rückwärtsgang eingelegt und Gas gegeben, seinen Blick nur auf den angreifenden Elefanten konzentriert. Er hatte nicht bemerkt, dass auch Angie ausgestiegen war, um hinter dem Wagen versteckt zu fotografieren. Als er ihren Schrei wahrgenommen hatte, war es schon zu spät gewesen. Er hatte sie überfahren und mitgeschleift. Angie war auf der Stelle tot gewesen.*

Sie hatten ihm die Lizenz für sein Unternehmen entzogen, *Scott's Safaris Unlimited* war Geschichte gewesen. Nur durch die Zeugenaussagen der anderen Touristen war er dem Gefängnis entgangen, aber die Sache hatte ihn ruiniert. Finanziell und psychisch.

Jetzt, fast 20 Jahre später, war er zum ersten Mal wieder als Safariguide unterwegs, auf *Renosterskloof*, um einem deutschen Großwildjäger einen Leoparden vor die Büchse zu treiben.

Der großgewachsene Typ mit dem hochroten Kopf, kurzgeschorenen Haaren und unrasiertem Gesicht, dessen raubeiniges Auftreten etwas von John Wayne in seiner oscarprämierten Rolle als Reuben »Rooster« Cogburn in *Der Marshal* hatte, stellte sich ihm als »Hardy« vor, und Alan Scott hatte das Gefühl, dass ihm dieser Mann schon einmal begegnet war.

»Sie jagen nicht zum ersten Mal in Afrika?«, hatte Alan gefragt, und der Jäger hatte gelacht.

»Ganz sicher nicht«, hatte er geantwortet. »Ich habe Trophäen aus Tansania, Südafrika und auch Namibia in meinem Jagdzimmer hängen. Zu den Big Five fehlt mir nur noch der Leopard, und deshalb bin ich hier. Die Lizenz kostet mich ein nettes fünfstelliges Sümmchen, also sehen Sie zu, dass ich eine schöne gefleckte Mieze vor die Büchse bekomme. Wenn es geht, einen starken Kuder!«

Alan hatte stumm genickt, sich hinters Steuer seines Land Cruisers geschwungen, und sie hatten sich auf den Weg in das Leopardenland gemacht.

Alan wusste, wo er nach dem *Luiperd* zu suchen hatte, doch er hatte wenig Lust, diesem großspurigen Angeber sein Jagdglück zu gönnen. Im Grunde widerte es ihn an, diesen Job machen zu müssen, doch wenn er mit dem Abschuss eines Leoparden und der Antilopen, die dieser Hardy noch schießen wollte, *Renosterskloof* vor den Chinesen retten konnte, würde er das Opfer bringen. Es gab genügend Leoparden in der Gegend, manche Farmer erlegten sie heimlich oder gaben sie illegal zum Abschuss frei, weil sie ihre Schafe oder Rinder töteten. Er würde nur darauf achten, dass es eine alte oder kranke Katze war, die dem großen weißen Jäger vor die Büchse lief.

Sie waren seit Mittag im Bushveld unterwegs gewesen, und Alan Scott hatte ein gutes Dutzend Leopardenfährten entlang der sandigen Pisten, in den ausgetrockneten Flussbetten und auf den Wildwechseln entdeckt, die zum Teil auch Hardy nicht verborgen geblieben waren. Einige erklärte er als Karakal- oder Servalspuren, doch der Jagdgast gab sich damit nicht zufrieden.

»Die sind doch viel kleiner«, korrigierte er seinen Jagdführer, »ich habe noch nie so große Servalspuren gesehen.«

Alan Scott hatte die Schulter gezuckt, und sie waren einer der Fährten bis zum Einbruch der Nacht gefolgt, bis die Vegetation an den Hängen der Berge undurchdringlich wurde.

Jetzt schob Alan seine Legionärsmütze ins Genick und sagte:

»Die Leoparden haben ihre Verstecke oben in den Bergen. Wir werden uns dort auf die Lauer legen.«

»Mit Köder?«, fragte der Jäger.

»Dazu hätten wir eine Ziege mitnehmen müssen. Oder wollen Sie Ihre Lizenz auf einen Springbock für einen Leopardenköder opfern?«, fragte Alan und packte den Großwildjäger bei seiner Ehre: »Ich hätte nicht gedacht, dass ein Jäger Ihres Schlags im Tarnversteck auf einen Leoparden wartet, um ihn dann beim Fressen zu erschießen.«

Hardy sah Alan grinsend an.

»Da haben Sie recht«, sagte er. »Gute Jagderlebnisse hören sich anders an. Wie gehen wir also vor?«

»Wir schlagen hier unser Lager auf und gehen morgen zu Fuß weiter. Es gibt ein Wasserloch da oben. Und auch Leoparden müssen trinken. Wir werden dort nach Spuren suchen, und dann entscheiden Sie, wie Sie ihn jagen wollen.«

»Zu Fuß ist sehr gut«, stimmte Hardy zu. »Ich mag es nicht, aus der Schiebedachluke herauszuschießen. Aug' in Aug' mit dem Tier, das ist meine Art zu jagen.«

Alan verbarg seine Gedanken und nickte. Sie würden in der Morgendämmerung aufbrechen.

*

»Der hätt' einen Mord begangen für den Wolf.«

Die Worte des Schäfers waren ihr nicht mehr aus dem Kopf gegangen, und sie dachte auf der langen Fahrt nach Hause, was sie wohl bedeuten mochten.

Linda war zu aufgedreht, um trotz der Müdigkeit, die sie auf den letzten Kilometern eingeholt hatte, gleich einschlafen zu können, und sie setzte sich noch mit einem Glas Chardonnay vor ihr Aquarium. Das ruhige Schwimmen der Schwertträger, Schmerlen und Neonfische, das muntere Putzen der Antennenwelse an den Glasscheiben, das ruhige Wehen der Pflanzen in der künstlichen Strömung, all das wirkte entspannend, und sie spürte, wie sie langsam zur Ruhe kam.

In ihren Gedanken mischten sich Sequenzen der letzten Tage mit den Schatten ihrer Vergangenheit. Mord hatte sie immer wieder begleitet in ihrer langen Karriere, und auch Alans Spruch: »Es gibt nichts Leichteres, als in Afrika eine Leiche verschwinden zu lassen«, hatte sich mehr als einmal bewahrheitet. Mit Schaudern dachte sie an den Kadaver, auf den er in Kenya am Löwenriss gestoßen war, und die grausamen Morde, die sie auf der Farm *Olifants Goud* in Südafrika aufgedeckt hatten.

Immer wieder war sie in ihrem Leben mit dem Tod konfrontiert worden, doch nie hatte es einen guten Freund getroffen wie jetzt Martin Jaschke. Hatte der Wolfsfreund in der verhängnisvollen Nacht einen Jäger überrascht, der illegal einen Wolf geschossen hatte? War er in seiner offenen Art unbedarft auf den Schützen zugegangen, um ihn zu stellen? Wie hatten die letzten Minuten seines Lebens ausgesehen, hätte er eine Chance gehabt, dem Tod zu entkommen?

Linda goss sich noch Chardonnay ein und hob das Glas.

»Auf Menschen wie dich, Martin. Auf die Guten, die immer zu früh gehen müssen.«

Linda trank und sah zur Uhr. Elf Minuten nach Mitternacht. Eine gute Zeit, um zu trinken. Oder besser Zeit, um schlafen zu gehen? Morgen würde sie als Erstes versuchen, Jens Bosch zu erreichen, um ihn über die Erkenntnisse ihres Besuchs bei Schwaiker zu informieren.

Danach würde sie mit Alan telefonieren. Sie hatte einen Plan, und Alan Scott würde ihr helfen. Wie er dir immer hilft, dachte sie und es wurde ihr bewusst, dass auch am Beginn ihrer Freundschaft, aus der Liebe geworden war, ein Mord stand.

Jahre her, dachte sie. Ein Mord, dessen Aufklärung ihr komplettes Leben durcheinandergewirbelt hatte. Sie selbst hatte die Leiche entdeckt.

Damals, Jahre her.

*In Tübingen.*

*Im Restaurant beim Reitstall hatten sie sich treffen wollen.*

*Nach einem letzten Versuch, Claudia über Handy zu erreichen, hatte sie aufgegeben, bezahlt und das Lokal verlassen. Es hatte mal wieder geregnet.*

*Sie hatte schon den Autoschlüssel in der Hand, als sie im diffusen Licht etwas am Rand des schmalen Fußgängerweges funkeln sah. Aus irgendeinem Grund zog das Fahrrad, das dort auf dem Boden lag, ihre Aufmerksamkeit auf sich. Wie von einer unsichtbaren Kraft gelenkt, schritt sie darauf zu. Diese unförmigen Radtaschen mit den katzenkopfförmigen Leuchtaugen und der Sattel mit dem hellen gehäkelten Überzug – das war doch Claudias Rad! Doch wenn das Fahrrad da war, wo war Claudia? Zaghaft rief sie ihren Namen. Ein ungutes Gefühl beschlich sie, als sie den Straßenrand Richtung Wald entlangging. Der Regen fiel gleichmäßig, und ein leichter Wind ließ die Schatten der Bäume im schummrigen Schein der Straßenbeleuchtung über den nassen Asphalt tan-*

zen. Auf einmal hatte Linda Angst. Sie rannte zurück zu ihrem Wagen, stieg ein, startete nervös und legte im Schritttempo die 300 Meter bis zum Waldrand zurück. Manchmal war im Winter die Schranke geschlossen, doch heute war die Durchfahrt der schmalen Straße, die abschüssig auf kurvenreicher Strecke zum Kloster Bebenhausen führte, frei. Was, verdammt noch mal, suchst du hier?, fragte sie sich, während sich die Scheinwerfer ihres Alfa Romeo der bedrohlichen Dunkelheit des Waldes näherten. Da draußen lag Claudias Fahrrad, na und? Vielleicht hatte sie Freunde getroffen und – vergiss es! Claudia wollte sich mit dir treffen, und es war ihr wichtig gewesen.

Lindas rechter Fuß trat auf die Bremse. Die Einfahrt zu dem Jogger-Parkplatz. In sportlicheren Zeiten war sie auch schon von hier aus losgetrabt. Los, reinfahren! Umsehen, und wieder weg! Und dann nach Hause, Claudia wird sich morgen schon melden! Die Wagenlichter fraßen sich in die bedrohliche Dunkelheit, Regentropfen behinderten die Sicht, und Linda kurbelte das Fenster herunter, um besser sehen zu können. Der Parkplatz war leer. Nur ein schrottreifer, schon vor Wochen oder Monaten hier abgestellter Käfer ohne Kennzeichen parkte hinter einem der Bäume, die den Platz aufteilten. Der Schein ihrer Halogenlampen ließ in all dem Schwarz und Grau ein paar matte Farbnuancen erkennen. Wo der Schatten des Käfers wich, glänzte das feuchte Laub in morschem Braun und fahlem Blau. Blau? Blau!

Die Jeans waren nicht zu übersehen. Linda bremste und ließ den Wagen langsam rückwärts rollen, bis die Scheinwerfer die ganze grausige Szenerie erfassten. Aus dem Schatten des Käfers ragten zunächst nur zwei schlanke Beine hervor, Frauenbeine in schwarz-weißen Turnschuhen und seltsam zerknüllten blauen Jeans. Die Hose ist heruntergestreift!, durch-

*fuhr es sie. Dann beleuchteten die Lichter grell einen hellen Bauch und fleischige Oberschenkel, einen offenen dunklen Anorak und schließlich die starr zur Seite ausgestreckten Arme.*

*Als Linda das Gesicht der Toten erkannte, stieß sie einen Schrei aus.**

Der Mord hatte sie damals zunächst nach Afrika geführt, und die Spurensuche hatte sie und Alan Scott zusammengebracht. Der Mörder, den sie nach vielen Irrwegen entlarvt hatten, war zu einer lebenslangen Freiheitsstrafe verurteilt worden. Sie hatte ihn aus ihrem Leben verdrängt. Zu sehr fürchtete sie seine Rache. ER würde seinen Schwur wahrmachen, das wusste sie, doch sie verdrängte es. Wollte es nicht wahrhaben. Wollte vergessen, dass es ihn gab. Irgendwo im Knast …

Linda schreckte hoch, als das Licht im Aquarium erlosch. Sie trank den letzten Schluck Chardonnay und ging zu Bett.

ER wartete im Wagen, bis das Licht in ihrem Schlafzimmer erlosch, und startete den Motor. Sein Grinsen war bestialisch. ER hatte sie gefunden. Nach 15 langen Jahren …

Linda hörte den Wagen vor ihrem Fenster wegfahren, schlug die Augen auf und starrte zur Decke. Zu vieles ging ihr durch den Kopf, zu vieles, um einschlafen zu können. Warum wurde sie die Schatten der Vergangenheit nicht los? Es waren so viele Jahre vergangen, würde ER sie nicht längst vergessen haben? Würde ER wirklich diese Rache verfolgen, nach so langer Zeit? Es riskieren, dass ER erneut ins Gefängnis kam, nur weil ER seinen Racheschwur einlösen wollte?

Linda holte tief Luft und versuchte, auf andere Gedanken zu kommen. Doch die Gedanken waren ebenso trüb wie beunruhigend. Warum musste Martin Jaschke sterben? Wer hatte etwas davon? Hatte es tatsächlich mit dem Wolf zu tun, der sich irgendwo da draußen im Schwarzwald herumgetrie-

---

* Nashornfieber (2005)

ben hatte? Oder gab es in der Vergangenheit des Biologen auch irgendwelche Schatten, die ihn eingeholt hatten? War er in Wirklichkeit nicht der sorglose, sympathische Tierfreund, als den sie ihn kennengelernt hatte? Gab es Menschen, die auch ihm Rache geschworen hatten, in einem anderen Leben vielleicht? So wie ER ihr?

Linda wälzte sich in ihrem Bett hin und her, doch sie fand trotz Müdigkeit nicht in den Schlaf. Zu viele Fragen waren offen, zu viele Unbekannte gab es in der Gleichung, die sie zu lösen hatte.

Sie dachte an Sarah. Ihre Tochter stand kurz vor dem Abi und würde sich ihren Lebenstraum erfüllen. Konnte sie es ihr verübeln, dass sie sich an diesen Tierarzt wandte? Warum suchte sie in allem immer das Schlechte, das Böse, das Negative, fragte sie sich, und beschloss, ihrer Tochter keine peinlichen Fragen mehr zu stellen. Langsam spürte sie, wie ihr die Augen zufielen, und sie gab der Müdigkeit nach.

Draußen fuhr schon wieder ein Wagen vor, und Linda wunderte sich, kein Schlagen von Türen zu hören. Sie wohnte in einer Sackgasse, verkehrsberuhigt, und es gab nur noch wenige Häuser bis zur Wendeplatte. Nur selten verirrten sich Fremde in das Wohngebiet, und noch seltener gab es Fahrgeräusche nach Mitternacht, außer vielleicht an den Wochenenden. Linda drückte auf die Leuchtanzeige ihres Weckers. Sie musste doch eingeschlafen sein. Wer kurvte um kurz vor halb vier noch durch das Wohngebiet?

Sie stand auf, ging zum gekippten Fenster und schloss es, sah dabei einen Kleinwagen langsam weiterfahren. Ruhe jetzt, dachte sie, und ihr Blick fiel auf den Mond, der als nicht mehr ganz runde Scheibe zwischen den Dächern der Nachbarhäuser stand. Als man Martin erschoss, war Vollmondnacht. Sie kroch in ihr Bett zurück und fiel in einen unruhigen Schlaf.

ER hatte auf der Wendeplatte gewartet und fuhr langsam zurück. »Gute Nacht, Linda«, murmelte ER und registrierte das geschlossene Fenster in ihrem Schlafzimmer. Kein Problem, sie dort zu überraschen, dachte ER. Doch jetzt würde ER sich erst mal um ihre Tochter kümmern. Zunächst …

*

*Die einsame Wölfin zieht es hinaus in die mondhelle Nacht, und ihr Blick geht hinauf zum Ursprung des Lichts, doch sie ist nicht in der Stimmung, den abnehmenden Mond anzuheulen. Die alten Zweibeiner haben dem Vollmond des noch jungen Jahres den Namen* Wolfsmond *gegeben, weil sich zur kältesten Zeit des Jahres die Wölfe den Siedlungen nähern, wo sie leichtere Beute zu finden hoffen. Das Heulen ihrer Artgenossen klingt dann besonders durchdringend und laut, und es scheint so, als versammelten sie sich auf dem höchsten der Felstürme, um ihren Verbündeten der Nacht anzuheulen. Und die Alten in den Siedlungen flüstern dann nur noch, und sprechen leise und ehrfurchtsvoll von der* Wolfssonne.

*Das volle, runde, der Erde zugewandte Gesicht scheint dann besonders hell, und das senkrecht von seiner Oberfläche zurückstrahlende Licht der Sonne, das von keinem Schatten getrübt und von keiner Wolke verdeckt wird, bringt den Mond zum Leuchten. Nie hat er selbst die Kraft besessen, aus eigenem Antrieb zu glänzen, doch wenn sein Antlitz, wie in dieser Nacht, vollständig im Fokus der Sonne steht, ist es doch seine Helligkeit, die hinunter bis zur Erde strahlt.*

*Auch die Sterne ringsum profitieren von diesem Glanz der Sonne und bringen das Firmament zum Strahlen. Die sternklare Nacht wölbt sich dann über den Höhenzügen des Schwarzwalds und gibt der urigen Landschaft mit ihren kahlen Grinden, den waldreichen Hügeln und den tief zwischen ihnen eingeschnittenen Flusstälern etwas Mystisches. Die Kräfte, die der Mond in einer solchen Nacht auf die Erde sendet, wirken sich aus auf die Gezeiten der Meere, auf das Wachsen der Pflanzen und den Zeitpunkt des Gebärens. Viele Tiere des Waldes spüren seine Kraft und richten sich danach.*

*Die kleine Waldmaus bleibt in der Vollmondnacht in ihrem Bau und lässt sich durch nichts dazu bewegen, auch nur für einen Augenblick aus einem der Löcher hinauszuhuschen. Sie weiß nichts von der Kraft des Mondes, doch sie hat gelernt, dass sie in hellen Nächten leichter gesehen und schneller das Opfer des Kauzes werden kann. Eine Vollmondnacht in der Tiefe der Erde ist eine weitere Nacht, in der sie am Leben bleibt.*

*In früheren Zeiten wussten die alten Holzfäller und Flößer in den düsteren Wäldern und bei den Staustufen an den Flüssen, allen voran der unheimliche Holländermichel, die Kraft des Mondes für das Schlagen der Bäume zu nutzen, die sie zu gigantischen Flößen zusammenbauten. »Mondholz schwindet nicht«, sagten sie und meinten damit, dass es weniger an Umfang verlor, wenn es nach dem Schlagen trocknete. Auch das dämonische Knacksen des toten Holzes, das klang, als ob die gefällten Bäume ächzten und stöhnten, blieb aus, wenn man sich den Mond beim Schlagen zum Freunde machte.*

*Doch nicht nur Holländermichels Gefährten hatten ein wachsames Auge auf den Mond. Auch der Bauersmann richtete sich beim Düngen und Ernten nach seinem Licht, und so mancher Quacksalber und Heiler ließ nur in der Vollmondnacht zur Ader.*

*Manche Lebewesen spüren bis heute eine innere Unruhe, wenn der Mond im vollen Glanz sein Licht zur Erde sendet, andere schlafen schlecht, fühlen sich angezogen vom matten Schein in der Nacht und wandern umher. Auch die Wölfin hat es hinausgezogen in die Nacht, sie ist ihre heimliche Verbündete. Die Fähe ist auf Beute aus, denn es sind die hellen Nächte der Jäger, in denen es leichtfällt, ein Kitz zu überraschen.*

*Mit der Abenddämmerung ist sie aufgebrochen, einsam und stumm, denn ihr Heulen hat keine Antwort mehr erfahren. Doch sie hat einen neuen Duft in ihrer Nase, hat etwas gewittert, das ihr Hoffnung macht. Hoffnung auf ein Ende der Einsamkeit. Und so zieht sie in die Nacht hinaus, als der abnehmende Mond sie auf die Spur ihres Artgenossen führt.*

*

Lindas Versuch, Jens Bosch am nächsten Morgen zu erreichen, schlug fehl, sie stieß nur auf die Mailbox. Sie verwarf den Gedanken, ihm eine *WhatsApp* zu schreiben oder eine Sprachnachricht zu hinterlassen. Er würde ohnehin von der Kreispolizeibehörde das Ergebnis der Waffenkontrolle bei Schwaiker erfahren, und sicher würde inzwischen auch das Ergebnis der forensischen Ballistik vorliegen, und er konnte seine eigenen Schlüsse ziehen.

Sie war sich sicher, dass die Munitionsteile, die man bei Martins Leiche und dem toten Wolf gefunden hatte, aus einer der verschwundenen Waffen Schwaikers stammten.

Blieb nur noch die Frage offen, ob Schwaiker tatsächlich in Namibia war oder sich nur ein scheinbar perfektes Alibi verschafft hatte. Auch hier würde sie Jens Bosch die Antwort liefern können, dachte Linda und grinste. Wieder einmal würde es Alan Scott sein, der ihr dabei helfen würde. Wie schon so oft, seit sie ihm zum ersten Mal begegnet war, damals auf der Fähre nach Mombasa. Während sie auf dem *iPhone* seinen Kontakt suchte, wanderten ihre Gedanken zurück.

Jahre …

*Wie alle Touristen hatte auch sie auf der Likoni-Fähre den Bus verlassen müssen und stand, eingepfercht zwischen Urlaubern und Einheimischen, am Bug des altertümlichen Schiffes. Dann plötzlich der Albtraum: Im allgemeinen Gedränge zwischen den stinkenden Autos und Transportern auf der Fähre hatte ihr ein Jugendlicher in schmutzigem T-Shirt und zerschlissenen Jeans die Tasche entrissen und war damit zum Heck der Fähre gerannt.*

*Linda war von Panik erfasst worden. Alles, was sie besaß, hatte sich in der Umhängetasche befunden. Wenn der Dieb erst die Menschenmenge erreicht haben würde, die sich hinter den Autos und Bussen noch auf die Fähre gedrängt hatte, würde es unmöglich sein, ihn noch zu erwischen. Er würde eintauchen in dieser Masse von Hunderten Menschen, die meisten Einheimische wie er und ebenfalls mit schmutzigen T-Shirts und zerschlissenen Jeans bekleidet.*

*Sie hatte sich schreiend durch die Gasse zwischen den qualmenden Fahrzeugen geboxt und ihm nachgesetzt. Durch ihre Größe hatte sie die meisten Menschen auf der Fähre überragt und ihn zwischen den Autoreihen entdeckt. Eine Gruppe japanischer Touristen war aus einem Nissan-Bus geklettert und hatte sich vor ihr zu einem Erinnerungsfoto aufgebaut. Linda hatte geflucht und um Hilfe gebrüllt. Sie hatte den Fotografen zur Seite gedrängt und sich durch die schimpfenden Japaner gekämpft. Einer hatte nach ihrem Hut gegriffen, um sie festzuhalten. Linda hatte gefaucht und ihm den Ellbogen zwischen die Rippen gestoßen, der Japaner hatte aufgeschrien und sich die getroffene Stelle gerieben. Lindas Hut war zwischen den Beinen der Japaner auf die Bohlen gefallen, doch sie hatte die Verfolgung fortgesetzt.*

*Der Dieb hatte inzwischen das Menschenknäuel am Heck der Fähre fast schon erreicht. Eben waren die Rampen hoch-*

*gefahren worden, und die Fähre hatte sich langsam in Bewegung gesetzt. Der Abstand zum Ufer hatte sich rasch vergrößert und Linda keine Chance mehr gesehen, den Flüchtigen zu erreichen. Noch mehrere Autos hatten ihr den Weg versperrt. Auf Höhe des letzten Wagens, eines sandfarbenen Land Cruisers, hatte sich der Junge grinsend nach Linda umgedreht und war weitergerannt. Im selben Moment hatte sich die Fahrertür geöffnet, der Dieb war mit dem Oberkörper frontal gegen die Tür geprallt und taumelnd zu Boden gegangen.*

*Linda war über die leere Ladefläche eines alten Datsun geklettert und hatte sich an einem grauen dreirädrigen Lieferwagen vorbeigequetscht. Der Junge war für einen Augenblick benommen unter der offenstehenden Wagentür gelandet, der Fahrer des Land Cruisers hatte sich herausgebeugt und nach Lindas Tasche gegriffen. Im selben Moment war der Dieb zu sich gekommen und hatte den Fahrer mit weit aufgerissenen Augen angesehen. Der gab ihm ein Zeichen zu verschwinden, zog die Wagentür zu und beobachtete, wie der Junge sich eilends aufrappelte und im Gewühl aufgeregt gestikulierender Menschen verschwand. Mit einem Satz landete er im Wasser und schwamm die paar Meter ans Ufer.*

*Im selben Moment hatte Linda den Land Cruiser erreicht, das Fenster auf der Fahrerseite war geöffnet gewesen und sie hatte in ein finsteres Dreitagebartgesicht geblickt. Der Mann hinter dem Steuer schien keine Notiz von ihr zu nehmen. Wortlos hatte er seinen Arm zum Fenster herausgestreckt, und von seiner Hand war ihre Umhängetasche gebaumelt. Verdutzt hatte Linda zuerst in das Gesicht des bärtigen Weißen, dann zu ihrer Tasche gesehen.*

*»Na, nehmen Sie schon!«, hatte er ungeduldig gebrummt und wohl »blöde Touristin« gedacht.*

*»Vielen Dank – ich meine …«, hatte sie gestammelt.*

*»Sie sollten besser auf Ihre Sachen aufpassen! Das kann verdammt schiefgehen in diesem Land!«*

*Für einen Moment hatte sie seine Augen erkennen können, die im Schatten einer Legionärsmütze verborgen waren. Stahlblaue Augen, dachte Linda, Augen, die nicht lachen können …*[*]

Das schnelle Tuten aus ihrem *iPhone* holte Linda ins Hier und Jetzt zurück. Sie hatte gedankenverloren die Kurzwahl von Alan Scott angeklickt, als die monotonen Töne im Viertelsekundentakt ihr auch schon signalisierten, was kurz darauf die weibliche Stimme der Ansage verkündete: »Der Teilnehmer ist vorübergehend nicht erreichbar.«

Linda beendete die Verbindung. Wieder einmal, dachte sie. Es war zum Verzweifeln, aber sie hatte in Wirklichkeit auch nicht damit gerechnet, Alan Scott so schnell zu erreichen. Auf seiner Farm *Ojumamuya* gab es nur an wenigen Stellen Netz, und das Schlimme war, er war auch noch stolz darauf.

»Wenn du endlich ein Smartphone hättest, könnte ich dir *WhatsApps* schicken und Bilder«, hatte sie ihn erst bei seinem letzten Besuch wieder angefleht.

»Auf *Ojumamuya* gibt es nach wie vor kein WLAN, und das Netz fürs Handy funktioniert nur am Wasserloch oben am Staudamm und vor dem Haus, das weißt du doch«, hatte er lachend entgegnet.

Für den Mann aus Afrika war das alles unwichtig und kein Problem. Mit seinem Walkie-Talkie war er auf der ganzen Farm erreichbar.

»Und wer telefonieren muss, fährt zu Papa Joe an die Tankstelle«, pflegte er zu scherzen, »und trinkt dabei gleich ein Bier!«

Das war Alan. Und manchmal war sich Linda nicht darüber im Klaren, ob es gut war oder schlecht, dass er sich nicht

---

* Nashornfieber (2005)

verbiegen ließ. Nicht von ihr, der Frau, die er liebte, und schon gar nicht von einer Welt um ihn herum, die immer moderner, digitaler und, in seinen Augen, verrückter wurde. Sie ertappte sich dann bei dem Gedanken, wie gut es wäre, auch einen Papa Joe mit seiner Tankstelle zu haben und dort ein Bier zu trinken, statt sich dauernd auf *Facebook* um Likes und um Klicks im Internet zu kümmern.

»Wozu brauchst du Likes auf Fatzebuck«, hatte er sie mal gefragt, »wenn du Freunde hast, die dich mögen?«

Sie starrte auf das Display ihres *iPhones*. Glücklicher Alan, dachte sie. Niemand weiß von dir, wann du zuletzt online warst und wo du dich grade rumtreibst. *Letzter Anruf am Sonntag*, las sie. Sonntag vor zwei Wochen …

Zu lange her, dachte sie und schloss die Augen, doch das schrille Klingeln ihres *iPhones* riss sie schon nach zwei Sekunden aus dem Wachtraum.

Sie las den Namen von Jens Bosch auf dem Display.

*

»Die Spur ist von einem Weibchen«, meinte Alan Scott.

»Und woher wollen Sie das wissen?«, fragte sein Jagdgast.

»Hier, diese Kratzspuren am Boden sind typisch für eine Leopardin, die auf der Suche nach einem Partner ist. Riechen Sie den scharfen Raubtierurin nicht? Sie muss heute Nacht den Felsen markiert haben, bald wird die Sonne alles wieder aufgesogen haben, aber der Duft ist noch da. Wenn wir Glück haben, ist sie unser Luder und lockt das Männchen in ihr Revier. Ich habe gestern weiter unten Kratzspuren an einem Gelbfieberbaum entdeckt, aber sie waren schon alt. Sind aber ein Zeichen, dass hier ein männlicher Leopard sein Territorium hat.«

Sie waren seit dem Morgengrauen im Busch unterwegs und waren dem Bachbett eine Stunde in östlicher Richtung gefolgt.

»Behalten Sie auch die größeren Bäume im Auge«, warnte Alan Scott, »wenn in einer Astgabel was nach unten hängt und sich bewegt, ist das entweder eine Schwarze Mamba oder ein Leopardenschwanz.«

»Das wäre dann ja ein echter Glücksfall«, meinte der Jäger.

»Kommt drauf an, was von beidem Sie jetzt meinen.«

»Na, den Leoparden natürlich.«

»Aber nur, wenn Sie ihn entdecken, bevor er Sie bemerkt.« Alan grinste in sich hinein, als er seinem Jagdgast erzählte: »Ich war mal dabei, wie ein Leopard angegriffen hat. Sehr unschöne Geschichte. Dabei lief alles nach Plan. Wir hatten zwei Tage davor eine Impala geschossen, die schon herrlich duftete, und sie hinter dem Jeep hergeschleift, um eine deutliche Duftspur zu hinterlassen. Am Abend hievten wir das Bait, wie wir den Köder hierzulande nennen, auf eine prächtige Würgefeige, die zum Beklettern für den Leoparden ein Paradies war. Der Blind, also das Tarnversteck, lag auf guter Schusslänge entfernt, und es hätte nichts schiefgehen können, wenn der Leopard sich nicht den Jäger als Opfer ausgesucht hätte. Der Mann, der nach eigenen Worten Profi war und die Big Five, bis auf die gefleckte Katze, schon zur Strecke gebracht hatte, bestand darauf, dass ich bei ihm im Blind wartete, statt mich, wie von mir vorgeschlagen, auf der anderen Seite des Baitplatzes zu verstecken, um das Tarnzelt von dort aus im Auge zu behalten.

Bei Einbruch der Dämmerung kam der Leopard, angelockt vermutlich durch das Blut des Impalas, das uns anhaftete. Unhörbar schlich er sich an und sprang ohne Warnung in einem mächtigen Satz in das nach hinten offene Tarnversteck, verbiss sich gezielt in Kopf und Hals des Jägers und schleppte ihn als Beute mit Leichtigkeit auf genau den Baum, den wir als Köderplatz ausgesucht hatten.«

»Und Sie haben das nicht verhindern können?«, unterbrach Hardy Alans Jägerlatein atemlos.

»Haben Sie schon einmal die Wucht und Kraft eines Leopardenkills erlebt? Und die Schnelligkeit? Ich hatte meine Büchse noch nicht bereit, zumal mir mein Gast versicherte, es allein mit der Katze aufzunehmen. Der Leopard war über mich hinweggesprungen und hatte mich zu Boden gerissen, als er in das Tarnversteck eindrang. Als ich meine Büchse zu greifen bekam, hörte ich schon die Halswirbel des Jägers krachen.«

Alan machte eine Pause und sagte dann: »Es wird mir allerdings eine Lehre sein, und ich werde Sie heute genau im Auge behalten, wenn Sie den Leoparden angehen. Ein zweites Mal passiert mir so was nicht.«

Alan ließ die letzten Worte unkommentiert stehen und beglückwünschte sich zu der Schauergeschichte, die er sich eben ausgedacht hatte. Dieser Hardy würde seinen Leoparden mit Schweiß und Blut bezahlen, das hatte er sich vorgenommen. Ein Geräusch, das entfernt an eine Holzsäge erinnerte, unterbrach seine Gedanken.

»Luiperd!«, zischte er und benutzte den afrikaansen Namen für den Leoparden. »Hören Sie das?«

»Diese kurzen, abgesetzten Sägestöße?«

»Ja. Das ist der Leopard, seine akustische Reviermarkierung. Er ist ganz in der Nähe, da vorn!«

Hardys Augen leuchteten.

Vorsichtig, Schritt für Schritt folgten sie der Spur entlang des Bachbetts, dann blieb Alan stehen und deutete am Ufersaum nach vorne.

»Sehen Sie den dunklen Fleck da vorne im Gras?«

»Dieser Umriss, der wie ein Schatten aussieht?«

»Ja. Er duckt sich auf den Boden. Vielleicht lauert er auf ein Dik-Dik zum Frühstück.«

Die kleinen Antilopen waren eine bevorzugte Beute der gefleckten Katze. Alan Scott betrachtete die Fährte im Sand.

»Die vier Zehen und der Ballen mit den drei Wölbungen am hinteren Ende. Hier am Flussufer, wo die Erde feucht ist, sieht man es deutlich. Löwen haben wir hier keine, das kann nur der Kerl da vorne sein. War heute Morgen schon gemütlich am Wasser, um zu trinken, und duckt sich jetzt ins Gras, um seine Beute zu überraschen.«

»Ist es das Weibchen, dessen Spur wir folgen?«, flüsterte Hardy und spähte durch sein Fernglas.

»Ich weiß es noch nicht. An dem Kameldorn gerade waren noch Kratzspuren. Ich denke, wir sind mitten im Revier des Männchens.«

»Dann überraschen wir jetzt ihn«, meinte Hardy aufmunternd, doch Alan hielt seine Finger in den Wind.

»Wir müssen ihn umgehen, sonst wittert er uns.«

Hardy hielt sein Gewehr mit beiden Händen umklammert und bemerkte, wie er schwitzte. Wenn der Leopard angriff, hatte er nur einen Schuss, das war ihm klar. Alan Scott trug keine Waffe, bis auf die lange Panga, das Kurzschwert der Maasai, die er an einer dicken Schnur an seiner Schulter hängen hatte. Sie gingen schweigend weiter, bis Alan plötzlich stehen blieb, auf eine Felsgruppe in der jetzt schon zwei Handbreit über dem Horizont stehenden Sonne zeigte und zischte:

»Da ist er!«

Auch mit bloßem Auge war im Gegenlicht das lohfarbene Fell mit den schwarzen Rosetten zu erkennen.

»Das ist ein starker Kuder«, meinte Hardy und setzte das Fernglas ab. »Wie nah kommen wir noch ran?«

»Wie nah müssen wir?«, fragte Alan zurück.

»50 Meter näher wären gut für einen sicheren Schuss.«

Alan nickte.

»Er kann uns nicht wittern. Und so relaxt, wie er in die Morgensonne schaut, wird er Sie auch nicht sehen. Aber wenn er sich bewegt und aufsteht, haben Sie nur ein paar Sekunden Zeit. Und nur einen Schuss! Visieren Sie Schulter oder Blatt an, das ist sicherer als der Kopf. Und ich habe keine Lust auf Nachsuche.«

Jetzt nickte Hardy. Seine Finger schienen sich um Hinter- und Vorderschaft seiner Waffe zu krampfen, und seine Stimme zitterte leicht, als er fragte:

»Wo bleiben Sie in der Zeit?«

»Ich halte mich im Hintergrund. Es kann immer noch sein, dass sich die Leopardin in der Nähe herumtreibt. Ihre Spuren waren immer nördlich von uns.« Alan deutet mit dem Kopf nach links. »Ich bleibe nur ein paar Meter hinter Ihnen, auf dem Wildwechsel da drüben. Das Bushveld ist hier licht, und ich möchte sicherstellen, dass Sie nicht von irgendwoher unerwünschten Besuch bekommen.«

Hardy schwieg und schluckte trocken, widersprach jedoch nicht.

»Sie konzentrieren sich auf den Leoparden da vorne und auf sonst nichts«, mahnte Scott. »So bekommen Sie ihn nie wieder auf dem Präsentierteller serviert. Und jetzt Waidmanns Heil, so sagt man doch in Deutschland?«

»Waidmanns Dank!«, erwiderte Hardy, entsicherte seine Repetierbüchse und pirschte sich geduckt an den Leoparden an.

Alan Scott ließ ihm ein paar Meter Vorsprung und verschwand nach rechts, wo kleine Felsgruppen den Busch teilten. Er beeilte sich, um unbemerkt zwischen den Felsen voranzukommen und den Jäger seitlich zu überholen. Hinter einem mannshohen Gesteinsbrocken kauerte er sich nieder und beobachtete, wie Hardy die Waffe anschlug.

Scott hielt die Hände wie einen Trichter vor seinen Mund, und schon ertönte der laute Ruf des Grauen Lärmvogels. Sein schrill quiekendes »Go away!« erklang nur Sekundenbruchteile vor dem Schuss, und Scott hörte den Jäger fluchen. Er grinste und lief mit raschen Schritten den Weg zwischen den Felsen zurück, überquerte im Rücken des Schützen, der noch immer nach dem verschwundenen Leoparden sicherte, den Pfad, den sie gekommen waren, und näherte sich seinem ahnungslosen Jagdgast von der anderen Seite.

»Was war los?«, fragte er gespielt vorwurfsvoll.

»Dieser scheiß Go-away-Bird!«, schimpfte Hardy.

»Haben Sie ihn alarmiert?«, fragte Scott und betonte das *Sie*. »Er ruft nur so durchdringend, wenn er Gefahr wittert. Und dann gleich ›go away!‹, dass es alle verstehen.«

»Ich brauche Ihre Erklärungen nicht«, wetterte der Großwildjäger genervt. »Ich weiß selbst, was ein Go-away-Bird ist. Und ich wüsste nicht, wie ich ihn alarmiert haben sollte! Vielleicht haben Sie ihn ja aufgescheucht!«

»Der Ruf kam von der anderen Seite des Pfads, von Süden«, konterte Alan Scott, und Hardy brummte etwas, das er nicht verstand.

»Und was jetzt?«, fragte er.

»Den Leoparden können wir für heute vergessen, nachdem Sie trotz des Warnrufs noch geschossen haben. Wir gehen zurück zum Wagen, brechen das Lager ab und fahren zurück. Vielleicht arbeiten wir noch die anderen Ziele auf Ihrer Liste ab. Oder haben Sie am Ende eine Lizenz auf einen …« Alan zögerte.

»Auf einen – was?«, fauchte der Jäger.

»… auf einen Go-away-Vogel?«

*

»Hartmut Schwaiker muss einen guten Anwalt haben, seine Frau wusste ganz genau Bescheid«, sagte Jens Bosch, nachdem er Linda von der misslungenen Waffenkontrolle berichtet hatte. »Er selbst wäre zur Öffnung des Waffenschranks auch bei einer verdachtsunabhängigen Kontrolle verpflichtet gewesen, sie aber war es nicht.«

Linda dachte an die Worte Franziska Schwaikers. *Selbst wenn ich nur den Schlüssel hole, kann er seinen Jagdschein abgeben.*

»Sie hat die Jungs von der Waffenbehörde nicht mal in die Wohnung gelassen«, fuhr der Kommissar fort. »Die weiß ganz genau, dass sie die Jagdberechtigung ihres Mannes riskiert, wenn sie in seiner Abwesenheit den Schrank aufschließt.«

Linda nippte an ihrem Cappuccino. Sie hatten sich kurzerhand im *Kaffeewerk* direkt am Rottenburger Neckarufer getroffen, da sie beide auf dem Weg zu anderen Terminen waren.

»Warum wird das so streng gehandhabt?«, fragte sie jetzt.

»Ganz einfach: Laut Waffengesetz muss der Waffenbesitzer dafür sorgen, dass kein Dritter an die Waffen kommen kann. Somit darf streng genommen selbst die Frau Gemahlin nicht mal wissen, wo der Jäger den Schlüssel zum Waffenschrank aufbewahrt.«

Linda dachte nach und überlegte, wie viel ihres Wissens sie ihm preisgeben konnte, ohne ihn zu brüskieren. Immerhin hatte sie bei ihrem Besuch in Schwaikers Wohnung das erreicht, was seinen Kollegen bei der unangemeldeten Waffenkontrolle nicht gelungen war.

»Also hat sich Schwaikers Frau doch richtig verhalten?«, hakte sie nach.

»Gesetzlich ja«, gab Jens Bosch zu, »Mir wäre es aber lieber gewesen, wir hätten den Schrank kontrollieren können. Jetzt sind wir auf einen richterlichen Durchsuchungsbeschluss angewiesen, und das zieht die Sache unnötig in die Länge. Ich bin auf dem Weg nach Tübingen, um den Antrag persönlich bei der Staatsanwaltschaft im Amtsgericht abzugeben.«

»Was immerhin erlaubt, dass wir uns kurz treffen«, warf Linda ein, doch Jens schien es zu überhören.

»Wir müssen zudem ein Ersuchen an die Ulmer Kollegen richten«, fuhr er fort, »da ich bei der Durchführung der Durchsuchung gerne selbst dabei wäre.«

Linda setzte die Cappuccinotasse ab, die sie fast die ganze Zeit zur Tarnung ihres heimlichen Grinsens vor den Mund gehalten hatte.

»Jens«, begann sie, »wie schlimm wäre es für dich, wenn du dir diese Durchsuchung ganz ersparen könntest?«

Jetzt sah er sie aufmerksam an.

»Wie meinst du das?«

»Ich würde dir gerne etwas erzählen. Ein Geständnis, sozusagen. Aber du musst mir versprechen, dass mein Informant nicht belangt wird.«

»Hat es mit dem Fall zu tun?«

»Ja. Da ich aber versprochen habe, es für mich zu behalten, bin ich in einer Zwickmühle.«

»Du weißt, dass ich dir nichts versprechen kann. Wenn es für die Ermittlungen von Bedeutung ist, bist du sogar verpflichtet auszusagen.«

»Solang ich zur Vernehmung von dir persönlich vorgeladen werde, gerne«, antwortete sie spöttisch.

»Linda«, sagte er und seine Stimme veränderte sich, »das ist kein Spaß! Wenn du etwas herausgefunden hast, was uns weiterhilft, lass es mich wissen.«

»Okay«, sagte sie, »genau das hatte ich auch vor. Ich werde dich aber weder wissen lassen, wie ich es recherchiert habe, noch von wem ich es weiß. Bei uns nennt man so was Informantenschutz.«

»Das respektiere ich, so gut solltest du mich inzwischen kennen.«

»Okay.« Sie atmete tief ein und betonte dann jedes Wort. »Ihr solltet eure forensische Ballistik auf eine Kimber Caprivi fokussieren«.

»Auf eine – was?«

Sie zog ihr Notizheft aus der Tasche und blätterte darin bis zum letzten Eintrag.

»Kimber Caprivi«, las sie jetzt aus ihrem Aufschrieb ab, »Repetierbüchse Kaliber .375 H&H Magnum. Vom Hersteller speziell für die Großwildjagd in Afrika entwickelt.«

»Und woher weißt du das?«, wollte der Kommissar wissen.

»Recherche«, sagte sie nur. »Vielleicht war ich einfach ein bisschen schlauer, als die Polizei erlaubt. Oder schneller?«

Bosch übersah ihr Grinsen und fuhr auf:

»Linda! Hast du mit Schwaiker gesprochen?«

»Nein. Der ist in der Tat in Namibia.«

»Wie kannst du da so sicher sein?«

»Recherche.«

»Bei wem? Wer hat dir das gesagt?«

»Informantenschutz.«

»Linda!«, seine Stimme klang jetzt mehr scharf und vorwurfsvoll als ernst. »Ich habe keine Ahnung, was für ein Spiel du hier gerade spielst. Aber es geht um Mord!«

»Ja.« Linda nickte und ließ eine lange Pause. »Ja. Es geht um Mord, Herr Kriminalhauptkommissar. Und nein, Herr Kriminalhauptkommissar, ich spiele kein Spiel! Und ich stehe weder unter Tatverdacht noch bin ich deine Zeugin. Aber ich verspreche dir, dass die Munition, die Martin Jaschke getötet hat, aus einer Waffe abgefeuert wurde, die auf Hartmut

Schwaiker beim *Nationalen Waffenregister* eingetragen ist. Aus seiner Kimber Caprivi.«

Sie machte eine weitere Pause und fügte dann mit derselben Schärfe, die sie bei ihm vernommen hatte, hinzu:

»Überprüfen Sie das, Herr Kriminalhauptkommissar! Und danach sprechen wir uns wieder.«

*

Sie hatte fast eine Stunde gebraucht, bis sie Gausbach erreicht hatte. Der Ort lag nur wenig nordöstlich von Forbach im wildromantischen Murgtal, den kleinen Parkplatz bei der Grillstelle am alten Sportplatz hatte Sarah Roloff mithilfe des Navis auf Anhieb gefunden.

»Wir könnten dort auch grillen«, hatte Olaf Berwald vorgeschlagen, »das Wetter scheint nun ja doch nicht so schlecht zu werden.«

Sarah Roloff hatte zunächst kurz gezögert, als sie der Tierarzt am Morgen angerufen und eine kleine Wanderung in eines der Schwarzwälder Heuhüttentäler vorgeschlagen hatte. Doch dann hatte die Neugier gesiegt, und sie sagte sich, dass es kein Fehler sein könne, mit ihm einen kleinen Spaziergang zu machen. Vielleicht ergab sich in der Tat die Gelegenheit, an ein Praktikum in seiner Praxis zu gelangen. Die Heuhütten, so hatte sie sich gesagt, könnte sie von außen betrachten, kein Mensch – auch kein Tierarzt mit Aussicht auf einen Praktikumsplatz – könnte sie zwingen, sich in die Beengtheit einer solchen Hütte zu begeben, zumal sie ihm von ihrer Klaustrophobie erzählt hatte.

»Treffen wir uns im Murgtal?«, hatte er sie gefragt.

Der Gedanke, zu einem Hotelgast ins Auto zu steigen, gefiel ihr nicht so ganz, gegen eine kleine Wanderung war jedoch nichts einzuwenden, und so hatte sie sich den Wagen von Natascha, einer Mitarbeiterin aus dem Hotel, ausgeliehen. Olaf Berwald hatte keine Fragen gestellt und ihr die Koordinaten des Parkplatzes für das Navi durchgegeben.

Der Tierarzt hatte sie schon erwartet, er trug saloppe Freizeitkleidung, hatte sich nicht rasiert, und seine Kameratasche hing lose über der Schulter. Sie hatte ihren kleinen Wanderrucksack geschultert, und sie waren in eines der kleinen Seitentäler der Murg spaziert, vorbei an einem auf einem Granitfelsen montierten eisernen Hexenbesen.

»Ich habe gelesen«, erklärte Olaf Berwald, »dass es hier einst Hexen und Geister gegeben haben soll. Hier auf der Wiese sollen die Hexen sogar getanzt haben, der Hexenbrunnen da drüben und dieser Besen sollen wohl daran erinnern. Wenn Sie Durst haben, das Quellwasser kann man trinken.«

Sarah schüttelte den Kopf, und sie folgten weiter dem Weg in das Seitental der Murg, wo sich auf den hügeligen Wiesen zwischen eingestürzten Trockensteinmauern und schmalen Bächen immer wieder graue Hütten erhoben, teilweise gut erhalten und die Dächer mit frischen Schindeln gedeckt, teilweise halb zerfallen und marode.

Fast wie damals, dachte sie, die Hütte auf dem Höhenzug zwischen Tübingen und Wurmlingen …

*Wie Flicken in einem grüngrauen Teppich blinkten die kleinen Hütten in den Weingärten und Rebhängen, manche mit frisch gestrichenen Fensterläden, kleinen Fachwerkbalken und frisch gedeckten Dächern, andere halb verfallen und kaum als Gebäude zu erkennen.*

»Die alten Schwarzwälder haben hier schon vor 300 Jahren den Wald gerodet, um in den engen Tälern Weiden für ihr Vieh zu erhalten«, erklärte der Tierarzt fasziniert. »Die Steine haben sie benutzt, um diese alten Mauern hier zu bauen und für die

Hütten ein stabiles Fundament zu haben. Ich habe gelesen«, fuhr er fort, »dass Einwanderer aus Tirol diese typischen Hütten aus ihrer Heimat mitbrachten. Die Bauern haben dann im Sommer das frische Heu dort gelagert und im Winter auf Kraxen oder mit dem Schlitten zu ihrem Vieh ins Tal gebracht.«

»Darum Heuhütten«, kombinierte Sarah und blieb vor einem der Holzschuppen stehen, der direkt neben einer massiven und gut erhaltenen Trockensteinmauer aufragte und noch intakt zu sein schien.

»Heute grasen hier höchstens noch Ziegen«, sagte der Tierarzt und zeigte auf einen Bock und zwei Geißen, die oberhalb des Wegs stehen geblieben waren.

»Ob die hier ihre Ställe haben?«, fragte Sarah.

»Wir könnten reinschauen«, meinte Olaf Berwald und zeigte zu der intakten Hütte, deren einzige Tür an der Front nur durch einen einfachen Holzriegel gesichert war. »Ich glaube nicht, dass die Ziegen da wohnen, aber ganz sicher auch keine Geister und Hexen.«

Sarah zögerte. Genau das hatte sie vermeiden wollen, und die Erinnerungen an die schaurigen Erlebnisse ihrer Kindheit tauchten wieder vor ihren Augen auf.

Olaf Berwald registrierte ihre Zurückhaltung und lächelte. »Ich schau mal kurz rein, Sie warten draußen, okay?«, fragte er und sie nickte erleichtert. Sie sah ihm nach, wie er die knarrende Tür aufschob und im Inneren der Hütte verschwand. Hinter ihm fiel die Tür zu, und Sarah erschauderte bei dem Gedanken, jetzt im Finstern mit ihm in der Beengtheit der kleinen Hütte zu stehen. Erst jetzt fiel es ihr auf, dass die Hütte weder Fenster noch irgendwelche Lücken zwischen den Brettern hatte, durch die Licht ins Innere gelangen konnte.

Die Ziegen kamen neugierig näher, als Sarah sich zu ihnen umgedreht hatte und sie mit einem Bund Löwenzahn lockte.

Bereitwillig ließen sie sich zwischen den Hörnern kraulen und knabberten mit gespitzten Mäulern und schnappenden Zungen an den grünen Blättern und gelben Blüten.

»Entschuldigen Sie«, sagte eine Stimme direkt an ihrem Ohr, und Sarah fuhr erschrocken herum. Der Mann in ihrem Rücken schien kein Wanderer oder Tourist zu sein, dafür trug er die falsche Kleidung, und doch fragte er sie nach dem Weg zum Latschigfelsen.

Linda sah in ein schmales, fast ausgemergeltes, schlecht rasiertes Gesicht, schulterlange, schüttere, von grauen Strähnen durchzogene Haare, erkannte den glimmenden Rest einer selbst gedrehten Zigarette im Mundwinkel, und blickte in schmale Augenschlitze, zwischen denen die Farbe der Iris nicht zu erkennen war.

Sie betrachtete das weiße Hemd, das eher zu einem Bankangestellten als zu einem Wanderer gepasst hätte, das auffällige braun karierte Sakko und die verlotterte Stoffhose, die einst Teil eines Anzugs gewesen zu sein schien, und seine Schuhe, eingestaubte schwarze Halbschuhe ohne Profil. Sein gesamtes Outfit passte nicht in die Umgebung. Er hatte nichts bei sich, weder Rucksack noch Tasche und auch keinen Schirm, obwohl schon den ganzen Tag dicke Wolken über den Tälern hingen, und das Wetter in diesen Tagen unbeständig war. Der gehört eher in das Kassenhäuschen eines Kettenkarussells oder hinter den Tresen eines Billigrestaurants, durchfuhr es sie.

Jetzt stand er neben ihr wie aus dem Boden gewachsen, und sie war sich sicher, noch vor zehn Sekunden keinen Menschen auf dem schmalen Kiesweg gesehen zu haben. War er gerannt? Nein, das hätte sie hören müssen. Es gab weit und breit keine Bäume oder Felsen, hinter denen man sich verbergen konnte. War er über die Trockenmauer geklettert, um so schnell und unbemerkt in ihren Rücken zu gelangen? Dann musste er sich aber vorher dort versteckt haben!

All diese Gedanken schossen ihr durch den Kopf, während er sie mit seinen Sehschlitzen fixierte und seine Mundwinkel zu einem lässigen Lächeln verzog. Er schnippte den Zigarettenstummel auf den Kiesweg und zertrat ihn mit einer kurzen Drehung seines rechten Fußballens.

»Zum Latschigfelsen?«, wiederholte der Fremde, »hier entlang?«, und deutete auf dem Weg bergauf.

»Ich kenn mich hier nicht aus«, antwortete Sarah, als sie sich von ihrem kurzen Schreck erholt hatte. Sie hatte ihn nur für zwei Sekunden angestarrt und doch glaubte sie, dass sie das Gesicht schon einmal gesehen hatte. Als ob er ihre Gedanken erraten hatte, sagte er, und es klang wie eine Feststellung, nicht wie eine Frage: »Wir kennen uns.«

»Ich glaube nicht«, erwiderte sie hastig und sah sich hilfesuchend um. Die Hüttentür, hinter der Olaf verschwunden war, war noch immer geschlossen, und sie war sich nicht sicher, ob er sie von dort drinnen hören konnte.

»Ich kann meinen Bekannten fragen«, sagte sie noch, »vielleicht kennt der den Weg.«

»Ja, fragen Sie ihn!«, antwortete der Fremde, der ihr mit einem Mal unheimlich vorkam, wie er so nahe vor ihr stand und sie zu fixieren schien. Sie meinte sogar, seine tastenden Fingerkuppen an ihrem Unterarm zu fühlen.

»Olaf?«, rief sie. »Herr Berwald?«

Sie lauschte und überlegte einen Augenblick, ob sie einfach zur Hütte rennen und die Tür aufreißen sollte, als sie plötzlich die Klammer an ihrem Handgelenk spürte. Sie hatte gerade einen Schritt zur Hütte gemacht, da hatte der Fremde sie gepackt und hielt sie fest. Panik stieg in ihr auf.

»Was soll das?«, schrie sie, »lassen Sie mich sofort los!«

»Aber, aber, meine Liebe«, hauchte er beschwichtigend, »ich wollte nur nicht, dass Sie stolpern. Sie haben den Stein wohl übersehen.«

Er deutete mit seinem Blick auf den Boden, wo ein faustgroßer Stein direkt vor ihrem Fuß lag. Sie atmete auf, stieß den Stein beiseite und befreite sich durch eine Drehung ihres Armes aus dem Griff des Fremden. Als seine Finger sie nicht mehr umklammerten, trat sie einen Schritt zurück und brachte so einen Meter Abstand zwischen sich und ihn.

»Was wollen Sie?«, zischte Sarah. »Ich sagte doch, dass ich den Weg zu diesem Felsen nicht kenne. Und Sie kenne ich noch weniger!«, reagierte sie noch auf seine Bemerkung von eben.

»Dann muss das wohl eine Verwechslung sein, Verzeihung«, meinte er und deutete eine gespielt elegante Verbeugung an. »Ich wollte Sie ganz sicher nicht erschrecken, meine Liebe!«

»Und nennen Sie mich nicht meine Liebe!«, befahl sie und sah ihn energisch an.

»Verzeihung, Verzeihung«, wiederholte er beruhigend, »es tut mir leid, wenn ich Ihnen irgendwie Angst eingejagt habe.«

Die Art, wie er das Wort »Angst« betone, jagte ihr einen Schauder über den Rücken.

»Und wie kommen Sie überhaupt auf die Idee, dass wir uns kennen?«, fragte sie, ohne das Zittern ihrer Stimme unter Kontrolle zu haben.

»Sie haben eine große Ähnlichkeit mit …«, erklärte er.

»Mit wem?«, unterbrach sie ihn.

»Mit einer Frau, die ich einmal kannte.«

»Eine Frau, die Sie einmal kannten?«, echote Sarah.

Er nickte. »Sehr gut sogar. Wir waren Freunde. Sie sehen ihr wirklich ähnlich. Es ist Ewigkeiten her. Vielleicht erinnern Sie sich deshalb nicht mehr«, schob er noch nach.

Ewigkeiten, dachte Sarah. Vor Ewigkeiten war ich ein Kind. Die prägnanteste Erinnerung ihrer Kindheit war jenes schreckliche Ereignis. Hatte er DAMIT zu tun? Wer war dieser Mann? Sarah starrte ihn an und versuchte, in ihren düsteren Erinnerungen nach Bildern zu graben.

*Plopp, plopp, plopp …*

Sie hörte das Geräusch wieder, das sich in ihr Gedächtnis eingegraben hatte.

*Zwei blaue Plastikfässer, in die das Wasser von der Teichfolie tropfte, mit der das Dach abgedeckt war …*

Jahre her.

*Die Fässer. Der dunkelblaue Schimmer im Dickicht …*

Plötzlich hatte sie das Bild dieser Hütte vor Augen.

*Es gab eine Schranke, eine schmale, steile Treppe nach oben, Bäume, Hecken …*

Sie, ein Mädchen, Dornröschen im verwunschenen Schloss.

*Alles verwildert, zugewachsen, verrostet, verlottert.*

War er der Prinz gewesen, der gekommen war, um sie zu retten?

*Kein Mensch verirrt sich hierher …*

Oder war er der Helfershelfer der düsteren Fee, die sie vernichten wollte?

*Man hatte sie vom Kindergarten abgeholt. Und dann …?*

Warum tauchte ein Typ mitten im Schwarzwald in einem Heuhüttental auf und fragte sie nach dem Weg? Und behauptete, sie habe Ähnlichkeit mit einer Frau, die er mal gekannt habe?

Sie sah ihn an und versuchte, seinem Blick nicht auszuweichen. Dieses ausgemergelte Gesicht, seine Sehschlitze, das schüttere, lange Haar? Nein, das war nicht der Mann von damals.

*Unrasiert, fast kahlköpfig …*

»Welche Frau?«, fragte sie.

»Ihre Mutter«, antwortete er.

Oh Gott! Nicht dieser Albtraum!, flehte sie und versuchte, in ihrer Erinnerung nach einem Gesicht zu graben. Sie blickte hinüber zu der Heuhütte und stammelte:

»Da drin in der Hütte ist mein Begleiter, er muss jeden Moment wieder herauskommen!«

Der Fremde hinderte sie nicht daran, zu der Hütte zu gehen und die schwere Tür zu öffnen. »Olaf?«, rief sie und zog die Tür ganz auf.

»Olaf«, schrie sie, jetzt lauter und versuchte, die Dunkelheit im Inneren der Heuhütte zu durchdringen.

»Olaf!«, brüllte sie und hörte ein leises Rascheln.

»Leise, hier sind Bilche!«, hörte sie ihn flüstern.

»Was?«, fragte sie.

»Siebenschläfer. Sie haben ihr Nest da drin. Ich habe sie fotografiert.«

Jetzt sah sie einen hellen Schein aufblitzen und erkannte die Lichtquelle. Sein *iPhone* leuchtete ihm den Weg zu ihr aus, und sie traten gemeinsam hinaus ins Freie.

»Der Typ sucht irgendeinen Felsen«, erklärte Sarah und deutete auf den Weg.

»Welcher Typ?«, fragte Olaf Berwald, und sie sah ihn an. Im Licht der Sonne, deren Strahlen sich einen Weg durch die Wolkenlücken gebahnt hatten, warfen seine kurzen Bartstoppeln kleine Schatten auf seine Wangen und sein Kinn, seine kurz geschorenen Haare leuchteten blond.

Sarah blieb wie angewurzelt stehen.

Der Weg war leer, der Fremde verschwunden.

»Er war eben noch da!«, stammelte sie, »hat mir richtig Angst gemacht. Behauptete, er kennt mich.«

»Und jetzt ist er verschwunden?«, zweifelte Olaf Berwald.

»Ja. Aber wo sollte er denn so schnell hin sein?«

Sarah drehte sich einmal im Kreis, ihre Augen suchten die Umgebung ab. Sie lief zur Trockenmauer, kletterte darüber und schaute in die Zwischenräume.

»Wie vom Erdboden verschluckt!«

»Sind Sie sicher?«, fragte der Tierarzt.

»Ich bin doch nicht blöd!«, protestierte sie. »Er war da und hat mit mir geredet. Und behauptete, mich zu kennen.«

»Vielleicht haben Sie ihn auch falsch verstanden?«, zweifelte er.

»Ich habe ihn nicht falsch verstanden!«, widersprach Sarah Roloff. »Und er kannte mich. Weil ich Ähnlichkeit mit meiner Mutter habe!«

»Sie müssen sich geirrt haben«, versuchte Olaf Berwald, sie zu beruhigen. »Wollen wir lieber zurück zum Parkplatz?«

Sarah nickte. Sie hatte genug von einem Ausflug zu den Heuhütten. Der Schreck dieser unvermuteten Begegnung saß tief und noch mehr die Angst, dass sie von den Schatten ihrer Vergangenheit eingeholt wurde. Wieder und wieder tauchten Fragmente der Erinnerung in ihr auf. Sie hatte später mit ihrer Mutter nie wieder über diesen Horror gesprochen, sie sollte das vergessen, ein für alle Mal. Und es war ihr gelungen. Bis auf die Klaustrophobie war nichts geblieben. Hatte sie gedacht.

ER lugte hinter dem verlotterten Bretterverschlag an der Rückwand der Heuhütte hervor und beobachtete aus seinem Versteck heraus, wie das Mädchen hinter der Wegkuppe verschwand. Sein Grinsen hatte etwas Fieses, als ER leise murmelte:

»Sarah Roloff. Du bist es wirklich. Mag sein, dass du dich nicht mehr an mich erinnerst. Aber wir kennen uns …«

*

Alan war in einer Zwickmühle. Zum einen wollte er den Verkauf von *Renosterskloof* an die Chinesen verhindern, zum anderen war er nicht bereit, eine so prächtige gefleckte Katze dafür zu opfern, obwohl Hardy im Besitz einer staatlichen Leopardenlizenz war. Ingrid van der Velde brauchte Geld, um die Farm halten zu können, und die fünfstellige Summe für die Jagdtage auf *Renosterskloof*, die Erlegungsgebühr für einen Leoparden und Feldpräparation der Trophäe würden ihr zunächst einmal Luft verschaffen.

Auf der Fahrt zurück zur Farm hatte er einen Entschluss gefasst und war mit Ingrid van der Veldes Jagdgast ohne lange Erklärungen direkt weiter nach *Ojumamuya* gefahren. Knapp 100 Kilometer nördlich lag in einem einsamen Hochtal *Groenvallei,* die Schaffarm von Fred Baas. Der alte Südwester züchtete in der vierten Generation Karakul- und Damaraschafe, und Alan wusste, dass es seit einigen Wochen Probleme mit einem alten Leoparden gab. Der Farmer hatte das Männchen, das immer wieder junge Karakulschafe geschlagen hatte, mit einem Schuss verwundet, und seither zig Tiere verloren. Alan hatte keine Ahnung, ob Fred den Luiperd inzwischen zur Strecke gebracht hatte, doch der alte Mann war eher ein mäßiger Schütze und ganz sicher kein geduldiger Jäger.

Nachdem sie *Ojumamuya* erreicht hatten, fischte Alan sein altmodisches Handy aus der Hosentasche und entdeckte nur einen einzigen entgangenen Anruf. Er würde Linda Roloff sofort zurückrufen, doch zuvor musste er sich um einen Leoparden für diesen deutschen Großwildjäger kümmern. Er suchte den Kontakt und rief Fred Baas an.

»Sie haben mir die staatliche Lizenz erteilt«, antwortete der Farmer knapp und sagte Alan spontan zu, ihm den Leoparden zu überlassen. »Ihr könnt am Bait jagen, wir beschicken es mit einem Lamm«, schlug Baas vor. »Der Blind, in dem ihr auf den Mistkerl warten könnt, ist schon errichtet. Ich hab' mir dort bereits zwei Nächte um die Ohren geschlagen, obwohl das ja verboten ist.«

Tatsächlich durfte in Namibia nur von Sonnenauf- bis -untergang gejagt werden, mit einer halben Stunde Puffer.

»Aber wie soll ich das machen?«, schimpfte Fred, »ich muss mich tagsüber um meine Farm kümmern, und der Luiperd ist nun mal nachtaktiv.«

Somit blieb dem Farmer nichts anderes übrig, als in den Nächten anzusitzen.

»Ich bin eingeschlafen, und bis ich die Waffe auf ihn gerichtet hatte, war der Luiperd samt Bait beim Teufel.«

»Das heißt, er kennt den Baitplatz und nimmt ihn an?«

»Darauf kannst du wetten. Ich habe das erste Lamm aufgebrochen und eine duftintensive Drag von seinem letzten Riss zur Kapkastanie gezogen.«

Alan kannte die Methode, mit einer Schleifspur, dem Drag, den Leoparden zum Luderplatz zu locken.

»Du tust mir einen großen Gefallen, wenn du mir die Lizenz abtrittst«, sagte Alan.

»Und du mir, wenn du mir den Luiperd vom Hals schaffst! Ich kann mir nicht leisten, noch ein Dutzend Nächte am Bait zu verbringen und schon gar nicht, tagsüber auszuschlafen. Vorher stelle ich ihm eine Falle und erschlag ihn, wenn er drinsitzt. Also du bekommst die Lizenz, erledigst den Luiperd, und wir sind quitt.«

»Und die Trophäe?«

»Mach damit, was du willst! Was soll ich mit dem struppigen Katzenfetzen? Mir ist da ein weiches Skaapvell lieber.«

Alan grinste. Auch er hatte ein paar von Freds Schafsfellen auf seinen Stühlen und musste zugeben, dass es unbequemere Unterlagen gab.

»Als du ihn damals angeschossen hast – wo hast du ihn getroffen?«, fragte Alan noch.

»Am Vorderlauf. Die Pfote, um es genau zu sagen. Näher am Ziel vorbeitreffen als ich, geht gar nicht.« Fred Baas lachte trocken. »Seitdem hinkt er, immerhin. Und ist jetzt als Krüppel nicht mehr schnell genug für die Jagd. Holt sich jede Woche zwei meiner Skaape.«

Zwei Schafe innerhalb weniger Tage, dachte Alan Scott, fast wie dieser Wolf in Deutschland. Ob man den auch mit einem Luder aus dem Tarnzelt heraus erledigen könnte? Oder war der Wolf zu listig, zu verschlagen, zu schlau? Er dachte an Linda, und erinnerte sich an ihren Anruf.

»Wann wollt ihr ansitzen?«, fragte Fred.

»Wenn du nichts gegen eine illegale Nachtjagd einzuwenden hast, heute Abend.«

»Das ist gut. Ich habe unter dem Bait noch einen dicken Kamelpeerdknochen ausgelegt, um Hiënas anzulocken. Solang die dort sind, wird der Luiperd nicht auftauchen.«

Alan grinste über die raffinierte List des erfahrenen Südwesters. In der Tat waren Leoparden nicht gut auf Hyänen zu sprechen, und solang die sich über den Knochen einer verendeten Giraffe hermachten, würde der Leopard den Köder im Baum nicht anrühren. Fred würde den Giraffenrest entfernen, sobald sich seine Gäste auf die Lauer legten.

»Wir kommen heute Abend, eine Stunde vor Dämmerung«, sagte Alan. »Wo finde ich den Baitplatz?«

»Du kennst den Köcherbaumwald unten am Slang Rock, wir haben das Bait auf einem der unteren Äste der alten Kapkastanie befestigt. Du wirst es von Weitem riechen.«

Alan Scott kannte diesen gut 20 Meter hohen Baum, der wie eine Wegmarke bei den Schlangenfelsen auf *Groenvallei* emporragte. Dort also würde er sich heute Abend mit Hardy auf die Lauer legen, um einen verletzten Leoparden mit einem gezielten Schuss zu erlegen, den Fred sonst qualvoll im Eisen oder in der Schlinge erschlagen würde.

In Kenya wäre diese Kapkastanie ein typischer Leopardenbaum gewesen, in dessen dichtem Astwerk aus der Ferne nur ein an der Unterseite weiß gefärbter, zuckender Schwanz die Anwesenheit der regungslos an einen Ast geschmiegten Großkatze verraten würde. Zu perfekt verschmolzen die dunklen Rosetten in optimaler Tarnung mit der Rindenmaserung.

Im *Samburu* hatte Alan Linda in der Lodge direkt am Uaso Nyiro, dem Braunen Fluss, ihren ersten Leoparden zum Sundowner serviert. Während sie auf der Terrasse den Sonnenuntergang genossen hatten und sich auf den Sandbänken meterlange Krokodile aalten, waren auf dem Luderbaum erste Marabus und Sattelstörche gelandet, um sich vorsichtig kleine Fleischbrocken vom Köder, einer toten Ziege, zu sichern.

Erst bei Einbruch der Dämmerung war Chui, der Leopard, aufgetaucht. Wie ein Schatten hatte er unter der Akazie gekauert, war urplötzlich aus seinem Versteck nach oben geschnellt und hatte die gefiederten Konkurrenten panisch flatternd in die Baumkrone vertrieben. Chui hatte die Ziege an der Kehle gepackt, sie mit einem kräftigen Ruck aus der Halterung gerissen und war mit seiner Beute wieder im Unterholz verschwunden.

Wie an den Baitplätzen der namibischen Jagdfarmen hatten die Touristen im *Samburu* auf den nächtlichen Jäger gewartet, mit dem Unterschied, dass am Uaso Nyiro ausschließlich mit langen Brennweiten und nicht mit großen Kalibern auf Chui gezielt wurde. Doch an jenem Abend war Chui schneller gewesen als die Auslöser der Kameras, und nur Alan hatte aus der Größe der Katze und ihrer Körperfülle auf ein trächtiges Weibchen geschlossen.

»Wir fahren am Nachmittag los, um uns Ihren Leoparden zu holen«, sagte er noch zu Hardy, der im Schatten des Feuerplatzes seine Waffe inspizierte. »Der Landbesitzer erlaubt uns, während der Nacht auf den Leoparden zu warten, auch wenn das illegal ist. Ich hoffe, Sie haben damit kein Problem.«

Alan ließ den Großwildjäger beim Farmhaus zurück und machte sich zu Fuß auf den Weg zum Damm, um in der Stille und Einsamkeit der namibischen Wildnis ungestört zu telefonieren.

*

Das verwinkelte Ensemble der Fachwerkhäuser im *Unterwässer* strahlte in der Vormittagssonne, und der alte Nepomuk schien aus seiner Nische am vorderen Hauseck heraus über den Neckar zu wachen, der hier, wenige Meter oberhalb des Stauwehrs, breit und träge floss. Wie hatte der Namensgeber der leicht gewölbten Fußgängerbrücke und Sohn der Stadt Rottenburg, Josef Eberle, als Mundartdichter Sebastian Blau in seinen Versen *St. Nepomuk* so treffend gedichtet:

*En Raote'burg a'r Ontre' Bruck*
*do stoht dr Heilig Nepomuk …*

Immer wenn Linda Roloff in der schmucken Kleinstadt zu tun hatte, führte sie ihr Weg, wenn möglich, hierher, an den lauschigen Platz am Neckar, wo sie an einem der Tische oberhalb des Ufers Platz nehmen und sich einen Cappuccino – oder, wenn ihr danach war, auch einen Gin-Tonic – gönnen konnte. Der angekündigte Regen hatte schon wieder nachgelassen, Linda hatte noch etwas Zeit bis zu ihrem Termin in der Forsthochschule, und so genoss sie den Blick von der *Josef-Eberle-Brücke* hinüber zur Stiftskirche *Sankt Moritz* und beobachtete die Schwäne und Stockenten, die sich am Ufer vor dem *Haus am Nepomuk* auf den sonnenwarmen Steinquadern niedergelassen hatten.

*Gib uf de' Necker aacht ond guck,*
*daß dren koa' Ga's ond Geit versauft …*

Linda schmunzelte und spürte die Vibration ihres *iPhones*. Sie las den Namen, ihr Schmunzeln wurde zu einem vergnügten Grinsen und sie schlenderte, während sie den Anruf entgegennahm, zwischen den Tischen und Stühlen des Cafés hindurch, runter ans Wasser. Und für einen Augenblick wurde der träge dahinfließende Neckar zum aufgestauten See auf *Ojumamuya* und die Schwäne und Enten wurden zu Silberreihern und Nilgänsen.

Sie stellte sich vor, wie Alan auf einem der Felsen saß und auf die spiegelglatte Wasserfläche blickte, und sie träumte sich zu ihm, in das über 110 Jahre alte, aus rotem Quarzitstein erbaute Farmhaus und den weitläufigen Garten mit seinen Zedern und Eiben, Papyrus und Palmen, den Backsteinbungalows für die Gäste, dem Swimmingpool und dem gemütlichen Grillplatz, auf dessen Laube der Pfau seinen Ausguck hatte. Er teilte sich sein Revier mit den neugierigen Meerkatzen und den großen Pantherschildkröten, die ihre Gelege im warmen Sand neben der Laube vergruben.

»Wo bist du? Wie geht es dir?«, fragte sie, als sie sich auf einer der Bänke am Neckarufer niedergelassen hatte.

»Am Stausee. Ich vermiss' dich«, beantwortete er beide Fragen auf einmal und sah den Pavianen zu, die kletternd und kreischend zwischen den roten Steinbrocken nach Nahrung suchten. Er saß im Schatten der großen Kameldornakazie auf einem der glatt geschliffenen Quader, und sein Blick ging über die Wasseroberfläche hinüber zu den Dassiefelsen, wo die Klippschliefer ihre Verstecke hatten. Nur das Rauschen des Windes in den Blättern der Akazie untermalte die

Geräuschkulisse der Affen, und das Rufen der Heiligen Ibisse, die auf den Bäumen südlich des Sees in einer Kolonie brüteten, drang aus weiter Ferne an seine Ohren.

»Ich dich auch«, wollte Linda schon sagen, doch sie bemühte sich, das Gespräch auf den wahren Grund ihres Anrufs zu lenken. »Vielen Dank, dass du zurückrufst. Warst du wieder im Niemandsland unterwegs?«

»Ich habe Chui gejagt«, antwortete Alan und verwendete bewusst das Suaheli-Wort für Leopard. Er wusste, dass Linda es kannte, seit sie vor einigen Jahren gemeinsam einen Mörder verfolgt hatten, der sich Chui nannte und seine Opfer, wie der Leopard seine Beute, auf Bäumen deponierte.*

»Ich dachte, auf *Ojumamuya* wird nicht gejagt?«, fragte sie.

»Ich helfe einer Nachbarin. Ingrid van der Veldes Farm steht vor dem Ruin. Wenn ich ihrem Jagdgast keinen Leoparden liefern kann, muss sie verkaufen.«

»Aha«, sagte Linda trocken und versuchte, nicht die falschen Fragen zu stellen. Dass Alan Scott einen Leoparden jagte, kam ihr mehr als ungewöhnlich vor, und sie bemerkte zynisch: »Pass auf, dass du nicht zum großen weißen Jäger mutierst, Bwana!«

»Keine Sorge, Memsahib! Sobald dieser Hardy wieder in Deutschland ist, beende ich die Trophäenjagd.«

Linda wollte schon etwas entgegnen, als sie über den Namen in Alans Satz stolperte.

»Moment mal«, rief sie so laut, dass einige der Leute auf den Stühlen im Café sich zu ihr umdrehten. »Sagtest du gerade ›Hardy‹?«

»Ja. So nennt sich mein Jagdgast. Ich meine, der Mann, der bei Ingrid die Lizenz auf den Leoparden erworben hat. Ein seltsamer Typ.«

---

* Leopardenjagd (2008)

»Du sagst, er kommt aus Deutschland? Wie heißt er weiter?« Lindas Fragen klangen hektisch, fast atemlos.

»Keine Ahnung. Müsste ich Ingrid fragen. Oder ihn selbst.«

»Das bitte nicht! Wie sieht er aus?«

»Hm.« Alan schien zu überlegen. »Groß, kräftig. Kantiges Gesicht, unrasiert, roter Kopf. Er macht einen ständig aufgeregten, hektischen Eindruck. Haare kurz geschoren, fast kahl. Ein ziemlich unsympathischer Typ. Und er trägt eine Kette aus Keilerzähnen um den Hals. Sein Glücksbringer, sagte er.«

»Verdammt, das ist er!«, zischte Linda.

»Was?«, rief nun auch Alan, der keine Ahnung hatte, wovon Linda sprach. »Was meinst du mit: Das ist er?«

»Hardy. Hartmut Schwaiker.«

Alan dachte nach. Der Name sagte ihm etwas, doch noch bevor er reagieren konnte, half ihm Linda auf die Sprünge:

»Der Wolf im Schwarzwald. Schwaiker war hinter ihm her. Ich glaube, du bist ihm nicht begegnet.«

»Aber du hast mir von ihm erzählt. War das nicht dieser …«, er stockte, dann kam ihm die Erkenntnis, »… dieser Großwildjäger? Natürlich! Oh verdammt! Aber getroffen habe ich ihn nicht, oder?«

»Wir sind mal mit Jens Bosch am Schafspferch vorbeigefahren. Da stand er bei Schäfer Johann, aber ziemlich weit weg. Du kannst ihn nicht kennen«, beruhigte sie ihn.

»Stimmt, du hast recht«, erinnerte sich Alan. »Das hat aber nicht gereicht, um ihn bei mir abzuspeichern.« Und doch wusste er jetzt, woher er das Gefühl gehabt hatte, diesem Hardy schon einmal begegnet zu sein.

»Und er ist jetzt in Namibia«, fuhr Linda fort, machte eine Pause und schob nach: »Um zu jagen. Seine Frau hat es mir erzählt.«

»Hast du mich deshalb angerufen?«, fragte Alan.

»Ja«, gab sie zu. »Ich wollte dich bitten, genau das herauszufinden.«

»Genau – was?«

»Ob er tatsächlich in Namibia ist. Hast du ein Foto von ihm?«

»Nein«, antwortete Alan. »Aber das lässt sich machen. Spätestens morgen früh bekommst du eines. Hardy mit seinem Leoparden. Übrigens ein verkrüppeltes altes Männchen, das wir erlösen, falls dich das beruhigt.«

Linda glaubte, Alans Grinsen aus dem *iPhone* hören zu können.

»Oder ist es eher meine Nachbarin?«, legte er noch nach. »Ingrid van der Velde ist fast 70. Falls dich das beruhigt.«

»Ist ja gut, ich hab's kapiert«, fauchte sie. »Das ist jetzt auch überhaupt nicht wichtig. Wenn du deiner Nachbarin aus der Patsche hilfst und dabei gegen deine Prinzipien verstößt, musst du das ganz allein mit dir selbst ausmachen. Alan, bitte hör mir zu«, bat sie eindringlich, »was ich dir jetzt sage, ist wichtig. Mit einem ganz großen W, verstehst du.«

»Okay«, lenkte er ein. »Wie kann ich dir helfen?«

»Dieser Schwaiker. Hartmut oder Hardy, egal. Mit einer seiner Wa…« Linda stockte mitten im Wort und merkte, wie sich ihr Magen verkrampfte. Oh Gott, dachte sie, er weiß es ja noch gar nicht! Alan hatte Martin Jaschke gut gekannt, sie waren sogar in kurzer Zeit so etwas wie Freunde geworden. Und sie hatte es tatsächlich versäumt, ihm von Martins Tod zu berichten!

»Alan«, begann sie und holte tief Luft. »Martin Jaschke …« Mehr sagte sie nicht.

»Was ist mit ihm?«, fuhr Alan auf.

»Er ist …«

Wie sollte sie es ihm sagen?

»Tot?« Die Silbe schoss wie ein Torpedo aus Alans Mund. Jetzt war es heraus.

»Du weißt es?« Das konnte nicht sein. Woher sollte er …? War es eine Ahnung? Alans Sinn für das Übersinnliche? Wie oft hatte sie mit ihm schon Situationen erlebt, deren Verlauf er vorausgesehen hatte? Mit ihm schien das alles so einfach zu sein. Wo sie aufgeben wollte, hatte er einen Weg gefunden. Nicht nur einmal. Mehrmals schon hatte er durch seine Kombinationsgabe sein Leben gerettet. Und ihres. Wie damals im Haikäfig vor Kleinsbaai in Südafrika.* Oder im eiskalt reißenden Wildwasser der Tugelaschlucht, als sie von der Walze des Hochwassers überrascht worden war.** Wenn jemand ein Gespür für das Schicksal seiner Mitmenschen hatte, dann Alan Scott.

Linda sagte nichts und auch der Mann am anderen Ende schwieg.

»Das ist nicht wahr«, murmelte Alan Scott schließlich schockiert. Und nach einer Pause, die Linda endlos vorkam: »Und dieser Schwaiker hat es getan?«

Jetzt hatte Alan sie wirklich verblüfft. Woher konnte er wissen, dass Martin nicht einfach so gestorben, sondern man den Wolfsberater umgebracht hatte? Wie scharfsinnig hatte er kombiniert?

»Es wäre denkbar«, antwortete Linda zögernd, »man hat ihn erschossen. Mit einem großkalibrigen Gewehr.«

»Dieser Hardy besitzt eine solche Waffe.«

»Ich war bei Schwaiker. Seine Frau hat mir seinen Waffenschrank gezeigt. Zwei seiner Gewehre fehlen.«

»Eines hat er auf alle Fälle dabei. Vielleicht ja auch zwei.«

»Kannst du für mich herausfinden, ob eine Kimber Caprivi darunter ist?«

---

* Elefantengold (2006)
** Bombenspiel (2010)

»Das lässt sich machen.«

»Und falls nicht, hake nach, ob er eine hat. Ich wüsste zu gerne, wo wir diese Waffe finden können.«

»Ich werd's versuchen. Bin gespannt, ob er mir das erzählt.«

»Danke«, sagte sie und kam ohne Umschweife zu ihrem nächsten Auftrag für Alan Scott:

»Kennt man in Namibia die *South African News & Broadcasting Conglomeration*?«

»Die *SANBC*? Ja klar. Die ist im ganzen südlichen Afrika ein Begriff. Der gehören zahlreiche Fernsehprogramme, Radiosender und Zeitungen. Warum fragst du?«

»Ich bin auf der Suche nach einem Journalisten. Heiko Büsgens. Ein ehemaliger Kollege.«

Sie hatte Heiko nicht wieder gesehen, seit der Wolfgeschichte damals, und hoffte heimlich, dass sich ihre Wege nie wieder kreuzen würden. Doch ob er tatsächlich noch in Südafrika war oder womöglich wieder zurück in Deutschland, wusste sie nicht.

Sie hatte keine Ahnung, ob er als Mörder Jaschkes in Frage kam, ob er ein Motiv gehabt hätte, Martin zu töten. Oder den Wolf? Würde er einen Mord begehen, um eine gute Story zu haben? Die Gedanken jagten ihr in Sekundenschnelle durch den Kopf, doch sie zweifelte an der Täterschaft Heikos. Dennoch wollte sie Gewissheit haben und erklärte Alan:

»Der hatte damals ebenfalls mit dem Wolf zu tun und arbeitet jetzt für dieses Medienunternehmen in Südafrika. Ich sollte wissen, ob er sich derzeit dort aufhält oder nicht. Laut meinen Recherchen ist er Referent des Konzernchefs Phil Svelink in Kapstadt.«

»Könnest du das über deine Kanäle als Journalistin nicht viel schneller herausfinden?«, fragte Alan.

»Das schon. Aber Büsgens und ich sind nicht gerade …

naja … wir sind keine Freunde. Oder um es deutlicher zu sagen, er ist ein richtiges Arschloch. Einer der Typen, die Martin so übel mitgespielt haben damals. Sicher könnte ich bei dem Unternehmen anrufen, aber dann weiß ich immer noch nicht, ob ich die Wahrheit erfahre.«

»Okay«, sagte Alan. »Und du denkst, ich könnte ja mal rasch mit dem Land Cruiser von *Ojumamuya* nach Kapstadt rauschen und dort klingeln?«

Linda spürte seinen Unmut, und sie kannte auch den Grund. Tage lang hatten sie nicht telefoniert, kein Lebenszeichen ausgetauscht, und jetzt rief sie ihn an, um ihn mit Aufgaben zu überschütten, und hatte ihn noch nicht einmal gefragt, wie es ihm ging. Sie wusste, Alan war ein sentimentaler Romantiker und wartete neben den »dienstlichen« Anrufen auch auf die gefühlvollen Momente. Es hatte ihn gestört, dass sie nach dem kurzen »Wo bist du? Wie geht es dir?« gleich zur geschäftlichen Tagesordnung übergegangen war. Sie versuchte daher, ihrer Stimme einen sanfteren Klang zu geben, als sie antwortete:

»Nein, das denke ich nicht. Aber ich habe gehofft, dass du eine Idee hast, wie du das rausfinden kannst. Du kennst so viele Leute. Und für mich bist du so etwas wie die letzte Hoffnung.«

»Ich könnte mal wieder zu Papa Joe fahren, um zu tanken«, lenkte er ein und schien dabei zu schmunzeln. »Dort holt sich der Hausmeister der *SANBC* in Windhoek immer sein Feierabendbier.«

»Du kennst den Hausmeister von Svelinks Niederlassung in Windhoek?«, fragte sie ungläubig und merkte im selben Moment, dass sie Alan auf den Leim gegangen war.

»Quatsch!«, feixte er, »aber es könnte in der Tat nicht schaden, Papa Joe zu fragen, zumal es wirklich so etwas wie eine regionale Dependance der *SANBC* in Windhoek gibt. Und noch was, meine Liebe: Ich würde für dich sogar zu Fuß von *Ojumamuya* nach Kapstadt laufen, um dort zu klingeln!«

»Danke, das weiß ich. Und ob du's hören willst, oder nicht, mein Lieber, ich habe da noch was, wobei du mir helfen könntest.«

»Dann sag«, kam es salopp und hilfsbereit.

»Hartmut Schwaiker hat einen Bekannten in Windhoek, er heißt Laurens van Poosen.«

»Van Poosen? *Der* van Poosen?«

»Ein Tierpräparator, soviel ich weiß.«

»Einer? Er ist der beste in ganz Afrika! Jeder Trophäenjäger in Namibia kennt die *Van Poosen Taxidermy & Tannery* in Windhoek.« Alan war fast ins Schwärmen geraten, was Linda zu der Frage veranlasste: »Seit wann stehst du auf tote Tiere?«

»Das hat damit nichts zu tun!«, ereiferte er sich. »Laurens ist ein Künstler, kein Handwerker. Er haucht seinen Präparaten Leben ein, seine Sammlung ist weltberühmt, er hat ein kleines Museum neben seinem Studio und eine eigene Gerberei.«

»Demnach kennst du ihn?«

»Ja, kann man so sagen.«

»Kannst du ihn nach Schwaiker fragen? Die beiden müssen sich gut kennen. Und vor allem herausfinden, ob er für ihn einen … Wolf präpariert hat.«

»Einen Wolf? Du meinst, *den* Wolf von damals?«

Alan dachte zurück an die Tage und Nächte mit Martin Jaschke im Schwarzwald, als sie die Spuren jener Wölfin suchten.

*

*Stumm bahnten sich die beiden Männer ihren Weg durch den Wald.*

*Ihre Schritte knirschten auf den verharschten Schneeresten, Zweige knackten unter den unbeholfenen Schritten Jaschkes, während sich Alan leichtfüßiger und leiser fortbewegte und seine Tritte behutsam zwischen den dürren Zweigen platzierte. Das Laub war zu nass, um zu rascheln.*

*Alan war in seinem Element. Natur, Wald, Wildnis. Das liebte er in Afrika. Wenn das tiefschwarze Fell der Rappenantilopen im dürren Mopanebusch leuchtete, wenn die Webervögel zwischen den Dornen der gelb blühenden Akazien ihre kunstvollen Nester bauten und der Honigdachs sich von seinem Freund, einem kleinen Spechtvogel namens Honiganzeiger, zu einem Bienennest führen ließ, und der in seinem Buschversteck getarnte Karakal mit seinen langen Pinselohren auf das nahende Geräusch des äsenden Kronenduckers lauschte.*

*Alan Scott schob seine Finger über den Waldboden, wie er es auch im Busch tat, um den Beginn einer Fährte zu finden. Das Loch, aus dem sich eine Maus hervorgewagt hatte, um ein paar Bucheckern anzunagen, unweit davon das getrocknete Gewölle eines Kauzes, das von einem erfolgreichen Jagdzug stammte.*

*Alan liebte die nächtlichen Stimmen der Buschsymphonie, wenn mit feinem Pianissimo das Zirpen der Zikaden anhob, sich schrill steigerte und bald Unterstützung vom krächzenden Geigenpizzicato der Grillen erhielt, umspielt wurde vom leichten Flötentriller der Glockenfrösche in einem der kleinen Wasserlöcher, untermalt vom schnarrenden Tremolo der Rotwangen-Nachtschwalben, unterbrochen vom grunzenden Ostinato der Flusspferde aus dem Hippo-Pool und übertönt vom fröhlichen Trompeten der badenden Elefanten. Und schließlich, wie das unvermutete Fortissimo im zarten Weben eines Largosatzes der Urschrei der afrikanischen Savanne, wenn Simba, der Löwe, seine Stimme erhob.*

*Ein paar Meter weiter den Hang hinauf ertastete Alan die Abdrücke zweier länglicher Schalen, die sich tief in den feuchten Boden gegraben hatten.*

*»Nahezu gleich groß, aber nicht sehr eng beisammen. Fast vier Finger breit. Bei uns wäre das ein Kudu …«*

*»Wie machen Sie das?«, fragte Jaschke ungläubig. »Hocken hier im fast dunklen Wald und finden Spuren, die ich nicht einmal am Tag entdecken würde.«*

*Alan grinste.*

*»Wenn du weißt, wohin der Leopard am Abend gegangen ist, um zu jagen, kann er dich in der Nacht nicht fressen.«*

*Jetzt war die Zeit der nächtlichen Jäger. Die Rohrratte suchte in ihrem Erdbau Schutz, wenn der schwarz-weiß gestreifte Zorilla sich näherte, Termiten flohen vor den Klauen des Pangolins in die Tiefen ihrer Bauten, und die Affenmotten wurden selbst im Flug Opfer der flinken Galagos. Am Morgen, bei Sonnenaufgang, offenbarte so manche Spur im Gras und am Wasserloch ein weiteres nächtliches Drama. Schließlich war es der Schakal gewesen, der gerade noch den Springhasen erlegt hatte, und kurz darauf selbst zum Opfer eines Leoparden geworden war.*

*Martin Jaschke war fasziniert. Dieser Spurensucher aus Afrika war legendär. Da trieb sich mitten im Schwarzwald eine einsame Wölfin herum, und der Typ fand ihre Spur wie die sprichwörtliche Nadel im Heuhaufen. Es dauerte keine Viertelstunde, bis Alan auf den herzförmigen Ballenabdruck stieß. Er ging erneut in Hocke, und seine Hände befühlten den nackten Boden.*

*»Diese Erde erzählt uns die Geschichte dieser Wölfin«, flüsterte Alan. »Der Boden ist wie ein Buch. Man muss nur die*

*Buchstaben richtig zusammensetzen, dann kann man die Bedeutung der Worte erkennen und die Geschichte lesen.«*

Lindas Worte katapultierten Alan Scott aus seinen Erinnerungen: »Ja. Den toten Wolf, dessen Balg ich damals im Kühlhaus der Metzgerei entdeckt habe und der spurlos verschwand.«*

»Der soll bei Laurens in Windhoek sein?«, zweifelte Alan.

»Es wäre schön, wenn du das für mich herausfinden könntest«, antwortete Linda. »Das Seltsame ist nämlich, dass man ganz in der Nähe von Martin einen Wolfskadaver gefunden hat. Erschossen mit derselben Waffe. Einer Waffe, wie sie vermutlich auch Schwaiker besitzt.«

»Aber wenn Schwaiker diesen Wolf erschossen hätte, wäre der Kadaver doch nicht zurückgeblieben«, wandte Alan ein. »Ein Typ wie der verzichtet niemals auf eine solche Trophäe.«

»Der Kadaver trieb in einem See. Sie brauchten gestern ein Boot, um ihn zu bergen.«

»Gestern, sagst du?«, fragte Alan alarmiert.

»Ja.«

»Moment! Wann ist dann der Mord passiert?«

»Vorgestern Abend oder in der Nacht zu gestern.«

Alan rechnete zurück.

»Dann kann es Schwaiker nicht gewesen sein. Ich war gestern mit ihm im Busch.«

»Den ganzen Tag?«

Alan überlegte. Er hatte den Jäger am Nachmittag in *Renosterskloof* abgeholt, wie lange er sich dort zuvor aufgehalten hatte, wusste er nicht.

»Nein«, sagte er daher, »wir sind am frühen Abend aufgebrochen.«

---

* Wolfsgebiet (2019)

Linda rief sich die Worte von Franziska Schwaiker ins Gedächtnis zurück.

»Wie lange ist Ihr Mann in Afrika?«

»Schon seit ein paar Wochen.«

Was keineswegs hieß, dass er nicht heimlich zwischendurch nach Deutschland zurückkehren konnte. Was, wenn er seinen Jagdurlaub unterbrochen hatte, um im Schwarzwald eine ganz andere Art von Jagd zu veranstalten? Aber wie hatte er seinen Rückflug so präzise planen können, wo er doch den Erfolg einer Jagd auf den Wolf nicht vorhersehen konnte? Die Antwort auf diese Frage konnte sich Linda nicht geben. Doch im Stillen begann sie zu rechnen: Gesetzt den Fall, er flog nach Deutschland, um den Wolf zu schießen. Einen Platz in der Linienmaschine nach Windhoek konnte man sicher auch Last Minute buchen, das Risiko, dass der Flug ausgebucht war, schien ihr kalkulierbar. Er findet also den Wolf, schießt ihn, wird von Jaschke dabei überrascht und erschießt ihn ebenfalls? Und vom Schwarzwald zurück nach Frankfurt, sinnierte Linda weiter.

»Wie lange«, fragte sie Alan laut, »braucht man vom Flughafen Windhoek dorthin, wo ihr euch getroffen habt?«

»Von *Hosea Kutako* nach *Renosterskloof*? Nicht mehr als eine Stunde.«

Auch machbar, dachte sie.

»Ich muss mir die Flüge ansehen. Aber wenn er in der Nacht ab Frankfurt flog, hätte er – rein theoretisch – den Mord am Abend noch begehen können.«

»Klingt abenteuerlich«, gab Alan zu bedenken.

»Aber nicht ausgeschlossen«, widersprach Linda. »Ich werde das recherchieren, und bis dahin solltest du dir darüber im Klaren sein, dass du …«

»… dass ich heute Nacht an der Seite eines potenziellen

Mörders allein auf einen Leoparden lauere«, vervollständigte er ihren Satz und fügte noch hinzu: »Hatari!«

Linda wusste, was dieses Suaheliwort bedeutete:

Gefahr.

*

Sarah saß in ihrem Zimmer, starrte an die Wand und kaute nervös auf ihrer Unterlippe. Sie sah auf die Uhr. Irgendwie musste sie diesen Tag noch überstehen, ohne sich ständig Gedanken zu machen. Morgen würde sie die Arbeit ablenken, und danach würde sie ihre Mutter bitten vorbeizukommen.

Sie stand auf, trat zum Fenster und blickte hinaus. Die waldigen Hügel auf der anderen Seite des Tals erschienen ihr mit einem Mal bedrohlich und düster, sie sah nicht mehr die herrliche Landschaft und die Schönheit der Natur, sondern fühlte Einsamkeit und Beklemmung.

Dabei gibt es überhaupt keinen Grund, redete sie sich ein. Was war denn schon geschehen?

Ein Mann, der behauptete, sie zu kennen, hatte sie nach dem Weg gefragt. Mehr nicht.

Wozu also diese Panik?

Wozu musste sie ihre Mutter mit hineinziehen, die offensichtlich anderes zu tun hatte?

Du solltest dringend zum Psychiater gehen, sagte sie sich, wenn dir jetzt schon eine so bedeutungslose Begegnung Angst verursacht! Der Typ war sicher mehr als harmlos. Ihre Mutter war eine engagierte Journalistin, kannte Hunderte Menschen. Und ja, sie hatte, als ihre Tochter, Ähnlichkeit mit ihr. Na und? Darauf waren sie beide immer wieder angesprochen worden. Es war also völlig normal, dass ein Fremder, der ihre Mutter kannte, sie darauf ansprach. Und ihre Assoziation, die sie mit diesem Mann und ihrem Erlebnis in der Hütte verband, rührte wohl nur daher, dass sie ihm bei dieser Heuhütte begegnet war. Sicher hatte ihr ganz einfach ihr Unterbewusstsein einen üblen Streich gespielt.

Oh Gott, dachte sie, was muss Olaf Berwald von dir denken? Der glaubt sicher, du bist übergeschnappt. Erzählst ihm was von einem Typen, der dich nach dem Weg fragt und danach spurlos verschwunden ist. Dabei war er sicher nur rasch weitermarschiert und aus ihrem Blickfeld verschwunden, solang sie in dieser Heuhütte nach dem Tierarzt gesucht hatte. Ein harmloser Wanderer, der zufällig ihre Mutter kannte.

Du musst es schaffen, dieses Trauma deiner Kindheit zu überwinden, dachte sie, also stell dich nicht so an! Du bist so doof, schalt sie sich, und öffnete das Fenster, um etwas frische Luft in ihr Zimmer zu lassen. Du solltest kalt duschen, damit du wieder zu dir kommst! Und danach den Tierarzt anrufen und dich bei ihm entschuldigen. Sonst kannst du das Praktikum in Friedrichshafen schon gleich mal vergessen!

Ein Geräusch, das von draußen an ihre Ohren drang, irritierte sie. Sie beugte sich aus dem Fenster und blickte nach unten, doch dieses seltsame Summen schien aus einer anderen Richtung zu kommen. Sie kannte das von den Modellflugzeugen, die sie als Kind mit ihrer Mutter auf einer kleinen Wiese zwischen Hirschau und Wurmlingen beobachtet hatte, nur war es gleichmäßiger, ja monoton.

Im ersten Augenblick dachte sie an einen Bienenschwarm, der sich irgendwo unter dem Giebel des Hauses eingenistet hatte, und reckte ihr Kinn nach oben. Oder ein Maikäfer? Hier, direkt vor ihrem Fenster? Die tief stehende Sonne, die sich mit letzter Kraft einen Weg durch den noch immer dichten Wolkenteppich gebahnt hatte, blendete sie, und sie hob schützend die flache Hand gegen das Licht. Der Horizont war hellgrau, fast grell, die Wolken dünn und an den Rändern schneeweiß. Es war unmöglich, hier einen fliegenden Käfer zu entdecken.

Sie kniff ihre Augen zusammen, um den Lichteinfall zu minimieren, und konzentrierte sich auf das Summen, das eindeutig aus der Luft kam.

Dann erkannte sie die rotierenden Propeller, und im selben Augenblick drehte die Drohne ab und entschwand über dem Dach aus ihrem Blickfeld.

*

Sie erreichten den Köcherbaumwald noch vor Anbruch der Dämmerung. Hartmut Schwaiker trug seine Waffe zugriffsbereit mit beiden Händen, die Mündung steil nach oben, als sie den Land Cruiser abgestellt und sich zu Fuß auf den Weg zum Baitplatz gemacht hatten.

Alan Scott, der neben Schwaiker ging, betrachtete die Waffe und bewunderte den herrlich gemaserten, fast edlen kupferbraunen Schaft und die aus demselben Holz gefertigte Kammergriffkugel. Der Abzug, an dem Schwaikers rechter Zeigefinger in Wartestellung ruhte, war mit Titannitrid beschichtet und glänzte goldfarben.

»Ein edles Gewehr«, bemerkte Alan anerkennend.

»Ja, mein bestes«, antwortete Schwaiker, seine Augen auf den Busch vor sich geheftet, »ein 375er Universalkaliber. Für Großkatzen perfekt.«

»Für den Leoparden schon, für einen Büffel hätte ich meine Zweifel. Haben Sie noch eine zweite Waffe dabei?«, fragte Alan.

»Nein. Mir genügt meine Kilombero.« Seine rechte Hand tätschelte die Waffe wie einen jungen Hund.

»Bei einem Elefanten würde ich als Ihr Jagdführer zur Sicherheit eine 458er Büchse dabeihaben.«

»Meine Kilombero hat mich noch nie im Stich gelassen.«

»Sie schießen ausschließlich mit der Kilombero?«

»Mit wenigen Ausnahmen. Sie hat mich schon um die halbe Welt begleitet. Südafrika, Indien, Alaska, Himalaya, Russland.«

»Haben Sie dort auch Raubwild geschossen?«

»Allerhand Raubzeug sogar«, prahlte Schwaiker. »Grizzly, Löwe, Irbis, Tiger.«

»Irbis?«, hakte Alan nach. »Legal?« Er wusste, dass der Schneeleopard streng geschützt war, und es nicht mal, wie beim Eisbären, eine Einheimischenquote gab.

»Ich habe einen geschossen, das reicht doch wohl«, wich Schwaiker aus.

»Und einen Wolf?«

Schwaiker drehte den Kopf Richtung Alan und fixierte ihn mit düsterem Blick.

»Warum fragen Sie nach einem Wolf?«

»Sie nannten Alaska und Russland. Da ist der Wolf zu Hause. In Deutschland wäre es ebenfalls illegal«, reizte er Schwaiker bewusst.

»Ich war zweimal in Kirov auf Wölfe«, sagte der nur und gab vor sich wieder auf den Busch zu konzentrieren. Die Frage nach dem Wolf in Deutschland schien ihn weder irritiert noch seinen Verdacht erregt zu haben. Entweder der Kerl war zu abgebrüht, oder Linda verfolgte eine falsche Spur. Alan überlegte, wie weit er gehen konnte, ohne Schwaikers Misstrauen zu erregen. Er hatte noch von *Ojumamuya* aus mit Ingrid van der Velde telefoniert, um zu erfahren, seit wann sich ihr Jagdgast auf *Renosterskloof* aufhielt. Tatsächlich hatte er wohl geschäftlich in Windhoek zu tun gehabt, und sei erst zur Leopardenjagd wieder auf der Farm aufgetaucht, hatte sie ihm erzählt.

Alan setzte alles auf eine Karte: »Haben Sie schon einmal mit einer Kimber Caprivi geschossen?«

Schwaiker horchte auf.

»Wie kommen Sie denn darauf?«, fragte er, eine Spur zu nervös.

»Ein gängiges Gewehr unter meinen Gästen«, antwortete Alan und überlegte, wie er Schwaiker dazu bringen konnte, ihm etwas über seine eigene Kimber Caprivi zu verraten.

»Sie wurde speziell für die Großwildjagd in Afrika entwickelt, darum ja auch der Name. Und ein so weit gereister Jäger und erfahrener Schütze wie Sie …«

Erneut drehte sich Schwaiker zu ihm um, doch diesmal war es purer Stolz, der ein breites Grinsen verursachte. Jetzt hatte er ihn dort, wo er ihn haben wollte. Alan setzte noch eins drauf und meinte, mit gespielter Enttäuschung in der Stimme:

»Ich hätte fast gewettet, dass Sie diese Waffe kennen.«

»Natürlich kenne ich die Kimber Caprivi«, grunzte Schwaiker, und seine linke Hand streichelte den Lauf der Kilombero fast liebevoll, »aber ich musste sie diesmal zu Hause lassen. Reicht Ihnen das?«

Alan lächelte und nickte. Er musste es genug sein lassen. Sie mussten sich beeilen, das Tarnversteck zu erreichen. Zu schnell kam jetzt die Nacht, die Stille würde sich über *Groenvallei* ausbreiten, bevor die Buschsinfonie einsetzte. Er liebte diese Zeit zwischen Tag und Nacht, und entdeckte vor sich die mächtige Kapkastanie. Der Umriss des Baits verschwamm mit dem geschwungenen Ast zu einem unförmigen Klumpen, und die Blätter würden den Rosetten des Leoparden die perfekte Tarnung bieten, sollte er sich aus der Krone seiner Beute nähern.

Da Fred Baas das Luder schon auf einem der unteren, starken Äste der Kapkastanie ausgebracht hatte, gab es für Alan nichts zu tun, als den Giraffenknochen, den die Hyänen sauber abgenagt hatten, zu entfernen und duftsicher mit Sand zu bedecken, um anschließend mit seinem Gast im gut getarnten Blind zwischen den Schlangenfelsen auf das Auftauchen der gefleckten Katze zu warten.

Lose drapiertes Astwerk, Steine, Rindenstücke und Laub ließen den ebenerdigen, nach allen Seiten verblendeten Tarnschirm perfekt mit der Umgebung verschmelzen, im letzten Licht war er mit bloßem Auge nur als undurchdringliches Dickicht zu erkennen. Fred Baas hatte das Versteck zwischen zwei mannshohen Felsquadern errichtet, die als Seitenwände dienten. Vorne hatte er eine alte Holztür quer gestellt, ein paar dicke Äste bildeten das Gerüst für das Dach, das er mit Palmwedeln abgedeckt hatte. Zwischen der Oberkante der Tür und den Dachstangen blieb ein schmaler Schlitz, der als Schießscharte diente.

Vom Blind zum Baitplatz waren es etwas mehr als 30 Meter, der Wind trug den Verwesungsgestank des Lamms zu ihnen herüber, was bedeutete, dass die Windrichtung ebenso passte wie die Lage des Verstecks im Westen. Somit hatten sie die untergehende Sonne im Rücken, den Wind gegen sich und auch die Temperaturen würden kein Unbehagen bereiten. Die Voraussetzungen waren mehr als perfekt.

Über einen mit altem Leinen verhängten Zugang gelangten der Jagdführer und sein Gast ins Innere des luftigen Käfigs, es war gerade genug Platz für zwei seitlich versetzt platzierte ausrangierte Jeepsitze, auf denen die Männer, eingepfercht wie im Autoscooter, einigermaßen bequem saßen und durch den Schießschlitz hindurch freie Sicht auf den Baitplatz hatten. Das tote Damaralamm war mit nach unten hängenden

Beinen auf dem Kastanienast festgebunden worden, und genau so hatte der Leopard das Bait schon einmal angenommen. Da die verletzte Katze auf leichte Beute angewiesen war, hatte Alan gute Hoffnung, Schwaiker heute Nacht seine Trophäe zu präsentieren.

Sie waren noch rechtzeitig am Luder angekommen und warteten jetzt das Ende der kurzen Dämmerung ab. Alan hatte sich so platziert, dass er den Jäger vor ihm im Auge behalten konnte. Er beobachtete Hartmut Schwaiker heimlich von der Seite und war froh, dass er Schwaiker schon die Fragen gestellt hatte, auf die Linda eine Antwort erwartete.

Der Leopard würde schon bald getarnt im Busch auf der Lauer liegen und das tote Lamm und die Umgebung beobachten. Jedes Gespräch, jedes Geräusch, jede Bewegung würde ihren Plan zunichtemachen. Ihre Geduld würde auf eine lange Probe gestellt werden, doch sie durften sich keine Unaufmerksamkeit erlauben, denn wenn er kommen würde, blieben nur Sekunden, um zu schießen.

Höchste Konzentration und Beherrschung der Waffe waren die Voraussetzungen für einen Treffer, denn der Leopard würde sich nicht lange in Position bringen oder vorsichtig anschleichen. Gleich einem von der Armbrust geschnellten Pfeil würde er aus dem Unterholz brechen, seine Fänge in das Fleisch des Schafs schlagen, es mit einem beherzten Ruck losreißen und wäre auch schon wieder samt seiner Beute verschwunden.

Schwaiker hatte seine Waffe im Anschlag und visierte durch das zehnfache Zielfernrohr auf das Bait. Das lichtstarke Glas würde ihm auch in der Dunkelheit genügend Licht geben, um sein Ziel nicht zu verfehlen. Die Repetierbüchse, deren Handhabung er mit schlafwandlerischer Sicherheit beherrschte, würde ihn nicht im Stich lassen.

Fast zärtlich ruhte seine Wange an dem geölten Nussbaumholz des Kolbens, seine Nase sog den lieb gewordenen Duft seiner Waffe ein, der ihn mit einem tiefen Glücksgefühl erfüllte. Es war der Duft dieses Urinstinkts, der ihm seit Generationen vererbt wurde, der Geruch des Jagens, den schon seine Vorväter aufgesogen hatten, der ihn niemals losließ und ihn zum echten Mann machte, zum Herrn über Leben und Tod.

Hinter den nahen Owongholo-Bergen schob sich der Mond fast noch rund über den Horizont, und Alan legte den Zeigefinger an den Mund.

»Machen Sie sich besser bereit. Es kann blitzschnell gehen, wenn der Luiperd erst mal zuschlägt. Und es ist besser, wenn wir jetzt nicht mehr reden.«

»Das dachte ich schon auf dem Weg hierher«, grummelte Schwaiker, legte mit dem Daumen den Hebel der Schlagfeder um und entspannte damit die Repetierbüchse. »Für einen Jagdführer sind Sie ein ziemlich neugieriges Plaudertäschchen.«

»Auf dem Weg war es zu hell für einen Leoparden«, entschuldigte sich Alan.

»Und Sie haben wirklich keine Waffe dabei?«, fragte Schwaiker.

»Nein«, antwortete Alan. »Ich habe sie im Wagen gelassen. So, wie ich Sie einschätze, brauchen Sie keine Hilfe bei einem Leoparden.«

»Ist das nicht etwas leichtsinnig«, hauchte Schwaiker, »falls ich danebenschieße? Oder plötzlich Ladehemmung habe?«

Alan bemerkte entsetzt, wie Schwaiker den Lauf der Kilombero aus der Schießscharte nahm und sich langsam zu ihm umdrehte.

»Sie heißen Alan Scott, sagte mir die Lady auf der Farm«, sagte er ruhig. »Ich habe mir die ganze Zeit überlegt, wo ich den Namen schon einmal gehört habe. Vorher, als Sie den Wolf in Deutschland erwähnt haben, ist mir wieder eingefallen, wo. Sie waren mit diesem sächsischen Wolfsfreund unterwegs. Aber ganz sicher nicht, um zu schießen, stimmt's? Irgendwie sind wir uns im Schwarzwald nie begegnet. Ich hätte Sie zu gerne zu einer Lappjagd auf einen Wolf eingeladen. Dann hätten Sie mal meine Kimber Caprivi ausprobieren können! Leider war es mir nicht vergönnt, in der Geschichte vom guten Jäger, dem bösen Wolf und dem toten Mädchen die Hauptrolle zu spielen. Aber das kann sich heute Nacht noch ändern. Ich habe mal gelesen, dass Leoparden den Herzschlag des Jägers hören können. Und vielleicht heißt meine neue Geschichte ja: Die Geschichte vom guten Jäger, dem bösen Leoparden und dem toten Wolfsfreund?«

Schwaiker richtete die Waffe auf ihn. Langsam hob er den Hinterschaft auf Schulterhöhe, um besser zielen zu können. Der Zeigefinger des Großwildjägers ruhte auf dem Abzug. Aus dieser Entfernung würde er Alans Herz kaum verfehlen.

*

*In jener mondhellen Nacht ist der Winter oben auf den Schwarzwaldhöhen kurz zurückgekehrt und der weiße Zauber glänzt fahl in dem diffusen Licht. Wie ein Schleier hat der Schnee hauchdünn die kahlen Felskuppen auf den Grinden überzogen und sich in einem leichten Flockenschaum auf die grünen Nadeln der jungen Tannen gelegt. Er ruht in kleinen Häufchen in den Astgabeln, glänzt wie ein Hermelinfell auf dem Gestein und deckt den schmutzigen Harsch in den schattigen Mulden zu. Nur dort, wo der Boden aufgetaut und nass ist, hat er keinen weißen Teppich gebildet, ist aufgesaugt worden vom fauligen Laub und der feuchten Erde.*

*Die Wölfin hinterlässt ihre Fährte überall, kerzengerade, immer den kürzesten Weg, ob im jungen Schnee oder im matschigen Erdreich, in den aufgeweichten Fahrrinnen der Waldwege oder zwischen den Tritten von Hirsch und Reh auf den einsamen Wildwechseln. Wohin sie schnürt, ist ihre Spur für das geübte Auge unverkennbar. Wie schon ihre Vorfahren seit Tausenden von Jahren, setzt sie ihre Hinterpfote genau auf die Stelle, die ihre Vorderpfote gerade verlassen hat, instinktiv spart sie auf diese Weise Kraft, wenn der Weg beschwerlich ist, ob im tiefen Schnee, einer von Nässe vollgesogenen Wiese oder in dem morastigen Waldboden, über den sie jetzt zieht.*

*Sie ist unsicher geworden, denn sie hat in der Nacht dieses Heulen nicht mehr gehört. Sie hat in der Dunkelheit verharrt, denn der abnehmende Mond hat sich hinter einer dichten Wolkendecke versteckt, sie ist bergan geschnürt, stetig bergan, bis sie die kahle, steinige Kuppe des Berges erreicht hat und keine Tannen ihr mehr die Sicht zum Himmel verdeckt haben. Sie hat ihre Lauscher aufgestellt und gebannt in die Richtung gehorcht, aus der sie sein Rufen in der vergangenen Nacht wahrgenommen hat. Doch er ist stumm geblieben. Sie hat ihren Hals zum Himmel gereckt und den heiseren, kehligen Laut ausgestoßen, der ihren Artgenossen ihre Einsamkeit und ihr Suchen signalisiert, doch sie hat vergebens auf eine Antwort gewartet.*

*Nur diesen anderen Laut hat sie wahrgenommen, es ist auch so etwas wie ein Heulen gewesen, eher ein Jaulen, ein Japsen, wie sie es schon von jenen Wesen vernommen hat, die ihr gar nicht so unähnlich sind. Ihr Instinkt sagt ihr, dass sie Kinder einer großen Familie sind und dass sie doch vor ihnen auf der Hut sein muss. Auch den Rüden, den sie näher an sich herangelassen hatte als jedes andere Wesen, hat sie schließlich weggejagt und ist jeder weiteren Begegnung immer aus dem Weg gegangen, denn sie weiß, dass die Vettern auf der Seite ihres Todfeindes stehen. Deren Ahnen sind andere Wege gegangen und haben sich unter den Schutz der Zweibeiner gestellt, während ihre Art noch immer und überall um ein Leben in Freiheit kämpfen muss.*

*Als sie jetzt, in dieser einsamen, kalten Nacht auf der kahlen Grinde des Bergs das Jaulen des Hofhunds hört, hebt sie ihren Kopf, und ihre Augen starren in die Richtung, aus der die seltsam vertraut scheinende Stimme kommt. Später weiß sie nicht mehr, ob es Neugier oder Leichtsinn war, was sie zu dem Hof in dem verlassenen Tal geführt hat.*

*Nach dem Blutbad verschwindet sie wieder, und hinterlässt dieses Mal keine Fährte. Im kalten Wasser des schmalen Bachs sind die Pfotenabdrücke im schlammigen Grund schon nach Sekunden verwischt, und sie verlässt den Wasserlauf dort, wo sie auf hartem Granit nur Nässe hinterlässt und kein Auge ihre Spur finden kann.*

*Das Jaulen des Hundes ist verstummt. Er liegt mit aufgerissener Kehle dort, wo sie ihn angekettet haben.*

*

Die Morgensonne schob sich als greller Ball über die Anhöhe im Osten, sie hatte ihre Reise orange glühend begonnen, doch als ihre ersten Strahlen das tief eingeschnittene Tal erreichten, war der Tag schon fast neun Stunden alt. Linda Roloff hatte am Nachmittag zuvor in der Forsthochschule Rottenburg die Auskunft bekommen, derentwegen sie deren Leiter, aufgesucht hatte: Eine Repetierbüchse vom Kaliber einer Kimber Caprivi war durchaus geeignet, einen Wolf zur Strecke zu bringen und einen Menschen zu töten. Am Morgen war sie in Tübingen nach Ende der Frühsendung losgefahren, hatte die Strecke über Nagold und Simmersfeld genommen und eine knappe Stunde später das Enztal erreicht. Oben auf den Höhen lag eine hauchdünne Schneedecke, vielleicht die letzte dieses Frühjahrs, hoffte Linda.

Sie hatte vergebens versucht, Alan Scott zu erreichen, und überlegte, stattdessen Jens Bosch über das jüngste Ergebnis ihrer Recherche zu informieren. Seit sie die möglichen Direktflüge von Frankfurt nach Windhoek überprüft hatte, hatte sich Schwaikers Alibi für den Zeitpunkt des Mordes an Martin Jaschke in Luft aufgelöst. Die Schlinge um den Großwildjäger zog sich immer enger zu, und doch war ihre Theorie gewagt. Sie hoffte auf das Ergebnis der ballistischen Untersuchung. Sollte der Schuss aus Schwaikers Waffe abgegeben worden sein, würde sie Jens Bosch den Mörder auf dem Silbertablett präsentieren.

Jetzt war sie ins Enztal gekommen, weil sie hoffte, dass der alte Schäfer ihr noch mehr über jenen Wolf verraten würde, auf dessen Balg sie im Kühlraum der Metzgerei Steidinger gestoßen war. Sie hatte das Gefühl, dass er den unbekannten Schützen kannte, und sprach ihn direkt darauf an, nachdem sie ihn am Pferch angetroffen hatte.

Er hatte sich auf seiner Schäferschippe abgestützt und starrte stumm zu seinen Schafen.

»Ich muss wissen, wer damals an dieser Jagd auf den Wolf beteiligt war, Herr Kerner«, bohrte Linda Roloff nach und sah ihn eindringlich an. »Erzählen Sie mir nicht, dass Sie es nicht wissen. Sie haben mir selbst gesagt, dass Sie Schwaiker als Helfershelfer angeheuert haben. Also?«

»Ich war nicht dabei«, sagte er nur.

»Das glaube ich Ihnen sogar«, sagte Linda. »Aber ich nehme Ihnen nicht ab, dass er Sie nicht in seinen Plan eingeweiht hat. Sie selbst haben mir erzählt, dass der Wolf mit einer Kugel aus einer Waffe Schwaikers erschossen wurde, er aber nicht der Schütze war.«

Schäfer Johann nickte, und Linda ließ nicht locker.

»Also wer?«

Der alte Mann atmete tief ein, hielt die Luft an und gab einen lang gezogenen, weinerlichen Seufzer von sich.

»Ich wünschte, ich hätte Schwaiker nie angerufen! Der dreht voll durch, wenn er nur schießen kann. Diese Lappjagd war seine Idee. Und ich hab' ihm gesagt, ich mach da nicht mehr mit. Aber die anderen haben das durchgezogen.«

»Welche anderen?«, hakte sie nach, »Schwaiker und wer noch?«

Kerner wand sich und zuckte die Schultern, doch Linda gab nicht auf. »Wer war noch dabei?«

»Der Role Gassner.«

Abhaken, dachte Linda. Der hat das beste Alibi. Sitzt in U-Haft.

»Wer noch?«

Noch einmal holte der Schäfer tief Luft.

»Steidinger«, sagte er schließlich. Linda schwieg und nickte langsam. Also doch! Ihre dunkle Ahnung hatte sie nicht getäuscht.

»Der alte oder der junge?«, fragte sie, obwohl sie die Antwort zu kennen glaubte.

»Der Ortsvorsteher.«

»Und er hat den Wolf erlegt?«

»Ja. Er hat sogar damit geprahlt, am Stammtisch im *Kreuz*, stockbesoffen, wie er war. Es war nur gut, dass ihm keiner geglaubt hat und ihn alle für einen Angeber hielten. Ich hab' dann gesagt ›Christian, halt die Schnauze, du bringst dich noch in den Knast‹, da hat er den Kopf eingezogen und allen, die dabei waren, einen Schnaps bezahlt, damit sie die Klappe halten.«

Preiswertes Schweigegeld, dachte Linda.

»Was hat er noch erzählt?«

»Nichts«, antwortete der Schäfer. »Ich hab' dafür gesorgt, dass er nach Hause ging. Der hätt' sich noch um Kopf und Kragen geredet.«

»Sie denken aber, dass es keine Angeberei war?«

»Nein. Er hat mir beim Heimgehen geschworen, dass er dem Schwaiker den Wolf vor der Nase weggeschossen hat.«

Linda dankte dem Schäfer für seine Offenheit, doch sie wusste, dass das letzte Puzzleteil fehlte. Noch hatte sie keinen Beweis für ihren Verdacht, dass der Wolf mit einer Kugel aus Schwaikers verschwundenem Gewehr erschossen worden war. Falls der Schäfer darüber Bescheid wusste, hatte sie jetzt nur noch eine Chance, es herauszufinden. Sie durfte ihm keine Zeit lassen, darüber nachzudenken. Sie musste ihn überrumpeln.

Linda entfernte sich zum Schein einige Meter in Richtung ihres Wagens, blieb dann noch einmal stehen, drehte sich um und fragte nebensächlich, als sei ihr das gerade eben noch eingefallen:

»Ach – was hat der Steidinger denn für eine Waffe?«

»Gar keine. Er hat mit einem Gewehr von Schwaiker geschossen. Er hat's mir gezeigt, als ich ihn damals nach Hause gebracht habe. ›Hier‹, sagte er, ›die darfst du mal streicheln. Damit habe ich den Wolf erschossen. Aber, pst! Das darf keiner wissen!‹ Und dann hat er sie wieder weggesperrt.«

»Sie wissen nicht, was es für eine Waffe war?«, fragte Linda, doch der Schäfer verneinte.

»Nein. Da kenne ich mich nicht aus. Aber am nächsten Morgen kam der Christian noch mal zu mir auf die Weide und hat mich ins Gebet genommen. Ich dürfe keinem Menschen davon erzählen, sagte er. Schwaiker hat ihm sogar Geld gegeben, dass er die Klappe hält. Der hat sich mit seiner Angeberei im Suff ganz schön reingeritten. Und das als Ortsvorsteher!«

Der Schäfer sah Linda kopfschüttelnd an und meinte: »Hab' ich den Christian jetzt verpfiffen?«

»Nein«, beruhigte sie ihn. »Sie müssen sich kein schlechtes Gewissen machen. Sie helfen nur, ein Verbrechen aufzuklären, Ich werde keinem Menschen sagen, von wem ich es weiß.«

»Und was wird aus dem Christian?«

Linda zuckte die Schultern.

»Das kann ich nicht beurteilen. Hängt davon ab, wie tief er wirklich drinsteckt.«

Um das herauszufinden, dachte sie, werde ich ihm wohl einen Besuch abstatten müssen. Sie sah auf die Uhr. So viel sie wusste, hatte der Ortsvorsteher heute Vormittag Sprechstunde.

Vielleicht eine seiner letzten, dachte sie.

*

Hartmut Schwaiker drückte ab.

Nicht einmal das Foto mit der erlegten Trophäe überließ der Schütze seinem Jagdführer, sondern betätigte den Selbstauslöser seiner Kamera in genau dem Moment, als er seine Pose hinter dem auf einem mannshohen Felsen drapierten gefleckten Kuder perfekt fand. Aufrecht stand der stolze Jäger mit seiner Kilombero hinter dem Leoparden, dessen schwarze Rosetten dunkel in dem von der tiefstehenden Morgensonne golden gezeichneten Fell leuchteten. Die tote Fratze schien zu lachen, dachte Alan und betrachtete abfällig den durch ein starkes Holzstück künstlich geöffneten Fang, aus dessen Unterkiefer die dolchartigen Eckzähne funkelten.

Der am Vorderlauf angeschossene und dadurch behinderte Leopard hatte es seinem Gegner leicht gemacht und dem

Schützen seine volle Körperlänge als Ziel angeboten, nachdem er mit einiger Mühe zum Bait im Baum hochgeklettert war. Schwaiker hatte den Haltepunkt hinter dem Schulterblatt angesetzt und den Luiperd mit einem Blattschuss erlegt.

»Ist doch etwas anderes, auf einen Leoparden zu schießen als auf einen Jagdführer«, meinte der Großwildjäger lachend, als der Schuss gefallen war. »Sie entschuldigen den kleinen Spaß von eben, aber der Hauptakteur in meiner *Geschichte vom guten Jäger, dem bösen Leoparden und dem toten Wolfsfreund* ist eben doch der Leopard, und nicht mein Jagdführer!«

Alan hatte ihm später angeboten, ihm bei der Feldpräparation des Leoparden zu helfen, doch Schwaiker hatte abgelehnt. Vielmehr legte er Wert darauf, die tote Katze sofort auf kürzestem Weg nach Windhoek zu transportieren und bei *Van Poosen Taxidermy & Tannery* abzuliefern.

»Sie lassen ihn bei Laurens van Poosen präparieren?«, hakte Alan Scott nach, und Schwaiker nickte.

»Er ist der Beste, und für diesen Leoparden gerade gut genug. Sie hätten mir sagen müssen, dass das Tier schon einmal angeschossen wurde. Laurens muss ihn so präparieren, dass man den Schuss in den Vorderlauf nicht mehr entdeckt.«

»Ich nehme an, es würde an Ihrem Ego kratzen, wenn man glauben müsste, Sie hätten ihn erst mit dem zweiten Schuss erlegt«, konnte sich Alan nicht verkneifen. Dann dachte er an die Aufgabe, die ihm Linda gestellt hatte.

»Kannst du herausfinden, ob er einen Wolf präpariert hat? Den toten Wolf, dessen Balg ich im Kühlhaus der Metzgerei entdeckt habe und der damals spurlos verschwand?«

Alan grinste. Er würde es herausfinden, und Schwaiker selbst würde ihm dabei helfen.

*

Der Ortsvorsteher von Wintersbach sah vom Monitor auf und starrte über den breiten Schreibtisch hinweg Linda an, als käme sie von einem anderen Stern. Der spartanisch eingerichtete Raum wurde dominiert vom Geweih eines 16-Enders, das von der Wand über dem Sitzplatz des Ortsvorstehers ragte. Rechts und links davon hingen zwei tellergroße runde Jagdscheiben. Die eine zeigte einen balzenden Auerhahn, die andere eine Szene, die Linda von einem alten Ölgemälde kannte, das ihr Großvater in seiner Stube hängen hatte. Es zeigte einen Jäger mit Vorstehhund, der, das Gewehr im Anschlag, auf einem Felsvorsprung einen Wilderer bei seiner erlegten Gams überraschte. Sie erfasste mit kurzem Blick die Inschriften beider Scheiben: »Schützenkönig Christian Steidinger« stand da zu lesen, dazu »Waidmannsheil« und die Jahreszahlen 2017 und 2011.

»Sie scheinen ja ein ausgezeichneter Schütze zu sein«, versuchte sie eine saloppe Begrüßung, die jedoch beim Angesprochenen keinen Anklang fand.

»Das isch die Bürgersprechstunde!«, schnauzte er zurück, »da habet Sie nix verloren! Oder wohnet Sie seit Neuestem in Wintersbach?«

Die Ablehnung in seiner Stimme war nicht zu überhören. Aber noch mehr war es seinem Blick anzusehen, dass die Begegnung mit Linda Roloff unangenehme Erinnerungen in ihm wachrief. Sein Schwäbisch, das er aus alter Gewohnheit in seiner Rolle als Lokalpolitiker verbergen wollte, klang unverhohlen nach Antipathie und Groll.

»Ich kann ja wieder gehen«, antwortete Linda, machte auf dem Absatz kehrt, behielt aber den Türknauf in der Hand und sah Steidinger dabei an. »Kriminalhauptkommissar Jens Bosch wird sich dann bei Ihnen melden, wenn Ihnen das lieber ist. Oder Sie direkt zum Verhör nach Calw einbestellen.«

»Dr Kommissar?«, rief er erschrocken. »Was wöllet Se?«

Linda ließ den Knauf los und schloss die Tür von innen. Langsam ging sie auf den Schreibtisch des Ortsvorstehers zu, stützte ihre Hände auf der Platte ab und beugte sich zu ihm nach vorne.

»Nur eine Auskunft. Von Ihnen als Waidmann.« Sie deutete auf die Jagdscheiben. »Ist ja nicht zu übersehen, wofür Ihr Herz schlägt. Es geht noch immer um den Wolf. Den toten von damals. Ich dachte, wir erledigen das auf dem kleinen Dienstweg.«

»Dr Wolf? Ich hab' doch schon ausg'sagt, dass ich damit nix zu tun hab'.«

»Ja, ich weiß. Und es gab auch nie einen Wolfsbalg im Kühlraum Ihrer Metzgerei. Das hat Ihr Sohn übrigens auch bestätigt. Ich muss das alles wohl geträumt haben.«

»Vermutlich. Warum wöllet Sie des alles noch mal aufrühren?«

»Weil mir da ein Zeuge etwas ganz anderes erzählt hat«, erklärte sie und fügte noch süffisant »Herr Steidinger senior« hinzu.

»Was für ein Zeuge?«, fuhr er auf.

»Das spielt keine Rolle. Einer, der weiß, dass es den toten Wolf gab.« Sollte er doch selbst erraten, von wem sie ihre Informationen hatte.

»Was spielt dr Wolf noch für a Rolle! Der Fall isch abgeschlossen!«

»Das mag schon sein. Was aber immer noch fehlt«, fuhr Linda fort, »ist der Schütze, der diesen Wolf, dessen Balg es nie gegeben hat, geschossen hat.«

Ihr Blick ging erneut zu den Jagdscheiben neben der Trophäe. Steidingers graue Augen fixierten sie, und seine Kieferknochen mahlten.

»Seltsamerweise ist sein Fell in Namibia aufgetaucht. Ein gewisser Hartmut Schwaiker hat es dort zur Präparation anliefern lassen.«

Seine geweiteten Pupillen verrieten seinen Schreck, als er den Namen Schwaiker hörte.

»Dann wird er wohl auch der Schütze g'wesen sein.« Er spuckte die Worte förmlich aus.

»Oder einer der beiden anderen, die bei der Lappjagd am Schafspferch dabei waren«, sagte Linda emotionslos. »Sie!« Das Wort knallte wie Donnerhall in dem kleinen Raum.

Schwaiker drehte sich wortlos auf seinem Schreibtischstuhl zum Fenster um und starrte hinaus.

»Im Übrigen wissen Sie sehr wohl, Herr Steidinger, dass Schwaiker den Balg durch einen dubiosen Trophäenhändler über Umwege nach Namibia schicken ließ. Auch das hat mir ein Zeuge verraten.« Und abermals gab sie ihm noch einmal mit »Herr Steidinger – senior!« einen deutlichen Hinweis, indem sie das Wort »senior« betonte.

»Was wöllet Sie?«, wiederholte er, und seine Stimme klang nach Resignation.

»Dass Sie endlich mit der Wahrheit herausrücken!«, sagte sie, und ihr Ton hatte an Schärfe gewonnen. »Hören Sie auf mit Ihrem Versteckspiel! Jeder im Ort kennt Ihre Passion für die Jagd, auch wenn Sie keinen Jagdschein mehr haben, wie ich herausgefunden habe.«

»Woher wisset Sie des?«

»Ich weiß noch viel mehr. Zum Beispiel, dass seither Schwaiker das Wildbret für Ihre Metzgerei liefert. *Wildspezialitäten aus eigener Jagd.* Steht so auf Ihrer Homepage. Naja. Zumindest frisches Wildschwein. Reh. Und Hirsch. Wo immer auch Schwaiker zum Schuss kommt. Ich nehme an, den hier oben«, sie deutete auf den 16-Ender, »haben Sie noch selbst geschossen.«

Der Ortsvorsteher schwieg weiter, doch seine Körpersprache verriet, dass er kurz davor war einzuknicken. Er hatte den Kopf gesenkt, das Kinn ruhte auf der Brust, die Arme hingen lose zu beiden Seiten des Stuhls nach unten. Linda beachtete seine Lethargie nicht, sondern erzählte langsam, jedes Wort betonend, was sie von seinem Sohn und von Schäfer Johann erfahren hatte, ohne die Namen zu nennen:

»Geben Sie es einfach zu. Sie waren es, der damals den Wolf bei der Lappjagd erschossen hat. Mit Schwaikers Gewehr. Zu schade, dass das illegal war und Sie sich nicht damit brüsten oder die Trophäe behalten konnten. So hat Schwaiker den Kadaver abgebalgt und die Trophäe an sich genommen. Er hat sie nach Windhoek bringen lassen. Ich bin mir sicher, dass Alan Scott sie dort finden wird. Das ist ziemlich leicht, es gibt nämlich keine Wölfe in Afrika.«

Als er weiter schwieg, packte sie ihren letzten Trumpf aus und setzte alles auf eine Karte:

»Wo haben Sie Schwaikers Waffe? Wo ist die Kimber Caprivi?«

»Die … Kimber … Ca–pri–vi …?«, stotterte er und fuhr entsetzt herum.

»Ja. Es war eine Kimber Caprivi. Schwaikers Kimber Caprivi. Ich bin mir sicher, dass die Profis beweisen werden, dass dies die gesuchte Tatwaffe ist. Damals und vielleicht auch jetzt«, fügte sie noch hinzu.

»Ich hab' die nicht mehr!«

»Also geben Sie es zu?«

Er nickte fast unmerklich.

»Zeigen Sie mich jetzt an?«

»Eins nach dem anderen«, bremste sie ihn aus. »Ich denke, Sie sollten selbst zur Polizei gehen und aussagen.«

»Sie werden mich nicht verraten?«

»Das kann ich nicht versprechen. Immerhin wurde inzwischen mit der Waffe womöglich ein zweiter Wolf geschossen.«

»Aber diesmal war ich's nicht!«, rief Steidinger aufgeregt. »Ich schwör's!«

»Sie sagten, Sie haben die Waffe nicht mehr?«

Stummes Nicken.

»Dann hat Schwaiker sie zurückgeholt?«

Jetzt schüttelte Steidinger den Kopf, doch Linda ließ nicht locker.

»Kurzfristig? Vor wenigen Tagen? Nachdem er plötzlich aus Namibia zurück war? Weil Sie ihn angerufen haben und ihm sagten, dass schon wieder ein Wolf in der Gegend ist? Damit auch er noch seinen Wolf schießen konnte?«

Ihre Worte kamen schnell und abgehackt wie das Trommelfeuer eines Revolvers und ließen ihm keine Zeit zu atmen.

»Nein!«, japste er und rang nach Luft. »Ich weiß nicht, wo die Waffe ist. Sie war auf einmal verschwunden.«

»Erzählen Sie Ihre Märchen, wem Sie wollen«, sagte Linda. »Ich glaube Ihnen kein Wort! Sie wissen genau, wo die Waffe ist oder wer sie hat. Und auch, dass Martin Jaschke damit erschossen wurde. Sie decken einen Mörder, Herr Steidinger!«

Linda machte zwei Schritte Richtung Tür.

»Gehen Sie zur Polizei! Sagen Sie aus! Ich kann Ihnen nicht versprechen, dass Sie straffrei davonkommen, aber vielleicht mit einem blauen Auge. Tun Sie's, bevor es zu spät ist!«

Der Ortsvorsteher war in seinem Stuhl zusammengesunken und schwieg.

»Ach«, fügte sie noch an, bevor sie den Raum verließ: »Hat Ihr Sohn meine Grüße ausgerichtet?«

*

»Hallo, Sarah. Wir kennen uns doch. Auch wenn du dich nicht an mich erinnerst. Ich erinnere mich an dich. Gruß, ein Freund.«

Sarahs Blick fixierte die Botschaft unter dem Foto auf ihrem *iPhone*. Woher hatte der Typ ihre Handynummer? Woher hatte er das Bild? Nur den Ausschnitt ihres Gesichts? Was wollte er? Sie versuchte, die aufsteigende Panik zu unterdrücken, und wählte die Kurzwahl für ihre Mutter.

»Hallo, hier Linda Roloff. Melde mich zurück, bitte Nummer hinterlassen. Danke! – Piep.«

Wieder nur die Mailbox!

Toll!

Ständig beschwerte sich ihre Mutter, dass Alan Scott in Afrika kein Netz hatte, doch Sarah schwor, dass er leichter zu erreichen war als ihre vielbeschäftigte Mutter. Fast hatte sie Lust, es zu beweisen. Warum nicht?, dachte sie. Sie hatte schon ewig nicht mehr mit Alan telefoniert. Seine Nummer hatte sie gespeichert, doch diesmal sollte ihre Mutter recht behalten. Alan Scott ging nicht an sein Handy. Sarahs Angst verwandelte sich in Verzweiflung. Da war sie ein einziges Mal auf Hilfe angewiesen, und es war keiner zu erreichen! Noch einmal ein Versuch, ihre Mutter anzurufen. Eine kurze Voicemail. Das musste genügen.

Bisher hatte sie an einen harmlosen Zufall geglaubt. Eine Begegnung, die nicht geplant und auch nicht vorhersehbar war. Jetzt, nach dieser SMS, war sie anderer Ansicht. Was immer dieser *Freund* beabsichtigte, er hatte sie gezielt aufgesucht und abgewartet, bis sie vor der Heuhütte allein war. Wie er sie gefunden hatte, war ihr ein Rätsel. Es gab nur zwei Menschen, die das Ziel ihrer Wanderung zu den Heuhütten kannten: der Tierarzt und Natascha, die ihr den Wagen geliehen hatte. Und beide hatten sicher nichts mit diesem *Freund* zu tun.

Die Drohne kam ihr in den Sinn. Was, wenn er sie schon

seit Tagen auf diese Weise beobachtete? Wenn er an diesem Morgen einfach gewartet hatte, bis sie in Nataschas Wagen gestiegen war und sie dann verfolgt hatte? Wie aber war er an ihre Handynummer gelangt?

Sie hatte noch zwei Stunden Dienst, dann würde sie mit Olaf Berwald reden. Er hatte ihre Entschuldigung angenommen und viel Verständnis für ihr Verhalten gezeigt. Ohne ihn, das war ihr klar geworden, hätte sie noch gestern Abend ihre Mutter gebeten, sie abzuholen, um zu Hause zu übernachten, doch ihm gegenüber wollte sie sich diese Blöße nicht geben.

Benimm dich nicht wie ein kleines, panisches Kind, das heulend auf den Schoß der Mutter flüchtet, nur weil ihm jemand Angst eingejagt hat, hatte sie sich gesagt.

Er hatte sie beruhigt, auch was die Drohne anging.

»Das war sicher ein harmloser Tourist, der ein paar Luftaufnahmen von Zavelstein machen wollte«, hatte er am Telefon gesagt, nachdem sie ihm von der Entdeckung am Abendhimmel berichtet hatte, »oder hatten Sie den Eindruck, die Kamera sei direkt auf Ihr Fenster gerichtet gewesen?«

»Dazu habe ich sie nicht lange genug gesehen. Es war nur komisch, weil sie sofort abdrehte, als ich sie entdeckte.«

»Vielleicht war es ja ein Spanner, der sich ertappt fühlte«, versuchte Olaf Berwald zu scherzen. »Es gibt die verrücktesten Typen auf dieser Welt.«

Sarah hatte sich beruhigt und der Drohne keine Bedeutung mehr beigemessen. Der Veterinär hatte sich nach ihrem Telefonat in seinem Appartement im *Theurerhof* der Bearbeitung der Siebenschläferfotos gewidmet, und sie war irgendwann in einen unruhigen Schlaf gefallen, in dem sie von blauen Wasserfässern und heufressenden Ziegen träumte.

*

»Ich dachte immer, Esel seien störrische Dickköpfe«, sagte Cornelia Eberle kopfschüttelnd und lächelte, als sie ihre beiden Enkelkinder glücklich mit der dunkelbraunen Eselstute Donkey am Halfter über die Wiese gehen sah, und die Eselin ihnen treu und brav wie ein Hündchen an der Leine folgte.

Der Ausflug in den Schwarzwald war die Idee ihres Mannes Willy gewesen, sie waren am Morgen zu Hause in Achern losgefahren, hatten den Vormittag mit den tierliebenden Kindern auf dem Ziegenpfad entlang des Sersbachs verbracht und waren nach einem kurzen Mittagessen in Forbach zur *Schmuseeselwanderung* entlang der Murg aufgebrochen.

Neugierig waren die vier Esel sofort an den Zaun gekommen, als sich die Großeltern und die beiden Kinder dem Treffpunkt, einer Wiese mit kleinem Stall am Ortsrand von Forbach, genähert hatten. Michel Weimer, so stellte sich der Besitzer der Esel vor, erwartete seine Gäste und lud sie ein, ihm zu den Tieren auf die Koppel zu folgen.

»Ihr könnt Michel zu mir sagen«, bot er den Kindern an, und schon waren sie von den neugierigen Eseln und einem mehrstimmigen »Ii-Aa« umringt, und der siebenjährige Julian und seine kleine Schwester Elena hatten sich sofort in die zutrauliche Donkey verliebt.

»Die freuen sich, wenn Kinder kommen, und dann rufen sie laut«, erklärte Michel seinen Gästen. Der rüstige Pferdewirt, der über 50 Jahre seines Lebens mit Pferden und Ponys verbracht hatte, erfüllte sich mit seinen Eseln einen späten Traum, nachdem er seinen Island-Ponyhof verkauft hatte. Fasziniert vom sanften Wesen der Tiere hatte er seine Leidenschaft zum Beruf gemacht und bot mit einem Dutzend der Grautiere mehrtägiges *Eseltrekking* im Schwarzwald und *Schmuseeselwanderungen* für Kinder entlang der Murg an.

Julian und Elena reagierten noch etwas zurückhaltend, als

plötzlich kein Zaun mehr zwischen ihnen und den Eseln war, doch Michel nahm ihnen die Scheu und stellte die Vierbeiner vor:

»Das sind unsere beiden Grazien, Donkey und Asni, beides Stuten. Donkey heißt Esel auf Englisch, und in Island, von wo die Ponys auf meinem ehemaligen Reiterhof herkamen, nennt man den Esel Asni. Daher die beiden Namen.«

Donkey drängte sich mit ihrem weichen Maul den Kindern entgegen und schnaubte zufrieden, als sie erste Streicheleinheiten bekam.

»Und der da drüben?«, fragte Julian und zeigte auf den größten Esel, der etwas abseits von den anderen unter einem Baum stehen geblieben war.

»Das ist Burro, der älteste in unserer kleinen Herde.«

Der in die Jahre gekommene gefleckte Wallach war im Trekking-Ruhestand, wie Michel Weimer es nannte. »Doch die anderen drei gehen gerne auf Tour.«

»Dürfen wir auch auf ihnen reiten?«, fragte Elena.

»Möglich wäre das schon«, meinte der Eselmann, »aber ein Spaziergang mit Streicheleinheiten ist ihnen lieber. Deshalb heißt es ja *Schmuseeselwanderung* und nicht *Eselsritt.*«

»Du würdest auch nicht wollen, dass man dir auf dem Rücken sitzt«, erklärte Julian seiner kleinen Schwester, die auch zu Donkey noch immer ehrfurchtsvollen Abstand hielt.

Michel rief seine Tiere beim Namen.

»Donkey, Burro, Asni, Osel, hierher!«

»Osel?«, fragte Julian. »Warum heißt ein Esel Osel?«

»Osel heißt Esel auf Slowenisch. Unsere Esel haben alle Namen nach dem Wort ›Esel‹ in den verschiedenen Sprachen. Burro sagt man in Spanien, und Osel ist unser Junghengst.«

»Damit Sie Junge bekommen?«, fragte Julian.

»Dafür sorgt unser neuer Deckhengst Lű.«

»Lǘ?«

»Ja, Esel auf Chinesisch. Lǘ ist derzeit nicht auf der Weide, er sorgt für Nachwuchs im Stall.«

»Und wo sind Ihre anderen Esel?«, wollte jetzt Cornelia wissen.

»Wir haben noch eine Koppel auf der anderen Seite der Murg, da grasen die anderen Stuten mit ihren Fohlen. Unser jüngstes ist gerade drei Wochen alt, es heißt Kakuma.«

»Lassen Sie mich raten«, sagte Opa Willy jetzt. »So heißt der Esel in Indien?«

»In Japan«, korrigierte Michel und lachte. »Kakuma hat nichts mit der indischen Frucht Curcuma zu tun. Esel auf Hindi heißt Gada.«

»Und Esel auf Schwäbisch?«, fragte Julian.

»Willy«, sagte Cornelia wie aus der Pistole geschossen.

»Sie sagten, die Stuten mit ihren Fohlen grasen auf der Koppel«, überging Willy den Scherz seiner Gattin, »und was ist, wenn ein Wolf kommt?«

»Ich wette, das würden unsere Esel noch vor uns allen bemerken«, meinte der Eselbesitzer und wandte sich an die Kinder: »Sie hören sicher besser als ihr, das seht ihr schon an den großen Ohren, und sie riechen einen Wolf mit ihrer feinen Nase längst bevor wir ihn sehen.«

»Und dann?«, fragte Julian atemlos.

»Würden sie uns lautstark warnen.«

»Und die haben keine Angst?«, wollte Elena jetzt wissen.

»Nicht, solang sie beisammen sind. Die Herde ist ihr Schutz. Wenn da ein Wolf kommt, stehen sie ganz eng beieinander, bilden einen Kreis, sodass sich ihre Hinterteile berühren, alle schauen nach außen und lauschen und machen dabei richtig Radau.«

»Cool! Dann ist so ein Esel ja so was wie ein Wachhund«, warf Julian ein. »Nur dass er nicht bellt, sondern ii-aat.«

»Ja, ganz genau. Es gibt einige Länder, in denen Esel sogar extra zum Schutz gegen Wölfe in den Schafherden mitziehen.«

»Dann brauchen die Schäfer dort keine Hunde?«

»Doch, ich glaube schon. Aber ich hab' mal gehört, dass die Esel sogar so schlau sind, dass sie einen Hund ohne Probleme von einem Wolf unterscheiden können!«

»Ohaaa. Dann sind die ja richtig klug!«

»Allerdings. Ein Spruch wie ›dummer Esel‹ ist eine richtige Beleidigung für sie. Esel gelten zwar als störrisch, aber in Wirklichkeit sind sie nur etwas vorsichtig«, erklärte Michel. »Bevor ein Esel losrennt, denkt er einfach mal nach, und wir halten das für stur.«

»Aber so stark wie ein Wolf sind sie nicht?«, wollte Julian wissen.

»Das möchte ich nicht behaupten. Ein ausgewachsener Esel wird sich gut gegen einen Wolf behaupten. Esel sind keine Fluchttiere, und wenn Gefahr droht, greifen sie sogar an.«

»Cool!«, jubelte Julian, »ein Esel greift einen Wolf an! Das möcht' ich mal sehen!«

»Glaub mir«, warnte Michel, »mit einem angreifenden Esel ist nicht zu spaßen! Der kann nicht nur schreien wie am Spieß, sondern auch die Zähne fletschen, kräftig zubeißen, sodass es richtig wehtut, und wenn er mit seinen Hinterläufen ausholt, bekommt dein Opa eine Gehirnerschütterung!«

Die Kinder lachten.

»Darum nie hinter einen Esel stehen!«, erklärte Michel eine seiner Spielregeln für die Wanderung. »Jetzt dürft ihr euch mal beschnuppern, das gilt für Menschen und Esel gleichermaßen.«

Die nächsten Minuten vergingen stumm mit Streicheln und Tätscheln der Vierbeiner.

»Esel haben die Fähigkeit, sich auf uns Menschen einzustellen«, sagte Michel. »Sie sind sehr sensibel. Jetzt dürft ihr sie striegeln. Das mögen sie, und so lernen sie euch kennen.«

Unterdessen legte er seinen Vierbeinern Halfter an und reichte je eine Leine den beiden Kindern, Cornelia und Willy.

»Opa bekommt Osel«, kommentierte er, »der braucht eine starke Hand. Die Kinder gehen mit Donkey, Oma mit Asni, Burro lassen wir hier.«

Schließlich waren sie abmarschbereit.

»Immer nach den Tieren schauen, wenn ihr mit ihnen geht«, sagte Michel aufmunternd, »und streichelt sie gerne. Wir machen ja nicht umsonst eine *Schmuseeselwanderung*.«

Zu zweit führten Julian und Elena ihren Esel am Halfter, Elena rechts und Julian links, Donkey trottete lammfromm in der Mitte, blieb stehen, wann immer sie Lust hatte, und ließ sich durch nichts aus der Ruhe bringen.

»Die Frage: ›Wer ist hier der Chef – der Esel oder ich?‹, klären wir dann am Ende unserer Runde«, meinte Opa Willy lachend. Nach einer starken halben Stunde im Gelände erreichte die kleine Gruppe das Ziel der kurzen Etappe, eine sanft zur Murg abfallende Wiese mit einer aus rohen Baumstämmen gezimmerten Sitzgruppe.

»Jetzt lassen wir sie grasen«, meinte Michel, »und ihr könnt unten an der Murg ein bisschen spielen, wenn eure Großeltern nichts dagegen haben.«

Das ließen sich die Kinder nicht zweimal sagen und waren schon nach wenigen Minuten zwischen den großen Steinen am Ufer des Flusses verschwunden.

»Jetzt, wo die Kinder nicht da sind«, begann Michel Weimer, »kennen Sie die Fabel vom Esel und dem Wolf?«

Cornelia und Willy sahen sich an und verneinten.

»Die Fabel ist ganz kurz«, erklärte er und gab seiner Stimme den Klang eines Märchenerzählers.

»Ein armer, kranker Esel, der fast nicht mehr laufen konnte, traf im Wald einen hungrigen Wolf. Der hat ein leichtes Spiel mit dir, dachte der Esel und begann zu jammern. ›Hab' Erbarmen‹, flehte er und seine Stimme zitterte, ›ich bin ein krankes Tier und habe mir einen spitzen Dorn in den Fuß getreten.‹

›Ich habe Mitleid mit dir‹, sagte der Wolf mit Bedauern in der Stimme, ›und mein gutes Gewissen gebietet mir, dich von deinem Schmerz zu befreien.‹ Und schon fiel der Wolf über den Esel her und zerriss ihn.«

Plötzlich kam Unruhe in die kleine Herde. Donkey hob witternd den Kopf und stieß ein beunruhigtes Schnauben aus. Auch Asni und Osel stellten die Ohren auf und sahen hinunter zum Fluss. Mit einem Mal hatten sie sich so nebeneinander positioniert, dass sie sich wie ein dreiköpfiger Fächer zur Murg hin ausgerichtet hatten. Fast, als ob von dort etwas Ungewöhnliches zu erwarten sei. Die Esel begannen zu rufen. Erst verhalten, dann immer lauter und bedrohlicher.

»Wo sind die Kinder?«, fragte Michel leise. »Rufen Sie sie bitte her. Die Esel haben irgendetwas gewittert.«

»Julian?«, rief Willy.

»Elena!«, schrie Cornelia.

Nichts rührte sich.

*

Linda trat aus dem kleinen Rathaus ins Freie und holte Luft. So langsam hatte sie genug, was Trophäen, Kadaver und blutiges Fleisch betraf. Und doch würde sie dem jungen Metzgermeister noch einmal einen Besuch abstatten müssen, das wusste sie. Das letzte Puzzleteil war noch immer nicht gefunden, und jetzt, nachdem sie den Alten in die Enge getrieben hatte, konnte eine weitere Unterredung mit dem Jungen nicht schaden, zumal der auch über die Machenschaften seines Vaters genau Bescheid zu wissen schien.

In der Metzgerei war Joachim Steidinger jedoch nicht anzutreffen, und so hatte sich Linda seine Privatadresse geben lassen und machte sich auf den Weg zu dem kleinen Neubaugebiet am südlichen Ortsrand von Wintersbach. Sie legte eine CD von Stefan Waggershausen ein.

*Er hat ein Leben lang sein Wild gejagt, sein Wolfinstinkt hat noch nie versagt…* Der rhythmische Klingelton ihres *iPhones* in der Freisprechanlage unterbrach den Song, und der Name im Display ihres Autoradios entlockte ihr ein Lächeln. Sie übersah dabei die eingegangene Nachricht auf ihrer Mailbox.

»Hallo, Jens«, begrüßte sie ihn, »na, was gibt's Neues?«

»Das wollte ich gerade dich fragen«, antwortete er.

»Zuerst du!«, konterte sie.

»Ladies first!«, machte er den Stich.

»Also gut, Herr Kriminalhauptkommissar. Das ist schnell erzählt. Erstens: Es war tatsächlich nicht Schwaiker, der diesen Wolf damals geschossen hat. Du weißt, der Balg im Kühlraum.«

»Kannst du das beweisen?«

»Ja und nein. Ich habe mit dem Schützen gesprochen, Was würde ihn denn erwarten?«

»Das kann ein teurer Spaß werden. Ich habe mir die Bußgelder erst kürzlich angesehen, da bist du mit 50.000 Euro oder einer ordentlichen Freiheitsstrafe dabei, egal ob vorsätzlich oder fahrlässig.«

»Auch in diesem Fall?«

»Keine Ahnung. Da der Wolf Schafe gerissen hatte und man ihn verdächtigte, auch für den Tod von Menschen verantwortlich zu sein, sieht die Sache vielleicht anders aus. Auf alle Fälle sollte der Schütze einen guten Anwalt haben. Bekommen wir ein Geständnis?«

»Das kann ich dir nicht versprechen. Aber du kannst bei deinen Ermittlungen im jetzigen Fall davon ausgehen, dass der Wolf im Kühlraum nicht von Hartmut Schwaiker zur Strecke gebracht wurde. Und da die Staatsanwaltschaft damals das Strafverfahren gegen Schwaiker eingestellt hat, musst du es jetzt nicht neu aufrollen.«

»Das ist alles schön und gut«, sagte der Kommissar, und klang dabei unzufrieden, »aber jetzt, mit diesem weiteren toten Wolf und dem erschossenen Biologen, wäre es interessant zu wissen, wer den Wolf damals erschossen und sich den Kadaver gegriffen hat. Wenn beides zusammenhängt, geht es nämlich um Mord!«

»Das weiß ich, Jens«, antwortete Linda.

»Das nützt mir aber nichts, solang du mir nicht verraten möchtest, wer der wahre Schütze war.«

»Auch nicht, wenn ich davon ausgehe, dass er sich in den nächsten Tagen melden wird?«

»Hat er das gesagt?«

»Ich habe versucht, ihn davon zu überzeugen. Und ich bleib dran. Er bat mich, ihn nicht zu verraten, und du kennst mich ...«

»Ja. Ich kenne dich. Im Zweifel für den Angeklagten.«

»Genau. Und bisher bin ich damit gar nicht so schlecht gefahren.«

Sie machte eine Pause und fuhr dann fort:

»Und was hast du für mich Neues? Habt ihr den richterlichen Durchsuchungsbeschluss für Schwaiker bekommen?«

»Die Staatsanwaltschaft prüft noch.«

»Dann, fürchte ich, bin ich dir hier auch eine Nasenlänge voraus. In seinem Waffenschrank fehlen definitiv zwei Gewehre. Das eine, seine Kilombero, hat er wahrscheinlich in Afrika dabei. Das zweite, die schon erwähnte Kimber Caprivi, ist spurlos verschwunden.«

»Wie ich dich kenne, willst du mir nicht verraten, woher du diese Informationen hast?«

»Doch, mein Lieber. Ich durfte einen Blick in seinen Waffenschrank werfen. Nicht per Durchsuchungsbeschluss, sondern als neugierige Journalistin. Und Schwaikers Kimber Caprivi ist laut Aussage des Schützen die Waffe, mit der damals auf den Wolf geschossen wurde. Laut Aussage der Forsthochschule Rottenburg hat die Kimber Caprivi das geeignete Kaliber für einen Wolf. Habt ihr überprüft, ob Schwaiker eine Kimber besitzt?«

»Ja. Eine Kimber Caprivi ist auf Hartmut Schwaiker beim *Nationalen Waffenregister* eingetragen. Ebenso eine R8 Kilombero, aber das wussten wir ja schon. Nur hatte damals die forensische Untersuchung der Waffe nichts ergeben, da wir weder Projektile noch Hülsen hatten.«

»Und diesmal habt ihr jede Menge Hülsen, aber keine Waffe.«

»Das ist zwar richtig, aber die bessere Ausgangslage.«

»Wie meinst du das?«

»Nun, allein schon mit den Hülsen können die beim Schusswaffenerkennungsdienst des BKA einiges anfangen. Die beiden Nickelhülsen, die von der KTU am Wildsee sichergestellt wurden, und das dritte Projektil, das auf deine Handtasche abgefeuert wurde, haben identische Kaliber, *.375 Holland & Holland Magnum.*«

»Das heißt, sie stammen aus derselben Waffe?«

»Höchstwahrscheinlich.«

»Und jetzt lass mich raten«, fügte Linda hinzu: »Das Kaliber der Kimber Caprivi.«

»Und der Kilombero«, ergänzte Jens Bosch.

»Die könnt ihr vergessen, Ich werde dir beweisen, dass Schwaikers Kilombero derzeit in Namibia ist.«

»Du Teufelsweib! Wie willst du denn das nun schon wieder anstellen?«

»Du weißt doch ...«

»Recherche?«, kam es resigniert.

»Richtig. Und zwar vor Ort. In Namibia. Verlass dich ganz auf mich. Dann bliebe als Tatwaffe nur die verschwundene Kimber Caprivi, stimmt's?«

»Ja. Es sind beides Repetierbüchsen Kaliber .375. Demnach können die drei Hülsen gleich zwei Waffen zugeordnet werden, die zumindest beide auf Schwaiker angemeldet sind. Was bedeuten könnte, dass ...«, seine Stimme wurde ernst, »... derselbe Schütze, der Martin erschossen und den Wolf erlegt hat, womöglich auch den Schuss auf deine Handtasche abgegeben hat. Die absolute Sicherheit wird aber erst die Systembestimmung liefern.«

»Das ist dieser Vergleich unter einem Mikroskop?«

»Ja, auch. Die Jungs haben inzwischen keine Probleme mehr, Waffenart, Hersteller und Modell einer Tatwaffe nur aufgrund der charakteristischen Züge und Felder auf den Geschossen zu rekonstruieren.«

»Züge und Felder?«

»Ja. Jedes Geschoss erhält beim Schuss Verfeuerungsspuren, ein ganz charakteristisches Muster aus Kratzspuren aus dem Lauf, wenn du so willst. Du kannst dir das wie Nuten im Waffenlauf vorstellen, schmale Linien, die für den Drall des Projektils verantwortlich sind. Das sind die Züge. Zwischen diesen Zügen liegen die Felder.«

»Hm. Schwer vorzustellen.«

»Du kennst dieses Bild aus den *James-Bond-Filmen*«, versuchte er zu erklären. »Diese Pistolenlaufsequenz am Anfang? Bond kommt zur Bildmitte und gibt in Richtung der Zuschauer einen Schuss ab. Man meint, er stehe dabei in einem Pistolenlauf und sieht diese schmalen Linien im Rohr, eben die Züge.«

Kriminalhauptkommissar Jens Bosch hatte sich selbst erst das moderne Verfahren der Schusswaffenerkennung erklären lassen müssen. Eine Vorselektion hatte, nach Aussage der Kollegen, inzwischen schon stattgefunden. Derzeit lief ein detailliertes Bildvergleichsverfahren der auf den Hülsen vorgefundenen Stoßbodeneindrücke und Auswerfeindrücke mit den in der Tatmunitionssammlung des BKA vorhandenen Spurenbildern. Letzten Endes entschlüsselten dann Sachverständige unter dem Rasterelektronenmikroskop die Tatwaffe.

»Um eindeutig zu beweisen, dass es eine der verschwundenen Waffen Schwaikers ist, benötigen wir allerdings die Tatwaffe«, sagte er schließlich und fuhr fort: »Die forensische Untersuchung des Wolfskadavers im *Leibnitz-Institut für Zoo- und Wildtierforschung* in Berlin hat übrigens auch eine Übereinstimmung mit der Schussverletzung Jaschkes ergeben. Beide wurden eindeutig mit derselben Waffe erschossen. Blattschuss und Herzschuss. Beide sofort tot.«

»Ganz schön heftig«, murmelte Linda nachdenklich.

»Wäre jetzt noch interessant herauszufinden, wo der erste Wolf getroffen wurde.«

»Du meinst, ob das auch ein Blattschuss war?«

»Nein«, sagte der Kommissar. »Mich würde der Ort interessieren. Vielleicht könnten die Kollegen der KTU mit ihren Metalldetektoren noch mal auf Spurensuche gehen?«

»Das übernimmt dann mal wieder das Teufelsweib«, behauptete Linda Roloff, »ich weiß nämlich, wie ich das herausfinden kann.«

*

Das Atelier des Präparators *Van Poosen Taxidermy & Tannery* war in einem ehemaligen Farmgebäude untergebracht, das im Südwesten am Rande der Stadt lag und über eine eigene Gerberei verfügte. Laurens van Poosen profitierte von einer fast 30-jährigen Berufserfahrung, er hatte auf vier Kontinenten gejagt und es aus seiner Erfahrung mit dem Wildlife, seinem künstlerischen Talent und dem im Laufe der Jahre perfektionierten handwerklichen Können zu einem der besten Taxidermisten des Landes gebracht.

Sein Atelier war über Monate hinweg ausgebucht, denn er arbeitete allein und beschäftigte nur drei Angestellte, die ihm in der Gerberei und beim Verpacken der Ware für den Versand halfen. In einem kleinen Museum präsentierte er lebensgroße Ganzmontagen von Tierpräparaten aus aller Welt, in seinem Souvenirshop fanden sich Mitbringsel vom Springbockhorn und Puffotterkopf über den ausgebleichten Mangustenschädel bis zu Stachelschweinborsten und Zebrafell.

Als Alan Scott mit Hartmut Schwaiker das Atelier betrat, waren zwei Männer dabei, eine Sitatunga, eine Sumpfantilope aus dem Okavangodelta mit schokoladenbraunem Fell und kleinen weißen Blessen unter den schwarzen Kulleraugen, die van Poosen in natürlicher Bewegung eingefroren hatte, in eine hölzerne Transportkiste zu verpacken. Nebenan, im Atelier, stießen sie auf den Präparator, der gerade die Nüstern in der Kopf-Schultermontage eines kapitalen Büffels zu feuchtem Glanz brachte.

Alan begrüßte Laurens auf Afrikaans: »Hoe gaan dit? – Wie geht es dir?«

»Goed en jy? – Gut, und dir?«, kam die Antwort, und ein breites Lachen zeigte sich im bärtigen Gesicht des Mittsechzigers.

Alan bemerkte an der Reaktion Schwaikers, dass der kein

Wort Afrikaans verstand und beschloss, diesen Vorteil für die Ausführung seines Plans zu nutzen. Er beabsichtigte, jetzt an Ort und Stelle der Bitte Lindas nachzukommen und nach dem Wolf zu fahnden, während Schwaiker durch die Anlieferung seines Leoparden abgelenkt war.

Er ließ seinen Blick über die Vielzahl an Präparaten und Trophäen in van Poosens Atelier schweifen und wusste, dass er ohne die Hilfe von Laurens hier keinen Wolf entdecken würde. Und doch musste er es so anstellen, dass Schwaiker seine Absicht nicht durchschaute. Dabei musste ihm die Sprache helfen.

Er ließ Schwaiker Zeit, mit van Poosen ins Gespräch zu kommen, und zog sich in den Verkaufsraum zurück, wo ihn die komplette Riege namibischer Antilopen von den Wänden herunter anzugaffen schien. Die Taxidermie war nach wie vor nicht seine Welt, und obwohl er die Großwildjagd als Lebensgrundlage vieler Farmer im Land akzeptierte und wusste, dass die Jagd weltweit ein Teil der Hege war, tat er sich nach wie vor schwer, auf ein Lebewesen zu schießen.

Er war froh, die Leopardenlizenz zur Rettung von *Renosterskloof* mit einem waidwund geschossenen Exemplar abgehakt zu haben. Der verletzte Kuder wäre mit seinem lahmen Vorderlauf schon bald ein Opfer von Löwe oder Hyäne geworden oder ganz einfach verhungert.

Alan betrachtete die Trophäenausstellung und bemerkte zufrieden, dass Laurens van Poosen keine der bedrohten Arten zeigte. Alan hatte kein Verständnis für Leute, die sich Hocker aus Elefantenfüßen in ihre Wohnzimmer stellten oder sich Dolchgriffe aus Rhinozeroshorn anfertigen ließen. In Laurens' Sammlung fanden sich keine Nashornpräparate, und auch Elefantenhaut oder Elefantenschwänze suchte er vergebens, geschweige denn Elfenbein oder Rhinohorn. Die prächtigen Oryx, Kudus und Elen waren legal auf Jagdfarmen geschossen worden, wie die Plaketten an den Schädeln zeigten. Einen Wolf fand er nicht, obwohl er auch einzelne Trophäen aus Europa und Amerika entdeckte.

Alan kehrte ins Atelier zurück, wo Laurens inzwischen wieder allein arbeitete. Er kannte den Meister, seit er auf *Ojumamuya* lebte. Als Alan die alte Südwesterfarm von seiner Tante übernommen hatte, teilten sich die wenigen verbliebenen Kühe das Gelände mit Kudu, Springbock, Warzenschwein, Strauß und anderem Wild, das von Alans Onkel Johann Rust gehegt und auch bejagt worden war. Geschossen hatte man auf *Ojumamuya* nur noch für den Eigenbedarf und für die Ernährung der einheimischen Arbeiter, die mit ihren Familien in einer Art Dorf auf dem Farmgelände mit Hütten, Friedhof und Kapelle lebten und eigenes Vieh und Esel besaßen.

Irgendwann hatte Rust Lizenzen für Leoparden erworben. Die wenigen Katzen waren von gut zahlenden Großwildjägern aus Europa schnell dezimiert worden, der Farmer hatte Lunte gerochen, und der Weg zur Jagdfarm war angelegt. Er hatte die meisten Rinder verkauft und begonnen, Jagdlizenzen auf die vorhandenen Arten wie Oryx, Kudu, Blessbock, Elen und Springbock an Großwildjäger zu verkaufen. Die beiden Rhinos, die er von den Einnahmen gekauft hatte, um in Naturschutz zu investieren, waren schon nach drei Wochen von Wilderern abgeschlachtet worden. An jenem Abend, als der Farmer die Tiere mit blutendem Schädel in der Nähe des Damms gefunden hatte, begann er zu trinken, der Anfang vom Ende auf *Ojumamuya*.

Alan Scott hatte eine bedrückende Einsamkeit gespürt, als er ein halbes Jahr nach dem Tod seines Onkels im ehemaligen Rinderstall die verstaubten Köpfe präparierter Kudus von der Wand starren und die vergammelten Felle von Löwe und Zebra auf dem Boden vor dem Kamin liegen sah. Damals hatte er all die Trophäen in seinen Land Cruiser geladen und hatte sie zu Laurens van Poosen gebracht, der auch für Johann Rust gearbeitet hatte. Der Präparator hatte die Sammlung Rusts gekauft, und auf *Ojumamuya* war seither kein Schuss mehr gefallen.

»Du präparierst nicht nur Tiere aus Namibia«, stellte Alan auf Afrikaans fest und deutete auf die kastanienrote Trophäe eines Bongos an der Wand. Die große Waldantilope mit der schwarz-weißen Rückenmähne und dem spiralförmig gewundenen Horn lebte nur in den dichten Urwäldern Zentralafrikas.

»Nein, aus ganz Afrika«, antwortete van Poosen.

»Und andere Kontinente?«

»Von überall. Da drüben das Karibu stammt aus Alaska, und hier der Eisfuchs aus Skandinavien.«

Alan wollte auf den Wolf zu sprechen kommen, doch im selben Moment erschien Schwaiker und trug mit zwei Helfern van Poosens den toten Leoparden in das Atelier.

»Roofdier ook? – Auch Raubtiere?«, fragte Alan ausweichend.

»Kommt vor. Nicht oft. Aber dein Jagdgast ist Stammkunde und hat mir auch schon Roofdier geliefert.«

»Grys? – Grau?«, hakte Alan nach und deutete die Größe eines Hundes an. Er vermied bewusst das Wort Wolf. Jetzt war es an der Zeit, Schwaiker zum unfreiwilligen Helfer zu machen.

»Ek ken nie die naam nie op afrikaans – Ich kenne den Namen nicht auf Afrikaans«, sagte Alan zu van Poosen, und noch bevor der antworten konnte, wandte sich Alan auf Deutsch an Schwaiker:

»Was ist in Ihren Augen das gefährlichste Raubtier für einen Jäger in Deutschland?«

Schwaiker blickte nur kurz auf.

»Der Wolf«, sagte er, ohne lange zu überlegen und packte wieder bei seinem Leoparden mit an.

»Nou weet ek dit!« – Jetzt weißt ich es!«, sagte Alan, »'n Wolf.«

Laurens van Poosen nickte unmerklich und gab Alan ein Zeichen, ihm zu folgen. Alan warf einen kurzen, unauffälligen Blick auf Schwaiker, der konzentriert und voll Stolz den Leoparden auf dem Ateliertisch positionierte und mit seinen Fingern immer wieder über die scheußliche Wunde fuhr, die an seinem Vorderlauf klaffte. Für den Trophäenjäger ein Makel, den Laurens von Poosen mit all seiner Kunst unsichtbar machen musste.

Laurens führte Alan in einen angrenzenden Raum, in dem einige fertige Präparate verpackt neben großen Versandboxen lagerten. Er trat auf eine hölzerne Kiste zu und öffnete den Deckel, schob etwas Verpackungsmaterial beiseite und ließ Alan einen Blick auf das Tier werfen, das hier auf seinen Abtransport wartete.

Alan starrte auf die gefletschten Zähne des präparierten Schädels und erkannte zwischen den Luftpolstern in der Kiste das Fell und die Umrisse.

Der Wolf!

»Den hat er in Russland geschossen«, verriet Laurens. »Und er reist jetzt auch wieder über Russland nach Duitsland. So wollte es der Auftraggeber.«

»Und der Auftraggeber ist …?«, fragte Alan Scott.

»Dein Jagdgast«, vollendete Laurens van Poosen seinen Satz.

Alan nickte.

»Hast du dir mal Gedanken gemacht, weshalb er die Trophäe auf Umwegen verschicken lassen will?«

»Nee. Ich denke mal, das hat mit ihrer Herkunft zu tun.«

»Da hast du ins Schwarze getroffen. Ich muss dir allerdings sagen, dass dieser Wolf in Duitsland geschossen wurde, und zwar illegal.«

Laurens van Poosen stierte ihn an.

»Wenn das stimmt, war er zum letzten Mal bei mir. Du weißt, dass ich auf Artenschutz achte. Bei mir geht kein Tier über den Tisch, das illegal geschossen wurde. Aber ich hatte bei Hartmut schon einmal ein Problem. Er hat mich nach Deutschland kommen lassen, und die Trophäe, um die es ging, war ein Schneeleopard. Ich bin sofort wieder abgereist. Für diesen Wolf hat er mir eine Lizenz aus Kirov gezeigt.«

»Die ist gefälscht.«

»Hm.« Laurens van Poosen trat von einem Bein aufs andere. »Dann habe ich wenig Lust, ihm seinen Leoparden zu präparieren. Aber wie werde ich ihn los?«

»Ganz einfach«, antwortete Alan und grinste verschwörerisch. »Mach ihm den Leoparden, aber mit Vorauskasse. Und wenn du das Geld hast, präpariere ihm den Kuder so, dass man die Schusswunde an seinem Vorderlauf auf den ersten Blick erkennt. Sag einfach, es ging nicht anders. Ich bin mir sicher, danach bist du ihn los!«

*

*Die Wölfin hat den Fluss durchwatet und sucht nach einem Versteck, um sich nach der Flucht vor den Zweibeinern erholen zu können. Sie haben sie bei dem toten Hund entdeckt und sie verfolgt. Die Fähe verspürt Hunger, nachdem sie stundenlang gelaufen ist und seit Tagen nichts mehr gefressen hat. Jetzt hat sie Beute entdeckt, doch noch verharrt sie in ihrem Versteck.*

*Etwas zu unbeholfen und fast so unsicher wie Wolfswelpen am ersten Tag vor der Höhle sind die Bewegungen der beiden Wesen, die wie Hühner auf zwei Beinen gehen und am Wasser immer wieder von der aufrechten Haltung in die gefährlichere, gebückte Haltung wechseln, um Steine in die Luft zu werfen, die mit lautem Platschen im Fluss landen. So am Boden kauernd wären sie eine leichte Beute, und die Fähe spürt den Jagdtrieb in sich aufkeimen.*

*Sie weiß, sie muss fressen. Der Hunger, der seit Tagen in ihr nagt, schmerzt, und die paar Mäuse, von denen sie sich ernährt hat, machen nicht satt.*

*Am Morgen hat sie das Reh entdeckt, leider zu spät. Sie ist auf die Waldschneise hinausgetreten, ohne die Beute zu wittern, und sieht das Reh erst, als es in kurzen Fluchtsprüngen davonstiebt. Der Wind steht nicht zu ihren Gunsten und trägt der Geiß, deren Rundungen das Kitz in ihrem Leib verraten, den Geruch der Wölfin zu. Die Beute verschwindet vor ihren Augen in einem Fichtendickicht, noch bevor die Fähe einen Angriff starten kann.*

*Die Wölfin verhofft und schleicht sich an die kleine Schonung aus jungen Nadelbäumen heran. Wenn das Reh in der Deckung bleibt, kann sie es vielleicht heraustreiben, und wenn sie es geschickt anstellt, bei seiner Flucht auf dem abschüssigen Hang einholen und zu Fall bringen. Eine hochträchtige Geiß ist auch für einen allein jagenden Wolf auf kurzer Distanz einzuholen. Ein Sprung, und mit dem Gewicht ihres Körpers und der Masse des Aufpralls würde sie die Beute zu Boden reißen und ihr mit einem gezielten Biss in den Nacken oder die Kehle den sicheren Tod bringen.*

*Der Jagdinstinkt der Fähe ist erwacht, doch zwischen den eng stehenden Nadelhölzern hat sie keine Chance. Zu ihrem Nachteil kann sie sich nicht auf die Schlagkraft und Taktik eines Rudels verlassen. So versucht sie eine Täuschung. Die Fähe muss das Reh in Sicherheit wiegen und es aus dem Hinterhalt durch Schnelligkeit und Verwirrung überraschen.*

*Sie umgeht das Versteck des Rehs im Fichtendickicht und achtet dabei darauf, der Geiß erst dann ihre Witterung zuzutragen, wenn sie den geeigneten Punkt für eine Blitzattacke erreicht hat. Die Schonung ist nicht groß, rasch hat sie die Fähe umrundet und ist nirgends auf die Fährte des Rehs aus dem Versteck gestoßen. Sie weiß ihre Beute dort verborgen und sucht nach einem Weg, die trächtige Geiß auf die Schneise hinauszutreiben. Sollte sie versuchen, sich mit eiligen Fluchtsprüngen in Sicherheit zu bringen, dort, am freien Hang zum Fluss wäre die Hetzjägerin der fülligen Geiß überlegen.*

*Doch dann ist das Reh schneller, bricht durch das Unterholz in den Wald und flieht in weiten Sätzen bergauf, im Schutz der eng stehenden Bäume hat die Fähe keine Chance, es einzuholen. Ihre Energiereserven sind verbraucht, ihre Kraft ist zu Ende. Sie zieht sich zwischen die Felsen zurück, legt ihr Haupt auf die ausgestreckten Vorderläufe und kauert im Verborgenen. Sie sehnt sich nach einem Artgenossen, braucht ein Rudel, um zu überleben.*

*Die vergebliche Jagd am Morgen hat sie erschöpft und sie wacht auf, als ihr der Wind eine Witterung zuträgt, die sie zunächst nicht eindeutig als Beute identifiziert. Neugierig und immer noch hungrig verlässt sie schließlich das Versteck zwischen den schattigen Felsen und pirscht sich langsam an.*

*Als sie die Esel oben auf der zum Fluss hin abschüssigen Weide grasen sieht, zögert sie. Zu gut hat sie noch die schmerzhafte Begegnung mit der hochbeinigen Alpakastute im Gedächtnis, und auch mit Tieren jener Art, wie sie dort am Fluss äsen, hat sie schon Erfahrungen gemacht, als das Rudel ihrer Eltern sie als Wächter einer Schafherde entdeckt und von einem Angriff abgesehen hat.*

*Ihre Art ist schlau und gerissen, nur deshalb hat sie überlebt, sich behauptet in einer Welt, in der es immer weniger*

*Platz für ihresgleichen gibt, in der die Beute durch Zäune und Menschen mit Gewehren geschützt wird und Wächter wie die Grauen ein ganzes Rudel mit Bissen und Tritten in die Flucht schlagen können. Diese Erfahrung lässt sie zaudern, sie wendet sich ab vom Ufer und strebt dem Waldsaum zu, als eine Bewegung am Wasser sie innehalten lässt.*

*Noch nie hat die Wölfin Menschenjunge gesehen, nie hat deren Verspieltheit den Jagdinstinkt in ihr geweckt. Ihr Blick erfasst die Steine, die wie kleine Inseln aus dem Fluss ragen und ein Überqueren des Wasserlaufs an dieser Stelle auch für sie ermöglichen. Sie würde sich kaum die Pfoten benetzen, wenn sie ans andere Ufer gelangen will, und so schlecht Zweibeiner sehen, hören und riechen können, würde sie sogar unbemerkt in ihren Rücken gelangen.*

*Plötzlich hört sie die Stimmen. Die Rufe klingen in ihren Ohren wie aus einer anderen Welt und der uralte Instinkt ihrer Art sagt ihr, dass die beiden Wesen, die so verlockend nah sind und sie doch nicht wittern, obwohl der Wind ihren Geruch auch über das Wasser zu ihnen tragen muss, keine Beute für sie sind. Dennoch schleicht die Fähe näher.*

*

Das kleine Neubaugebiet lag am Ortsausgang Richtung Enzklösterle an einem sonnigen Südhang, und sie fand das freistehende Haus Joachim Steidingers auf Anhieb. Im Carport stand ein SUV mit den Initialen »JS« im Nummernschild, und die Hausnummer prangte übergroß an der Wand. Der Fußweg zum Haus war noch geschottert, aus der braunen Erde vor der Fassade spross junges Rasengrün, die Sträucher und kleinen Bäume im Vorgarten trugen noch die Schilder der Gärtnerei. Ein paar Kinder, vielleicht zwischen fünf und sieben Jahre alt, saßen am Rand der verkehrsberuhigten Durchfahrt und malten mit Straßenkreide pinkfarbene Drachen und andere bunte Ungeheuer auf den Asphalt.

Linda stieg aus, genoss die wärmenden Sonnenstrahlen im Gesicht und ließ den friedlichen Eindruck der Siedlung auf sich wirken. Steidingers Haus war dezent im modernen Schwarzwaldstil gehalten, unter dem Walmdach sorgten große Glasflächen in der Holzfassade und ein Balkon im oberen Stockwerk für eine sicherlich lichtdurchflutete Wohnung. Glücklich, wer so wohnen darf, dachte Linda und folgte dem Weg, auf dem noch Bohlenbretter und Paletten zwischen Bauschutt und Lehmpfützen lagen, zur Rückseite des Grundstücks. Die Treppe war noch in rohem Zustand, die zugeschnittenen Platten aus rötlichem Granit lagerten unter einer Folie. Schon wollte Linda an der Haustür läuten, als sie auf einem Liegestuhl im hinteren Bereich des Gartens eine Gestalt erkannte.

»Frau Steidinger?«, fragte sie und trat auf die junge Frau zu.

»Ja?«

Bianca Steidinger legte das Taschenbuch beiseite, nahm die Sonnenbrille ab und sah die Besucherin neugierig an.

»Mein Name ist Linda Roloff. Ich bin Journalistin und suche Joachim Steidinger.«

»Journalistin?«, fragte Bianca Steidinger argwöhnisch, schlug die Decke, mit der sie sich zugedeckt hatte, beiseite und erhob sich von ihrem Liegestuhl. Die hat gechillt, würde Sarah sagen, dachte Linda. Die Frau mochte Mitte 30 sein, trug saloppe Freizeitkleidung und war dezent geschminkt. Sie hatte ihre dunkelbraunen, von in Karamelltönen leuchtenden Strähnchen durchzogenen Haare stylish zu einem asymmetrischen Bob gekämmt und das untere Ende der längeren Partie mit einer dunkelbraunen Haarspange hockgeklippt. Die warmen Nuancen ihrer Frisur ließen ihre Gesichtszüge weich erscheinen, und Linda ahnte, dass die stilbewusste junge Frau nicht nur Wert auf ihr Äußeres legte, sondern sich geschmeichelt fühlte, wenn sich die Männerwelt nach ihr umdrehte. Zudem vermutete sie in ihrem Auftreten jenen gewissen Intellekt zu erkennen, der auf Cleverness und einen gesunden Menschenverstand deutete.

Ihre Bewegungen, als sie sich erhob und mit selbstsicheren Schritten auf Linda zukam, bestätigten diesen Eindruck. Zwei Meter vor Linda blieb sie stehen und musterte sie mit skeptischem Blick.

»Was wollen Sie von meinem Mann? Er ist nicht da.«

»Bitte entschuldigen Sie, dass ich einfach so hier vorbeikomme«, begann Linda, »ich habe ihn vor längerer Zeit für eine Recherche in der Metzgerei aufgesucht und habe da noch ein paar Fragen.«

»Ach. Und worum geht es?«

Linda hatte beschlossen, der Frau die Wahrheit zu sagen. Vielleicht kam sie so an Informationen, die Steidinger junior ihr verschweigen würde? Es wäre interessant herauszufinden, wie viel Joachim Steidinger vor seiner Gattin geheim gehalten hatte.

»Es ging damals«, betonte sie, »um diesen Wolf. Ihr Mann hat Ihnen sicher erzählt, dass jemand im Kühlhaus eingeschlossen wurde und dort auf einen Wolfsbalg gestoßen ist?«

»Ein Wolfsbalg? In der Metzgerei?« Es klang überrascht und kam für Linda eine Spur zu schnell. Doch Bianca Steidinger hatte sich im Griff und legte sofort nach: »Ach ja, stimmt, das hat er mal erwähnt. Schien ihm aber nicht weiter wichtig gewesen zu sein.«

Es entging Linda nicht, dass die junge Frau außerordentlich cool auftrat und es verstand, ihre Gedanken für sich zu behalten. Eine Fassade, die schwer zu durchschauen war. Nicht wichtig, dachte Linda. Was, um Himmels willen war *dann* wichtig? Man hatte immerhin den Wolf damals verdächtigt, Menschen getötet zu haben, und fand dessen Pelz in der Metzgerei? Linda war sich sicher, dass Steidinger diese Tatsache seiner Frau verschwiegen hatte. Doch warum?

»Dann wissen Sie ja auch«, fuhr sie fort, »dass dieser tote Wolf damals spurlos aus der Metzgerei verschwand.«

»Wir reden nicht so viel über den Beruf«, wich Bianca Steidinger aus und stellte, noch bevor Linda kontern konnte, eine Gegenfrage: »Sind Sie deswegen hier?«

»Auch«, antwortete Linda kurz, um ihr dann die Fakten stakkato entgegenzuschleudern. »Vor allem aber, weil jetzt erneut ein Wolf aufgetaucht ist. Zwar nicht in der Metzgerei, aber am Wildsee. Und ebenfalls tot. Erschossen. Wie der erste.«

»Ich habe davon gelesen«, antwortete Bianca Steidinger desinteressiert. »Das ist ja eine ganz schöne Ecke von uns entfernt.« Sollte wohl heißen: Geht mich nichts an, dachte Linda. Wie cool war diese Frau drauf? Und dennoch spürte Linda so etwas wie eine versteckte Nervosität. War da ein leichtes Flackern in den Augen? Ein Zucken der Mundwinkel?

»Das mag schon sein«, entgegnete Linda jetzt und beschloss zu pokern, »mich stört nur die Tatsache, dass der Wolf am Wildsee mit derselben Waffe erlegt wurde, mit der man auch den Wolf im Kühlhaus *Ihrer* Metzgerei erschossen hat.« Sie betonte *Ihrer* und stellte befriedigt fest, dass Bianca es sehr wohl registrierte. Bevor die junge Frau reagieren konnte, legte Linda noch nach: »Die Person, die damals in *Ihrer* Metzgerei auf den Wolfsbalg gestoßen ist, war übrigens ich. Und das ist auch der Grund, weshalb ich die Sache nicht auf sich beruhen lassen werde, auch wenn Ihr Mann behauptet, der Pelz damals sei von einem Wildschwein gewesen.«

»Mein Mann ist Metzgermeister und ist sehr wohl in der Lage, einen Wolf von einem Wildschwein zu unterscheiden«, entrüstete sich Bianca Steidinger.

»Und ich bin Journalistin«, konnte sich Linda nicht verkneifen, »und sicher sehr wohl in der Lage, eine Lüge von der Wahrheit zu unterscheiden. Wo finde ich Ihren Mann?«

»Ich glaube nicht, dass Joachim wegen dieses toten Wolfs noch einmal mit Ihnen sprechen wird«, entschied die Frau des Metzgermeisters.

Linda zog eine Grimasse, die eine Mischung aus Resignation und Nachgeben andeuten sollte. Sie hatte ihre Kiefer zusammengepresst und die Lippen zu einem Schmollmund geformt, gleichzeitig ihre Augenbrauen gehoben und schüttelte jetzt fast unmerklich den Kopf.

»Schade«, sagte sie, scheinbar entmutigt, »dabei ging es mir gar nicht um den Wolf. Ich hoffte, dass Ihr Mann vielleicht zur Aufklärung dieses grausamen Mordes etwas beitragen könnte. Auf Wiedersehen, Frau Steidinger.«

Sie drehte sich um und wollte schon den Schotterweg zurückgehen, als Bianca Steidinger sie aufhielt:

»Warten Sie mal!« Linda blieb stehen und wandte sich um. »Warum Mord?«

»Ich dachte, Sie wüssten das. Stand doch auch in der Zeitung.«

»Der Tote am Wildsee?«

»Genau der«, antwortete Linda und beschloss, ebenfalls cool zu bleiben. Noch wusste sie nicht, was sie von Bianca Steidinger halten sollte. Oder besser, was sie an ihr irritierte. Jetzt registrierte sie deutlich, dass die Stimme der Frau zitterte.

»Das habe ich auch gelesen. Da stand aber nicht, dass das was mit dem Wolf zu tun hat.«

Stimmt, dachte Linda. Es hatte zwei Pressemitteilungen der

Polizei gegeben, in denen die beiden Fälle getrennt dargestellt wurden. Ermittlungstechnisch ein schlauer Schachzug, den Jens Bosch sich da mit dem Rastatter Kripochef ausgedacht hatte. Sollten die Ermittlungen eine Verbindung der beiden Fälle ergeben, würde das später entsprechend kommuniziert werden, hatte er ihr erklärt. Ein Wissensvorsprung, den man geheim halten wollte, um den Mörder in Sicherheit zu wiegen.

Somit war von einem Mann die Rede gewesen, der tot auf dem Kaltenbronn gefunden wurde und, separat, von einem erschossenen Wolf im Wildsee. Wer wollte, konnte die beiden Fälle miteinander kombinieren, was einige findige Journalisten sicher auch taten, in den Tageszeitungen hatte man sich jedoch auf die Formulierung der Pressemitteilungen beschränkt und sich mit Spekulationen zurückgehalten, zumal zum Fund des toten Wolfs eine zeitnahe Pressekonferenz angekündigt worden war.

Linda wählte ihre nächsten Worte behutsam, da Jens Bosch sie gebeten hatte, ihr Wissen für sich zu behalten.

»Ob das etwas mit dem Wolf zu tun hat, kann ich auch nicht sagen. Aber dieser Tote auf dem Kaltenbronn war ein guter Bekannter, ein Freund von mir.«

»Oh, das tut mir leid.« Es kam für Linda eine Spur zu neutral. »Aber was hätte mein Mann damit zu tun?«

Linda holte tief Luft und sagte leise:

»Mein Freund hatte … mit Wölfen zu tun.«

»Mit Wölfen?«, rief Bianca Steidinger jetzt, und Linda glaubte, Besorgnis, ja sogar eine leichte Unruhe in Biancas Stimme zu hören. Und noch ehe sie antworten konnte, kam ein banges: »Wie meinen Sie das? Mit Wölfen?«

»Er arbeitete als Wolfsberater.«

»Als … Wolfs…berater?«, echote sie, unüberhörbar betroffen. »Wo?« Die Frage klang panisch, und ihre weit aufgerissenen Augen starrten Linda mit dem Ausdruck blanken Entsetzens an.

»Hier, im Schwarzwald.«

Linda sah in das Gesicht der jungen Frau, erkannte hinter der bisher so coolen Fassade Bestürzung und Fassungslosigkeit. Schließlich verlor diese ihre Beherrschung und stieß hervor:

»Aber nicht Martin?«

Linda nickte nur, hauchte: »Doch, Martin Jaschke«, und bemerkte, dass Bianca wankte, als sie den Nachnamen ausgesprochen hatte. Mit letzter Kraft stützte sich die Frau auf das Treppengeländer am Hauseingang, ging in die Knie, tastete sich auf die unterste Stufe und setzte sich wie in Trance. Im selben Moment wurde Linda klar, dass für Bianca Steidinger mit dieser Todesnachricht eine Welt zusammenbrach.

Der unbeherrschte, schmerzerfüllte Schrei, mit dem sie das langgezogene »Neiiiiiin!« von sich schleuderte, ging in ein heftiges Schluchzen über, dann brach sie zusammen, vergrub das Gesicht in ihren Händen und heulte hemmungslos.

*

Sarah war nach Ende ihrer Schicht zum *Theurerhof* spaziert, um noch einmal mit Olaf Berwald zu sprechen, hatte den Tierarzt jedoch nicht angetroffen. Sein schwarzer Audi stand an der schmalen Zufahrt neben dem Eselstall, doch von ihm selbst war nichts zu sehen. Sie versuchte es erneut an der Tür zu seinem Appartement und rief ihn auf dem Handy an, ohne Erfolg. Sicher war er noch irgendwo in dem kleinen Ort unterwegs oder gönnte sich einen Saunagang im Hotel.

Ihre Mutter hatte sich immer noch nicht gemeldet, und auch Alan Scott hatte nicht zurückgerufen. Das Mädchen kam sich von aller Welt verlassen vor und blickte desinteressiert zu den beiden Eseln, die ihre großen Köpfe aus dem Stallfenster streckten und sie neugierig ansahen. Gedankenverloren ging sie in die Hocke und pflückte ein wenig Löwenzahn, der vor dem Wagen des Veterinärs seine gelben Köpfe nach oben reckte.

Sie stand langsam auf und wollte sich schon den Eseln zuwenden, um sie zu füttern, als ihr Blick durch das Beifahrerfenster ins Innere des Audis fiel.

Ihre Augen blieben an einem Detail hängen, und in ihrem Unterbewusstsein registrierte sie, dass irgendetwas an dem, was sie sah, nicht zusammenpasste. Auf dem schwarzen Sitz schimmerte ein braunes Muster, das ihr auffällig bekannt vorkam. Wo hatte sie diesen großkarierten Stoff schon einmal gesehen?

Die Erkenntnis durchzuckte sie wie ein Blitz! Hatte nicht der Fremde bei der Heuhütte genauso ein Sakko getragen? Erschrocken blickte sie sich um, doch sie entdeckte keinen Menschen weit und breit. Die beiden Esel hatten inzwischen den Stall verlassen und waren auf die Koppel getrottet. Sie schienen jede ihrer Bewegungen ganz genau zu beobachten. Das Mädchen reckte den Hals und versuchte, durch die spiegelnde Scheibe hindurch etwas mehr zu erkennen. Trotz der Dunkelheit im Wageninneren identifizierte sie eindeutig die braun karierte Musterung des Stoffs und erkannte jetzt auch Details wie einen Ärmel und ein Stück Kragen. Offensichtlich hatte jemand das Sakko achtlos auf den Beifahrersitz fallen lassen und im Wagen vergessen, dessen war sie sich sicher. Doch wie kam das Sakko des Fremden auf den Beifahrersitz des Tierarztes?

1.000 Szenarien schossen ihr gleichzeitig durch den Kopf, wobei die wenigsten harmlos waren. An den Zufall, dass der eine den anderen zufällig getroffen und ein Stück des Wegs mitgenommen hatte, glaubte sie eher nicht. Sie versetzte sich in das Ende ihres Spaziergangs im Heuhüttental zurück, wo Berwald sie gefragt hatte, ob sie lieber zurück zum Parkplatz wolle. Sie hatte genickt, und er hatte sie noch bis zum Wagen begleitet, wollte dann aber noch einmal zurück, um »noch ein paar Fotos von den Siebenschläfern zu machen«, wie er gesagt hatte.

Er hatte ihr nachgeschaut, bis sie hinter der Wegbiegung verschwunden war, sie hatte ihn im Rückspiegel winken gesehen und ihn für einen charmanten Gentleman gehalten, weil er sie bis zum Parkplatz begleitet hatte. Inzwischen hatte sie den Verdacht, dass er sich nur von ihrer Abfahrt vergewissern wollte, um sich ungestört mit diesem Fremden zu treffen. Doch wozu? Welchen Sinn machte es für den Tierarzt aus Friedrichshafen, sich im Schwarzwald mit diesem Fremden zu treffen, der behauptete, sie zu kennen?

Sarah beschloss, sich an der Rezeption Gewissheit darüber zu verschaffen, ob Olaf Berwald derjenige war, für den er sich ausgab, und ob er wirklich als Tierarzt in Friedrichshafen praktizierte. Das findest du auch noch schneller raus, dachte sie und ihre Finger huschten über die Tastatur ihres *iPhones*. Sie gab nur die Suchanfrage für »Tierarzt Berwald Friedrichshafen« ein und landete sofort einen Volltreffer.

Tatsächlich, es stimmte! *Tierärztliche Gemeinschaftspraxis Dr. Berwald, Lietz & Ortmann*. Somit schien ihr Verdacht unbegründet, und es war wieder einmal die Fantasie mit ihr durchgegangen. Schon wollte sie die Suche beenden, als sie bei den Ergebnissen ihrer Recherche ein paar Zeilen weiter unten auf eine Todesanzeige stieß. Der Name des Verstorbenen lautete ebenfalls Olaf Berwald. Rasch klickte sie auf die Anzeige und las die Ortsangabe Überlingen. Okay, dachte sie, es schien sich dabei also um eine andere Person zu handeln.

Sarah schüttelte über sich selbst den Kopf. Was machst du hier überhaupt, fragte sie sich. Nur wegen eines dämlichen Sakkos, von dem es wahrscheinlich Tausende gab? Sicher gab es eine ganz einfache Erklärung, sie musste nur auf Olaf Berwald warten und ihn danach fragen. Vielleicht hatte er das Sakko am Weg irgendwo gefunden, weil der Fremde es abgelegt und vergessen hatte? Vielleicht besaß Berwald eine ähnliche Jacke, und ihre Erinnerung spielte ihr ganz einfach einen Streich.

Alles wird sich als harmlos erweisen, sagte sie sich, und du machst dich nur lächerlich, wenn du ihn fragst, wie dieses Sakko in seinen Wagen kommt, abgesehen davon, dass sich ihr neugieriger Blick in seinen Wagen nicht gehörte. Vergiss es, ermahnte sie sich, das ist einfach nur dumm, was du hier machst! Ihr Zweifel an der Existenz eines Tierarztes namens Berwald in Friedrichshafen hatte sich ja auch soeben als haltlos herausgestellt.

Sarah betrachtete den gelb leuchtenden Löwenzahn in ihrer Hand und wollte schon zur Eselkoppel gehen, als ihr Blick auf das Nummernschild von Berwalds Audi fiel. Das HH als Ortskennzeichen war ihr noch nie bewusst aufgefallen, und so überlegte sie erst jetzt, warum ein Tierarzt vom Bodensee offensichtlich mit einem Mietwagen im Schwarzwald war. Was für ein Kennzeichen hätte Friedrichshafen?, fragte sie sich. FR war Freiburg, das wusste sie. FH? FD? Keine Ahnung! Unwichtig. Und Überlingen? Sie dachte an die Todesanzeige, in der sie ebenfalls auf den Namen Olaf Berwald gestoßen war. War es wirklich eine andere Person? Oder doch nicht? Überlingen. Einmal Kfz-Kennzeichen im Web suchen. UE? UL? Die Finger jagten über die Tasten – Bingo! ÜB, las sie, und dahinter: »Altkreis-Kennzeichen Überlingen, Bodenseekreis«.

Die Erkenntnis traf sie wie ein Schlag, und ihre Finger huschten weiter über die *iPhone*-Tastatur. Nach weiteren drei Sekunden hatte sie die Auskunft, die sie brauchte: »Der Großteil des Landkreises Überlingen kam 1973 im Zuge der Landkreisreform zum Bodenseekreis, Kreisstadt wurde Friedrichshafen.«

Sarah holte Luft. Verdammt!, schoss es ihr durch den Kopf, hörte der Spuk denn nie auf?

Hektisch gab sie noch einmal »Tierarzt Berwald Friedrichshafen« ein und ging direkt auf die Seite der *Tierärztlichen Gemeinschaftspraxis Dr. Berwald, Lietz & Ortmann*. Auf der Startseite begrüßten sie drei freundliche Gesichter, zwei Männer Mitte 40, eine Frau etwas jünger. Keines davon zeigte Olaf Berwald.

Was sie jedoch unter dem Porträtfoto des adretten Mannes links außen las, ließ ihr den Atem stocken.

*

Linda Roloff versuchte, all die Eindrücke und Neuigkeiten der vergangenen Stunden auf die Reihe zu bringen, während sie am Schafspferch an der Enz auf Christian Steidinger wartete.

Da hatte es einen toten Wolf gegeben, der spurlos verschwunden war.

Und jetzt einen weiteren toten Wolf und einen ermordeten Wolfsberater.

Ein Großwildjäger, der ein Motiv hatte und dessen scheinbar perfektes Alibi für den Tatzeitpunkt zu bröckeln begann.

Ein Ortsvorsteher, der mit dem Gewehr dieses Großwildjägers den ersten Wolf erlegt hatte.

Sein Sohn, der mehr wusste, als er zugeben wollte, und dessen Frau, ihrer weiblichen Intuition zufolge, ein Verhältnis mit dem toten Wolfsberater gehabt haben musste.

Und eine Tatwaffe, die seit damals verschwunden und aus der jetzt wohl wieder geschossen worden war.

Linda verließ ihren Wagen und stapfte in Richtung des Weidezauns, der an einer Seite an den Flusslauf stieß. Schäfer Johann hatte den Pferch an derselben Stelle belassen, nur die Schafe waren heute irgendwo draußen im Freien auf der Weide. Ihr roter Renault parkte erneut unter der Rottanne, und sie registrierte die Hütte, in die sie sich mit Kerner im Regen zurückgezogen hatte.

Mit einem flauen Gefühl dachte sie an den Schützen, der hier ihre Handtasche ins Visier genommen hatte, und sie hatte irritiert erwogen, den von ihr gewünschten Ortstermin mit Christian Steidinger abzusagen, als er ihr ausgerechnet den Schafspferch als Treffpunkt genannt hatte. Fast verfluchte sie sich für ihre überhebliche Bemerkung gegenüber Jens Bosch, das »Teufelsweib« würde den Ort herausfinden, wo auf den ersten Wolf geschossen worden war. Und noch mehr haderte sie mit ihrer Idee, sich diesen Platz vom Schützen selbst zeigen zu lassen.

Und es ist so was von unvernünftig, dachte sie, dich hier allein mit ihm zu treffen. Sie sollte wenigstens Jens Bosch anrufen und ihn in ihren Plan einweihen. Irgendjemand musste wissen, wo und mit wem sie sich traf. Linda holte ihr *iPhone* aus der Handtasche und fluchte leise, weil es natürlich kein Netz gab, hier, in diesem abgelegenen Teil des Tals. Ihr Blick fiel auf den verpassten Anruf ihrer Tochter und die Voicemail, als sie das Geräusch eines nahenden Wagens hörte.

Sie erkannte den SUV und stellte erstaunt fest, dass Christian Steidinger in Begleitung seines Sohnes gekommen war. Na prima, dachte sie. Und du hast mal wieder weder deinen Pfefferspray dabei noch ein funktionierendes Netz in dieser Wildnis!

»Mein Wagen isch in dr Werkstatt«, erklärte Steidinger senior, als er auf der Beifahrerseite ausstieg. »Mein Sohn war so nett.«

Joachim nickte beim Verlassen des Wagens nur stumm und zog sich eine Windjacke an.

»Ich muss ein bisschen an die frische Luft«, grunzte er nur. »Und wenn Ihnen mein Vater gezeigt hat, was Sie suchen, würde ich mich gerne noch mit Ihnen unterhalten. Ich bin in einer Stunde wieder da.«

»Gerne,« antwortete Linda. »Ich hätte da auch noch ein paar Fragen an Sie.«

»Ich habe nur eine«, sagte er, und klang nicht gerade freundlich. »Sie können sich die Antwort schon mal überlegen. Was haben Sie meiner Frau erzählt, dass sie mit verheulten Augen daheim sitzt wie ein Häufchen Elend und keinen Ton sagt?«

Linda starrte ihm nach, wie er wortlos Richtung Enz stapfte, und registrierte nur am Rande, dass er ein seltsam längliches Futteral über der Schulter trug.

»Warum treffen wir uns hier?«, fragte Linda den Ortsvorsteher und versuchte, sich ihre Unsicherheit und Besorgnis nicht anmerken zu lassen. »Ich habe in der Redaktion übrigens hinterlassen, wo ich bin und mit wem«, log sie und beobachtete die Züge Steidingers genau. Doch der reagierte nicht, ging schweigend ein paar Meter Richtung Pferch, blieb an dessen Schmalseite am Rand einer Fichtenschonung stehen, blickte sich um und sagte nur:

»Do!«

»Was – da?«, fragte Linda.

»Sie hend mich herb'stellt, damit ich Ihnen zeig', wo ich auf den Wolf g'schossen hab. Es war do.«

»Das wissen Sie so genau?«, fragte sie skeptisch. »War es nicht dunkel damals?«

»Doch.«

Steidinger erinnerte sich genau an jenen verhängnisvollen Abend. *Die Dunkelheit hatte sich wie ein alles verschluckender Teppich über das Tal gelegt, als sich die illegale Jagdgesellschaft getroffen hatte.*

»Da, wo jetzt Joachims Wagen parkt, stand damals Schwaikers Crosser. Er hot zwoi Gewehr' aus em Laderaum geholt. Zwoi Repetierbüchsen, narrensichere Handspanner. Er selbst hat wie immer seine Kilombero dabeig'habt. Dann hat er uns erklärt, was eine Lappjagd isch.«

Linda hatte von dieser traditionellen Jagdmethode auf Wölfe im russischen Winter gehört. Mit an Schnüren im Wald aufgehängten Jagdlappen aus Stoffstreifen und Federn wurde das Rudel eingekreist, die Jäger positionierten sich am offenen Ende der Schnüre.

»Schwaiker hat g'wusst, wo der Wolf seine Höhle g'habt hat«, berichtete Steidinger weiter und schilderte Linda, wie der Großwildjäger die Lappjagd geplant hatte …

*›Wir haben keinen Vollmond mehr‹, hatte Schwaiker gesagt, ›ein bisschen Licht brauchen wir, damit er die Lappen nicht nur riecht, sondern auch sieht. Ich habe das Gelände eingelappt, an zwei Seiten. Drüben auf die Straße wird er sich nicht trauen, also konzentrieren wir uns auf den Korridor zwischen Wald und Fluss. Hab' die Lappen noch mit etwas Benzin getränkt, damit sie ihm auch ordentlich unangenehm in die Nase gehen. Der braucht Fleisch, das heißt, er wird jagen. Heute Nacht oder spätestens morgen. Und er weiß, wo er Beute findet. Der Wolf schnürt an den Lappen entlang, wird sie aber meiden. Von den Felsen bis hinunter zum Schafspferch. Die Lämmer sind unsere Luder. Den Pferch öffnen wir an einer Seite und werden uns dort auf die Lauer legen. Der Wind steht gut, er kann keine Witterung von uns aufnehmen. Wir müssen jedes Geräusch vermeiden. Der Wolf hört eine Maus niesen. Wenn er da ist, nicht zögern*

*und Schuss! Er wird plötzlich kommen, lautlos. Dann zählt jede Sekunde. Einen Fehlschuss können wir uns nicht leisten, sonst geht er uns – im wahrsten Sinne des Wortes – durch die Lappen!‹*

»Dr Schwaiker hat uns dann im Gelände verteilt«, fuhr Steidinger fort. »Er selbst ganz da vorne, wo dr Zaun offen war, dr andere unten an dr Enz, am Ufer hinter dem dicken Baum und ich do.«

»Genau da, wo Sie jetzt stehen?«, hakte Linda ein. »Aber da hätte Sie der Wolf ja von Weitem schon entdecken können.«

»Noi, ich hab' mich zwischen dene Dennele do denna versteckt.«

»Dann verkriechen Sie sich bitte jetzt genau so zwischen den Tännlein da drinnen wie damals. Und das ist kein Spiel, Herr Steidinger! Es geht darum, die Hülse aus Ihrem Gewehr zu finden, dazu brauche ich möglichst genau Ihre Position. Ich verspreche Ihnen, wenn das heute zum Erfolg führt, wird sich das positiv für Sie auswirken, falls Sie sich als der Wolfsschütze stellen würden!«

Steidinger nickte und sah sich in der Fichtenschonung um.

*Er hatte gefroren damals, doch sich nicht getraut, irgendetwas dagegen zu unternehmen. Er hatte nicht mehr auf die Uhr gesehen, nachdem er sich zwischen die mannshohen Nadelbäume zurückgezogen hatte, aus Angst, die Bewegung oder das Scharren des Anoraks könnten ihn verraten.*

Aber wo genau? Sein Blick fiel auf einen Baumstumpf. Hatte er sich nicht daran gelehnt? Darauf gestützt?

*Er hatte einen Großteil der Lichtung mit dem Pferch im Blickfeld gehabt, und dort drüben stand der Baum, in dessen Umriss er die Lämmer hatte liegen sehen, eng beieinander, vom matten Glanz des Mondlichts überzogen.*

Er bückte sich und kroch zwischen zwei Fichten auf den Baumstumpf zu.

*Nur dort, wo der Wald seinen Schatten* warf, *hatte alles in absoluter Finsternis gelegen.*

Genau dorthin richtete Steidinger auch jetzt wieder angestrengt seinen Blick, versuchte, sich zurückzuversetzen in jene Nacht, spürte erneut seine Angst, als er glaubte, ein graues Fell zu entdecken, gelb leuchtende Augen zu erspähen, und er fühlte erneut, wie seine Hände, die auf der Waffe ruhten, zitterten.

*Dann hatte er plötzlich die Bewegung wahrgenommen. Keine 20 Meter von seiner Seite des mit Lappen behängten Zaunes entfernt. War es der Schatten einer vorbeiziehenden Schleiereule? Zu langsam! Der Schemen eines Fuchses? Zu groß! Eines der Lämmer hatte seinen Kopf gehoben und in dieselbe Richtung gestarrt, aus der die Bewegung kam. Wie ein grauer Geist hatte sich die Silhouette des Wolfs aus dem fahlen Grau der Lichtung geschält und verhofft. Seine Lauscher waren nach vorn aufgestellt gewesen, er hatte das Lamm beobachtet, das mit erhobenem Kopf reglos liegen geblieben war und ihn angestarrt hatte. Steidinger war wie gelähmt gewesen, hatte trocken geschluckt und war in den Anschlag gegangen.*

Genau hier, an dem Ort, an dem er jetzt kauerte. Die Journalistin blickte zu ihm herüber, wie er so tat, als halte er ein Gewehr, sich in Schussposition über den Baumstamm beugte und ein imaginäres Ziel anvisierte.

*Und er hatte geschossen.*

Linda schrie auf, als der Schuss krachte.

Der ohrenbetäubende Knall hatte die Stille auf der Lichtung zerfetzt, fast gleichzeitig hörte sie das hölzerne Krachen des Kugelschlags beim Auftreffen des Geschosses. Sie blickte zu Steidinger, der sich aufbäumte – und erstarrte.

*

Michel Weimer war zum Ufersaum hinuntergestiegen und sah erleichtert Julian und Elena am Wasserlauf spielen. Die flachen Steine hüpften munter auf der Oberfläche und versanken zwischen den Trittsteinen, die hier ein Durchqueren der Murg erleichterten. Schon wollte er den Kindern zurufen, zu ihm heraufzukommen, als ihn eine Bewegung am anderen Ufer innehalten ließ.

Er starrte hinüber und suchte im selben Moment nach einem Stock, den er als Waffe benutzen konnte. Michel Weimer traute seinen Augen nicht, doch er wusste sehr wohl, dass er keiner Sinnestäuschung erlag. Das Tier, das unbeweglich dort drüben stand und die beiden Kinder mit diamantgelben Augen fixierte, war ein Wolf. Ein freilebender Wolf am helllichten Tag, mitten im Schwarzwald, am Ufer der Murg.

Michel Weimer behielt die Nerven und spürte instinktiv, dass von dem grauen Jäger in diesem Moment keine Gefahr für die Kinder ausging, obwohl es ihm in wenigen Sätzen gelingen konnte, über den Fluss zu setzen und anzugreifen. Er griff sich zwei faustgroße Steine und machte sich langsam auf den Weg zu den Kindern. Er musste dafür sorgen, dass sie panische Bewegungen und ängstliches Kreischen vermieden und vor allem nicht fluchtartig davonliefen. Im Normalfall sollten sie sich sogar rückwärts von dem Wolf entfernen, doch das war in dem unübersichtlichen Gelände unmöglich. Wenn eines stolperte, konnte das ein Angriffssignal für den Hetzjäger sein.

Als er auf Hörweite heran war, rief er die Kinder beim Namen und ließ den Wolf nicht aus dem Augen. Isegrim verharrte regungslos, die Mimik verriet eine Mischung aus Neugier und Anspannung, die Augen auf die vermeintliche Beute gerichtet, die Lauscher nach vorne aufgestellt.

»Julian, Elena«, wiederholte Michel, »ich möchte die Esel

überraschen. Schafft ihr es, ganz langsam und leise zu mir hochzukommen? Ich dürft auf keinen Fall rennen oder laut sein, geht das?«

Die Kinder ließen ihre Kiesel fallen und nickten.

»Kommt langsam hier zwischen den Steinen durch«, forderte Michel Weimer sie auf und behielt den Wolf am anderen Ufer dabei fest im Blick. »Wenn Sie sich bei einer Begegnung mit dem Wolf unbehaglich fühlen, machen Sie sich groß und zeigen Sie ihm, dass Sie ein Mensch sind, der nicht in sein Beuteschema passt.« Diesen Rat hatte er sich eingeprägt. »Sollte der Wolf näherkommen, machen Sie Lärm, rufen Sie und vertreiben Sie das Tier durch lautes Klatschen.« Doch Michel Weimer war viel zu sehr fasziniert von der unverhofften Begegnung und spürte weder Angst noch eine Bedrohung für die Kinder. Wie ein zahmer Hund stand der Wolf zwischen den Felsen am anderen Ufer der Murg und blickte mehr neugierig und ängstlich als angriffslustig zu ihnen herüber. »Beobachten Sie den Wolf aus der Entfernung und ziehen Sie sich langsam und ohne Hast zurück.«

Michel atmete durch. Die Kinder waren inzwischen auf halbem Weg zu ihm herauf. Der Wolf verharrte immer noch, schien dann aber das Interesse zu verlieren und tauchte wie der Schatten einer Wolke zwischen den Felsen ab. Michel sah die Köpfe der Kinder zwischen den großen Steinen am diesseitigen Ufer auftauchen und begrüßte sie mit einem saloppen Handschlag.

»Warum sollen wir die Esel überraschen?«, fragte Julian jetzt neugierig.

»Nun, ganz einfach, damit sie sich freuen, wenn sie euch sehen«, antwortete Michel und ignorierte den fragenden Blick des Jungen. Elena konzentrierte sich auf das unwegsame Gelände, und so entging ihr das Augenzwinkern, mit dem der Eselführer jetzt ihrem Bruder verstohlen zublinzelte. Sie stiegen den Hang hinauf und erreichten die Weide, wo die Großeltern sie erwarteten. Elena begann zu laufen, und Michel Weimer stockte der Atem. Für einen Wolf war die Flucht seiner Beute das Signal anzugreifen. Rasch vergewisserte er sich mit einem Blick zurück, dass der Wolf verschwunden war. Unbeweglich standen die grünen Farne dort, wo er den grauen Jäger noch vor zwei Minuten gesehen hatte, nichts verriet mehr seine Anwesenheit.

»Weißt du was?«, fragte Julian jetzt, während seine kleine Schwester ihrer Oma in die Arme flog, und senkte seine Stimme zu einem Flüstern.

Michel sah ihn neugierig an, und der Junge erzählte verschwörerisch: »Als wir grad Steine geworfen haben, hat sich am anderen Ufer was bewegt. Da war ein Hund, so groß wie der Jacko von meinem Freund. Aber er sah ganz anders aus. Ganz wild irgendwie. Und so grau. Weißt du, ich war mal mit Opa in einem Park, da gab's Wölfe. Und der Hund hat ausgesehen wie ein Wolf.«

Michel nickte dem Jungen bedeutungsvoll zu und sagte: »Ich habe das Tier auch gesehen. Und wenn du ein Geheimnis für dich behalten kannst, verrate ich dir etwas.«

»Klar!«, antwortete der Kleine und sah Michel mit weit aufgerissenen Augen an, »was für ein Geheimnis denn?«

»Ich glaube, das war kein Hund.«

»Wirklich?«

»Mhm. Ich glaube, wir zwei hatten wirklich das Glück, einen Wolf zu sehen.«

»Einen echten?«, fragte der Junge ungläubig.

»Ja«, sagte Michel, »einen echten. Und weißt du was?«

»Hm?«

Der Eselführer tat sich schwer, dem Jungen etwas vorzugaukeln, denn er wusste, dass er diese unheimliche und zugleich unvergessliche Sichtbeobachtung dem Wildtierinstitut melden musste. Dennoch sagte er:

»Vielleicht sollten wir beide das wirklich für uns behalten. Als unser Geheimnis.«

»Aber warum? Die in meiner Klasse finden das sicher voll cool!«

»Das kann schon sein. Aber meinst du, dass sie dir das überhaupt glauben?«

Der Bub schwieg nachdenklich. Da hatte man endlich mal was Cooles zu erzählen, und jetzt sollte man es für sich behalten?

»Vielleicht«, meinte Michel, nahm den Jungen bei den Schultern und sah ihn mit einem verschwörerischen Lächeln an, »vielleicht ist es manchmal viel cooler, ein Geheimnis für sich zu behalten.«

Julian nickte. Ja, das hatte er verstanden.

»Und für den Wolf ist es wahrscheinlich besser, wenn niemand von ihm erfährt«, fügte Michel Weimer noch hinzu und hielt Julian die offene Handfläche entgegen. »Top?«

Der Junge schlug ein, »Top!«, sagte er und kam sich mit einem Mal erwachsen und furchtbar wichtig vor.

»Dann gehen wir jetzt mit den Eseln zurück«, meinte Michel Weimer. »Und zu deinen Großeltern …?«

»Kein Wort über den …«

Der Eselführer legte den Zeigefinger auf die Lippen.

»Pst!«, hauchte er.

*

Lindas Handy blinkte nervös, als sie aus dem Waldstück heraus war und wieder Netz hatte. Gleich mehrere versäumte

Anrufe von Alan Scott, einer von Sarah und eine Voicemail von ihr.

Sie war, als sich Steidinger nach dem Schuss am Schafspferch von seinem Schreck erholt hatte, zu ihrem Wagen gerannt, ein Stück Richtung Straße gefahren, bis sie Netz gehabt hatte. Dann hatte sie die Polizei angerufen. Die Metalldetektoren der Kriminaltechniker waren im von Linda bezeichneten Waldgebiet beim Schafspferch auf insgesamt zwei Munitionshülsen am Boden gestoßen sowie auf ein Geschoss in dem von ihr bezeichneten Baumstumpf.

Es hatte über eine Stunde gedauert, bis man sie und Steidinger senior zu dem Schuss befragt hatte und die Untersuchungen vor Ort soweit abgeschlossen worden waren, dass sie gehen konnte. Jens Bosch war nicht vor Ort gewesen. Sie beschloss jetzt, als Erstes kurz ihre Tochter anzurufen, betätigte die Freisprecheinrichtung und wartete auf ein Freizeichen.

»Die gewählte Rufnummer ist zurzeit nicht erreichbar«, sagte die monotone fremde Stimme, und Linda wählte irritiert erneut. Sarah ging nicht ran. Sicher hatte sie Dienst im Hotel oder konnte aus anderen Gründen nicht telefonieren. Sie würde sich gleich Sarahs Voicemail anhören und dann sicher erfahren, weshalb sie nicht erreichbar war. Vielleicht hat sie ja ein Date mit ihrem Tierarzt, dachte Linda und fühlte sich nicht ganz wohl bei dem Gedanken.

Sie beschloss, sich von Alan ablenken zu lassen, der Nächste auf ihrer Anrufliste. Ganz gegen ihre Befürchtung ging er sofort ran.

»Linda!«, rief er erfreut, »endlich. Wie geht es dir?«

»Gut, mein Lieber«, antwortete sie und genoss es, seine Stimme zu hören. »Und dir?«

»Baie goed – sehr gut«, antwortete er. »Hier läuft alles wie geplant. Dieser Schwaiker hat seinen Leoparden, ich habe deinen Wolf, Schwaiker hat die Kilombero und mich nicht damit erschossen.«

»Das beruhigt mich sehr«, gab Linda lächelnd zu, »ich hab' mir schon ein bisschen Sorgen gemacht, als ich so lange nichts von dir hörte. Immerhin warst du mit einem potenziellen Mörder allein im Busch unterwegs.«

»Glaub mir, da hätte im Zweifel der potenzielle Mörder den Kürzeren gezogen. Aber ich kann dich beruhigen. Dieser Schwaiker ist zwar eine zwielichtige Gestalt und ein fanatischer Großwildjäger, aber ganz sicher kein Mörder. Was der erschießt, muss sich ausstopfen und an die Wand hängen oder lebensgroß als Trophäe ausstellen lassen.«

»Es sieht in der Tat so aus, als ob wir Schwaiker zu Unrecht verdächtigt hätten«, gab Linda zu, »aber trotzdem scheint eine seiner Waffen für ziemlich viele Schüsse verantwortlich zu sein, die hier gefallen sind. Nur, dieses Gewehr ist verschwunden. Die Kimber Caprivi, nach der ich dich gefragt hatte«, fügte sie noch hinzu.

»Schwaiker besitzt eine«, berichtete Alan, »aber er hat sie nicht in Afrika dabei.«

»Das genau ist der Punkt und passt zu den Indizien, die für einen anderen Täter sprechen«, erläuterte Linda. »Der Fokus richtet sich auf Steidinger, Vater und Sohn. Der Alte ist der Kerl, der den Wolf tatsächlich erschossen hat. Nur, solang die Tatwaffe fehlt, können wir es nicht beweisen. Schwaiker hat seine Kimber Caprivi vermutlich an Steidinger ausgeliehen, als sie illegal Jagd auf den Wolf gemacht haben.«

»Er selbst verlässt sich ganz auf seine Kilombero«, pflichtete Alan ihr bei.

»Und auf seinen professionellen Jagdführer«, meinte Linda schmunzelnd. »Du sagtest eben, er hätte seinen Leoparden gekriegt und du meinen Wolf?«

»Ja. Ich habe meine Hausaufgaben gemacht. In jeder Hinsicht. Den Luiperd lassen wir jetzt mal außen vor, aber dein Wolf steht fertig präpariert im Atelier von Laurens van Poosen und wartet auf seinen Abflug über Russland nach Deutschland. Und der Auftraggeber ist ein gewisser Hartmut Schwaiker.«

Linda holte Luft. Langsam fügte sich das Puzzle zu einem Ganzen zusammen, immer klarer wurden die Zusammenhänge.

»So ähnlich habe ich mir das gedacht«, sagte sie schließlich.

»Verstehe«, sagte Alan. »Wenn ich dir irgendwie helfen kann, ich meine … da fällt mir ein, dieser Journalist, nach dem du gesucht hast, würde der auch zu den Tatverdächtigen gehören?«

»Nicht direkt. Er war allerdings an dieser illegalen Wolfsjagd beteiligt. Warum fragst du?«

»Ich war bei Papa Joe an der Tankstelle. Und was läuft bei ihm im Radio? *San Namib*!«

»Tut mir leid, sagt mir nichts.«

»Das ist der regionale Radiosender der *SANBC* in Namibia! Ich habe Joe gefragt, von wo die senden, und er meinte, ein Vetter von ihm liefert Biltong in die Dependance der *SANBC* in Windhoek. Der kennt die Jungs an der Pforte und will sich umhören. Papa Joe gibt mir Bescheid.«

»Du bist der Hammer, Alan Scott, hat dir das schon mal jemand gesagt?«, meinte Linda anerkennend.

»Ich habe nicht mehr gemacht als meine Hausaufgaben, Memsahib«, scherzte er zurück, »ich hoffe, ich kann dir helfen!«

»Ganz sicher, mein Lieber. Aber noch mehr würde es mir helfen, wenn du bei mir wärst.«

»Sehnsucht?«, fragte er. Linda antwortete nicht gleich, doch schließlich kam ein leises »Mhm« und sie fügte hinzu: »Ich könnte jemanden brauchen, der mich ganz einfach nur festhält.«

Alan wusste, dass jede Art von Emotion für die toughe Journalistin ungewöhnlich war, und fragte:

»Was ist los? Du klingst besorgt.«

»Mich macht das alles ziemlich mürbe. Der Tod von Martin. Diese Ungewissheit, warum man ihn umgebracht hat und ob ich seinen Mörder vielleicht kenne. Dich mit hineinzuziehen und mit einem Verdächtigen allein im Busch zu wissen.« Sie atmete schwer ein und wieder aus. »Und Sarah turtelt mit einem Tierarzt, und ich erreiche sie nicht. Bisschen viel.«

»Möchtest du, dass ich komme?«, fragte er.

»Die Antwort kennst du, mein Lieber. Aber wir wissen beide, dass das nicht geht. *Ojumamuya* braucht dich.«

»Aber wenn du mich brauchst?«

»Dann kommt eine SMS«, sagte sie. »Damit du es auch sicher liest. Und ich schreibe ›wichtig‹ mit einem großen ›W‹.«

»Ich brauche nur einen halben Tag bis Deutschland.«

»Ja«, sagte sie, »und Papa Joes Cousine arbeitet bei *Air Namibia* und besorgt dir einen Platz in der nächsten Maschine auf dem Jumpseat der Stewardess.«

»Nicht ganz. Auf ihrem Schoß!«, lachte er, und Linda spürte einen Stich.

»Danke, dass du mich aufheiterst«, meinte sie etwas kraftlos, »sobald hier wieder alles in geregelten Bahnen läuft, komme ich dich besuchen.«

»Versprochen?«

»Versprochen.«

»Auf fünf sprachfreie Minuten?«, sagte er jetzt, in Anspielung auf einen Ausspruch, den Linda einmal gebraucht hatte, nachdem sie ihn nach einer kurzen Nacht wecken musste und sie keine Zeit mehr für sich gehabt hatten.

*Sie hatte sich langsam über ihn gebeugt, ihn sanft geküsst und geflüstert: »Pole, pole, wir haben noch fünf sprachfreie Minuten.«*

»Fünf sprachfreie Minuten, versprochen«, antwortete sie. »Ich warte auf dich!«

*

ER betrachtete das Bild, das ihm sein fotografierender Freund gesendet hatte.

Ja, das war sie. Sympathisch, hübsch, markant, jugendlich. Dabei zeigte das Foto nur die Partie zwischen Nase und den beiden Augen und die dunklen, sanft geschwungenen Brauen. Es schien in der Bewegung aufgenommen worden zu sein, denn die Gesichtszüge des Mädchens waren leicht verschwommen, jedoch scharf genug, um sich an den Details zu ergötzen.

Wir kennen uns, murmelte ER. Und auch wenn du keine Erinnerung mehr an mich hast, wirst du erfahren, wer ich bin.

ER schnalzte genießerisch mit der Zunge.

Diese Augen. Dunkelbraun, fast schwarz, dachte ER. Wie die deiner Mutter.

Genau dieses Bild, dachte ER, nimmst du für deine Zwecke …

# TEIL 3
# RACHEPLÄNE

Babs Wagner schlug den Kragen ihrer Jacke hoch, als sie sich zu Fuß auf den Weg vom Österberg hinunter in die Stadt machte. Die Abende waren noch kalt, wenn auch die Sonne in den letzten Tagen mächtig an Kraft gewonnen hatte.

Sie hatte sich auf den Feierabend gefreut, schon vor zwei Tagen hatte sie sich mit Linda auf einen Absacker treffen wollen. So zumindest war der Plan gewesen. Doch ihre Kollegin hatte das Treffen kurzfristig abgesagt. Ein Freund war gestorben – »Martin Jaschke, du hast ihn leider nicht gekannt, ein Biologe, Wolfsberater. Ein netter Kerl. Einer von denen, die immer zu früh gehen« – und Babs hatte nicht versucht, sie umzustimmen, obwohl es Linda vielleicht gutgetan hätte, auf andere Gedanken zu kommen.

Babs sah auf die Uhr. Sie wollte noch versuchen, den nächsten Bus nach Hause zu bekommen. Den Österberg runter, über die Gefängnisstaffel neben dem Gerichtsgebäude. Wie viele Prozesse hatte sie darin schon verfolgt und darüber berichtet? Heute hatte sie leider keine Zeit für einen Espresso im *Centrale* nebenan. Sie musste sich beeilen, durch die verkehrsberuhigte Mühlstraße über den Neckar zum Europaplatz zu kommen. Am Bussteig H fuhr ihre Linie ins Französische Viertel. Zwölf Minuten hatte sie noch.

Sie beschleunigte ihre Schritte talwärts, nahm den schmalen Fußweg, der oberhalb der steil abschüssigen Staufenbergstraße an den parkähnlichen Gärten der Verbindungshäuser verlief und in einer Treppe mündete, und entschied sich aufgrund der Zeit spontan, den kürzesten Weg über die Germanenstaffel direkt zum Neckar einzuschlagen, obwohl sie den düsteren Tunnel, in den die Treppe führte, nicht mochte. Zwar wirkte er nach der Sanierung freundlicher und heller, trotzdem empfand sie immer eine Art Beklommenheit, wenn sie hier allein unterwegs war. Aber es war nun mal der kürzeste Weg und somit der schnellste zum Busbahnhof.

Babs hatte keine Zeit, den Blick vom oberen Bereich der Germanenstaffel über die hell beleuchtete Mühlstraße hinweg schweifen zu lassen, sie sah nur im Augenwinkel die Häuserfront des Pfleghofs hoch über der gegenüberliegenden Straßenmauer aufragen und die Silhouette des Turms der Stiftskirche, der in den Nachthimmel ragte. Weiter vorn floss der Neckar in zwei Armen um die Platanenallee herum, wo bald schon wieder Stocherkähne und Tretboote ihre Bahnen ziehen würden.

Die Staffel führte sie rasch nach unten, sie begegnete keinem Menschen und wurde noch etwas schneller, als sie in den schmalen Treppenschacht eintauchte. Die ehemals krummen und verwitterten Stufen der Treppenanlage waren jetzt hell und ebenmäßig, das letzte Stück, ein überdachter Treppenabgang, in dem die Stufen in L-Form wie in einem Turm nach unten führten, hatte etwas von einem engen Tunnel.

Jetzt mach dir mal nicht ins Hemd, ermahnte sie sich selbst. Ein paar Kurven, und du bist unten, und dort hat's Leute ohne Ende. Der Imbiss am *Germanen-Eck* und der Platz vor dem *Neckarmüller* waren auch zur späten Stunde beliebte Treffpunkte. Doch heute lauschte sie vergebens auf die Stimmen am Ende des Treppenabgangs. Nur die Motorengeräusche vorbeifahrender Fahrzeuge drangen an ihre Ohren. Noch zwei Absätze. Oder drei?

Sie sah den Schatten in der Ecke. Manchmal verbrachten Obdachlose die Nacht in dem geschützten Turm, lagerten jedoch so, dass man, ohne über sie zu stolpern, an ihnen vorbeikam. Babs versuchte, in dem losen Haufen von Pappe, Decken und Klamotten einen Menschen zu erkennen, und wechselte die Seite, um auszuweichen. Zu spät registrierte sie, dass das Rascheln und das schlurfende Geräusch nicht aus dem Durcheinander am Boden kamen, sondern von oberhalb, unmittelbar hinter ihr. Sie hörte die Schritte hastig näherkommen, da muss es jemand sehr eilig haben, dachte sie.

Plötzlich tauchte eine Silhouette auf dem Absatz über ihr auf, zwei Schritte und die Gestalt stand hinter ihr, und noch bevor sie sich umschauen oder reagieren konnte, spürte sie einen eisernen Griff an ihrem Oberarm, und der Schreck fuhr ihr in die Glieder. Wie oft schon hatte sie von nächtlichen Überfällen auf Frauen gelesen, von einem Unbekannten von hinten zu Boden gestoßen, geschlagen und festgehalten, in der Tiefgarage, an schummrigen Hausecken, an Bushaltestellen oder auch mitten in der Stadt. Und jetzt sollte sie selbst das Opfer sein? Was für ein Albtraum!

Sie schrie auf, als sie den Schmerz verspürte, den der harte Griff durch die Ärmel von Jacke und Pullover hindurch verursachte. Wer immer hier zupackte, wusste genau, wo es wehtat. Laut hallte ihr Schrei von den Wänden des Treppenturms wider, doch niemand reagierte darauf.

»Keinen Schritt weiter!«, fauchte eine männliche Stimme an ihrem Ohr, »und keinen Laut mehr!«

Panik erfasste sie, sie unterdrückte ein Kreischen, das aus ihrer Kehle entweichen wollte, verschluckte sich und konnte den Hustenanfall nicht bremsen. Sie spürte die andere Hand auf ihrem Mund, roch eine Mischung aus Schweiß und Fett und kämpfte mit weit aufgerissenen Augen gegen die Angst zu ersticken. Als der Husten nachließ, öffnete sich die Hand, und Babs verfiel in eine japsende Schnappatmung.

Noch immer umklammerte der Angreifer ihren Oberarm, und jede Bewegung ihres Körpers löste ein Brennen auf der Haut und eine kaum zu ertragende Zerrung des Muskels aus. Sie biss sich auf die Zähne, und ihr verzweifelter Versuch, zu Luft zu kommen, rief, zusammen mit dem unterdrückten Schluchzen, Laute wach, die ebenso von einem zu Tode geängstigten Tier stammen konnten. Sie taumelte und verlor das Gleichgewicht, doch die Klammer am Oberarm ließ sie nicht stürzen. Sie ruderte mit dem freien Arm in der Luft, bekam die Wand zu fassen und stützte sich ab. Langsam richtete sich ihr nach vorne gebeugter Oberkörper auf, und sie spürte, wie die Panik in ihr nachließ, als sich ihre Lunge wieder mit Luft füllte.

Ein hartes metallisches Klicken an ihrem Ohr ließ ihr keine andere Wahl, als den Kopf zu drehen und das Geräusch zu ergründen. Sie erkannte die blanke Klinge des Klappmessers nur verschwommen und wusste, dass der kalte Stahl keine fünf Zentimeter neben ihrem Wangenknochen in ihr Gesichtsfeld ragte, die Spitze unmittelbar auf ihr Auge gerichtet.

»Und jetzt hör mir bitte ganz genau zu, Babs«, hörte sie ihn flüstern, und der nächste Schock durchfuhr sie. Woher kannte ER ihren Namen? Hatte ER es bewusst auf sie abgesehen?

»Du wunderst dich, was ich von dir will?«, fragte ER, und in seiner Stimme schwangen Häme und Boshaftigkeit.

ER machte abermals eine Pause, und sie hörte nichts als ihr eigenes Keuchen. Oh mein Gott, dachte sie, wenn ER dich …

Sie kam nicht dazu, den schrecklichen Gedanken weiterzudenken, denn ER sagte mit gespielt süffisantem Unterton:

»Vielleicht will ich ja gar nichts von dir, meine Süße?«

Sie spürte den warmen Hauch seines Atems an ihrer Wange, roch seine Ausdünstung, unterdrückte das Würgen in ihrer Kehle und rechnete jeden Augenblick damit, seine nasse Zunge in ihrer Ohrmuschel zu fühlen. Angewidert versuchte sie, den Kopf wegzudrehen, doch das Aufblitzen des Stahls in ihrem Augenwinkel ließ sie in ihrer Bewegung erstarren.

Wer war das? Wer war dieser ekelhafte Kerl, dessen Atem Brechreiz in ihr auslöste, und der sie mit dem Namen ansprach, den nur ihre Freunde kannten? Und vor allem: Was wollte ER von ihr?

»Ich glaube nicht, dass du daraufkommst, wer ich bin, nach so vielen Jahren?«, raunte ER jetzt, und sie empfand das Zischen seiner Zunge wie das Rauschen eines Wasserfalls. »Oder?«, fuhr ER geheuchelt freundlich fort, »wie ist es, meine Süße, weißt du, wer ich bin? Kommst du drauf?«

Sie schüttelte, heftig zitternd, den Kopf. Wie sollte sie es wissen, wo ER sich doch in ihrem Rücken versteckte?

»Das ist fein«, zischte ER jetzt, und die zynische Freundlichkeit gab seiner Stimme etwas Dämonisches. »Wir haben uns ja auch nur ein-, zweimal gesehen, damals. Erinnerst du dich?«

Die Hand, in der ER das Klappmesser hielt, griff nach ihren Haaren und riss ihr den Kopf ins Genick.

»Und?«, fauchte ER.

»N…ei…n…«, stammelte sie.

»Du erinnerst dich also nicht?«

Sie versuchte, etwas an seiner Stimme zu identifizieren.

»Weißt du, wo ich gewohnt habe in den letzten Jahren?«

Ihre Augen deuteten Kopfschütteln an.

»Schloss 1, Rottenburg. Das sagt dir doch sicher was? Als durchtriebener Journalistin und Gerichtsreporterin?«

Sie nickte fast unsichtbar. Schloss 1. Die Adresse des Knasts.

»Also, dort war ich. In sicherer Verwahrung. Hab' meine Zeit abgesessen. Und jetzt bin ich wieder da. Um alte Rechnungen zu begleichen.«

Babs hatte keine Ahnung, wer der Typ war und wovon ER sprach. Sie kannte niemanden, der gesessen hatte.

»Du musst keine Angst haben, mein Täubchen.« Da war sie wieder, diese scheinheilige Freundlichkeit, dieses fiese Lächeln in der Stimme. »Von dir will ich ja gar nichts! Du bist nur meine Botin. Wenn du jetzt schön leise bist, lasse ich das Messerchen fallen.«

Jetzt war ihr Nicken deutlich zu sehen. Und im selben Moment hörte sie das Klacken von Schritten auf den Stufen von unten. Jemand kam die Treppe hoch. Klack-klack, klack-klack, klickedi-klick, klickedi-klick. Zwei Personen. Sie hörte die Stimmen. Erst leise, dann lauter.

Schon holte sie Luft, doch die Messerklinge ermahnte sie zu Besonnenheit.

»Tz-tz-tz-tz …«, machte ER und schüttelte den Kopf, »nicht doch, mein Mäuschen. Wirst doch jetzt keinen Fehler machen, oder?«

Plötzlich löste sich der harte Griff an ihrem Oberarm, sie fühlte, wie ER sich an sie drückte, ihren Kopf hart zu sich drehte und schon umschlossen seine rauen Lippen küssend ihren Mund. Sie kniff verbissen die Zähne zusammen und verwehrte seiner sabbernden Zunge den Zugang, doch der Kuss wirkte ungestüm und echt, und das Paar ging kichernd und nichts ahnend an ihnen vorbei.

Als die Schritte über ihnen verhallten, ließ ER von ihr ab, fuhr sich mit der Zunge über seine Lippen und grinste maliziös. Sie versuchte, sein Gesicht zu erkennen, doch die Schatten der Mauern tauchten seine Züge in ein mattes Grau ohne Konturen. Sein »Mmmh« signalisierte Genugtuung und hämische Zufriedenheit.

»Das können wir gerne noch mal machen«, meinte ER fordernd und drückte sie noch einmal an sich.

Babs atmete schwer und stieß schließlich aus: »Was wollen Sie von mir?«

»Von dir?«, fragte ER zynisch und trat wieder hinter sie. »Wie gesagt: gar nichts. Du bist nur die Botin.«

»Botin? Für wen?«

»Für eine gute Freundin. Eine gewisse …« ER ließ sich Zeit, um dann jede Silbe rau und derb zu betonen: »Lin-da Ro-loff!«

»Linda Roloff?«, echote sie.

»Ja«, antwortete ER und setzte bewusst lange Pausen zwischen den Informationen, die ER nun preisgab.

»Ich möchte, dass du ihr von uns erzählst. Von unserer Begegnung heute Abend. Dass du erschrocken bist. Dass ich dir Angst gemacht habe. Und ich möchte, dass du ihr das hier gibst.«

ER fischte ein Stück Papier aus seiner Hosentasche und reichte es ihr. Ein Zeitungsausschnitt.

»Und von wem soll ich ihr das geben?«, fragte Babs.

»Sag einfach … von einem alten Freund. Wenn sie das liest, kommt sie sicher drauf.«

Babs faltete die nur wenige Zentimeter große Zeitungsannonce auseinander und starrte auf eine Todesanzeige. Eine Woche alt. Sie las den fett gedruckten Namen, konnte sich aber keinen Reim darauf machen.

»Kuhns«, las sie laut. »Professor Ludwig Kuhns. Wer ist das?«

»Frag Linda. Sie kennt ihn. Oder besser gesagt: kannte. Und jetzt lauf! Sonst fährt dir auch der nächste Bus ins Französische Viertel wieder davon. Und bis zur Allee des Chasseurs ist es weit.«

Sie sah alarmiert von der Todesanzeige auf. ER wusste nicht nur, wer sie war, ER wusste auch, wo sie wohnte! Was wusste ER noch?

Noch einmal starrte sie auf die Todesanzeige und deren letzte Worte:

»Ich gehe dahin. Und die Wölfe werden bleiben und heulen.«

*

*Die Wölfin ist aus dem Tal geflohen. Zu nah sind ihr die Zweibeiner gekommen, zu viele der lauten Ungetüme hat sie gehört, zu viele Lichter erleuchten die Nacht und lassen die Sterne verblassen. Hier oben, an den waldigen Hängen, ist die Witterung der Zweibeiner verflogen, und von den kahlen Bergkuppen aus ist sie ihrer Sonne näher als unten am Fluss.*

*Zwischen den Felsen hat sie ein Versteck gefunden, doch der Hunger treibt sie schon bald wieder hinaus, um nach Beute zu suchen. Die flachen Höhenrücken, auf denen nur wenige Bäume dem Wind trotzen, sind ein ideales Jagdrevier, die weiten Flächen, nur von Beeren, Heidekräutern und Gräsern bewachsen, wie geschaffen für die Hetzjagd eines Rudels. Auch für die Wölfin, die allein jagen muss, bieten die Latschenkiefern und das tote Holz genügend Deckung, um sich auf die Lauer zu legen, doch sie kann außer Vögeln und Kleingetier weder Reh noch Wildschwein hier oben erlegen.*

*Soll sie sich wieder an die Herden der Zweibeiner wagen? Sich erneut mit Hunden und schmerzbringenden Zäunen anlegen? Oder doch lieber auf Mäuse lauern, oder einen der großen, auffälligen Vögel jagen, deren schlagende, trillernde und schnalzende Töne sie schon gehört hat? Das seltsame Kollern hat sie neugierig gemacht, sie hat sich angepirscht, und den Vogel auf dem starken Ast eines abgestorbenen Baumes entdeckt, seinen Schwanz weit aufgefächert, den Kopf hoch Richtung Himmel gereckt. Er hat sie nicht zur Kenntnis genommen in seiner Tollerei, doch sie hat keine Chance gehabt, ihn auf seiner luftigen Warte zu greifen.*

*Die Ungeduld hat sie fortgetrieben, auf der Suche nach anderer Beute. Dazu verspürt sie eine innere Unruhe, deren Grund sie nicht kennt, doch bald schon bekommt sie Gewissheit.*

*Sie ist nicht allein hier oben, in der unendlichen Weite der baumlosen Grindenflächen, doch die Witterung, die sie aufgenommen hat, ist zu flüchtig, und sie weiß nicht, wo das Territorium des anderen Wolfs beginnt.*

*

Linda Roloff war früh auf den Beinen an diesem Morgen und kam als Erste in die Redaktion. Ihr Beitrag über die jüngsten Entwicklungen im Todesfall des ermordeten Biologen im Schwarzwald war der Aufmacher der Frühsendung gewesen, und sie hatte ihr Hintergrundwissen noch durch ein Statement eines Ermittlers untermauert, der auf eine mögliche Parallele zu einem Fall verwies, bei dem erst vor Kurzem ein Wolf illegal geschossen worden war.

Bingo, dachte Linda, das steht heute nicht mal in der Zeitung mit den großen Lettern! Auch die anderen Blätter stellten diese Verbindung nicht her, und sie war Jens Bosch dankbar, dass er ihr diesen O-Ton gegeben hatte.

»Es ist noch zu früh für Spekulationen«, hatte er in seinem weichen, whiskyrauen Tonfall gesagt, »aber es drängt sich die Frage auf, warum in unmittelbarer Nähe des toten Wolfsbeauftragten ein erschossener Wolf gefunden wurde. Zumal es erst vor wenigen Wochen in der Region eine illegale Wolfstötung gab, in deren Aufklärung der getötete Biologe ebenfalls involviert war.«

Du müsstest dich freuen, einen journalistisch so perfekten Beitrag abgeliefert zu haben, dachte sie, doch sie spürte, wie sehr diese Freude von der Identität des Opfers überschattet wurde. Ihr Trübsinn ging so weit, dass sie sogar darüber nachdachte, das Thema abzugeben. Babs konnte das ebenso gut, und so käme ihre Freundin auch mal in die Lage, den anderen eine Nasenlänge voraus zu sein. Jetzt tauchte Jens Boschs Gesicht vor ihrem geistigen Auge auf, und sie registrierte, dass sie nicht unbedingt bereit war, ihn mit Babs zu teilen.

Oh Mann, dachte sie, was machst du hier? Spekulierst immer noch auf ein Techtelmechtel mit dem gut aussehenden, sympathischen Kommissar, den Babs sogar einmal als *Schnittchen* bezeichnet hatte, und in Afrika wartet Alan Scott auf dich?

Ein Geräusch an der Tür des Redaktionsbüros riss Linda aus ihren Gedanken. Sie wandte sich um und sah Babs Wagner hereinkommen. Sieht ein bisschen gestresst aus, dachte Linda, oder übernächtigt? Hat wohl am Abend noch jemand für einen Absacker gefunden. Sie verkniff sich ein Grinsen, als sie den ernsten, ja fast besorgten Ausdruck im Gesicht ihrer Freundin entdeckte. Irgendeine Laus schien ihr über die Leber gelaufen zu sein.

»Guten Morgen, Babs«, sagte sie, und entschied sich, kein »Alles gut?« oder »Na, wie geht's dir?« anzufügen. Erst mal die Stimmung der Kollegin abwarten und ihr vielleicht ein bisschen Zeit geben anzukommen. Außerdem, durchfuhr es

Linda, was machte Babs überhaupt schon so früh hier? Sie hatte doch die ganze Woche Spätdienst?

»Kennst du einen gewissen Kuhns?«, fragte Babs, ohne ihr »Guten Morgen« zu erwidern, oder sonst irgendetwas zur Begrüßung zu sagen. Mehr als ungewöhnlich, dachte Linda, ohne der Frage ihrer Freundin eine Bedeutung beizumessen. Stattdessen sah sie ihr zu, wie sie ihre Arbeitstasche auf dem Stuhl abstellte, sich die Jacke auszog, sie über die Lehne warf und ihr ein Stück Papier über den Schreibtisch entgegenstreckte.

»Was sagst du?«, fragte Linda, sichtlich irritiert. Sie hatte Babs in der Tat nicht richtig zugehört. »Sorry, ich war noch in Gedanken bei meinem Beitrag. Ich hab' dir doch erzählt, dass ein guter Freund gestorben ist. Er ist das Opfer in dem Mordfall, um den es geht«, fügte sie noch als Entschuldigung hinzu.

Jetzt war es Babs, die ihr offensichtlich nicht zugehört hatte, denn sie ging überhaupt nicht auf Lindas Äußerung ein, was für die feinfühlige Freundin ungewöhnlich war. Stattdessen wiederholte sie noch einmal:

»Kuhns. Sagt dir das was? Ludwig Kuhns?«

Jetzt sah Linda sie aufmerksam an.

»Wovon sprichst du?« Die Verständnislosigkeit sprach aus ihren Worten. »Ich erkläre dir gerade, dass mein Bekannter das Mordopfer aus meinem Beitrag ist, und du übergehst das ganz einfach?«

»Nein«, widersprach Babs scharf, »ich übergehe überhaupt nichts! Ich setze nur Prioritäten. Also: Kuhns. Sagt dir das was?«

»Kuhns? Ich kenne nur Dieter Thomas Kuhns.«

»Der heißt nur Kuhn«, sagte Babs, wohl wissend, dass Linda den Tübinger Sänger meinte. »Ludwig Kuhns«, ergänzte Babs und ließ das Papier in ihrer ausgestreckten Hand flattern.

»Kenne ich nicht«, beharrte Linda, vom seltsamen Verhalten ihrer Freundin genervt.

»Hm«, machte Babs nur. »Bist du dir sicher? Der Typ, der mir heute Nacht aufgelauert hat, war da anderer Meinung. Er sei ein alter Freund von dir, sagte er. Er hat mich mit einem Messer bedroht. Und ich soll dir das hier geben.«

Plötzlich war Linda hellwach.

»Aufgelauert? Bedroht?«, platzte es aus ihr heraus. »Wer hat dich bedroht? Und warum? Und wer ist Ludwig Kuhns?«

Erst jetzt registrierte Linda das Papier. Sah aus wie ein Stück aus einer Zeitung. Sie griff danach und faltete eine Annonce auf.

Eine Todesanzeige.

»Der ist auch tot«, sagte Babs trocken. »Wer mir aufgelauert hat, weiß ich nicht.«

Linda las den fett gedruckten Namen.

Ludwig Kuhns.

»Kenne ich nicht.«

Ein alter Freund? Ihre Gedanken scannten Gesichter.

Kuhns?

Irgendwo in ihren Erinnerungen tauchte der Name auf.

Kuhns!

»Professor Kuhns«, sagte Babs jetzt.

Linda schreckte hoch und sah in ein glattrasiertes bleiches Gesicht hinter einem wuchtigen Schreibtisch aus schwarzem Holz.

Ihre Gedanken wanderten Jahre zurück.

Zehn Jahre.

Mindestens.

*Professor Kuhns schien über 50 zu sein und seine weißen glatten Haare, die ihm fast bis auf die Schultern fielen, glänz-*

*ten silbern im Licht der Halogenlampen, die das Büro im dritten Stock in langweiliger Gleichmäßigkeit ausleuchteten. Seine spitze Nase, auf der eine verschmierte Hornbrille saß, zuckte nervös. Er versuchte, es zu vertuschen, indem er die Finger beider Hände aneinanderlegte und sich die Zeigefinger nachdenklich an die Nasenflügel hielt. Seine mattgrauen Augen waren bis auf einen Schlitz geschlossen, aber Linda spürte, dass er sie fixierte. »Ich fürchte, ich kann Ihnen nur wenig helfen, mein Kind«, sagte Kuhns jetzt. Der väterliche Ton in seiner sonoren Stimme störte sie.*

Linda sah Babs an.

»Von wem hast du die Todesanzeige?«

Die letzten Worte in dem schwarz umrandeten Ausschnitt sprangen sie an:

*Ich gehe dahin. Und die Wölfe werden bleiben und heulen.*

Und plötzlich sah sie das Schild vor sich: *SAFE WILDLIFE SOCIETY.*

»Ich kann es dir nicht sagen«, unterbrach Babs ihre Gedanken, und ihre Worte klangen wie eine Entschuldigung.

»Er hat sich mir nicht vorgestellt.« Sie dachte mit Schaudern an das Klappmesser.

»Du sagtest, er hat dir aufgelauert und dich bedroht?«

Babs nickte.

»Heut Nacht. In diesem Turm, am Ende der Treppe runter zum *Neckarmüller*. Er hat mir richtig Angst gemacht.«

Linda nickte. Sie kannte den düsteren Bau, hütete sich bis heute davor, diesen Aufgang zum Österberg allein zu nehmen. Und während sie Babs in Gedanken den Weg zum Neckar allein hinuntereilen sah, beobachtete sie sich, wie sie einen anderen Weg ging, damals, auf der Suche nach Rob, ihrem Ex. Der Weg zu Robs Auftraggeber in Stuttgart.

*Der Weg in die belebte Königsstraße, wo zu jeder Tages-*

*zeit Hektik und Betriebsamkeit herrschten. Zwischen zwei Kaufhäusern mit ihren übergroßen Schaufenstern bog sie in eine der Nebenstraßen und stand nach wenigen Metern vor einem grauen Bürogebäude, an dessen Eingangssäule kleine Metallschilder auf eine Anwaltspraxis, mehrere Ärzte und zwei Dienstleistungsfirmen hinwiesen. Und sie las: SAFE WILDLIFE SOCIETY, 3. Stock.*

*Kuhns.*

Die Erinnerung kam.

*Professor Kuhns.*

Sonor.

Väterlich.

Widerlich.

Knoblauch.

*Er strömte einen intensiven Knoblauchgeruch aus und sie schielte instinktiv nach den Fenstern. Alle waren verschlossen, doch sie traute sich nicht, einfach eines zu öffnen.*

Schmale Lippen.

Mitleidiges Lächeln.

Nervöses Zucken.

*Es schien ihn nervös zu machen, wie sie sich zu ihm über den Schreibtisch beugte.*

Seine Geheimniskrämerei.

Sein rollendes R, das den Franken verriet.

Plötzlich hörte sie seine Stimme wieder. Wie aus einer anderen Welt:

*»Die Polizei oder gar die Öffentlichkeit zu informieren, wäre für alle Beteiligten unter Umständen sehr gefährlich.«*

Aufblitzende Augen.

Empfindlich.

Sein Versuch, Schwierigkeiten aus dem Weg zu gehen.

*Kuhns Augen blitzten sie an. Sie spürte, dass sie jetzt einen empfindlichen Nerv getroffen hatte. Schwierigkeiten, das war ihr mit einem Mal klar, wollte er unter allen Umständen vermeiden.*

Sein Versuch, sie zu kaufen.

*Er öffnete behutsam eine Schublade an seinem großen Schreibtisch und zog ein Scheckformular hervor. »Wie viel verdienen Sie im Monat?«, fragte er sachlich. Linda verschlug es eine Sekunde lang die Sprache. Er holte Luft, um Lindas Reaktion abzuwarten. Sie hatte sich in der Gewalt, und kein Mienenspiel verriet, was sie gerade dachte.*

Sein Zorn, als sie ihn wissen ließ, dass sie nicht käuflich war.

*Entschlossen stand sie auf und wandte sich wortlos zum Gehen. Professor Kuhns blickte ihr mit offen stehendem Mund nach. Er zerknüllte den Scheck und warf ihn in den Papierkorb.*

Und jetzt war er tot. Sie schielte auf das Sterbedatum in der Todesanzeige. Zwei Naturschützer innerhalb weniger Tage. Erst Kuhns, dann Jaschke. Und ein Wolf.

Was hatte das zu bedeuten?

Ein Wolfshasser?

»Was ist jetzt?« Die Stimme von Babs holte sie ins Hier und Jetzt zurück. »Kennst du diesen Professor Kuhns?«

Sie vernahm ihre eigene Stimme wie durch einen seltsamen Filter. Sie klang fremd und irreal, als sie sich, schwer atmend, sagen hörte:

»Ja. Ich kannte ihn. Aus einem anderen Leben. Es ist, als ob es nicht mehr wahr wäre. Ich habe das alles … verdrängt.«

*Kuhns. Afrika. Der Streit. Und das Ende …*

Babs starrte ihre Freundin an. So hatte sie die toughe und immer cool wirkende Linda Roloff noch nie erlebt. Leere Augen, die auf die Todesanzeige starrten, ohne die Pupillen zu bewegen, die Finger krampfhaft in das Papier gekrallt.

»Dieser Typ im Treppenturm«, sagte Linda jetzt tonlos, fast flüsternd, »kannst du dich an irgendetwas erinnern? Wie er aussah?«

*Wie damals, lange braune Haare, zu einem Pferdeschwanz gebunden, fett glänzend …*

Babs schüttelte langsam, fast verlegen den Kopf.

»Ich habe sein Gesicht nicht richtig sehen können.«

Sie spürte den eisernen Griff an ihrem Oberarm.

»Es war stockfinster.«

Sie hörte ihren Schrei von den Wänden des Treppenturms widerhallen.

»Er hielt mich von hinten fest. Nur einmal sah ich ihn kurz von vorn. Größer als ich, auf alle Fälle. Er war stark. Und brutal. Und er wusste genau, wo es weh tat.«

Linda erschauderte. Sprach sie von IHM?

*Er war grob, egoistisch und gemein. Sie spürte die rauen Bartstoppeln an ihrer Wange. Sein feuchter, triefenden Atem. Doch sie verbarg ihren Ekel, um ihn nicht zu provozieren …*

»Und er kannte meinen Namen!«

Babs spürte noch einmal die männliche Stimme an ihrem Ohr, den ekelhaften Geruch nach Schweiß und Fett, der Brechreiz in ihr verursacht hatte.

Die Bilder, die in Linda hochkamen, schienen aus einer anderen Welt zu stammen.

*Eine Fratze starrte sie an. Der Geruch nach Alkohol und kaltem Rauch, wenn er sie zu küssen versuchte, zitternde Finger, die den Reißverschluss seiner Hose nicht öffnen konnten, gierige Hände überall an ihrem Körper.*

»Er nannte mich Babs.«

Die Worte, die Linda erreichten, klangen hart, ausgesprochen in dem Wissen, dass jemand, der sie Babs nannte, sie gut kennen musste. Nur Babs' beste Freunde nannten sie so.

»Ich habe nur seine Stimme gehört. Brüchig und fies. Wie Anthony Hopkins in *Schweigen der Lämmer*«, fügte sie noch an.

Linda hatte SEINE Stimme im Ohr.

*Ordinäres und gelalltes Vokabular, das ihn in seinem Zustand antörnte …*

»Und du hast keine Ahnung, woher er dich kannte?«

»Er sagte nur, er sei ein Freund von dir. Oder nein! Er sagte, ein alter Freund. Ja, ein alter Freund von dir.«

Linda schauderte. Hörte IHN lachen.

*Sein Lachen hatte dieses Gemeine, Brutale, vor dem sie Angst hatte.*

»Was sonst noch?«, bohrte sie nach und schien mit einem Mal wieder in der Realität angekommen zu sein.

»Nichts«, antwortete Babs.

»Was sagte er?«

»Dass ich nur die Botin sei. Und das mit dieser Todesanzeige. Dass ich sie dir geben soll.« Babs holte Luft. »Mann, Linda, ich weiß nicht, was er sonst noch sagte. Ob er überhaupt noch etwas sagte. Ich hatte Angst!«

Wie ich damals, dachte Linda. Vor IHM.

Und wieder kamen Bilder.

Geräusche.

Gerüche.

*Sein Gewicht drohte sie zu erdrücken. Sie roch wieder seinen heißen, alkoholfeuchten Atem, als er seinen Mund auf ihre Lippen presste. Linda rang nach Luft und spürte den teppichrauen Bart und seine fettigen Haare in ihrem Gesicht. Sie schloss verzweifelt die Augen. Seine Zunge umspielte ihre linke Brust, und sie konnte nicht verhindern, dass die Brustwarze sich aufrichtete. Dann spürte sie seine Hand zwischen ihren Beinen, doch sie hatte nicht genügend Kraft, um sich zu wehren. Er ließ ihr keine Chance. Nach drei Minuten war alles vorbei.*

»Eine Todesangst«, fuhr Babs fort. »Ich hatte keine Ahnung, was der Typ von mir wollte. Und das Klappmesser! Ich dachte echt, jetzt ist es aus. Sorry!«

Linda sah ihre Freundin an und versuchte ein Lächeln.

»Kein Problem. Wenn dir noch etwas einfällt, sag's mir bitte.«

»Du hast eine Ahnung, stimmt's?«

»Ich versuche, einen Zusammenhang zwischen diesem Kuhns und Martin Jaschke herzustellen«, log Linda. »Dieses Wolfszitat in der Todesanzeige.«

»Martin Jaschke?«, unterbrach Babs. »Der Biologe aus dem Schwarzwald? Der Tote aus deinem Beitrag?«

Linda nickte.

»Da ist noch etwas«, sagte Babs plötzlich laut, »das fällt mir eben ein. Er sagte, er hätte seine Zeit abgesessen. Im Knast. In Rottenburg. Und jetzt sei er wieder da. Um alte Rechnungen zu begleichen.«

Verdammt!, dachte Linda und spürte, wie ihr schwindlig wurde. Die Vergangenheit schien sie einzuholen. Genau jetzt war sie zur Gegenwart geworden!

*»Die Polizei wird gleich da sein«, hörte sie die Worte des Professors von damals, »lebenslang wegen Vergewaltigung, Entführung und Mord, würde ich mal sagen.«*

»Scheiße«, murmelte Linda.

Die Angst, die sie so lange Zeit verdrängt hatte, war plötzlich wieder da.

*

Die Fassade des alten Bauernhofs leuchtete im Licht der Morgensonne rot wie Ochsenblut auf dem Hochplateau zwischen

Enz und Nagold. Braun gescheckte Kühe grasten auf der von gelbem Hahnenfuß gesprenkelten Weide neben dem Hauptgebäude, das einst Kuhstall, Wohnhaus und Heuboden unter einem Dach vereinte, unterhalb der Rinderweide hatten ein paar Ziegen ihren Auslauf, und auf der kahlen Wiese oberhalb des ehemaligen Anwesens grasten zwei Esel.

Ein schmaler Schotterweg bog in spitzem Winkel von der Straße ab, die von Zavelstein durch ein Waldgebiet nach Speßhardt führte, und der schwarze Audi mit dem Hamburger Nummernschild fuhr die holprige und steile Anfahrt hinauf. Gegenüber dem roten Hauptgebäude des Ensembles erhob sich ein kleineres Holzhaus, in dem sich einst das Ausgedinghaus, die Wohnung der alten Bauersleute, aber auch weitere Wirtschaftsräume – das Schlachthaus, der Backofen und die Ställe – befanden. Der Audi hielt, als er die mit großen Rotsandsteinplatten gepflasterte Zufahrt zwischen den beiden Gebäuden erreichte, und parkte auf einem schmalen Streifen neben dem Weg, wo im Schatten einer alten Scheune ein in die Jahre gekommener weißer Fiat Panda wartete.

Unter dem Vordach des gegenüberliegenden kleinen Stalls hing kopfunter ein alter Kutschenschlitten, ein großer Leiterwagen, auf dem man einst das Heu eingefahren hatte, stand darunter. Links des gepflasterten Zufahrtsweges gackerte in einem großen Gatter ein Dutzend Hühner, und zwei bunte Hähne ließen immer wieder in konkurrierender Eitelkeit ihr stolzes Krähen erklingen. Es waren die einzigen Geräusche außer dem Schlagen der Wagentüren, als die beiden Männer den Audi verließen und sich auf den Weg zu den beiden größeren Gebäuden des alten Anwesens machten.

Hier oben beim *Theurerhof* waren sie die einzigen Menschen außer einem Mann mit weißem Panamastrohhut, der sich an einer massiven Rotsandsteinmauer am oberen Ende der schmalen Zufahrtsgasse zu schaffen machte und dabei von einem großen Hund beobachtet wurde. Rolf Berlin hatte das verwitterte und in die Jahre gekommene Ensemble aus Ställen, Wohnhaus und Scheunen vor einigen Jahren gekauft und vor dem Verfall gerettet. Liebevoll von ihm restauriert und saniert, gehörte es mittlerweile als Eventlocation zum Sternehotel *Berlins KroneLamm*, und der stylish ausgebaute Dachstuhl des ehemaligen Heubodens diente als Saal für Feiern und Feste aller Art. Auch die anderen Räume des Haupthauses waren mit viel Liebe zum Detail im Stil eines lebendigen Museums, mit den originalen Möbeln bestückt, zu gemütlich eingerichteten Stuben und lauschigen Winkeln gestaltet worden.

Der Seniorchef des Sternehotels in Zavelstein hatte sich mit dem *Theurerhof* am Ortsrand von Speßhardt einen Traum erfüllt und verbrachte ganze Tage mit Prinz, seinem Labrador, hier oben, saß nach Feierabend auf der alten Holzbank unter dem Überbau des alten Wirtschaftsgebäudes und gönnte sich einen feinen Württemberger Trollinger und manchmal auch eine Zigarre.

Sein Blick glitt dann hinüber zu dem Bauerngarten, in dem zahlreiche Kräuter und frisches Gemüse wuchsen, und er tätschelte zufrieden das weiche Fell seines vierbeinigen Gefährten, während er den Panamahut aus der Stirn schob und den Kopf an die Holzfassade des Nebengebäudes lehnte, wo es eine Wohnung für einen Mitarbeiter und einen Raum gab, in dem ein alter Holzbackofen auf seine neuen Aufgaben als Pizzalieferant wartete.

Das jüngste Kind seiner handwerklichen Fähigkeiten war das im rechten Flügel entstandene zweistöckige Appartement, das er jetzt erstmalig vermietet hatte. Der Gast aus Friedrichshafen, der zum Fotografieren in den Schwarzwald gekommen war, hatte ausdrücklich eine abgelegene, ruhige Unterkunft gesucht und sich sofort für die kleine Zimmereinheit im *Theurerhof* entschieden.

Jetzt kam er zusammen mit einem anderen Mann über den rotgepflasterten Weg auf das Ensemble zu, Rolf Berlin grüßte höflich, wie es seine Art war, wurde aber von den beiden offensichtlich in ein intensives Gespräch versunkenen Männern nicht beachtet.

Die beiden stiegen die sechs Rotsandsteinstufen zur Holztür des Appartements hinauf, deren Mitte ein eiserner Türklopfer zierte. Sie verschwanden im Inneren, und Rolf Berlin wunderte sich über das Gepäck der beiden Gäste, das nach einem schweren Fotorucksack und einem Gewehrfutteral ausgesehen hatte.

Kopfschüttelnd wandte er sich wieder seiner Arbeit zu.

*

Linda Roloff war auf Bitten Jens Boschs am Vormittag noch einmal in den Schwarzwald gefahren und hatte sich mit ihm beim Schafspferch getroffen.

»Ich muss mir ein möglichst genaues Bild von der Situation vor Ort machen, in der dieser Schuss fiel«, hatte er gesagt, »und deine Eindrücke würden mir dabei sehr helfen.«

Die Untersuchung der sichergestellten Tatmunition und der Vergleich mit den Hülsen gleichen Kalibers hatte, im Zusammenhang mit den schon durchgeführten mikroskopischen Analysen des Schusswaffenerkennungsdiensts, zu einer eindeutigen Identifizierung der Schusswaffe geführt. Linda grinste, als Kriminalhauptkommissar Jens Bosch ihre Theorie der Kimber Caprivi als Tatwaffe bestätigte.

»Du bist wirklich ein Teufelsweib«, gab er jetzt anerkennend zu. »Wie hast du den alten Steidinger nur dazu gebracht, dich zum Tatort zu führen?«

»Berufsgeheimnis«, lachte sie.

»Was wir jetzt noch klären müssen«, fügte Jens Bosch an, »ist die Übereinstimmung der Schusswaffe auch für die anderen Schüsse.«

»Du meinst, den Mord an Jaschke?«

»Ja. Aber auch die Schüsse auf den Wolf im Wildsee und auf deine Handtasche. Dieses Mal können die Kollegen vorhandene Schussrückstände und Schmauchspuren analysieren. Ich bin sicher, dass wir irgendetwas entdecken, das uns zum Täter führt.«

»Christian Steidinger war starr vor Schreck, als der Schuss krachte«, erzählte Linda. »Und ich habe geschrien, weil ich dachte, er ist getroffen.«

»Was mag der Schütze bezweckt haben?«, fragte Jens Bosch. »In einen Baumstumpf zu schießen, was soll das? Er hat nur unnötige Spuren hinterlassen, die über kurz oder lang zu der Schusswaffe führen werden.«

»Vielleicht wollte er ja genau das«, gab Linda zu bedenken.

»Aber was hast du mit der Sache zu tun?«, fragte er. »Immerhin warst du zweimal involviert. Einmal deine Handtasche als Ziel und jetzt als Zeugin. Ich weiß, die Kollegen haben dich schon befragt, aber hast du wirklich nichts gesehen? Jemanden, der davonlief, ein abfahrendes Auto, die Richtung, aus der der Schuss kam?«

Linda schüttelte den Kopf.

»Es war nur merkwürdig, dass Steidinger junior seinen Vater hergefahren und dann einen Waldspaziergang gemacht hat. Er *muss* in der Nähe gewesen sein.«

»Wie du ja auch.«

»Dann wäre ich also auch im Kreis deiner Verdächtigen?«, fragte Linda unsicher.

»In gewisser Weise ja«, antwortete Jens Bosch. »Du warst zur Tatzeit am Tatort. Ich musste dich als Täterin ausschließen, zu deinem eigenen Schutz, solang wir nicht wissen, was dieser Schütze bezweckt. Deshalb die Untersuchung deiner Hände nach Schmauchspuren«, gab er zu. »Und jetzt erzähl mir bitte noch einmal genau, was geschah.«

»Ich habe Steidinger mit der Aussage des Schäfers konfrontiert. Von ihm hatte ich ja erfahren, dass der Ortsvorsteher den Wolf erschossen und damit sogar geprahlt hatte. Ich musste somit nicht lange auf Steidinger einreden, bis er bereit war, mich an den Tatort zu bringen.«

»Was hast du ihm dafür geboten?«

»Es für mich zu behalten, dass er der Wolfsschütze war. Ich dachte mir, irgendwann wird er selbst darauf kommen, dass es besser ist zu gestehen. So, wie die Sache jetzt ausgegangen ist, hat sich das ja wohl erledigt, oder?«

Jens Bosch nickte. »Ja. Er hat gestanden. Unter der Wirkung des Schocks, den der Schuss auf ihn ausgelöst hat, hat er alles erzählt.«

»Und die Waffe?«, fragte Linda.

»Dazu hat er nichts gesagt. Er behauptet nach wie vor, dass sie verschwunden ist. Naja, irgendwie muss dieser Schütze sie ja in die Finger bekommen haben.«

»Ich tippe immer noch auf seinen Sohn«, sagte Linda und dachte an die Tränen im Gesicht Bianca Steidingers. Sie hatte Jens davon erzählt, und er würde herausfinden, was die junge Frau und den toten Wolfsberater miteinander verband. War Eifersucht nicht schon immer eines der häufigsten Mordmotive?

»Steidinger hat sich von seinem Sohn herbringen lassen«, fuhr Linda fort, »der hat sich verabschiedet und einen Waldspaziergang gemacht. Ich bin mit dem Alten ein paar Meter Richtung Pferch gegangen, er blieb dort drüben an der Schmalseite stehen.«

»Bei der Fichtenschonung?«

Jens folgte ihr am Zaun zu der Stelle.

»Er behauptete, von hier auf den Wolf geschossen zu haben.«

»Das dürfte auch stimmen, nach den Spuren, auf die die KTU jetzt gestoßen ist.«

»Schwaiker hatte ihm eines seiner Gewehre gegeben und die Positionen der Schützen verteilt. Steidinger kroch dann zwischen die Fichten und stützte sich auf diesen Baumstumpf.«

Sie deutete auf den bemoosten Strunk, an dessen Seite der Schusskanal wie das Loch eines Spechts klaffte.

»Von dort drüben muss dann der Wolf gekommen sein«, sagte Linda. »Er tat so, als halte er ein Gewehr, beugte sich wie zielend über den Baumstamm, und dann krachte der Schuss. Den Rest kennst du.«

Jens Bosch ließ seinen Blick über die Lichtung schweifen und versuchte, sich in den Schützen hineinzuversetzen. Der Mann war zum Tatort zurückgekehrt, hatte die Jagd imaginär erneut durchlebt, und ein Schuss hatte das Spiel beendet. Ein Schuss aus einer Entfernung, aus der ein guter Schütze sein Ziel getroffen hätte, dessen war sich Jens Bosch sicher.

»Es gibt nur zwei Möglichkeiten«, murmelte der Kommissar nachdenklich, »weshalb Steidinger noch am Leben ist.«

»Entweder der Täter war ein so schlechter Schütze, dass er den Baum getroffen hat?«, versuchte Linda eine Erklärung.

»Oder«, fuhr Jens Bosch fort, »er hat mit Absicht danebengeschossen.«

»Weil er seinen Vater nicht töten wollte«, ergänzte Linda.

»Joachim Steidinger ist definitiv nicht der Schütze. Wir haben keine Schmauchspuren an seinen Händen gefunden, ebenso wenig wie an denen seines Vaters und an deinen.«

»Gibt es nicht Methoden, Schmauchspuren zu entfernen? Ein Metzger weiß doch sicher, wie das geht. Und wenn er Handschuhe getragen hat?«

»Du hast recht«, räumte Jens Bosch ein. »Ein Restzweifel bleibt. Und trotzdem glaube ich nicht, dass Joachim Steidinger das Risiko einging, in Richtung seines Vaters zu schießen.«

»Was dann?«, fragte Linda.

»Der Gedanke gefällt mir überhaupt nicht«, meinte er. »Aber die Tatsache, dass du bei zweien dieser Schüsse in der Nähe warst, ist nicht von der Hand zu weisen.«

»Das ist ein Zufall!«, widersprach Linda. »Es war beide Male hier am Schafspferch. Die Schüsse können mit Kerner oder Steidinger zu tun haben oder einfach nur der Verwirrung dienen. Wer hätte einen Grund, mich ins Visier zu nehmen?«

»Jeder, dem du mit deiner Recherche auf die Schliche zu kommen drohst.«

»Und warum schießt er dann ständig daneben?«, fragte Linda.

»Vielleicht«, antwortete der Kriminalhauptkommissar, und seine Worte klangen schwer, »weil er dich erst mal nur einschüchtern will?«

»Oder mich quälen«, überlegte Linda leise.

Jens Bosch hörte es. Der Kommissar konnte nicht ahnen, wie nahe sie mit ihrer Vermutung der Wahrheit kam.

*

Die beiden Männer schlossen die Tür von innen und nahmen auf der Eckbank des kleinen Wohnraums Platz. Der Kleinere lehnte die Waffe im Futteral gegen die Wand, der andere legte den Fotorucksack und die Kamera mit dem langen Teleobjektiv auf dem Tisch ab.

»Ideale Bleibe, dieser *Theurerhof*«, meinte der Größere, nahm seine blaue Schlägermütze ab und fuhr sich mit den Fingern über den fast kahl geschorenen Kopf. »Zum Telefonieren muss ich allerdings in den oberen Stock.« Er deutete auf eine massive Eichentreppe, die durch eine Luke in der Decke nach oben führte. »Hier unten ist kein Netz.«

»Ja, ein lauschiges Plätzchen«, pflichtete der Kleinere ihm bei. Er hatte seine halblangen braunen, von vielen grauen Strähnen durchzogenen Haare im Genick zu einem kurzen Zopf gebunden, war unrasiert und trug alte, unscheinbare Klamotten, einen filzigen Pullover, der jeder Altkleidersammlung Ehre gemacht hätte, eine verlotterte Cordhose und einen zerschlissenen Anorak.

»Es scheint, als ob dein Plan funktioniert«, meinte der Kahle jetzt. »Die Kleine hat angebissen. Hast du inzwischen den richtigen Ort für das große Finale entdeckt?«

»Es gibt da einige denkbare Szenarien«, grunzte der Strähnige zufrieden. »Kommt darauf an, was mir noch alles so einfällt. Die Geschichte mit dem Wolf beginnt, mir Spaß zu machen. Hab' da draußen ein altes Wegkreuz entdeckt, eine Art Gedenkstein. Dort soll vor vielen Jahren mal eine erfroren sein. Eine Spinnerin. Und jetzt halt dich fest: Die ist bei Nacht und Nebel in eine Wolfsgrube gestürzt.«

Der Strähnige lachte hämisch.

»Dieses Steinkreuz habe ich auch schon gesehen. Ich hab's sogar aufgenommen, warte«, sagte der Kahle und nahm die Kamera vom Tisch. »Hier!«, sagte er und zeigte dem anderen den Monitor. »Ich habe die Texttafel abfotografiert, die neben dem Steinkreuz steht. Echt traurig, die Geschichte.«

Sein Grinsen verriet seine Gedanken. Die beiden Männer beugten sich über die Anzeige der Kamera, und der Kahle ließ das vergrößerte Bild des Textes über den Monitor scrollen. Zeile für Zeile erschloss sich den beiden Männern die Tragödie, die sich hier vor weit über 500 Jahren ereignet hatte …

*Margret Meyr fluchte. Das tat sie nur, weil es hier draußen niemand hörte, und der Schneesturm um sie herum so heftig tobte, dass es auch Gertrudis, die Schutzheilige der Spinnerinnen, nicht mitbekommen würde. Margret Meyr fluchte und schimpfte über sich selbst, weil sie nicht auf den Medicus Magnus Rösslin zu Calw gehört hatte, der ihr davon abgeraten hatte, noch in der Nacht den Weg zurück nach Zavelstein zu gehen.*

*Sie aber hatte sich gesagt, dass es keine Zeit zu verlieren gab und die Heilkunst des Medicus nur dann Wirkung zeigen konnte, wenn sie dem kranken Töchterlein ihrer Base Kungundt die Kräuter noch in jener Nacht brachte, solang sie noch frisch waren und ihren heilenden Saft nicht verloren hatten. Magdalen litt an Bangigkeit, und die Krämpfe und Anfälle waren in den letzten kalten Nächten immer stärker geworden.*

*Margret Spinnerin, die es gewohnt war, in den Wintermonden mit Kunkel und Spindel über die Dörfer zu ziehen, um den Bauern ihre Dienste anzutragen, hatte sich erboten, nach Calw zu eilen und beim Medicus Rat und Arznei zu holen. Mühsam und beschwerlich war der Weg gewesen, doch sie war weite Wanderungen gewöhnt und hatte nicht geklagt.*

*Bei aufkommendem Wind war sie von Calw wieder aufgebrochen, die heilenden Kräuter in ihrem Schurz, dann hatte sich das Wetter verschlechtert, die Nacht war rasch gekommen und mit ihr der Sturm, der den Schnee in eisigen Rudern auf den Weg gefegt und diese unkenntlich gemacht hatte. Der*

*Vollmond, der die Nächte erhellte, hatte sich hinter den Sturmwolken versteckt und verbarg sein Licht vor ihren Augen.* Wolfssonne *nannte ihr Vater ihn, den ersten Vollmond im ersten Monat des Jahres, weil dann die Wölfe näher bei den Häusern waren als in der wärmeren Zeit. Margret kannte die eisigen Nächte im Wintarmanoth, und jetzt, dem Hornung zu, waren die Fröste mit am schlimmsten.*

*Sie war bald vom Weg abgekommen und quer über Felder und Wiesen gelaufen, hatte die Hände schützend vors Gesicht gehalten, denn der Schnee war beißend kalt und schmerzte in den Augen. Sie atmete schwer und tastete immer wieder nach den Kräutern, die sie jetzt geschützt unter ihrem dicken Wolltuch verborgen hatte. Wieder jagte ihr der eisige Wind Schneeflocken ins Gesicht, und sie erschauderte, als sie aus dem Wald, den sie noch durchqueren musste, das unheimliche Heulen der Wölfe vernahm. Man erzählte sich allerhand schaurige Geschichten über den Wolf und stellte ihm nach, jagte ihn, legte Gift für ihn aus, hob tiefe Gruben aus, hängte eiserne Angeln für ihn auf und erschlug ihn.*

*Mit keinem Gedanken dachte sie an die Fallen, die man den Bestien stellte, sie dachte nur an den Weg, der noch vor ihr lag, und den sie, so schnell es ging, hinter sich bringen wollte. Womöglich war es sonst zu spät für das kleine Magdalen, und sie hatte den langen Weg zum Medicus vergeblich gemacht. Keuchend eilte sie durch den Wald, wo der Sturm nicht so heftig wütete wie auf der freien Flur, und achtete nicht auf die Nähe der Wölfe, sondern nur darauf, die Düsternis so schnell wie möglich hinter sich zu lassen.*

*Kaum hatte sie den Waldrand erreicht, strebte sie hinaus aufs Feld und beschleunigte ihre Schritte, denn schon vermeinte sie, am Horizont das Dorf zu erahnen, in dem Base Kungundt mit dem kranken Magdalen auf sie wartete. Waren das nicht die alten Linden, die wie Zwillinge nebeneinander in die Höhe wuchsen, und an denen sie auf dem Weg nach Calw vorbeigekommen war? Sie musste sich an diesen markanten Bäumen orientieren, um den Weg nicht zu verfehlen, der zur Hütte von Kungundt führte.*

*Rasch waren ihre Schritte, doch ihre Augen achteten nicht auf den Weg, den sie ging, und sie ahnte nicht, dass die Männer aus dem Dorf gerade auf Höhe der Zwillingslinden eine Grube für den Wolf ausgehoben hatten. Zu viele Ziegen und Schafe waren dem Rudel im nahen Wald zum Opfer gefallen, man stellte ihm nach, um ihn zu töten. Der Jäger, der die Falle mit den Hirten und Bauern gegraben hatte, war ein listiger Bursche und hatte sich an eine Falle erinnert, von der er einmal reden gehört hatte. Die ihm davon erzählten, mussten ganz vieler Wölfe Herr werden, die in jener Gegend grausam unter den Herden wüteten. Sie hatten ein Schnapprad gebaut und es mit einem gewaltigen Brocken reifen Fleischs versehen, das seinen Duft in der ganzen Umgebung verbreitete.*

*Dergestalt hatte der Jäger nun auch die Falle bei den Zwillingslinden bestückt und ein solches Schnapprad über der Wolfsgrube angebracht. So hatte er über dem Loch, in das der Wolf geraten sollte, das hölzerne Rad so an einer Stange befestigt, dass es wie eine Wippe nach unten wegklappen konnte. Sobald der Wolf nach der Mitte des Schnapprades lief, um in den saftigen Happen zu beißen, entglitt ihm der Boden unter den Füßen, er fiel unweigerlich in die Grube, die Abdeckklappe kehrte in die Waagerechte zurück und die Falle über seinem Haupte schnappte zu.*

*Genauso geschah es aber in jener kalten Winternacht anno 1447 der unseligen Margret Meyr, als sie fluchte und auf sich schimpfte, weil sie nicht auf den Rat des Medicus Magnus Rösslin zu Calw gehört hatte. Sie trat auf das unter der Decke des frischen Schnees vor ihren Augen verborgene Schnapprad, der Tritt ließ das Brett nach unten wippen, der Boden tat sich auf, und sie stürzte mit gellendem Schrei in die Tiefe. Weil aber der Schneesturm um sie herum so heftig tobte, dass auch Gertrudis, die Schutzheilige der Spinnerinnen, ihr Unglück nicht mitbekam, eilte ihr niemand zu Hilfe, und noch eh der Morgen graute, war die Spinnerin Margret Meyr jämmerlich in der Wolfsgrube zu Tode gekommen.*

*Erst Stunden später kam der Jäger Adalwin des Wegs, um nach dem Schnapprad zu schauen, und fand den toten Leib der Margret auf dem Grund der Wolfsgrube, starr wie ein Eiszapfen, und mit weit aufgerissenen Augen, aus denen ihn das kalte Grausen anstarrte. Unter ihrer Wolldecke, in die sie ich eingehüllt hatte, fand man ein Bündlein Heilkräuter, welk und erfroren.*

*Am Kentheimer Kirchlein bettete man sie zur letzten Ruhe und setzte eine Platte mit dem Namen* Margret Meyr *auf ihr Grab. An der Stelle aber, im Gewann Schnappenrad, wo ihr der Sturz in die Wolfsfalle den kalten Tod brachte, errichtete man ein steinernes Kreuz.*

»Echt coole Story«, stimmte der Strähnige zu, und um seine Lippen spielte ein fieses Grinsen. »Wäre doch denkbar, dass sich die Geschichte wiederholt«, meinte er noch. »Es soll ja immer noch solche Wolfsgruben im Schwarzwald geben.«

»Du meinst für deinen Showdown?«, fragte der andere.

»Ja. Stell dir mal vor, meine Häschen in der Grube! Deckel drauf und tschüss! Nur schade, dass der Winter schon vorbei ist. Ich schätze mal, da werde ich mir noch was anderes einfallen lassen müssen.«

»Ich kann ja mal den Typ hier vom Hof fragen, der weiß sicher, wo du noch so eine Grube findest.«

»Die Idee gefällt mir. Wird Zeit, dass wir uns die Kleine greifen und von hier verschwinden.«

»Hat ihre Mutter das Foto schon?«

Der Strähnige nickte.

»In der Minute!«

*

Linda hatte endlich wieder Netz und starrte auf das Bild, das sich in der *WhatsApp* auf dem Display ihres *iPhones* geöffnet hatte.

Das Bild war wunderschön und zeigte die Gesichtspartie eines Mädchens. Nase, dunkle, fast schwarze Augen und sanft geschwungene Brauen. Ihre Tochter Sarah, eindeutig. Es schien in der Bewegung aufgenommen worden zu sein, denn Sarahs Gesichtszüge waren leicht verschwommen, die Details dadurch weichgezeichnet.

Aber wer hatte ihr dieses Foto geschickt? Hinter der Handynummer des Absenders war kein Name hinterlegt.

Sie scrollte zu dem Text, der unter dem Bild erschien.

*Hallo Linda, erkennst du sie? Sympathisch, hübsch, und noch so jung. Und kennst du auch mich? Es ist lange her. Aber ich bin wieder da …*

Ihr wurde schwarz vor Augen, und für einen Moment ruhte ihr Finger auf der roten Taste, um die Nachricht zu löschen. Dunkle Gedanken stiegen in ihr auf, und das Gesicht, das sie plötzlich vor sich sah, starrte sie an wie eine Fratze.

Sie erinnerte sich an Sarahs Voicemail, die sie noch immer nicht abgehört hatte, und öffnete sie.

*

Der einsame Vormittag am Hochmoor hatte etwas Magisches. Der gleichmäßige Teppich aus grauer Riesenwatte schien am Himmel festgetackert zu sein, es wehte kein Lüftchen und das Licht der unsichtbaren Sonne glitt wie durch Zauberhand als gleichmäßig heller Schleier durch die Wolkendecke. Die Tannen ragten als starre Skulpturen in den Himmel, selbst das junge Frühlingsgrün der Birken rührte sich nicht, und die weißen Köpfe der Wollgrasbüschel standen wie eingefroren auf ihren nassen Inseln am Rand des toten Sees. Die Gerippe der abgestorbenen Bäume und die Stille hier oben ließen Jens Bosch frösteln, obwohl die Temperatur angenehm frühlingshaft war.

Der Kriminalhauptkommissar war allein am Wildsee unterwegs, keine Menschenseele war ihm auf dem Bohlenweg hierher begegnet, das Wetter war zu unbeständig. Kein Vogel sang in den Bäumen des Moors, es war gespenstisch ruhig, und die Oberfläche des Kolks lag spiegelglatt vor ihm.

War das der Anblick gewesen, den auch Martin Jaschke kurz vor seinem Tod noch wahrgenommen hatte? In der Dunkelheit natürlich, denn man hatte seinen Todeszeitpunkt auf kurz vor Mitternacht festgelegt. Und war es auch so still gewesen? Totenstill?

Oder hatte es Tiere gegeben, deren Stimmen er noch gehört hatte? Welche Vögel gaben der Nacht einen Klang? Schleiereule und Waldkauz? Gab es Uhus im Schwarzwald? Kollerte der Auerhahn bei Nacht? Oder hatte Martin Jaschke nur das Rascheln der Maus im Unterholz gehört, die um diese Zeit sicher war vor dem Biss der Viper, nicht aber vor dem tödlichen Angriff des Marders? War ein Marder bei Nacht zu hören? Sein leises Rascheln im Unterholz? Oder jagte er geräuschlos wie die Fledermaus?

Es war eine Vollmondnacht gewesen. War Martin Jaschke

dem Heulen des Wolfs bis hierher gefolgt? Oder wie hatte er dessen Fährte entdeckt? Jens Bosch erinnerte sich an die Worte des Wolfsberaters, der im Mond die Sonne der Wölfe gesehen hatte. Er nahm auf einem kahlen Baumstamm Platz, den sicher der Orkan *Lothar* vor Jahren gefällt und der hier sein offenes Grab gefunden hatte. Die Borke verrottet, der Stamm glatt, wie poliert, mit unzähligen Spuren der Tiere, die sich daran zu schaffen gemacht hatten. Martin würde sie erkennen. Ameisen, Larven, Käfer, Specht. Ob er auch hier gesessen hatte, als der Wolf seine Sonne anheulte?

Der Kommissar dachte nach.

Sie waren nicht wirklich weit gekommen, die Ermittlungen zum Tod des jungen Wolfsberaters drehten sich im Kreis. Es gab zahlreiche Verdächtige, aber keine Tatwaffe. Und vor allem kein greifbares Motiv.

In Gedanken spielte er alle Szenarien durch.

Erstens: Hartmut Schwaiker.

Motiv: Wolfsjagd.

Indiz: Eine Kugel aus seiner Waffe.

Die Tat: Erschießt den Wolf, wird dabei von Jaschke ertappt. Erschießt den Zeugen.

Fragezeichen: Schwaiker war zur Tatzeit in Namibia. Definitiv. Keine Fluglinie listete ihn zur fraglichen Zeit als Passagier. Blieb nur die Möglichkeit, dass er unter einer falschen Identität gereist war. Oder über Timbuktu oder Belarus. Was war realistisch, was unmöglich? Sie hatten nicht alle Flüge überprüft. Die Kollegen waren dran.

Zweitens: Christian Steidinger.

Motiv: Furcht vor einer Anzeige, weil er den Getöteten gemeinsam mit drei anderen Männern bedroht hatte.

Indiz: Er hatte mit der Tatwaffe vor wenigen Wochen einen Wolf erschossen.

Die Tat: Er tötet Jaschke und nebenbei auch den Wolf.

Fragezeichen: Reichten Indiz und Motiv für einen Tatverdacht? Wenn er es auf Jaschke abgesehen hatte, wozu tötete er dann den Wolf? Die Waffe war nicht mehr in seinem Besitz. Definitiv. Und diese nächtliche Attacke auf den Getöteten, was hatte Steidinger da zu befürchten? Einen Mordversuch hätte man ihm kaum anhängen können. Aber natürlich hätte seine Reputation als Ortsvorsteher darunter gelitten.

Drittens: Joachim Steidinger.

Motiv: Eifersucht.

Indiz: Er konnte über seinen Vater an die Tatwaffe gelangen.

Die Tat: Wie bei seinem Vater.

Fragezeichen: Sie würden einen richterlichen Durchsuchungsbeschluss beantragen müssen, doch für das Motiv fehlte jeder Beweis. Es gab nur eine vage Vermutung Lindas, nachdem sie die Reaktion von Steidingers Frau auf den Tod Jaschkes wahrgenommen hatte.

Und viertens: Der große Unbekannte.

Motiv: Unbekannt.

Indiz: Unbekannt.

Die Tat: Er tötet den Wolf und Martin Jaschke. Oder umgekehrt.

Fragezeichen: Zu viele.

Deswegen bist du hier, dachte Jens Bosch. Um dich inspirieren zu lassen von der Szenerie am Tatort. Was war hier geschehen in jener Nacht? Was war dem vorausgegangen? Wer konnte ein Motiv haben, den Wolf zu töten? Und den Wolfsberater? Oder umgekehrt. Den Wolfsberater und den Wolf? Oder den Wolf wegen des Wolfsberaters?

Jens Bosch schüttelte den Kopf. Womöglich verrannten sie sich genau in diesem Punkt!

Vielleicht hatten der Tod des Wolfs und der Tod des Wolfsberaters überhaupt nichts miteinander zu tun?

Sie mussten sich um Martin Jaschkes Vita kümmern. Vielleicht gab es einen dunklen Punkt in seiner Vergangenheit? Aber wo beginnen? In der Heimat des Biologen? Im Elbtalkessel in der Lößnitz, zwischen Dresden und Meißen. Jaschke war dort aufgewachsen. Gab es einen düsteren Fleck in seiner Vergangenheit? Jaschke hatte Wolfsrudel in seiner Heimat beobachtet und für das *Kontaktbüro für Wölfe* in Sachsen Aufklärungsarbeit betrieben. War er dabei angefeindet worden? Er hatte in Fällen von Nutztierrissen Schadensbegutachtung geleistet, hatte er sich dabei Feinde gemacht? Jens Bosch beschloss, sich mit einem Ersuchen um Amtshilfe an die Kollegen in Sachsen zu wenden, um Auffälligkeiten in Jaschkes Vita aufzuspüren.

Als 2017 der erste Wolf nach seiner Ausrottung in Baden-Württemberg auftauchte, war Jaschke an einem deutschlandweiten Wolfsmonitoring beteiligt gewesen und so in den Schwarzwald gelangt, wo er schließlich zum Wolfsberater bestellt worden war und nicht nur Freunde hatte. Hatte Linda Roloff nicht erzählt, dass er und dieser karrieregeile Journalist sich schon einmal begegnet waren? Jaschke hatte ihn wohl aus Sachsen gekannt, wo sie sich bei einer Diskussion zum Thema Wolf in die Haare geraten waren. Doch lebte dieser Büsgens jetzt nicht in Südafrika?

Jens Boschs Gedanken wurden unterbrochen, als er Schritte wahrnahm. Jemand kam über den Bohlenweg zum See. Er drehte sich um und sah einen Mann mit grauer Fleecejacke und schwarzer Daunenweste, Jeans und leichten Wanderschuhen. Eine Spiegelreflexkamera mit auffälligem Teleobjektiv trug er in der rechten Hand. Er blieb stehen, als er Jens Bosch auf dem Baumstamm sitzen sah, und schien einen

Moment versucht kehrtzumachen. Doch dann kam er langsam auf ihn zu.

*

Alan registrierte den Anruf auf seinem Handy, als er in die *Pad* nach *Ojumamuya* einbog. Er drehte Radio *San Namib* leiser, wo gerade in voller Lautstärke »Tholakele« von *Johnny Clegg & Sipho Mchunu* lief. Er erkannte an der 061, dass der Anruf von einem Festnetzanschluss in Windhoek kam, und meldete sich, wie immer bei einer unbekannten Nummer, nur mit einem neutralen »Hallo«.

»Goeiedag«, sagte die männliche Stimme am anderen Ende der Leitung, »*Biltong en Beef*, spreche ich mit Alan Scott?«

»Dis reg – so ist es«, antwortete Alan.

»Sam Pohamba«, stellte sich der andere vor. »Ich bin ein Vetter von Joe Shufishishano, sagt dir das was?«

»Papa Joe?«, Alan lachte. »Na klar! Die Tankstelle mit dem besten Bier zwischen Swakopmund und der Kalahari.«

»Und dem besten Biltong von ganz Namibia«, behauptete Sam Pohamba.

»Allerdings« stimmte Alan zu. Er liebte das in dünne Streifen geschnittene luftgetrocknete und mit Salpeter, Koriander und Pfeffer gewürzte Fleisch und hatte ständig mindestens drei Packungen davon in seinem Land Cruiser, am liebsten von Kudu und Strauß. Stundenlang kaute er auf den Fahrten über seine Farm das würzige Fleisch und deckte sich bei jedem Tankstopp in Papa Joes Shop mit einem neuen Vorrat Biltong und Droëwors, der getrockneten Bauernwurst, ein.

»Er hat seinen Biltong nämlich von uns«, betonte Sam Pohamba. »Genauso wie die Radioleute von *San Namib!* Papa Joe sagt, du suchst einen deutschen Journalisten?«

»Ja«, antwortete Alan, »ich sollte wissen, ob sich ein gewisser Heiko Büsgens noch bei der *SANBC* in Kapstadt aufhält.«

»Ich nehme mal an, es wird sich im Biltong-Absatz von Papa Joe bemerkbar machen, wenn ich dir sage, was ich herausgefunden habe?«, scherzte Papa Joes Vetter.

»Na klar doch, lass schon hören!«

»Also schön, pass auf. Heiko Büsgens war der Referent des Chefs Phil Svelink.«

»Du sagt ›war‹?«, hakte Alan nach.

»In der Tat. Man scheint mit ihm nicht sonderlich zufrieden gewesen zu sein.«

»Wurde er versetzt?«

»Versetzt? Nein, gefeuert!«

»Okay. Und konntest du herausfinden, ob er sich noch in Südafrika aufhält?«

»Kleinigkeit für Sam Pohamba. Ich liefere mein Biltong auch zum *Hosea Kutako*.«

»Zum Airport Windhoek?«

»Ja. Es gibt ein paar Mädels bei der *Lufthansa*, die stehen total auf mein Springbock-Biltong. Und nach ihrer Auskunft ist dieser Büsgens schon vor einer Woche wieder über Jo'burg nach Deutschland geflogen.«

Alan rechnete kurz nach. Somit hatte sich der Typ zum Zeitpunkt der Ermordung Jaschkes schon wieder in Deutschland aufgehalten! Das würde Linda mit Sicherheit brennend interessieren.

»Baie dankie – vielen Dank«, sagte er, »du hast mir einen großen Gefallen getan!«

»Dis 'n plesier – ist mir ein Vergnügen«, antwortete Sam Pohamba. »*Biltong en Beef* macht's möglich!«

»Guter Slogan«, lachte Alan Scott. »Solltest du bei *San Namib* unterbringen!«

Er verabschiedete sich von Sam Pohamba, drehte das Radio wieder auf und summte fröhlich mit, als Miriam Makeba *Tula Ndivile* sang.

Seine gute Laune währte nicht lange.

*

Linda war alarmiert.

Zuerst das Foto von Sarah, von einer unbekannten Nummer auf ihr Handy geschickt, und jetzt die Nachricht ihrer Tochter per Voicemail. Ihre Finger trommelten nervös auf ihr Lenkrad. Sie hatte inzwischen zig Mal versucht, ihre Tochter zu erreichen, und ebenso oft ihre Nachricht auf der Voicemail abgehört. Es war eine schlechte Angewohnheit Lindas, Sprachnachrichten generell zu ignorieren. Wer etwas will, meldet sich auch wieder, war eine ihrer Maximen, die sie jetzt verfluchte, nachdem sie die wenigen Worte Sarahs vernommen hatte.

Durch die anonyme Ankündigung der Nachricht wusste sie, dass Sarah schon vor einigen Stunden versucht hatte, sie zu erreichen. Sie hatte ihre Botschaft ganz sicher wohlüberlegt formuliert, um ihre Mutter nicht unnötig in Sorge zu versetzen, doch Linda hatte aus der Satzmelodie und im leichten Zittern in Sarahs Stimme einen Anflug von Panik erkannt, und das machte ihr Angst. Es klang wie ein Hilferuf:

»Mama. Kannst du dich bitte melden? Ich glaube, ich brauch dich! Bitte!«

Dazu dieses seltsame Foto eines unbekannten Absenders! 1.000 Gedanken schossen ihr durch den Kopf, und das Schlimme war, dass sie alle zu einem Gesicht führten. Wenn ER dahintersteckte, musste sie handeln!

Linda fuhr im Schwarzwald auf der Hochebene östlich

des Enztals Richtung Simmersfeld und entschied sich spontan, statt über Nagold den kürzesten Weg nach Hause zu fahren, besser hinter Altensteig nach Norden abzubiegen und über Neubulach nach Zavelstein zu gelangen, wo Sarah im Hotel jobbte.

Sie erreichte den kleinen Ort über dem Teinachtal nach knapp einer halben Stunde und parkte auf dem einzigen freien Parkplatz direkt neben dem Eingang zum Hotel *Berlins KroneLamm*. Sie hatte noch mehrmals versucht, Sarah am Handy zu erreichen und schließlich im Hotel angerufen. Die freundliche Dame am Telefon, offensichtlich die Chefin des Hauses, wusste, dass Sarah am Morgen nicht zum Dienst gekommen war und man sie auch in ihrem Zimmer nicht angetroffen hatte. Sie sei auf dem Weg, sagte Linda und stimmte dankbar dem Vorschlag zu, eine Mitarbeiterin und Freundin Sarahs sprechen zu dürfen.

Das Mädchen in der adretten, in dezenten Farben gehaltenen Landhaustracht der Servicemitarbeiterinnen wartete schon neben der Einfahrt und kam Linda mit raschen Schritten entgegen.

»Ich habe mich bereits gewundert, dass sie sich gestern Abend nicht mehr gemeldet hat«, berichtete Natascha, nachdem sie sich vorgestellt und einander das ›Du‹ angeboten hatten.

»Wann hast du Sarah denn zum letzten Mal gesehen?«, fragte Linda.

»Nach der Schicht, das war am späten Nachmittag. Sie wollte noch zum *Theurerhof* spazieren, um sich mit dem Berwald zu treffen.«

»Das ist dieser Tierarzt?«, hakte Linda nach.

»Genau. Hat hier Urlaub gemacht und Sarah ein Praktikum in seiner Praxis angeboten. Sehr netter Gast, schade, dass er abgereist ist.«

»Er ist abgereist?« Der Schrecken war Linda anzumerken.

»Ja, soviel ich weiß, heute. Ich dachte schon, Sarah sei deshalb nicht da. Als sie später immer noch fehlte, habe ich nach ihr geschaut. Ihr Zimmer war leer.«

»Und dieser Tierarzt war allein, als er ging?«

»Das habe ich nicht gesehen. Er hatte ein Appartement im *Theurerhof*, das ist ein Stück außerhalb, oben in Speßhardt. Es gibt da keine Zimmer, aber eine kleine Wohnung in einem der Nebengebäude.«

»Hat Sarah sich öfter mit ihm getroffen?«

Natascha zuckte die Schultern. »Keine Ahnung. Ich glaube, ein paar Mal. Und vorgestern, da hat sie sich mein Auto geliehen für eine Tour ins Murgtal, und sie wollte selbst fahren. Also nicht bei ihm im Wagen, so habe ich sie verstanden.«

»Und du weißt nicht, wo genau sie hingefahren sind?«

»Nur Murgtal. Aber das ist groß. Keine Ahnung, ob sie in Baiersbronn waren, oder in Gernsbach.«

»Okay. Das bringt uns auch nicht weiter. Könntest du mir Sarahs Zimmer zeigen?«, bat Linda, und Natascha ging voran.

Zehn Minuten später saß Linda in ihrem Renault und fuhr über eine schmale, kurvige Straße durch den kleinen Wald oberhalb von Zavelstein Richtung *Theurerhof*. Natascha hatte ihr, nachdem sie in Sarahs Zimmer keinen Hinweis auf ihren Verbleib entdeckt hatte, den Weg zum *Theurerhof* beschrieben, der nur wenige Minuten von Zavelstein entfernt lag.

»Du kannst ihn nicht verfehlen«, hatte sie gesagt, »wenn du vom *Wanderheim* durch den Wald kommend die Sommenhardter Straße Richtung Ort fährst, biegt der Theurersweg scharf links ab, etwas holprig den Berg hoch. Das Hauptgebäude leuchtet rot wie ein schwedisches Ferienhaus, und neben der alten Scheuer steht ein Baukran.«

Linda folgte den Hinweisschildern des Radwegs Richtung Speßhardt und erreichte den Weiler, der zum Calwer Ortsteil Altburg gehörte, wie von Natascha beschrieben.

Sie schloss den Wagen ab und folgte dem mit großen roten Buntsandsteinplatten belegten Weg an einem großen Bauerngarten vorbei zum größten Haus des Anwesens mit seiner roten Holzfront, weißen Sprossenfenstern und grünen Fensterläden.

»Das Appartement ist im ehemaligen Stall, linker Hand«, hatte Natascha erklärt, »im hinteren Teil, einem niederen Anbau.«

Wo bist du, mein Mädchen, dachte sie beim Anblick des stattlichen Gebäudes und versuchte erneut, ihre Tochter am Handy zu erreichen. Hier oben hatte sie sogar Empfang. Bitte, bitte, geh doch ran!

*

»Sind Sie regelmäßig zum Fotografieren hier?«, fragte Kriminalhauptkommissar Jens Bosch und zeigte seine Dienstmarke.

Der Fotograf zuckte die Schultern. Er sei im ganzen Schwarzwald unterwegs, mal oben auf den Grinden, um seltene Heuschrecken zu fotografieren, mal am Kaiserstuhl wegen der Bienenfresser, und heute hoffe er auf die im Wildseemoor heimische schwarze Höllenotter, habe aber wegen des bedeckten Himmels wohl eher keine Chance und würde darum weiter zur Grünhütte wandern. Vielleicht komme ja später noch die Sonne raus.

Jens Bosch fragte noch, ob er denn vor ein paar Tagen auch mal nachts hier gewesen sei, doch der Fotograf verneinte. Er schulterte seinen schweren Fotorucksack, aus dem das grüne Futteral eines Teleskopstativs herausragte, und setzte seinen Weg fort.

Jens Bosch sah ihm nach und ärgerte sich später, dass er nicht die Personalien des Wanderers aufgenommen hatte. Doch nichts an ihm war auffällig erschienen, und auch die seltsam lange Stange, die unter dem wasserdichten Futteral verborgen war, hatte keinen Verdacht in ihm erregt.

Der Kommissar blieb nicht lange allein. Erneut kündigten Schritte auf dem Bohlenweg das Näherkommen einer Person an, und das scharfe Gehör des Ermittlers ließ ihn auf eine Frau tippen, deren Absätze auf dem Holz für Resonanz sorgten. Er blickte in die Richtung, aus der das Geräusch kam, dann sah er sie.

Im Gegensatz zu dem Fotografen war sie nicht für eine Wanderung ausgerüstet. Sie trug einen halblangen dünnen Trenchcoat über den hellen enganliegenden Jeans, ihre nackten Füße steckten in Ballerinas, die ihm für einen Ausflug ins Hochmoor denkbar ungeeignet erschienen.

Die Lady passt eher in eine Fußgängerzone auf dem Weg zum Date als in die Landschaft hier oben am Wildsee, dachte er. Oder auf einen Friedhof, schoss es ihm plötzlich durch den Kopf, als er die Blumen in ihrer Hand entdeckte. Wie kam er auf diese Assoziation? War es nicht normal, sich einen Strauß Kuckuckslichtnelken zu pflücken und mit nach Hause zu nehmen? Zwar verboten hier im Naturschutzgebiet, aber er war ja kein Schwarzwald-Ranger. Trotzdem blieb die junge Frau unvermittelt stehen, als sie ihn erblickte. Offensichtlich hatte sie nicht mit anderen Personen auf ihrem Weg gerechnet. Oder sollte das Wildseemoor das Ziel ihres Ausflugs sein?, fragte er sich. Aber was trieb eine Frau allein hierher?

Jens Bosch blieb auf dem Baumstamm sitzen, als sie langsam näherkam, und wandte sich nur halb um, als sie ihn fast erreicht hatte. Sein »Guten Tag« klang höflich, aber nüchtern. Was er jedoch im Augenwinkel wahrzunehmen glaubte, weckte schlagartig sein Interesse.

Die Blumen!

Es war kein Strauß selbst gepflückter Wiesenblumen, das Rosarot der Kuckuckslichtnelken erwies sich als das Farbenspiel dreier Rosen, die sie, lose mit ein wenig Grün gebunden und mit einer schwarzen Schleife versehen, in der rechten Hand hielt.

Und die Kerze!

Er drehte sich nun vollständig zu ihr um und lächelte zurückhaltend. Sie blieb stehen, den Blick suchend auf den Kolk gerichtet, in ihrer Linken leuchtend rot die Plastikhülse eines Grablichts.

Diese Frau war auf dem Weg zu einem Grab!

»Guten Tag«, erwiderte sie jetzt leise seinen Gruß von eben, doch ein Lächeln misslang ihr.

Diese Frau hat geweint, registrierte der Kommissar.

»Ist das der Wildsee?«, fragte sie unsicher.

Jens Bosch antwortete mit einem ebenfalls leisen, fast andächtigen »Ja«. Es gab zwar noch den Hohlohsee auf der anderen Seite der Straße und den kleineren, abseits gelegenen Hornsee, doch vor ihnen lag eindeutig der Kolk des Wildsees mit den winzigen, von schmalen Birkenstämmchen bewachsenen Inseln.

»So allein mit einer Kerze und Blumen hier oben?«, fragte er und versuchte, seiner Stimme einen möglichst sympathischen und weichen Klang zu geben, ohne neugierig oder gar aufdringlich zu wirken.

Die junge Frau schluckte und nickte stumm.

»Wollen Sie allein sein?«, fragte Jens Bosch höflich und stand auf.

»Nein. Aber nett, dass Sie fragen.«

»Sie kommen sicher nicht ohne Grund hierher«, sagte er leise und gab dem Satz die Betonung einer Frage.

»Hm-m.« Sie schüttelte den Kopf und schnäuzte sich kurz. Sie schien nach Worten zu suchen.

Jens Bosch blickte hinaus auf die spiegelglatte Oberfläche des Sees und dachte plötzlich an das, was ihm Linda über Steidingers Frau erzählt hatte. Er schwankte zwischen der Höflichkeit, die sich gebot, wenn jemand trauerte, und seiner Ermittlungsarbeit, die darauf keine Rücksicht nehmen durfte. Der Polizist in ihm siegte, doch er steckte seine Dienstmarke, nach der er kurz gegriffen hatte, wieder ein und änderte seine Strategie.

»Ich habe auch einen guten Freund verloren«, sagte er nur, um nach einer kurzen Pause anzufügen: »Erst vor wenigen Tagen.« Noch mal ließ er zehn Sekunden verstreichen. »Hier oben.«

Jetzt fuhr der Kopf der Frau herum.

»Hier oben?«, echote sie.

Er nickte, sagte aber nichts. Sie braucht Zeit, dachte er. Aber wenn sie wegen Jaschke hier ist, wird sie dich gleich nach ihm fragen.

Er täuschte sich nicht.

»Dieser Freund ...«, begann sie, »ist das ... Martin ... Jaschke?«

Er sah sie an.

»Ja.«

Mehr nicht.

Lass ihr Zeit, ermahnte er sich, sie taut auf. Lass sie das Tempo vorgeben.

»Oh Gott.« Nur ein Hauch, fast nicht zu verstehen.

Er trat auf sie zu.

»Sie kannten ihn auch?«

Stummes Nicken. Sie starrte auf den Boden.

»Er starb da drüben«, sagte er und deutete nur mit angehobenem Kinn auf die noch immer flachgedrückten Graspolster neben dem Weg. »Falls Sie die Blumen ablegen wollen.«

»Danke«, hauchte sie. »Aber woher wissen Sie …?«

Jetzt hielt er seine Kriminaldienstmarke in der Hand, und sie blickte stumm auf die ovale Messingscheibe mit der Aufschrift KRIMINALPOLIZEI.

»Die Kollegen haben mich angerufen, weil ich ihn kannte«, erklärte er. »Ich bin in diesem Revier nicht zuständig. Aber es hat mich persönlich berührt«, fügte er noch hinzu und stellte sich ihr mit Namen und Dienstgrad vor.

Die Frau wirkte mit einem Mal gefasst, fast erleichtert, als sei es ihr willkommen, nicht allein an diesem Ort zu sein.

»Begleiten Sie mich hinüber?«, fragte sie und er ging voran.

»Hier also …«, murmelte sie, und er bemerkte, wie ihre Augen feucht wurden.

Sie standen stumm auf dem Bohlenweg und er ließ ihr Zeit, die Blumen abzulegen.

»Die Kerze?«, fragte sie. »Ich weiß nicht, hier im Wald …?«

»Zünden Sie sie hier auf dem Weg an, da kann nichts passieren«, schlug er ihr vor. »Wenn Sie wollen, setzen wir uns noch mal da drüben auf den Stamm, falls Sie noch Fragen haben. Und wenn Sie nachher gehen, nehmen Sie die Kerze wieder mit.«

»Gute Idee.«

Kurze Zeit später schimmerte das Grablicht rot auf dem düsteren Untergrund des feuchten Holzes, und sie saßen mit verschränkten Armen auf dem entrindeten Baumstamm und blickten auf den Kolk.

»Ich kann es immer noch nicht glauben«, sagte sie. »Wer tut so etwas?«

»Um das herauszufinden, bin ich heute hier«, erklärte Bosch.

»Er war so jung, so unbeschwert und voller Tatendrang. Und so glücklich, weil sich wieder ein Wolf hierher verirrt hatte.«

»Demnach kannten Sie ihn gut?«, fragte der Kommissar, der noch immer nicht wusste, mit wem er es zu tun hatte.

»Fragen Sie das jetzt als Polizist oder als sein Freund?«

»Beides«, antwortete er ehrlich.

»Ja. Ich kannte ihn gut. Zu gut, falls Sie wissen, was ich meine.«

»Er war Ihr ... Freund?«

»Ja.« Es kam wie ein Hauch. Sie dachte nach, suchte nach den richtigen Worten. »Was ich Ihnen jetzt erzähle, kann das unter uns bleiben?«

»Das kann ich nicht versprechen. Sollte es für die Ermittlungen von Belang sein, kann ich es nicht für mich behalten.«

»Und wenn ich anonym bleibe?«, versuchte sie, sich ein Hintertürchen offenzuhalten.

»Das wird Ihnen nicht gelingen, Frau Steidinger.« Sie sah ihn erschrocken an.

»Sie kennen mich?«, fuhr sie auf.

»Nein«, gab Jens Bosch zu, »aber ich kombiniere. Das gehört zu meinem Beruf. Sie sind Bianca Steidinger, die Frau des Metzgermeisters. Linda Roloff hat mir von Ihnen erzählt.«

»Die Journalistin?«

»Ja.«

»Demnach kennen Sie sie gut?«, spielte sie jetzt seine Frage zurück.

Er lächelte.

»Ja. Wir sind befreundet. Aber nicht zu gut, falls Sie wissen, was ich meine«, imitierte er nun auch ihre Aussage. »Sie und Martin waren ... liiert?«

Bianca Steidinger nickte.

»Es tut so weh«, sagte sie. »Wir hatten noch so viel vor.«

»Sie wollten sich von Ihrem Mann trennen?«, hakte er nach.

»Joachim – mein Mann – er hat es herausgefunden. Er wollte eine Entscheidung. Entweder für ihn und die Kinder oder für Martin, verlangte er.«

»Und was haben Sie ihm gesagt?«

»Nichts. Er hat getobt. Mich beschimpft. Und gedroht.«

»Hat er eine Morddrohung gegen Martin Jaschke ausgesprochen?«

»Nein, das nicht.«

Würden Sie ihm das zutrauen, wollte er schon fragen, doch er kam nicht mehr dazu. Ein Schuss zerriss die Stille, und das Geschoss schlug zwischen ihnen in dem Baumstamm ein.

»Das kam von da drüben!«, schrie er, deutete auf eine Waldschneise am Rand des Kolks und duckte sich. »Los, gehen Sie hinter dem Stamm in Deckung!«

Er zog seine *Heckler & Koch* aus dem Schulterholster und lauschte. Die Stille nach dem Knall war unheimlich. Kein Rascheln, kein Geräusch eines fliehenden Schützen. Sollte er noch in seinem Versteck warten und es erneut versuchen? Jens Bosch schätzte die Entfernung zu dem Waldstück ab, aus dem er unmittelbar nach dem Schuss den Abschussrauch wahrgenommen hatte, auf knapp 50 Meter. Aus dieser Entfernung war ein Fehlschuss für einen geübten Schützen äußerst unwahrscheinlich, und er dachte sofort an die Schüsse, die man auf Lindas Handtasche und den Baumstumpf beim Schafspferch abgegeben hatte.

Hier wollte jemand wieder ein Signal absetzen, doch wozu? Was sollten all diese Warnschüsse, Treffer, die absichtlich danebengingen? War es ein Versuch, ihn einzuschüchtern? Ihn, einen Polizisten, der sich jeden Tag mit Verbrechern herumschlagen musste? Oder galt der Schuss dieses Mal Bianca Steidinger? Oder einer ganz anderen Person, die einfach nur beunruhigt werden sollte? Einer Person, die Martin Jaschke gekannt hatte und auf der Spur seines Mörders war?

Er dachte an Linda Roloff und das Märchen von Rotkäppchen. Und an seine Worte.

*…, weil du sonst Rotkäppchens nächstes Opfer sein könntest …*

Jens Bosch fischte sein Handy aus der Tasche und verständigte seine Dienststelle.

*

Linda marschierte an dem Holzgebäude entlang, vor dem ein alter Leiterwagen, ein kleiner Blumenkübel und mehrere Holzklötze standen, die als Sitzgelegenheiten dienten, an einer Steinmauer vorbei und hatte den hinteren Anbau erreicht. Sie trat über die breiten Steinstufen auf die massive Holztür zu, fand jedoch außer einem verrosteten ovalen Klopfeisen keine Möglichkeit, sich bemerkbar zu machen, und so pochte sie laut hämmernd, zweimal, dreimal, viermal an die holzbeschlagene, von einem roten Rahmen eingefasste Tür. Nichts rührte sich.

Sie linste durch die beiden grün gerahmten Fenster links und rechts davon und klopfte zwischen den weißen Sprossen an die kleinen Scheiben. Keine Reaktion. Linda umrundete den Anbau und stieß an der Rückseite auf drei weitere ebenerdige Fenster, durch die sie ein bisschen besser ins Innere des Raumes blicken konnte. Die Wohnung schien derzeit unbewohnt, nichts deutete auf die Anwesenheit von Gästen hin.

Linda trat einen Schritt zurück und spürte etwas Kühles und Feuchtes an ihrer Hand. Sie erschrak, fuhr herum und blickte in das sanftmütige Gesicht eines treuherzig blickenden Hundes, in dem sie einen in die Jahre gekommenen Labrador zu erkennen glaubte. Zumindest schien ein starker Anteil der Rasse in ihm zu stecken.

»Prinz, komm her!«, rief eine männliche Stimme, und Linda sah das Herrchen des Hundes um die Ecke des Anbaus kommen. Sie erkannte den Seniorchef des Hotels, in dem Sarah arbeitete.

»Suchen Sie jemanden?«, fragte Rolf Berlin, und seine Augen lächelten sie unter dem weißen Panamahut mit auffälligem schwarzem Band hervor an.

Linda stellte sich vor und erklärte, dass sie auf der Suche nach Sarah war, die sich offensichtlich mit dem Mieter des Appartements ein, zwei Mal getroffen hatte.

»Er ist Tierarzt, und meine Tochter möchte Veterinärmedizin studieren«, sagte sie noch und erntete Kopfschütteln des Hoteliers.

»Also, wenn der Tierarzt ist, dann ist mein Prinz ein Wolf«, sagte er nur und tätschelte seinen Hund.

»Zumindest meiner Tochter gegenüber hat er das aber behauptet.«

»So, hat er das? Der hat so was von keine Ahnung von Hunden, nie und nimmer ist das ein Tierarzt!«, beharrte Rolf Berlin.

»Ich würde ihn ja fragen, aber er scheint nicht da zu sein«, meinte Linda, und es klang wie eine Frage.

»Er ist abgereist«, kam es bestimmt. »Heute Morgen.«

»Abgereist?« Ein Gedanke durchfuhr Linda, und sie spürte, wie ihr Herz raste. Oh Gott, wenn Sarah …? »Haben Sie ihn wegfahren sehen? War er allein?«

»Zuerst nicht. Aber als er vom Hof fuhr, war er allein.«

»Wie meinen Sie das?«

»Naja, heute Morgen war noch so ein Typ hier.«

»Ein Typ?«

»Ja. Sah etwas heruntergekommen aus. Sein alter Panda stand eine Zeit lang da unten beim Eselstall.«

»Darf ich ehrlich zu Ihnen sein?«, fragte Linda, und der Mann lächelte.

»Aber Mädle«, sagte er in der saloppen Art, wie er es gerne tat, »ich bitte darum. Fällt Ihnen das Reden bei einem Viertele leichter? Ich habe einen wunderbaren Trollinger da.«

Linda lehnte dankend ab. »Vielleicht noch etwas früh? Ein anderes Mal gerne.«

»Wo drückt denn der Schuh?«, fragte er väterlich besorgt.

»Ich mache mir große Sorgen um meine Tochter.«

»Das ist Ihre Tochter, die ab und zu bei uns jobbt?«, fragte er.

Linda nickte. »Sie hat mir eine Sprachnachricht geschickt, sagte, dass sie mich braucht.«

Sie schluckte einen Anflug von Tränen hinunter und kaute nervös auf der Unterlippe. »Und ich habe es zu spät gelesen. Seitdem ist sie spurlos verschwunden.«

»Ich nehme an, im Hotel waren Sie schon?«

»Da hat man sie auch vermisst. Natascha meinte, sie sei mit diesem Tierarzt mal im Murgtal gewesen.«

»Und Sie befürchten jetzt, sie könnte mit ihm durchgebrannt sein?«, hakte der Mann mit dem Panamahut nach. »Mit dem? Das kann ich mir nicht vorstellen, bei so einem netten Mädle.«

»Sie erwähnten einen ›Typ‹, der mit ihm hier war. War das ein Freund dieses Tierarztes?«

»Keine Ahnung. Die kamen heute Morgen her, hatten so eine schwere Fototasche dabei, eine Kamera mit Riesentele, und der andere hatte ein dunkles Futteral über der Schulter hängen. Ich weiß noch, ich dachte, was macht der mit einem Gewehr hier, aber es war bestimmt ein Stativ für den Fotoapparat.«

»Genauer gesehen haben Sie das aber nicht?«, fragte Linda und ließ ein Gedankenspiel zu.

»Nein. Die gingen gleich rein.«

Sie dachte an das Gewehr, das noch vermisst wurde, und hatte ein Gesicht vor Augen.

»Wie sah der Mann aus?«

»Oje, Sie fragen mich was. Ganz normal. Bisschen kleiner als ich.«

»Sie sagten vorher so was wie ›heruntergekommen‹?«

»Ja. Ungepflegt halt. Und Klamotten für den Container.«

»Hm. Das reicht nicht ganz für ein Phantombild«, meinte sie lächelnd.

»Er hatte so einen kleinen Pferdeschwanz im Genick. Ganz kurz. Eher nur ein Bollen. Das hilft Ihnen jetzt nicht weiter, oder?«

»Wie man's nimmt. Trotzdem danke.«

Linda streichelte Prinz und wandte sich dann noch mal an sein Herrchen.

»Könnte ich mir das Appartement vielleicht kurz ansehen?«

»Klar, kommen Sie!«

Er ging voran an die Front des Anbaus, nahm den Panamastrohhut ab und legte ihn auf die Mauer. Er schritt die Stufen hinauf, drückte gegen die schwere Holztür, die nach innen aufschwang, bückte sich und ging hinein.

»Das war früher mal der Schweinestall.«

Linda folgte ihm und trat ein. Sie ließ ihren Blick über Eckbank und Sitzecke gleiten und sah zu der Treppe, die steil in den oberen Stock führte.

»Da oben sind der Schlafbereich und das Bad«, erklärte Rolf Berlin. »Möchten Sie es sehen?«

Linda nickte.

Falls Sarah hier war, würde sie eine Chance haben, hier eine Spur von ihr zu entdecken?

»Macht es Ihnen was aus, wenn ich Sie dann allein lasse?«, fragte der Besitzer des *Theurerhofs*. »Ich muss mich noch um meine beiden Esel kümmern.«

Linda stieg die schwere Eichentreppe nach oben, auch dort war kein Mensch zu sehen. Linda sah sich suchend um. Nichts, aber auch gar nichts deutete darauf hin, dass Sarah jemals hier gewesen war.

Ihr Herzschlag setzte aus, als ihr *iPhone* plötzlich vibrierte und auf dem Display Sarahs Name aufleuchtete.

»Sarah?«, rief Linda. »Sarah, hörst du mich?«

Stille.

Linda hielt den Atem an und lauschte, als sich am anderen Ende eine Stimme meldete.

»Mama?«, hauchte Sarah und Linda merkte sofort, dass etwas nicht stimmte.

»Mama?« Sie hörte das Schluchzen ihrer Tochter und schrie: »Sarah! Wo bist du, wie geht es dir?«

Stille. Nur ein leises Atmen, Schnaufen.

»Mein Kind, was ist?«, rief sie, und panisch: »Sarah?«

Ein verhaltenes Jammern zerfloss an ihrem Ohr.

»Mama«, hauchte ihr Kind. »ER ist zurück …«

Sie hörte das Knacken, starrte auf die Anzeige ihres Handys und wusste mit dem Herzen einer Mutter, dass es nicht ihre Tochter war, die das Gespräch beendet hatte. Und sie wusste ebenfalls, dass es keinen Sinn machen würde, noch einmal anzurufen. Die gewählte Rufnummer würde zurzeit nicht erreichbar sein.

Oh Gott, dachte sie, was war das? Sie schloss ihre Augen und versuchte, sich noch einmal die wenigen Worte ins Gedächtnis zu rufen, die sie von Sarah gehört hatte.

Mama?

Mama?

Mama, ER ist zurück.

Scheiße!, durchfuhr es sie, und die Worte von Babs sprangen sie an.

*Der Typ, der mir heute Nacht aufgelauert hat, … er sei ein alter Freund von dir … er hat mich mit einem Messer bedroht …*

Sie brauchte frische Luft, und eine Minute später saß Linda Roloff zusammengesunken auf der Mauer neben dem schmalen Zugang des *Theurerhofs* und spürte, wie ihr die Angst die Kehle zuschnürte.

Ihre schlimmsten Befürchtungen waren wahr geworden: ER war zurück!

Schreckliche Erinnerungen stiegen in ihr auf. Wenn ER es war, der Babs aufgelauert hatte, war auch ER es, von dem Sarah sprach! Der Teufel war auferstanden! Linda rechnete zurück. Konnte es sein? War es realistisch? Konnte ER wieder da sein?

Die Spuren von damals, die sie seit über zehn Jahren verwischt hatte, die Schatten der Vergangenheit, die der Sonne der Gegenwart gewichen waren, waren sie zurückgekehrt? Und was hatte ER mit Sarah vor?

War es verantwortungslos von ihr gewesen, die Geschichte über einen so langen Zeitraum zu verdrängen? Musste Sarah jetzt dafür bezahlen? War es am Ende ihre eigene Schuld?

Rolf Berlin tauchte auf und entriss sie für ein paar Sekunden ihren düsteren Gedanken.

»Haben Sie meinen Hut weg? Der lag doch vor einer Minute noch hier auf der Mauer«, fragte er, schüttelte den Kopf und verschwand suchend um die Ecke des Hauses.

Das schaffst du nicht allein, dachte Linda, ihr Daumen huschte zur Kurzwahltaste ihres Handys und wählte den ersten Teilnehmer. Alan Scott! Ihre Botschaft bestand nur aus wenigen Worten.

Es war eine Bitte.

Ein Drängen.

Ein Flehen.

Und sie wusste, er würde da sein.

Wie damals.

Kaum eine Stunde, nachdem sie zuletzt miteinander telefoniert hatten, erreichte Alan Scott die SMS von Linda. Sie enthielt das durch einen Großbuchstaben betonte Wort »Wichtig«.

*

»Das hast du fein gemacht, meine Süße, ganz fein«, lobte ER sie. »Sie wird dich suchen, deine Mama, wie damals«, sagte ER. »Und sie wird nicht allein sein. Sie wird ihn mitbringen.«

Sein hämisches Lachen klang wie das Krächzen eines Raben.

»Und dann gehören die beiden mir. Ich habe Mama noch einen Gruß zukommen lassen, damit sie sicher weiß, wer sich um ihr Mädchen kümmert. Ich werde dich jetzt mal ein Stündchen allein lassen, meine Süße. Onkel Yel hat noch was zu tun.«

Wieder dieses Lachen! Sarah duckte sich ängstlich in eine Ecke des Verschlags.

»Du hast immer Onkel Yel zu mir gesagt als kleines Mädchen, weil du meinen Namen nicht aussprechen konntest und nur Yel übrigblieb. Aber deine Mama erinnert sich sicher an mich. Und um dich kümmert sich so lange der liebe Doktor.

Dein Tierarzt. Dein Freund. Dem du vertrauen kannst. Er bringt dich jetzt an einen sicheren Ort.«

Der Rabe krächzte, und Sarah wimmerte.

*

»Du könntest eine Vermisstenanzeige aufgeben«, meinte Kriminalhauptkommissar Jens Bosch. »Sarah ist volljährig, stimmt's?«

Linda nickte. »18.«

»Und du meinst, sie ist in Gefahr, nach dem, was du am Handy von ihr gehört hast?«

Linda holte tief Luft und versuchte, ihre Gedanken zu ordnen. Den ganzen Tag hatte sie überlegt, was sie tun sollte, und sich schließlich, als sie nicht mehr weiterkam, am Abend verzweifelt an Jens Bosch gewandt.

Das Wort »Mama« hämmerte in ihrem Kopf. Nicht das Wort an sich, sondern die Art, wie sie es gesagt hatte. Ein bittendes, ängstliches, flehendes »Mama«. Dazu die tränenerstickte Stimme und ihre eigene Hilflosigkeit.

Es waren nur drei weitere Worte gewesen, die Sarah noch gesagt hatte, und doch hatten diese drei Worte genügt, um sie aus der Hilflosigkeit in Panik zu versetzen. ER ist zurück.

»Wer ist ER?«, fragte Jens Bosch jetzt.

Linda schwieg und bereute schon wieder, Jens mit hineingezogen zu haben. Was brachte es, wenn sie es ihm erzählte? Machte die Polizei das alles nicht noch schlimmer?

Sie musste einen klaren Kopf bewahren, und, noch viel mehr, ihre Nerven. Wenn sie sich allein durch diese drei Worte in Panik versetzen und einschüchtern ließ, konnte sie Sarah keine Hilfe sein.

»Ich werde keine Vermisstenanzeige aufgeben«, umging sie jetzt seine Frage.

»Sobald Minderjährige ihr gewohntes Lebensumfeld verlassen haben und nicht bekannt ist, wo sie sich aufhalten, gelten sie als vermisst«, betonte er.

»Auch wenn sie minderjährig wäre«, beharrte sie, »ich möchte keine Polizei, Jens.«

Er sah sie mit strengem Blick an.

»Bist du dir sicher?«, bohrte er nach.

»Ganz sicher.«

»Hat sie von ihrem eigenen Handy aus angerufen?«, fragte Jens Bosch jetzt. »Du weißt, wir können eine Standortabfrage für jedes Handy auslösen. Die rechtlichen Voraussetzungen sind in diesem Fall gegeben, ich brauche nur eine Anordnung der Staatsanwaltschaft.«

»Es gibt Dienste und Apps im Netz, die ermöglichen das auch«, versetzte Linda.

»Dazu brauchst du die IMEI-Nummer ihres Handys.«

»Die was?«

»Die International Mobile Equipment Identity. Eine Seriennummer, mit der man jedes Handy eindeutig zuordnen kann«, erklärte der Kommissar. »Und du musst dich beim Anbieter registrieren lassen. Es kursieren zwar irreführende Angebote im Web, die das anders suggerieren, aber nur wir dürfen eine Ortung ohne Registrierung vollziehen.«

»Aber ich muss sie als Mutter doch legal orten dürfen, ohne dass ihre Zustimmung vorliegt!«

»Die Sache ist kompliziert, denn die IMEI-Nummer ihres Handys, die du dazu benötigst, steht mit hoher Wahrscheinlichkeit nur auf der Rückseite ihres Geräts. Und genau das ist das Problem.«

»Es muss doch aber auch über GPS funktionieren.«

»Vorausgesetzt, ihr Handy ist GPS-fähig, sie hat die Funktion aktiviert und sie befindet sich unter freiem Himmel.«

Linda starrte resignierend zu Boden. Mit Jens Bosch an ihrer Seite wäre das alles so einfach, und doch zögerte sie, denn sie hatte Angst. Wenn ER zurück war, würde ER keine Polizei dulden. Sie musste es herausfinden, und dazu brauchte sie Zeit.

»Hast du noch mal versucht, Sarah anzurufen?«, fragte er jetzt.

»Ja klar. Mehrmals. Gleich in diesem Appartement im *Theurerhof*. Und auf dem Weg hierher. Sicher zehn Mal. Die Nummer ist nicht zu erreichen, sagte die Stimme.«

»Dann wurde ihr Handy ausgeschaltet. Oder vielleicht sogar der Akku entfernt.«

»Das heißt, wir haben keine Chance, sie zu finden?«

»Das müssten unsere Spezialisten entscheiden. Und dazu muss ich wissen, ob du das willst.«

»Ich möchte Sarah nicht noch mehr in Gefahr bringen«, versuchte Linda bei Jens Verständnis für ihre Haltung zu bekommen.

»Das möchte ich auch nicht, Linda. Aber möchtest du mir nicht verraten, was überhaupt los ist? Du rufst mich an, erzählst mir, Sarah ist verschwunden, und brichst in meinen Armen fast zusammen, als wir uns treffen. Und dann lehnst du meine Hilfe ab.«

Jens machte eine Pause, und seine Hand tastete nach ihren Fingern.

»Linda, rede endlich!«

Er hatte in Calw alles stehen und liegen lassen und war knapp zehn Minuten nach ihrem Anruf in Zavelstein gewesen. Sie hatten sich in der gemütlichen Lounge im ersten Stock des Hotels in eine Sitzgruppe am Kamin zurückgezogen, Linda war dabei, ihren zweiten Gin-Tonic zu trinken und er hatte sich ein Mineralwasser bestellt.

In wenigen Sätzen hatte Linda ihr Erlebnis vom *Theuerhof* geschildert und ihm vom unerwarteten Anruf Sarahs erzählt.

»Oh mein Gott«, hatte sie gesagt, nachdem sie geendet hatte, »wenn ER es ist, den Sarah meinte …«, und war schluchzend zusammengebrochen.

»Ich lehne nicht deine Hilfe ab«, antwortete Linda jetzt und betonte *deine*. »Es ist nur so, dass ich nicht weiß, was da gerade wirklich läuft. Ich habe nichts, außer diesen paar Worten meines Kindes.«

»Aber ›diese paar Worte‹ haben dich so aus der Fassung gebracht, wie ich es bei dir noch überhaupt nie erlebt habe.«

Linda sah ihn an.

»Es gibt da etwas sehr Unschönes in meiner Vergangenheit«, begann sie. »Ich habe nie darüber gesprochen, weil ich es erfolgreich verdrängt hatte. Es ist wie ein toter Schatten, der mich stumm verfolgt hat und jetzt plötzlich wieder zum Leben erwacht ist.«

»Und dieser Schatten ist ER?«

»Mhm.«

»Hat ER auch einen Namen?«

Linda schüttelte den Kopf.

»Gestrichen«, sagte sie nur. »Aus meinem Leben eliminiert. ER war tot für mich.«

Jens Bosch schwieg. Was diese Frau bedrückte, war mehr als nur ein Anflug von Hysterie oder Panik, dessen war er sich sicher. So gut kannte er Linda.

»ER war tot«, wiederholte sie, »und ist jetzt in mein Leben zurückgekehrt. Und ich fürchte, das ist erst der Anfang …«

In dieser Nacht blieb sie in Zavelstein.

*

*Die Fähe hat am Abend die Witterung aufgenommen und ist unschlüssig, wie sie sich verhalten soll. Noch verrät ihr die Harnmarkierung zu wenig über den Verursacher, sie hat sie an Büschen, Bäumen und Felsen bemerkt und weiß, dass sie eine Reviergrenze überschritten hat, sich in das Terrain eines fremden Rüden oder vielleicht eines ganzen Rudels begibt. Ihre Lauscher hat sie aufgestellt und horcht gespannt auf Laute wie Knurren, Wuffen und Winseln, die ihr etwas über den Artgenossen verraten, in dessen Territorium sie eingedrungen ist. Kein Wolf würde ohne Warnung angreifen, nicht mal, um sein Revier gegen einen Eindringling zu verteidigen.*

*Sie würde das Knurren hören, sobald der Rüde sie wahrnahm, er würde sie mit einem düsteren, leisen Wuffen warnen und sie ihm ihr Unbehagen in einem deutlichen Winseln mitteilen. Er würde, sobald sie sich gegenüberstanden, die Lefzen fletschen, die Nase kräuseln und ihr mit gesträubten Nackenhaaren seine Angriffsbereitschaft signalisieren. Seine Rute würde nach oben gerichtet sein, er würde die Gehöre aufstellen und sich größer machen, als er in Wirklichkeit war. Sie würde ihm ihre Unterwürfigkeit signalisieren, indem sie die Ohren anlegt, den Schwanz zwischen die Hinterläufe klemmt und sich auf den Boden duckt.*

*Unerwartet steht er vor ihr. Wie ein Schatten an einem Felsen im plötzlich hervortretenden Sonnenlicht ist er aus dem Nichts erschienen, kein Jaulen, kein warnendes Wuffen hat ihn verraten, kein Geruch und keine Bewegung im Dickicht. Er ist einfach da und fixiert sie mit seinen gelben, schief stehenden Sehern, und sie weiß, er ist von ihrer Art, wenn er auch nicht aus ihrer Heimat stammt, das sagt ihr sein Duft. Hochbeinig steht er da, die Vorderläufe berühren sich fast, die großen Pfoten ruhen im frühlingsjungen Gras, cremeweiß leuchtet sein Fell auf dem schmalen, muskulösen Brustkorb, sonst ist sein Haar graubraun mit einem breiten, fast schwarzen Streifen auf dem Rücken.*

*Er hat ihr seinen kantigen Kopf mit der hellen, schmalen Schnauze zugewandt, die Tasthaare rechts und links der schwarzen Schnauze stehen wild ab, und sie vernimmt seinen schnellen, leise röchelnden Atem. Die lange, zur Spitze hin verdunkelte Rute hängt entspannt bis fast zum Boden herab und signalisiert Einvernehmen statt Feindseligkeit. Vorsichtig bleibt auch sie stehen und weicht nicht zurück, als er langsam näherkommt. Er ist kleiner als sie und auf alle Fälle auch jünger. Und er scheint allein zu sein.*

*Dabei ist die wahre Heimat ihrer Art das Rudel. Eine verschworene Gemeinschaft mit strenger sozialer Hierarchie, deren Kommunikation durch Mienenspiel, Gebärdensprache und Gestikulation, aber auch durch Lautäußerungen und Duftmarken eine Erfolgsgeschichte ohnegleichen prägt, seit der Entstehung ihrer Art. Im Clan sind sie stark, ihre Familienbande schweißt Generationen zusammen, und so erobert ihre Art Lebensräume, die ihnen bis heute Rückzugsgebiete im kühlen Norden sichern, von den Bergen des Ural bis zu den Steppen des Balkans, von den Wäldern Skandinaviens bis zur Gebirgskette der Alpen, von den Tundren der Taiga bis zu den Küstengebieten des Atlantiks. Ihre Art ist überall zu Hause. Und sie wird überall gejagt. Ihre Feinde sind zahllos. Und gnadenlos.*

*Aus dem einst am weitesten verbreiteten und erfolgreichsten Jäger der Welt wird der am meisten Gejagte, aus dem Gewinner der Evolution ein Verfolgter. Man stellt ihm Fallen, setzt Belohnungen auf ihn aus, richtet Hunde auf ihn ab und legt ihnen Halsbänder mit Stahlspitzen an, um sie gegen seinen Kehlbiss zu schützen, man bringt Giftköder aus und spießt ihn auf, schießt ihn mit Pfeil und Bogen, gräbt ihm*

*Gruben als Fallen und lässt ihn an eisernen Angeln in seinem Kiefer ausbluten, nachdem er nach der vermeintlichen Beute mit dem tödlichen Haken im Fleisch geschnappt hat. Man jagt ihn mit Präzisionswaffen, die schneller feuern, als der Schwarzspecht klopft, und überfährt ihn auf kaltem, nassem Asphalt in Höchstgeschwindigkeit.*

*Das war nicht immer so.*

*Einst wurden Wölfe vom Totengott Odin geritten, und er deutete ihr Heulen als Sieg für den Kampf. Der Göttervater mit dem Wolfskopf teilte sein Essen mit ihnen, und sie verspeisten nach dem Kampf die gefallenen Leichen seiner Feinde. Bei den Druiden der alten Zeit war der Wolf das Totem der Familie,* Wolfszeit *nannten sie den Beginn des Jahres und sie glaubten an die Magie des Mondes, den sie als* Wolfssonne *verehrten. Und hoch oben, im Norden, wo die Inuit jagten, war der Wolfsgeist Amorak zu Hause und jagte das Karibu. Und die Inuit erzählten: »Solang das schwächste Karibu vom Wolf gefressen wird, wird der Wolf dafür sorgen, dass es immer gesunde Karibus für die Inuit gibt.«*

*Das ist lange her. Aus dem Freund ist ein Feind geworden, aus dem Gewinner ein Verlierer.*

*Doch der Wolf gibt nicht auf. Er ist bereit, sich anzupassen. Er ist zurückgekehrt in die Wälder seiner Urahnen, er jagt erneut hier auf den Bergen und in den Tälern. Im Rudel, allein, zu zweit.*

*In jener Nacht hat die Wölfin einen Gefährten gefunden.*

*

An den saftig grünen Wiesenhängen und an den Bachläufen, die durch die Täler flossen, prägten die kleinen Holzhütten das Bild der Seitentäler des Murgtals. Die grauen Bretterwände erhoben sich zwischen den halb zerfallenen Trockensteinmauern oder neben flachen Felsbrocken, die wie von Obelix verlorene Hinkelsteine flach aus der Grashalde ragten, manche frei in der Weite des Tals, manche versteckt hinter Büschen, deren junges Grün erst seit wenigen Tagen aus dem Winterschlaf erwacht war, die einen gut erhalten und sicher noch landwirtschaftlich genutzt, andere windschief und eingestürzt.

Linda war nach der letzten Nacht, in der sie wachgelegen und in Gedanken versucht hatte, Sarahs letzte, ihr bekannte Aufenthaltsorte nach Hinweisen abzusuchen, am Morgen ins Murgtal aufgebrochen. Den Nieselregen hatte sie ignoriert, den Mantelkragen hochgeschlagen und war in ihrer Verzweiflung im ersten Seitental zu Fuß in Richtung zu den nächsten Hütten gelaufen, immer auf der Suche nach einem Zeichen, einem auffällig abgestellten Wagen, einer Spur von Sarah. Welche Chance hatte sie, Sarah zu finden? Wie groß war die Wahrscheinlichkeit, hier auf Spuren zu stoßen? Und doch war es der einzige Anhaltspunkt, die letzte Hoffnung, die sie hatte.

Vom Murgtal hatte Natascha gesprochen, und dass sie sich dort mit diesem Dr. Berwald getroffen hatte, von dem Rolf Berlin wusste, dass er inzwischen abgereist war. Nach einer unruhigen Nacht und einem Morgen, während dem sie versucht hatte, ihre Gedanken zu sortieren, war Nataschas Nummer auf ihrem Display aufgetaucht.

»Mir ist noch etwas zu diesem Date mit dem Tierarzt im Murgtal eingefallen«, hatte Sarahs Freundin ihr gesagt. »Sarah hat die Heuhütten erwähnt, und dass sie überhaupt keine Lust hätte, sich so eine Hütte von innen anzusehen.«

Linda kannte die Heuhüttentäler im Murgtal, hatte Natascha gedankt und sie gebeten, ihr noch Namen und Adresse dieses Dr. Berwald durchzugeben. Da sie an der Rezeption arbeitete, hatte sie keine Mühe, das herauszufinden. Linda, die keine Zeit verlieren wollte, war sofort ins Murgtal aufgebrochen, hatte von unterwegs ihre Kollegin Babs im Frühdienst angerufen und sie gebeten, den Tierarzt im Netz zu recherchieren.

»Was mich interessiert ist, ob es diesen Dr. Berwald wirklich gibt, und wo er seine Praxis hat«, hatte sie gesagt.

In dem Moment, als sie ihren Renault auf dem kleinen Wanderparkplatz in einem der Seitentäler der Murg abstellen wollte, vibrierte ihr Handy. Die Nummer von Babs! Linda bremste abrupt, würgte in ihrer Aufregung den Motor ab und ging sofort ran.

»Ich habe zwei Nachrichten«, sagte Babs.

»Jetzt komm nicht mit dem Scheiß von ›eine gute und eine schlechte‹, bitte!«, monierte Linda ungeduldig.

»Die sind beide schlecht«, sagte Babs trocken. »Sitzt du?«

»Jetzt sag schon!«, bläffte Linda.

»Dein Tierarzt existiert tatsächlich, und seine Praxis liegt wirklich in Friedrichshafen. Eine Gemeinschaftspraxis. Wenn man auf die Startseite geht, stößt man auf Bilder vom Team, drei freundliche Gesichter, zwei Männer Mitte 40, eine Frau etwas jünger. Soweit die erste Nachricht. Und jetzt die zweite: Unter einem der Fotos stehen, von einer stilisierten schwarzen Rose verziert, die Worte: *Wir trauern um unseren geschätzten Kollegen Dr. med. vet. Olaf Berwald. Unser Mitgefühl gilt seiner hinterbliebenen Familie, ihm selbst bleiben wir in tiefer Dankbarkeit verbunden.*«

»Was sagst du da?«, fragte Linda irritiert.

»Dein Tierarzt Olaf Berwald ist seit über einem Monat tot!«

*

Das Zittern schien aus ihrem Innersten zu kommen, krabbelte über ihren Oberkörper in ihr Gesicht und über ihre Arme bis in die Fingerspitzen. Sarah kauerte in der Ecke des finsteren Verlieses und spürte das Beben am ganzen Leib. Ihre Zähne klapperten, obwohl sie nicht fror, ihre Fußspitzen kribbelten, und die Enge in ihrer Brust machte ihr Angst. Luft gelangte nur über ihre Nase schnell und stoßweise in ihre Lunge, und die Hyperventilation ließ ihren Herzschlag rasen. Ihre Furcht, von der Beengtheit des rund gemauerten Lochs erdrückt zu werden und am Ende zu ersticken, trieb Sarah den Schweiß ins Gesicht, doch es war niemand hier, der es mitbekam und ihr helfen konnte.

Sie war gefangen, allein, hier in diesem kalten, dunklen Verlies mit den nassen, rauen Steinwänden, und lag auf einem feuchten, harten Boden, auf dem vermoderndes Blattwerk des vergangenen Herbstes die einzige Polsterung war.

Hielt sie die Augen offen, spürte sie die Beklemmung wie ein schweres Gewicht auf ihrem Körper und konnte nur schwer die aufkeimende Panik unterdrücken. Schloss sie die Augen, kehrte der Albtraum von damals zurück und verstärkte die Angst, für immer eingesperrt zu sein und nie wieder entkommen zu können. Was, wenn man sie einfach zurückließ, wenn sie verhungerte, verdurstete, krepierte? Niemand würde sie finden, hier unten, am Grund dieses tiefen, kalten Lochs. Sie würde die Nässe vom Moos an den Wänden lecken, wenn ihr Mund nicht mit diesem übelschmeckenden Klebeband verschlossen wäre, sie würde die Asseln und Schnecken und Spinnen kauen und schlucken, wenn sie Hände und Zähne frei hätte.

Es war Nacht um sie herum, dabei war es Tag, da draußen in der Welt, wie sie am schmalen Spalt in der Holzdecke erkennen konnte. Bleistiftbreit nur, und die einzige Lichtquelle im Schachtdeckel über ihr. Eine Ritze, durch die das Licht bis zu ihr herunterkletterte, nur so viel, dass sie gerade die Umrisse ihres Körpers erkennen und die steile, runde Wand, die sie umschloss, erahnen konnte. Sie hatte sie mit ihren auf dem Rücken gefesselten Händen abgetastet, ringsum, im Liegen, in der Hocke, im Stehen. Keine Öffnung, kein Halt, um nach oben zu klettern, keine Fuge, um die Finger darin festzukrallen und sich nach oben zu ziehen, zum einzigen Zugang, der mit einem Bretterverschlag abgedeckt und sicher nur von außen zu öffnen war. Der falsche Tierarzt war gefühlt seit Stunden nicht mehr aufgetaucht, doch sie war nicht in der Lage, einen klaren Gedanken zu fassen oder so etwas wie einen Fluchtplan zu schmieden. Selbst wenn Klettern möglich wäre, wie sollte sie es bewerkstelligen, gefesselt, wie sie war?

Sie versuchte, sich zu erinnern. Nicht an damals. Nicht an die Hütte in den Weinbergen. Wo und wann hatte das Grauen *jetzt* angefangen? Mit dem Fremden bei der Heuhütte, der behauptet hatte, sie zu kennen? Mit der Drohne vor ihrem Hotelfenster? Dem falschen Tierarzt? Sarah versuchte, ihre Verzweiflung in den Griff zu bekommen. Sie musste klar denken. Ihre Mutter! Sie hatte ihr eine Voicemail hinterlassen und mit ihr telefoniert, ein paar Worte nur, wie ER es gewollt hatte. Sie wusste jetzt Bescheid und würde sie retten. Sie würde es klug anstellen und ihm nicht in die Falle gehen. Sie würde kommen, wie damals in der Hütte in den Weinbergen.

*Linda war in den Raum geeilt, wo Sarah vor dem kleinen Bildschirm gesessen hatte, ihren Teddybären im Arm. Sie war ihrer Mutter in die Arme geflogen, und Linda hatte vor Glück geweint. Dann waren sie zusammen hinaus zu Alan und dem Mann gegangen, der sie gerettet hatte.*

Damals …

*

Olaf Berwald tot!

Die Worte gingen Linda nicht mehr aus dem Kopf. Ihre Gedanken rotierten wie die wild trudelnden Sitze eines aus der Zentrifuge geratenen Kettenkarussells. Was hatte das zu bedeuten? Wenn dieser Tierarzt seit einem Monat tot war, wie Babs vorgelesen hatte, wer war dann der Typ, mit dem sich Sarah angefreundet hatte? Konnte ER das gewesen sein? Der Gedanke verursachte ihr Übelkeit. Aber würde ER das Risiko eingegangen sein, von Sarah erkannt zu werden? Oder schloss ER das aus, nach so langer Zeit, und weil Sarah damals noch klein gewesen war?

Linda erinnerte sich an ein Interview, das sie einmal mit einer Fachärztin für Neurologie und Psychiatrie zum Thema Erinnerungen geführt hatte. Die Expertin hatte ausgeführt, dass gerade bei Kindern negative Momente am prägnantesten im Gedächtnis blieben. Das Überleben gravierender Erlebnisse in der Erinnerung diene dazu, später im Leben in ähnlichen Situationen entsprechend gewappnet zu sein. »Unser Gedächtnis«, hatte sie gesagt, »ist auch dafür gedacht, uns vor Gefahren zu bewahren.«

Fasziniert hatte Linda damals daran gedacht, wie lebendig bei ihr selbst die Erinnerung an einen Sturz vom Fahrradgepäckträger ihres Vaters war, den sie als kleines Mädchen erlebt hatte, und wie wenig sie sich im Vergleich dazu an ihre Geburtstage im Kindesalter erinnerte, außer an die Momente, von denen es Fotos gab.

Würde ER es riskiert haben, bei seinem perfiden Plan – wie immer der aussah – von Sarah erkannt und als falscher Tierarzt entlarvt zu werden?

Wer aber war sonst dieser Typ, der sich als Dr. Berwald im *Theurerhof* einquartiert hatte? Lindas Karussell fahrende Gedanken wurden jäh unterbrochen, als sie ihren Blick über die beiden Heuhütten am Hang über dem Parkplatz wandern ließ. Dieser weiße, fast kreisrunde Punkt an der verwitterten, silbergrauen Holzwand stach ihr von Weitem ins Auge, und schon wollte sie darauf zueilen, als ihre innere Stimme sie nach wenigen Schritten ausbremste.

Ihre merkwürdige gedankliche Assoziation dieses runden Gegenstands zu ihrer jüngsten Begegnung am *Theurerhof* erwies sich trotz der großen Entfernung keinesfalls als Sinnestäuschung. Nein! Was dort an der grauen Hüttenwand hing, war tatsächlich ein weißer Hut!

Linda verließ ihren roten Renault, blieb wie angewurzelt stehen und starrte auf den weißen Panamastrohhut. Der Hut, den Rolf Berlin noch am Tag zuvor auf dem *Theurerhof* getragen und dann gesucht hatte!

*Haben Sie meinen Hut weg? Der lag doch vor einer Minute noch hier auf der Mauer?*

Einzig ein dunkler Fleck am vorderen Rand der Krempe, dort, wo der Hut an einem Haken an der Wand befestigt zu sein schien, irritierte sie, und sie lief langsam auf die Hütte zu.

Wieder drehte sich das Gedankenringelspiel.

War es ein Zufall? Ein Hut, der dem des Seniors vom *Theurerhof* täuschend ähnlich sah? Oder hatte Rolf Berlin seinen weißen Panamastrohhut mit dem auffälligen schwarzen Band wiedergefunden und trieb sich jetzt auch hier, im Heuhüttental, herum? Wenn es jedoch sein Hut war und nicht er ihn dort aufgehängt hatte, wie kam er hierher? Er hatte ihn abgenommen, als sie in die Wohnung gegangen war, und offensichtlich war er in den wenigen Minuten, in denen sie sich dort drin umgesehen und den seltsamen Anruf von Sarah erhalten hatte, verschwunden. Was aber bedeutete, dass jemand zu genau der Zeit auf dem *Theurerhof* gewesen sein und den Hut an sich genommen haben musste.

Allein diese Vorstellung und die Erkenntnis ließen sie taumeln. Mit Mühe blieb sie aufrecht stehen und überlegte, ob sie ihr Fernglas aus dem Wagen holen sollte. Doch nein, je länger sie auf die Holzwand starrte, desto mehr war sie überzeugt, keinem Irrtum aufzusitzen. Sie hatte ihren Blickwinkel geringfügig verändert, und nun war auch das schwarze Hutband deutlich zu erkennen. Wie viele solche weißen Panamahüte gab es hier in der Gegend, wie wahrscheinlich war der Zufall, dass ausgerechnet hier, wo sie Spuren von Sarah vermutete, derselbe Hut hing, wie er Rolf Berlin am Tag zuvor abhandengekommen war?

Langsam ging sie näher, ja sie schlich fast, duckte sich an der Trockensteinmauer entlang wie ein Indianer in den Büchern Karl Mays, der sich an das feindliche Lager heranpirschte. Als sich bei der Hütte nichts rührte, richtete sie sich auf und trat beherzt auf die graue Wand zu. Schon hatte sie ihre Hand nach dem weißen Hut ausgestreckt, als ein merkwürdiges Detail sie zurückschrecken ließ. Aus der Entfernung hatte sie es für einen Haken gehalten, der den Hut an der Holzwand hielt.

Was jedoch aus der breiten Krempe herausragte, war ein Messer, dessen Klinge den Hut durchbohrt und ihn an das Brett gespießt hatte. Linda erstarrte, als sie den dunklen Fleck erkannte, der rings um die Klinge eine noch feucht glänzende Lache bildete und sich in einigen Spritzern auf dem Schaft des Messers und der vorderen Hutkrone fortsetzte. Unbewusst registrierte sie, dass es Blut war, und fast schien es, als habe ein verrücktes Subjekt den Hut an dieser Hüttenwand ermordet.

Schlagartig kamen Linda die seltsamen Schüsse auf ihre Handtasche und in den Baumstumpf beim Schafspferch in den Sinn. War der erdolchte Hut demselben kranken Hirn entsprungen? Es blieb ihr keine Gelegenheit, den Hut näher in Augenschein zu nehmen, denn eine schwere Hand legte sich plötzlich auf ihre linke Schulter, und sie fuhr erschrocken herum.

*

Alan Scott landete nicht zum ersten Mal auf dem Flughafen Stuttgart-Echterdingen und kannte die Wege ganz gut. Da er nur mit Handgepäck reiste, spazierte er zügig an den Fließbändern der Gepäckausgabe vorbei und trat durch die breite Tür in die Ankunftshalle, wo er nach Linda Ausschau hielt. Wie selbstverständlich ging er davon aus, dass sie ihn abholte, zumal er ihr seine Flugdaten und die geplante Ankunftszeit mitgeteilt hatte. Sie wusste, dass er die Maschine nach Frankfurt genommen hatte und, obwohl er sich seit seinem Eintreffen nicht bei ihr gemeldet hatte, würde sie zur Landung seines Anschlussflugs nach Stuttgart gekommen sein. Dachte er.

Alan Scott war nicht der Mann der vielen Worte. Das galt für die gesprochenen ebenso wie für die geschriebenen. Eine Frau wie Linda konnte jeden Flug per App verfolgen und wusste schneller, dass er gelandet war als er selbst. Trotzdem war es ungewöhnlich, dass sie nicht vor dem Tor auf ihn wartete. Alan sah auf die Anzeige der Uhr an der Wand. Er selbst trug keine Armbanduhr, und die Anzeige auf seinem altertümlichen Handy zeigte Datum und Zeit der ursprünglichen Einstellung und tummelte sich derzeit im Jahr 2003.

In Afrika gab es nicht viele Momente, in denen er auf eine Uhrzeit angewiesen war. Er richtete sich nach dem Lauf der Sonne und solchen Befindlichkeiten wie Hunger und Müdigkeit. Er stand auf, wenn der Morgen graute und ihn die munteren Rufe der Webervögel in den Akazien vor seinem Fenster weckten, er aß, wenn er hungrig und das Fleisch am offenen

Feuer gegrillt war, und er ging zu Bett, wenn er müde war oder die Sterne über dem Himmel *Ojumamuyas* die Nacht zum Strahlen brachten.

Noch hatte er kaum Gäste auf der Farm, zu wenig hatte er sich bisher darum gekümmert, Touristen aus Deutschland oder anderen Ländern dorthin zu locken. Das Geld, das ihm der Verkauf von Rindern und Ziegen einbrachte, genügte für sein einfaches Leben, ein, zwei Safaris, die er pro Jahr nach Etosha oder ins Kaokoveld zu den Schwarzen Nashörnern und den Wüstenelefanten führte, besserten sein Taschengeld ordentlich auf und genügten, um die Farmarbeiter zu bezahlen, die, wie schon zu Zeiten seines Onkels, mit ihren Familien in einem eigenen kleinen Dorf auf dem Areal der Farm lebten.

Alan trat aus dem Flughafengebäude ins Freie und hielt nach Lindas kleinem Renault Ausschau. Vielleicht war es doch keine so schlechte Idee, mal aufs Handy zu schauen, dachte er und gab den vierstelligen Code ein. »Welcome in Germany«, las er als Erstes, und es war die einzige neue Nachricht in seinem Posteingangsfach. Die letzte SMS, die er von Linda empfangen hatte, war die, derentwegen er so kurzentschlossen und abrupt nach Frankfurt geflogen war, denn sie enthielt das durch einen Großbuchstaben betonte Wort »Wichtig«:

*Mein Lieber, es gibt ein Problem, ich brauche dich! Sarah ist verschwunden. Bitte komm. Es ist Wichtig! Kuss.*

Linda hatte das mal in irgendeinem Film aufgeschnappt, den sie auch noch witzig fand. Ein Film über einen Australier, der einer Großstadtlady nach New York folgte und dort von einem Abenteuer in das nächste stolperte. Sie hatten den Film zusammen angeschaut, und Alan musste zugeben, dass dieser Crocodile Dundee ein cooler Typ war. In einer der dramatischeren Szenen, in der es sogar um einen Mord ging, fielen die Worte: »Es ist wichtig, mit einem großen W.«

Seitdem hatte Linda diese Botschaft übernommen, und so hatte Alan alles stehen und liegen gelassen und sich auf den Weg zum Flughafen gemacht.

»Wenn du mich brauchst«, hatte er einmal gesagt, »brauche ich nur einen halben Tag bis zu dir.«

Er hatte, während er sich ein T-Shirt, Jeans und Unterwäsche für zwei Tage in seinen Reiserucksack stopfte, noch versucht, sie zu erreichen, und nach mehreren vergeblichen Versuchen aufgegeben. Als er seinen Land Cruiser am *Hosea Kutako International Airport* in Windhoek abstellte, rief Linda endlich zurück.

»Du glaubst wirklich, dass ER dahintersteckt?«, fragte er, nachdem sie ihm ihre Befürchtungen geschildert hatte.

»Ich wüsste nicht, wen Sarah sonst meinen könnte«, entgegnete sie. »Fakt ist, sie ist spurlos verschwunden, und nach ihrem Anruf muss ich davon ausgehen, dass ER sie in seiner Gewalt hat.«

»Was glaubst du, hat ER vor?«, fragte Alan.

»Keine Ahnung. Du weißt, ich habe das alles verdrängt. Es ist ein Stück meiner Vergangenheit, an das ich nicht erinnert werden will.«

»Aber du musstest damit rechnen, dass ER irgendwann mal wieder auftaucht. Einer wie ER verschwindet nicht einfach aus deinem Leben.«

»Ich wollte es nicht wahrhaben, Alan. Und jetzt«, sagte sie und zögerte kurz, »habe ich Angst.«

Alan wusste, was das zu bedeuten hatte. Er hatte Linda in mehr als nur einer brenzligen Situation erlebt, in der sie unerschrocken, ja abgeklärt vorging. Sie handelte auch in Extremsituationen überlegt und ohne Kurzschlussreaktion und war dem Tod mehr als einmal von der Schippe gesprungen. Mit Schaudern dachte er an den Leopardenmörder, der sie im

Ngoro-Ngoro-Krater in seine Gewalt gebracht hatte, oder an den kaltblütigen Attentäter der Olympischen Spiele in Brasilien, der sie im Kofferraum bis zum Nationalpark *Corcovado* geschleppt hatte. Selbst der Anschlag bei der hautnahen Begegnung mit dem Weißen Hai im angesägten Unterwasserkäfig vor der Küste Südafrikas, oder der Versuch, sie in einem Kieswerk lebendig zu begraben, schienen auf ihrer Seele weniger Narben hinterlassen zu haben als ER, der jetzt, nach so vielen Jahren, wieder in ihr Leben getreten war und die einzige Schwachstelle gefunden hatte, die es für die toughe Journalistin gab: ihre Tochter.

Ihr selbst zu drohen oder sie in ihre Gewalt zu bringen, würde für Linda weitaus weniger heftig sein, als ihrer Tochter etwas anzutun. Somit hatte es für Alan Scott keine andere Wahl gegeben, als sich sofort um einen Platz in der nächsten Maschine zu kümmern und ihr zu Hilfe zu eilen.

»Weißt du, wie gut es tut zu wissen, dass du kommst?«, fragte sie jetzt, und er hörte das leichte Zittern in ihrer Stimme.

»In zwölf Stunden bin ich da«, versuchte er, sie zu beruhigen. »Und in 24 Stunden wirst du Sarah wieder in deinen Armen halten.«

»Du wirst mir dabei helfen«, sagte sie. »Mit dir an meiner Seite werde ich keine Angst mehr haben.«

»Holst du mich ab?«, hatte er zum Schluss des Telefonats am Airport in Windhoek noch gefragt, und sie hatte »Ja« gesagt.

Jetzt wartete er schon eine halbe Stunde am Flughafen Stuttgart auf sie.

Vergeblich.

*

Sein Griff umklammerte sie wie ein eiserner Schraubstock, sein hämisches Flüstern klang an Lindas Ohr gemein und grausam wie das Säuseln Hannibal Lecters in *Das Schweigen der Lämmer*. Rolf Schult als deutsche Synchronstimme des wunderbar düsteren Anthony Hopkins jagte ihr bis heute einen Schauder über den Rücken, wenn sie den Film sah.

»Brav, wie du mir in die Falle gegangen bist. Du bist so berechenbar, das macht das Spiel mit dir zu einem Vergnügen.«

Sie kam sich vor wie in der Rolle Jodie Fosters bei ihrer ersten Begegnung mit dem Ungeheuer, dabei kannte sie den Mann, in dessen Gewalt sie sich jetzt befand, schon seit vielen Jahren. Doch sie hatte vergessen, dass es ihn gegeben hatte, sie hatte ihn aus ihrem Leben verdrängt und nie den Gedanken zugelassen, dass ER zurückkehren würde.

Jetzt war ER da und sie wusste, dass ER nur gekommen war, um sich an ihr zu rächen. Mit Ekel und Abscheu dachte sie daran, dass sie ihn einmal in ihr Bett und in ihr Leben gelassen hatte. Seinen Namen hatte sie aus ihrem Gedächtnis gestrichen, seine Existenz aus ihrem Leben verbannt.

»Wo ist Sarah!«, zischte sie jetzt. Sie war bereit, sich diesem Widerling zu opfern, solang nur ihrer Tochter nichts geschah. Doch ER war durchtrieben genug und noch dazu fies und von einer Rachsucht getrieben, die sich, das wusste sie, in seinen Jahren im Knast aufgestaut hatte und nun aufs Grausamste entladen würde. Immerhin war sie es gewesen, die gegen ihn ausgesagt und für seine lebenslange Freiheitsstrafe gesorgt hatte.

Sie überschlug die Zeit, die seit damals vergangen war, und ihr wurde klar, dass sie mit seiner Freilassung einfach noch nicht gerechnet hatte. Zwar hatte sie versucht, alles, was mit ihm zusammenhing der Vergessenheit anheimfallen zu lassen, und doch hatte sie in ihrem Kalender den Tag rot markiert, an dem seine Strafe nach 15 Jahren zur Bewährung ausgesetzt werden konnte. Sie hatte sich offensichtlich gründlich verrechnet.

Linda war sich sicher, dass ER seinen Rachefeldzug haarklein ausgetüftelt und bis ins letzte Detail geplant hatte. Der Typ, der sich als Tierarzt ausgab, um Sarah anzulocken, das Tal mit diesen kleinen Heuhütten, in deren Beengtheit ihre Tochter vor Panik sterben würde, und der Hut vom *Theurerhof*, mit dem ER sie in die Falle gelockt hatte. Und Kuhns? *Ich gehe dahin. Und die Wölfe werden bleiben und heulen.* Hatte ER den auch auf dem Gewissen? Wie weit würde ER in seinem abgrundtiefen Hass noch gehen?

»Sarah ist in besten Händen«, sagte ER jetzt leise. »Du musst dir keine Sorgen machen, meine Liebe. Sie ist in ärztlicher Behandlung. Mein persönlicher und mir sehr ergebener Leibarzt hat ihr ein Praktikum versprochen und wird deine Süße jetzt wahrscheinlich in die Geheimnisse seiner Heilkunst einführen!«

Sein Lachen klang wie Hohn.

»Du Drecksack!«, brüllte sie und versuchte, um sich zu schlagen und sich zu befreien.

»Nana, meine Kleine, immer noch so wild wie damals!«, raunzte ER, und sie spürte plötzlich den kalten Stahl eines Messers an ihrer Kehle.

»Jetzt hör mir mal genau zu! Ich werde mich nicht wiederholen. Wir beide gehen jetzt zurück zu diesem kleinen Parkplatz, und du tust genau das, was ich dir sage. Wir werden einen kleinen Ausflug machen. Und ich habe meinen Leibarzt angewiesen, so lange nicht böse mit deiner Tochter zu werden, wie du es auch nicht bist. Also sei einfach schön artig, und deiner Süßen passiert nichts. Du siehst, ihr Wohlergehen hängt ganz allein von dir ab.«

ER nahm das Messer von ihrer Halsbeuge und schob sie talwärts den Trampelpfad durch die Wiese vor sich her und dann über den schmalen Weg bis zum Parkplatz.

»Wir könnten mit deinem Wagen fahren, aber vielleicht ist er uns hier auf dem Parkplatz von größerem Nutzen«, sagte ER, öffnete die Tür eines alten Fiat Panda und schob sie auf den Beifahrersitz, noch bevor es ihr gelang, einen Blick auf das Kennzeichen zu werfen.

»Was hast du vor?«, fragte sie, als ER den Wagen startete, und versuchte, dabei das Zittern in ihrer Stimme zu unterdrücken.

»Was ich vorhabe?«, echote ER. »Kannst du dir das nicht denken, meine Liebe?«

Sie empfand sein Grinsen als so widerlich, dass sie sich abwandte und stumm aus dem Fenster starrte.

»Es waren vier Personen, die mir das Leben zur Hölle gemacht haben. Oder denkst du, 15 Jahre Knast sind ein Zuckerschlecken?«, höhnte ER jetzt. »Und jetzt werdet ihr alle dafür büßen!«

»Sarah kann nichts dafür«, flehte sie. »Bitte, lass sie aus dem Spiel!«

»Spiel?«, grunzte er. »Das ist eine wunderbare Idee! Du spielst kein Schach, nicht wahr? Nein, du hast nie gerne gespielt. Aber ich habe Schach gelernt. Oder besser gesagt, mir selbst beigebracht. Und gegen mich selbst gespielt. 15 Jahre lang. Hatte den Vorteil, dass ich jedes Spiel gewonnen habe. Zwar auch verloren, aber das zählt nicht.«

Hör doch auf mit deinem Gelaber, dachte Linda, doch ER war richtig in Fahrt gekommen.

»Aus dem Spiel lassen kann ich deine Kleine leider nicht, denn sie war immerhin als Püppchen auf dem Feld. Zwar nur ein harmloser Bauer, aber nach dem Spiel gehen der König und der Bauer in die gleiche Schachtel, warum sollte ich sie also schonen?«

»Aber sie war noch ein Kind!«, protestierte Linda, obwohl sie ahnte, dass dies für den Wahnsinn im Hirn dieses Besessenen keine Rolle spielte.

»Lass uns den Gedanken weiterspinnen, meine Liebe. Es macht mir nämlich Spaß. Ich freue mich, dass du auch den werten afrikanischen Lebensretter zu unserer Partie eingeladen hast. Ich hatte mir schon das Hirn zermartert, wie ich ihn herlocken könnte, dabei hätte mir klar sein müssen, dass ein zaghafter Laut aus deinem süßen Erdbeermund reicht, um ihn einmal quer über den Erdball in deine Arme zu locken. Du bist so berechenbar! Danke, meine Liebe, das hast du wunderbar gemacht. Zu dumm, dass du schon weg bist, wenn er landet. Und er wird mir auch dieses Mal wieder auf den Leim gehen. Wie damals.«

Somit war auch Alan Teil seiner perfiden Rachegedanken. Linda hörte in Gedanken sein Höhnen, in diesem fernen, anderen Leben …

*… Mister Tarzan, stimmts? Frischimport aus dem Urwald. Hab' dich ganz schön reingelegt, Bürschchen, was? Aber ich weiß, wie man falsche Fährten legt …*

Sein Kichern klang damals und heute wie das eines Wahnsinnigen.

»Somit können wir dafür sorgen, dass auch unsere Geschichte sich wiederholt, meine Liebe, und die Szene von damals noch einmal neu spielen. Du erinnerst dich doch? Die kleine Hütte oben in den Weinbergen.«

*… dieser braune Fleck unter den Bäumen … kein schlechtes Versteck …*

»Ach, es hätte so romantisch sein können. Nur du, dein

Töchterlein und ich. Dame, Bauer, König. Das Schachspiel unseres Lebens. Und die Dame hat der König schon in Gewahrsam genommen. Genau wie damals.«

*… er hat sie mit festem Griff an sich gepresst … der Lauf seiner Waffe zeigt auf ihre Schläfe …*

Linda wurde übel bei dem Gedanken, dass er sie als seine »Dame« bezeichnete.

»Zu schade, dass wir bei dieser Partie auf eine Figur verzichten werden. Leider musste ich mich ja um den Läufer schon kümmern. Wollte für dich die Vorfreude auf unser Wiedersehen steigern. Der Läufer ist tot. Aber das hat dir deine Freundin sicher schon gesteckt, stimmt's?«

ER sprach von Kuhns, das war ihr klar.

*… die sonore Stimme … der Eingang der Hütte verdunkelt sich …*

»Dabei hat dein Springer damals diesen Läufer so nötig gebraucht.«

Alan! Dachte sie. Ihn musste ER mit »Springer« meinen.

»Dein Springer hätte in dem Spiel damals viele Zugmöglichkeiten gehabt«, fuhr ER fort, »aber zum Mattsetzen des Königs reichte er allein nicht aus. Er hat den Läufer gebraucht. Damals. Weißt du noch?«

*… sie starrt die Gestalt an, die mit gezückter Pistole in der Tür steht …*

Sein Kichern hatte sich zu einem lauten Lachen gesteigert, und Linda duckte sich fast panisch in ihren Sitz, zog die Schultern hoch und versuchte, ihre Ohren davor zu verschließen. Ein Bild von damals kroch in ihr hoch und machte ihr Angst. Und sie hörte ihre panische Stimme.

*»Mörder!«, faucht sie und schreit auf, als er ihren Arm verdreht. »Wo ist Sarah, was hast du mit ihr gemacht? Kann ich sie sehen?« Ihre Stimme erstirbt in einem Schluchzen.*

*»Der letzte Wunsch der Mami, was? Mal sehen. Kommt darauf an, wie du dich benimmst!«*

Seine Stimme entriss sie der düsteren Vergangenheit.

»Ich weiß, dass du dich daran erinnerst, meine Liebe. Und ich bin der König in diesem Spiel. Diesmal setzt ihr mich nicht matt!«

Oh Gott, dachte Linda, lass es nicht auf diese Weise wahr werden. Lass sich diese Geschichte nicht wiederholen … bitte!

*

Sich eine Schwäche einzugestehen, gehörte nicht gerade zu den Stärken von Alan Scott. Und dass er nervös war, sah er als eine Schwäche, die er so nicht an sich kannte. Zumal es eher sein Part war, sich ohne Nachricht zu verspäten, oder nicht zu sagen, wo man steckte, während der andere ungeduldig wartete und sich Sorgen machte. Geschieht dir recht, dachte er, so muss sie sich gefühlt haben damals. Sie hatte es ihm erzählt, viel später, nachdem sie erfahren hatte, weshalb er nicht im Flugzeug gesessen hatte.

*Es war wenig los gewesen auf der Ebene zwei des Stuttgarter Flughafens. Linda war sich ein wenig verloren vorgekommen, nachdem die Wartenden um sie herum ihre Angehörigen in Empfang genommen und mit lachenden Gesichtern das Ankunftsterminal verlassen hatten. Linda hatte in dem kleinen Blumengeschäft drei rote Rosen gekauft, mit einem kleinen grünen Anhänger, auf dem die Worte ›Herzlich willkommen‹ zu lesen gewesen waren. Alan würde sich darüber freuen, hatte sie gedacht.*

*Ihre Augen waren an der großen schwarzen Anzeigetafel geklebt, wo die gelben Buchstaben laufend durcheinander gerattert waren und neue Flüge angekündigt hatten. Noch immer hatten die beiden grünen Leuchtdioden neben der Flugnummer abwechselnd geblinkt, als Zeichen dafür, dass der Flug aus Frankfurt am Main gelandet war. Sie hatte noch einmal die Flugdaten, Flugnummer, Start- und Landezeit verglichen, war nervös auf und ab gegangen, hatte das Klappern ihrer hochhackigen Schuhe auf dem grauen Steinfußboden gehört und wie sich ihre Schritte mit dem Rattern der Gepäckwagen, den Stimmen anderer Menschen und den wiederkehrenden Lautsprecherdurchsagen zu der bekannten Flughafengeräuschkulisse gemischt hatten.*

*Sie hatte noch einmal zur Uhr gesehen, nein, sie war nicht zu spät dran, sie hatte jetzt schon eine knappe Stunde gewartet. Und sie hatte den Ausgang der Ankunftshalle nicht einen Augenblick aus den Augen gelassen, auch nicht, als sie sich einen Espresso in der kleinen Kaffeebar bestellt hatte. Sie war vor der Tafel, die einen Überblick über die Einrichtungen des Flughafens bot, stehen geblieben, Informationen eine Etage höher, im Abflugterminal 1. Sie hatte die Rolltreppe genommen, und, oben angekommen, die Warteschlange am Infoschalter gesehen und war wieder nach unten gespurtet.*

*Genervt hatte sie auf einem der schwarzen Wartestühle Platz genommen und versucht, ihren Puls unter Kontrolle zu bringen. Immerhin war es möglich gewesen, dass er den Anschlussflug in Frankfurt verpasst hatte. Obwohl Zeit genug zwischen den beiden Flügen gelegen hatte. Doch selbst wenn, warum meldete er sich nicht?*

*Der Flug Frankfurt-Stuttgart war inzwischen von der Anzeigetafel verschwunden gewesen. Sie war noch einmal zum Infoschalter gegangen und hatte ihr Glück versucht. Der Flug aus Nairobi war pünktlich in Frankfurt gelandet, wo steckte Alan Scott?*

*Linda war damals, nachdem sie allein vom Flughafen*

*zurückgekehrt war, spontan zum Märchensee gefahren, um auf andere Gedanken zu kommen. Als sie den See kurze Zeit später verlassen hatte, waren drei rote Rosen auf der Wasseroberfläche getrieben und ein grünes Kärtchen mit dem Aufdruck ›Herzlich willkommen‹ war im Teppich der Wasserlinsen verschwunden, die fast den ganzen See bedeckten.** *

*

Genauso hatte es ihm Linda später erzählt, und es war für sie vollkommen unwichtig gewesen, weshalb er damals nicht in der Maschine gesessen hatte. Der leere Tank auf dem Weg durch den Tsavo, der geplatzte Reifen, das Zischen neben seinem Kopf, der Wagenheber, mit dem er nach der Puffotter geschlagen hatte, der düstere Raum, in den sie ihn gesperrt hatten, der Blick aus dem schmalen Fensterschlitz seines Verlieses, vorbeifliegende Möwen und Signale von Schiffen und die salzhaltige Luft, die ihm verraten hatten, dass er im Hafenviertel der alten Küstenstadt Mombasa festgehalten worden war. Der Sack über seinem Kopf und der Indische Ozean, der sein Grab werden sollte …**

*

Die dramatischen Ereignisse, die ihn damals in Afrika festgehalten hatten, waren für ihn Erklärung genug gewesen, doch die Sorgen und Ängste, die Linda durchgestanden hatte, waren nicht mehr rückgängig zu machen gewesen, und sie hatte es später nie verstanden, wenn er ohne Erklärung oder anzurufen unpünktlich gewesen war. Sein Spruch von der Uhr und

---

* Elefantengold (2006)
** Leopardenjagd (2008)

der Zeit war ihr lächerlich vorgekommen, der langsame Pole-pole-Rhythmus Afrikas, dem sie sich so gerne hingaben, hatte in Deutschland keine Berechtigung.

Alan Scott fasste einen Entschluss, nachdem er Linda nach wie vor nicht erreichte, und suchte einen der Mietwagenschalter auf. Es dauerte dem sonst so geduldigen und in sich ruhenden Afrikaner viel zu lang, bis er endlich den Schlüssel in der Tasche hatte und von der freundlichen Mitarbeiterin zum Parkplatz begleitet wurde. Er hatte sich für den preiswertesten Allrad entschieden und fuhr eine Viertelstunde später in einem schneeweißen Nissan Qashqai über die B27 Richtung Tübingen.

Alan benötigte kein Navi, um zu Lindas Wohnung im Rottenburger Stadtteil Wurmlingen zu finden, es war außerdem erst wenige Wochen her, seit sie ihn von hier zum Flughafen gebracht hatte. Als er vor ihrer Wohnungstür stand und auch nach dem dritten Klingeln niemand aufmachte, fluchte er.

Warum nur hatte er bei seiner letzten Abreise den Wohnungsschlüssel zurückgelassen? Nur weil er enttäuscht und wütend gewesen war? Die Abschiedsszene ging ihm durch den Kopf, während er über eine Möglichkeit nachdachte, auch ohne Schlüssel in die Wohnung zu gelangen.

Linda hatte auf die Uhr gesehen. »Wann kommst du nach *Ojumamuya*?«, hatte er ihr ins Ohr geflüstert.

»Ich weiß es nicht«, hatte sie gesagt.

»*Ojumamuya* wartet auf dich. Und ich auch. Es wäre mein Traum …«

Linda hatte sich aus seiner Umarmung befreit und ihn angesehen.

»Das Leben ist kein Traum, Alan, sondern Realität. Du lebst in Afrika, und ich lebe hier. Und es war bisher kein Problem für uns. Ich möchte nicht, dass du dir falsche Hoffnungen machst, darum sage ich: Ich weiß es nicht.«

»Okay«, hatte er trocken gesagt und geschluckt. »Wir sollten wohl besser los. Die Realität ruft!«

»Ja«, hatte sie geantwortet, »Realität ist real. Träume werden geträumt«, und nicht bemerkt, wie er ihren Wohnungsschlüssel, den er immer bei sich behalten hatte, wortlos aus der Tasche gezogen und in die schmale Schrankschublade im Flur gelegt hatte.

»Da liegt er gut!«, schnaubte er jetzt leise und schalt sich einen Idioten. Er ging um das Mehrfamilienhaus herum, fand jedoch weder ein gekipptes Fenster noch einen anderen Zugang. Die Treppe zum Keller war ebenso verschlossen wie die Terrassentür, und er hatte wenig Lust, sich als Einbrecher zu betätigen und sich womöglich die Polizei auf den Hals zu hetzen.

Polizei?, dachte er und hatte plötzlich ein Gesicht vor Augen. Dieser Kommissar Superman, mit dem Linda sich so gut verstand, arbeitete doch im Schwarzwald? Immer wieder hatten sich seine und Lindas Wege gekreuzt, und Linda war zuletzt im Schwarzwald unterwegs gewesen. Hatte sie diesen Kommissar nicht sogar erwähnt, als sie ihn nach dem vermissten Gewehr gefragt hatte?

Alans Kiefer mahlten, schließlich öffnete er das Adressbuch seines Handys und suchte nach der Nummer. Irgendwann hatte er sie mal abgespeichert, da war er sich sicher. Er erinnerte sich an einige frühere Begegnungen und hatte den Ermittler als sympathischen und zuverlässigen Typen in Erinnerung. Auch zuletzt, vor wenigen Wochen erst, hatten sich die beiden Männer respektiert, obwohl es nach Alans Gefühl immer leichte atmosphärische Störungen gegeben hatte, die aus der Anwesenheit Lindas resultierten und sich wie eine Art nicht ausgetragener Revierkampf unter Kontrahenten anfühlten.

Alan hatte eindeutig gepunktet, als sie im Wald an der Leichenfundstelle nach Spuren gesucht hatten. Sein Blick hatte den waldigen Hang gescannt, und obwohl die Trittsiegel des Wolfs, von denen ihm Linda erzählt hatte, unauffindbar waren, hatte der Mann aus Afrika weder die Schattierungen des Schnees noch die leichten Vertiefungen im Waldboden übersehen.

»Wo – verdammt noch mal – ist da eine Spur?«, hatte der Kommissar geflucht und Alan hatte ihn auf solche eindeutigen Hinweise wie umgeknickte Farne, frische Bruchkanten an Rindenstücken und eine mit der Unterseite ihrer Blätter nach oben wuchernde Efeuranke aufmerksam gemacht und die Zusammenhänge erklärt, die das Ganze zu einer Schleifspur werden ließen.

Er hatte dabei den bewundernden, fast neidischen Ausdruck im Blick des Kommissars registriert. Von da an hatten sie Hand in Hand gearbeitet, und es war nicht zuletzt Alans Verdienst gewesen, dass die Ermittlungen schließlich erfolgreich abgeschlossen werden konnten. Alan hatte den Händedruck nicht vergessen, mit dem sich der Kommissar bei ihm für seine Mithilfe bedankt hatte.

»Ohne Sie«, hatte er gesagt, »hätten wir die Spuren im Wald nie gefunden und hätten die wahren Zusammenhänge wahrscheinlich nie oder erst zu spät entdeckt.«

Der Händedruck war fest und kraftvoll gewesen, und Alan hatte Jens Bosch nicht mehr als Kontrahenten empfunden.

Jens Bosch. Da war die Nummer! Er hatte sie sogar als Kurzwahl abgespeichert. Alan drückte die Anruftaste und wartete auf das Freizeichen.

*

»Hier werden wir mal testen, wie gut sich dein Tarzan wirklich mit Spurenlesen auskennt. Das wird ihn eine Zeit lang irritieren, da bin ich mir sicher«, sagte ER und blieb an einem schmalen Bach stehen, der sich über dicke Kiesel und um flache Steine herum seinen Weg suchte. Am Pfad, dem sie bis hierher gefolgt waren, gab es eine Anzahl kleiner Felsen, und ER befahl Linda, auf einem davon Platz zu nehmen.

Sie waren in dem weißen Fiat Panda vom Murgtal zu diesem kleinen Parkplatz gefahren, ausgestiegen und in den Wald gegangen. Linda war ihm schweigend gefolgt, wie ER es von ihr verlangt hatte. Es war nicht das erste Mal, dass sich Linda in einer gefährlichen, ja ausweglosen Situation befand, in die sie sich selbst hineinmanövriert hatte. Genau das hatte Jens Bosch ihr nicht nur einmal vorgehalten, doch sie hatte es immer wieder heruntergespielt.

ER wies sie an, schneller zu gehen, und während sie ihm gehorsam folgte, wurde ihr bewusst, dass sie dieses Mal ihre Tochter mit hineingezogen hatte. Der Gedanke, dass Sarah es büßen musste, wenn sie einen Fehler machte, war ihr unerträglich, und sie fügte sich ihrem Schicksal. ER hatte ihr Rache geschworen, jeden verdammten Tag, den ER im Knast verbracht hatte, und sie war sich sicher, dass ER dieses Mal keinen Fehler machen würde. Um sich selbst machte sie sich dabei die wenigsten Sorgen. Sie war leichtsinnig gewesen. Sie hätte es wissen müssen. Und würde nun dafür büßen.

Was immer ER mit ihr vorhatte, sie würde es über sich ergehen lassen, solang nur ihrem Kind nichts passierte. Zugleich wusste sie, dass ER genau daran seinen Spaß haben würde. ER würde sie seelisch quälen bis zum Ende, und sie danach geschunden und wund im Dreck liegen und verrecken lassen.

Was aber hatte ER mit Alan vor? Wie konnte ER so sicher sein, dass er wirklich aus Afrika hierherkam und sich auf ihre

Spuren setzte? Es war ihr längst klar geworden, dass es mehr als ein durchdachtes und bis zum letzten Zug geplantes Schachspiel war, dessen Züge ER hier lenkte. Sowohl sie als auch Alan waren nichts anderes als Marionetten, deren Fäden ER in der Hand hielt. Und welche anderen, unschuldigen Menschen ER noch mit hineingezogen hatte, wagte sie sich nicht auszumalen.

Sie dachte an seine Worte. *Diesmal setzt ihr mich nicht matt!* Bald hat ER uns alle, sinnierte Linda. Sarah, sie und Alan. Bauer, Dame und Springer.

ER spielte nicht nur Schach!

ER spielte Schicksal.

ER spielte Gott.

Und das leichteste Spiel hatte ER mit Alan, der in seiner Liebe zu ihr berechenbar war. Er musste kommen, wenn sie ihn um Hilfe rief, und das groß geschriebene »Wichtig« hatte ihm keine andere Wahl gelassen. Nur darum hatte ER sie mit Sarah telefonieren lassen. Natürlich auch, um sie in Unruhe zu versetzen, aber panisch war sie auch schon geworden, weil ER ihre Tochter spurlos verschwinden ließ. ER hatte sie benutzt, um Alan in die Falle zu locken. Jetzt würde ER noch dafür sorgen, dass Alan die richtigen Spuren fand, und so würde ER auch ihn in seine Gewalt bekommen.

Alan war längst auf dem Weg, das spürte sie. Er würde sich am Flughafen einen Mietwagen nehmen und zu ihr nach Hause fahren. Einen Schlüssel zu ihrer Wohnung hatte er ja. Und er würde sich durchfragen. Würde Babs anrufen. Oder Jens. Beide würden ihn in den Schwarzwald schicken. Auch dort hatte sie Spuren hinterlassen. Und wenn jemand Spuren fand, dann er. Er würde Natascha finden, und sie würde ihn in die Heuhüttentäler schicken.

Genau dort hatte ER die nächsten Spuren ausgelegt. ER hatte es ihr sogar gesagt. *Wir könnten mit deinem Wagen fahren, aber vielleicht ist er uns hier auf dem Parkplatz von größerem Nutzen.*

Alan würde auf den weißen Hut stoßen. Und im *Theuerhof* herausfinden, was es damit auf sich hatte. Als sie jetzt verstand, dass all diese Spuren nur die eine Absicht verfolgten, Alan in eine Falle zu locken, schwand ihre Zuversicht. Alan war ein genialer Fährtenleser, doch er war auch arglos. Er würde nicht mit der Hinterlist seines Feindes rechnen. Und sie hatte keine Möglichkeit, ihn zu warnen.

Nur weil du die Vergangenheit für dich ausgelöscht hast, schalt sie sich. Ja, vor 15 Jahren war es ihre Rettung gewesen, aber dafür würden heute andere bezahlen! Sie hatte alles ausgeblendet, nur um sich zu beruhigen, und das auf Kosten der Menschen, die sie liebte!

Diese Erkenntnis ließ sie, als sie ihm jetzt weiter folgte, weder Hunger noch Durst oder so etwas wie Kälte oder Müdigkeit spüren. Ihre Angst wich dem Willen, ihm ihr Schicksal zu entziehen.

»Deine Schuhe«, sagte ER jetzt und sah Linda herausfordernd an. »Los, ausziehen, die Socken auch!«

Sie hatte keine Ahnung, was dieser kranke Typ für perfide Pläne hatte, aber sie wusste, dass sie ihm zumindest geistig und somit taktisch überlegen war. Das war ihre einzige Chance, von der sie nicht wusste, wie lange sie sie noch haben würde. Bei seinem Befehl keimte der Kampfgeist in ihr, sie gehorchte nur zum Schein widerstrebend und schlüpfte aus den dunklen Sneakers. Ihre Gedanken drehten sich nur noch darum, einen Ausweg zu finden, ohne dass ER es bemerkte. ER nahm die Schuhe, trat ins knapp einen Meter breite Bachbett, wo sich auf der gegenüberliegenden Seite der Weg fortsetzte, drückte dort das Profil der Sohlen in den weichen Ufersand, und hinterließ daneben seine eigenen Abdrücke.

Dies wiederholte ER noch zwei, drei Mal und kam dann, indem ER, ohne weitere Spuren zu hinterlassen, über die Steinbrocken am Weg balancierte, zu Linda zurück.

»Tut mir leid«, sagte ER, »aber ich werde dir jetzt die Arme zusammenbinden. Der Weg wird ab nun etwas ungemütlich, und ich habe keine Lust, dir hier nachzulaufen. Das Klebeband auf dem Mund erspare ich dir noch, aber beim ersten Laut mache ich dich stumm!«

ER zog eine Rolle dickes *Gaffa Tape* aus seinem kleinen Rucksack, um ihr damit die Handgelenke zu fixieren.

»Darf ich vorher noch für kleine Mädchen?«, fragte Linda, und ER nickte.

»Aber hier, wo ich dich sehen kann«, antwortete ER und wandte sich ab.

Linda bückte sich, und, während ihre Finger an ihren Jeans nestelten und sie schließlich in die Hocke ging, streifte sie unbemerkt ihr schlichtes graues Armband vom Handgelenk. Ihre Augen verweilten für zwei Sekunden auf dem Spruch, der neben dem Porträt eines Wolfs auf dem Band zu lesen war. *Der Mond ist die Sonne der Wölfe.*

Das Band hat dir immer Glück gebracht, dachte sie und erinnerte sich an die Winternacht vor wenigen Wochen.

*Leichter Schneefall hatte eingesetzt, Nebelschwaden hatten die Umgebung in ein grauschwarzes Nichts gehüllt und nur nach oben etwas Raum gelassen, gerade genug, um den Himmel zu erahnen. Die Sterne hatten sich hinter einer tief hängenden Wolkendecke verborgen, und die Düsternis hatte sich wie ein unsichtbares Tuch auf ihr Gemüt gelegt, als sie irgendwo da draußen den Wolf zu hören glaubte. Er war zurück im Schwarzwald, man hatte seine Spuren gefunden und ihm die Schuld am Tod zweier Menschen gegeben. Seit jener Nacht hatte sie das Armband wieder getragen. Es war inzwischen zu einer Art mentaler Verbindung zwischen ihr und Alan geworden, der dasselbe Band trug, mit genau jenem mystischen Spruch.*

Linda brach rasch einen kleinen Fichtenzweig aus dem Unterholz ab und drapierte ihn mit dem Armband, dort, wo sie gerade hockte, zwischen die Steine am Ufer des schmalen Bachs.

»Wie viel hast du denn getrunken, dass du so lange brauchst?«, schnauzte ER und drehte sich missmutig um. Als ER sie halb nackt erblickte, wie sie gerade ihre Jeans hochzog, grinste ER frech und kam mit dem *Gaffa* auf sie zu. ER fesselte ihr mit groben Bewegungen die Hände, zog ebenfalls seine Schuhe aus und befahl ihr, ihm barfuß im Bachlauf zu folgen.

»Ein bisschen kalt, aber da müssen wir durch, wenn wir deinen Tarzan in die Falle locken wollen. Soll er doch glauben, dass wir da rübergegangen sind, und sich die Augen wund suchen!«

Linda biss die Zähne zusammen, als die Kälte des Wassers ihr unter die Haut kroch. So musste sich Martin Jaschke gefühlt haben, als sie ihn barfuß durch den Schnee laufen ließen, dachte sie, und im selben Augenblick wurde ihr bewusst, dass sein Tod noch immer nicht aufgeklärt war. Ob Jens Bosch mit der Befragung des jungen Steidinger weitergekommen oder die Mordwaffe inzwischen aufgetaucht war?

Wie ein Blitzschlag aus wolkenfreiem Himmel hatte sie die Konfrontation mit ihrer Vergangenheit aus der Bahn geworfen, und während sich die Kälte von ihren Füßen aus nach oben fraß, galoppierten ihre Gedanken wild durcheinander.

Was bezweckte ER mit seiner Aktion, fragte sie sich wieder und wieder. Wie würde seine Rache aussehen? Womit würde ER ihr vergelten, dass sie ihn verlassen und ins Gefängnis gebracht hatte? Was ihr aber am meisten zu schaffen machte, war die Befürchtung, dass nicht nur sie allein das Ziel seiner Rache war. Wie war Kuhns gestorben? Weshalb hatte ER Babs bedroht? Was hatte ER mit Alan vor? Und wo steckte Sarah?

ER ist niederträchtig genug, um nicht nur dich allein zu bestrafen, dachte Linda, und wenn du ihm entkommst, wird ER es an den Menschen auslassen, die dir nahestehen. Das hatte ER ihr mit seinen bisherigen Aktionen mehr als deutlich zu verstehen gegeben.

*

*Der Rüde drängt sich an die einsame Wölfin, sie spürt seine weichen Haare an ihrem Fell, sein Schnüffeln und seinen Duft. Sie weiß jetzt, dass es seine Markierungen sind, die sie gewittert hat, und dass sie in seinem Revier willkommen ist. Die Fähe leckt seine Schnauze, legt sich vor ihm auf den Boden, dreht ihren Bauch mit dem weichen, hellen Fell nach oben und reckt ihren rechten Vorder- und Hinterlauf in die Luft.*

*Er beschnuppert sie, knabbert an ihren Lippen, beißt sie verspielt in den Hals, leckt ihr Fell und riecht an ihrer Schnauze, um zu ergründen, was sie zuletzt gefressen hat. Er beschließt zu jagen, zieht an ihr vorbei, bleibt stehen und sieht sich nach ihr um. Sie springt auf und folgt ihm über einen schmalen Wildwechsel in den Wald. Sie schnüren durch das Unterholz und treten schließlich Seite an Seite hinaus auf die Wiese, wo sich ihnen die ersten Kuckuckslichtnelken als pinkfarbene Blütenpolster aus dem Grün der Sonne entgegenrecken.*

*Mit dem heutigen Tag würden sie gemeinsam jagen und nicht mehr auf einsamen Streifzügen Kraft und Zeit verschwenden, sich nicht nur von Mäusen und Fröschen ernähren. Zu zweit haben sie die Chance, ein Reh zu erbeuten, oder einen jungen Hirsch, auch wenn die Jagd auf größere Beute eine aufwendigere Taktik und Verschlagenheit bedeutet.*

*Sie würden ihre Opfer an den Geräuschen und Gerüchen erkennen, die ihnen der Wind zuträgt, würden ihre Schnauze in die Luft recken und mit aufgestellten Lauschern orten, auch wenn ihnen Farben verborgen bleiben, nehmen sie jede Bewegung wahr. Sie werden sich lautlos anpirschen, so dicht wie möglich anschleichen und regungslos verharren, bevor sie angreifen.*

*Die geringste Bewegung zur Flucht löst den Angriff aus. Ein fliehendes Reh hat eine reale Chance zu entkommen, sobald es auch nur einen Augenblick verunsichert ist und zögert, werden sie unbarmherzig zuschlagen, Flanken, Läufe und den Hals durch Bisse attackieren, es zu Boden reißen und ihm durch den Kehlbiss ein schnelles Ende bereiten. Sie werden sich die Beute teilen, an Ort und Stelle hinunterschlingen, so viel sie können, und den Rest verscharren, um ihn vor den Füchsen und Raben in Sicherheit zu bringen.*

*Die Wölfin folgt dem Rüden in leichtem Trab, in kerzengerader Spur überqueren sie die Lichtung und setzen bei den ersten Bäumen am Waldsaum doppelte Markierungen. Der Rüde überträgt hierbei seinen Duft auf die Hinterlassenschaft der Fähe als Zeichen seiner Zuneigung.*

*Wenn die Zeit gekommen ist, wird sie ein Lager errichten, in einer Höhle, im leeren Bau eines Dachses, unter dem Wurzelwerk eines umgestürzten Baumes, in der Nähe eines Bachs oder Tümpels, denn sie muss trinken. Sie wird in der Nähe des Verstecks Fleischvorräte vergraben, und der Rüde wird sie beschützen und mit Fleisch versorgen, solang sie die Jungen nicht verlassen kann.*

*

»Sie sind in Deutschland?«, fragte Jens Bosch, und seine Stimme drückte Verwunderung aus.

»Ja«, antwortete Alan Scott, »und wenn ich mich nicht ganz täusche, waren wir beim ›Du‹?«

»Sorry, klar. Seit wann bist du hier?«, korrigierte sich der Kommissar lachend.

»Vor einer Stunde gelandet. Linda hat mich gebeten zu kommen. Aber sie war weder am Flughafen, noch ist sie zu Hause. Und ihr Handy ist tot.«

»Verdammt!«, zischte Bosch. »Das hört sich nicht gut an.«

»Warum?«, fragte Alan. »Was ist hier überhaupt los?«

»Das ist alles etwas kompliziert. Ich stecke hier mitten in den Ermittlungen zu einem verzwickten Fall.«

»Die Ermordung von Martin Jaschke?«, unterbrach Alan.

»Ja. Und dann rückt Linda damit heraus, dass Sarah verschwunden ist. Ich erzähl dir jetzt nur die Kurzform. Ein Anruf von Sarah hat sie total aus der Bahn geworfen. Sie will keine Vermisstenanzeige aufgeben und hat auch eine professionelle Handyortung abgelehnt. Kannst du dir das erklären?«

»Sie hat Angst«, sagte Alan trocken.

»Das Gefühl hatte ich auch. Aber sie wollte nicht darüber reden. Auf mich hat sie einen …«, er zögerte, »… fast panischen Eindruck gemacht. Sie erzählte irgendetwas von einem Typen und glaubt, er habe etwas mit Sarahs Verschwinden zu tun.«

»Wo ist sie jetzt?«

»Ich habe sie zuletzt in Zavelstein gesehen. Ein Ort im Schwarzwald. Sarah jobbt dort in einem Hotel, wo sie auch ein Zimmer hat. Linda ist letzte Nacht dortgeblieben. Hast du eine Ahnung, was es mit diesem Typen auf sich hat, der es schafft, Linda in solche Panik zu versetzen?«

»Ja. Das ist ein düsterer Punkt in ihrer Vergangenheit, den sie am liebsten verdrängt.«

»Und wer ist dieser Kerl?«

»Wenn sie es dir nicht erzählt hat, verschweigt sie das nicht ohne Grund. Ich möchte ihr da nicht vorgreifen. Keine Ahnung, was der Typ vorhat, aber mit ihm ist nicht zu spaßen.«

»Du kennst ihn?«

»Ja. Wir sind uns mal begegnet. Kann nicht behaupten, dass es erfreulich war. Für ihn jedenfalls nicht, denn er landete im Knast.«

»Und jetzt ist er raus?«, vermutete der Kommissar.

»Vermutlich. Ich weiß es nicht. Und noch mal, wenn Linda es dir gegenüber verschweigt, halte auch ich den Mund.«

»Okay, verstanden«, sagte der Kommissar, »ich muss später auch los zu einer Zeugenbefragung. Du erinnerst dich an den jungen Metzgermeister, in dessen Kühlraum Linda den toten Wolf entdeckt hat?«

»Ja«, knurrte Alan, der kein Interesse an Boschs Zeugenbefragungen hatte. »Aber was ist jetzt mit Linda? Ist sie noch in diesem Tsavostein?«

»Zavelstein. Offensichtlich nicht. Und genau das macht mir ja auch Sorgen. Sie ist nicht mehr in Sarahs Hotel. Ich habe an der Rezeption angerufen, sie soll mit dem Wagen weggefahren sein. Ich erreiche sie seither so wenig wie du.«

»Und du hast auch keine Idee, wo sie sein könnte?«

»Nein.« Jens Bosch zögerte. »Das heißt, doch, vielleicht. Sie hat was von Heuhütten erzählt, in denen sie Sarah suchen wollte. Die liegen im Murgtal, das ist auch im Schwarzwald. Hast du einen Wagen?«

»Ja. Sogar mit Navi. Werde das schon irgendwie finden. Wo muss ich hin?«

»Ich würde Forbach eingeben. Mit F. Wir können uns dort treffen. Du brauchst ungefähr eine Stunde. Ruf mich an, wenn du da bist, dann komm ich hin. Der Zeuge kann noch zwei Stunden warten.«

Alan beendete das Gespräch und ging zu seinem Wagen. Die Nervosität, die ihn am Flughafen übermannt hatte, war verflogen, denn er hatte jetzt ein Ziel. Er spürte den Instinkt des Jägers in sich, und diesmal war es nicht nur ein Leopard, auf dessen Fährte er sich setzen würde, sondern auch die Fährte der Frau, die er liebte. Er wusste, dass er sie finden würde. Er war sich dessen so sicher, weil er es sich nicht anders vorstellen konnte. Der Gedanke, dass ihr etwas zugestoßen sein könnte, war ihm unerträglich.

Alan Scott wusste, dass er Linda nur eine Hilfe sein konnte, wenn er sich vorstellte, dass sie lebte.

*

Sie waren etwas mehr als gefühlte zehn Minuten im Bachbett flussaufwärts gestiegen, ihre Füße waren vor Kälte im Eiswasser gefühllos, doch sie hatte es ignoriert. Sie hatte neben der Kälte mit der Balance zu kämpfen, um wegen der mit dem Tape gefesselten Hände nicht auszugleiten. Schließlich war ER auf einen schmalen Waldpfad abgebogen, der immer tiefer ins Dickicht zu führen schien. Linda hatte sich an spitzen Zweigen, scharfkantigen Steinen und kleinen Dornen die Fußsohlen aufgeschürft und biss bei jedem Schritt die Zähne zusammen.

»Wir sind gleich da«, hatte ER einmal gesagt und war ungerührt weitergegangen. Ein rot-weißes Absperrband spannte sich zwischen zwei Fichtenstämmen über den Weg, und ein rot umrandetes Verbotsschild prangte daneben an einem

Baum. »Durchgang verboten« las sie und erkannte das Piktogramm eines durch wenige Striche stilisierten Mannes mit Bauhelm und geöffnetem Mund, der »Halt!« zu schreien und das Verbot mit seiner abwehrenden schwarzen Hand zu unterstreichen schien.

»Kleine Vorsichtsmaßnahme«, sagte ER und zeigte auf das Schild. »Wo in einem deutschen Wald so was hängt, geht keiner weiter. Könnte ja sein, man wird bei Baumfällarbeiten erschlagen.«

Sie bückten sich unter dem Absperrband hindurch und gelangten nach etwa zehn Minuten auf eine kleine baumlose Fläche, aus der vier im Boden verankerte Metallpflöcke aufragten. In der Mitte des ebenen, nur wenige Meter großen grasbewachsenen Bereichs blickte Linda auf einen kreisrunden Bretterverschlag, der auf dem Boden etwas abzudecken schien.

»Weißt du, was das ist?«, fragte ER und deutete auf den hölzernen Bretterkreis.

Linda antwortete nicht und sah ihn nur trotzig an.

»Eine Wolfsgrube«, gab ER die Antwort. »Hübsche dreieinhalb Meter tief und so sauber rund gemauert, dass weder Wolf noch Mensch ohne fremde Hilfe da rauskommen. Echt antik übrigens, feinste Ware aus dem finsteren Mittelalter. War damals üblich, Wölfe auf diese Weise zu fangen.«

ER zog sie zur Mitte des Platzes.

»Zwischen den vier Pflöcken sind normalerweise Ketten gespannt, damit niemand in die Grube fällt. Wir haben die mal ausgehängt, da sie unserem Zweck nicht dienlich sind.«

Linda sah sich um, doch sie hatte keine Chance davonzulaufen. Mit den gebundenen Händen würde sie nicht schnell genug sein, um ihm zu entkommen. Und da war noch Sarah …

»Und damit du siehst, wie viel Glück du hast, kann ich dir auch was zu den anderen Methoden erzählen, mit denen man

Isegrim das Lebenslicht ausgeblasen hat: Tellereisen. Man erzählt, manche Wölfe hätten sich selbst das Bein abgebissen, um zu entkommen. Oder die Wolfsangel. Sieht aus wie ein zugespitztes Z. Wurde so hoch aufgehängt, dass der Wolf nach dem Köder springen musste und am Widerhaken hängen blieb. Kein schöner Tod. Da lobe ich mir so eine Grube.«

»Was hast du vor?«, fragte Linda und versuchte, das Zittern in ihrer Stimme zu unterdrücken.

ER stand vor ihr, ein Grinsen im Gesicht, und schien seinen Triumph voll auszukosten.

»Was ich vorhabe?«, fragte ER. »Nun ja, das weiß ich noch nicht so genau. Kommt ein bisschen darauf an, wie du die kommende Nacht überstehst. So ganz allein hier draußen. Oder zu zweit?«, fügte ER noch hinzu. »Auf jeden Fall habe ich vor, es zu genießen. Ich habe 15 Jahre lang davon geträumt.«

»Von Rache?« Sie spuckte die Worte aus.

»Rache ist ein hässliches Wort. Nennen wir es … Gerechtigkeit. Ich finde eine Nacht in der Wolfsgrube ist doch keine Rache für 15 Jahre im Knast.«

Blanker Hass sprach jetzt aus jedem seiner Worte.

»Ich wollte ja gerne, dass wir uns alle noch einmal in der Hütte in den Weinbergen treffen. Ein Déjà-vu. Aber da ich befürchten musste, dass mir dein afrikanischer Spürhund auf die Schliche kommt, habe ich umdisponiert. Die Idee kam mir erst jetzt, als ich von diesen Wolfsgruben erfahren habe. Und nachdem der Wolf von Anfang an Bestandteil meines Plans war, ist das doch mehr als ideal!«

ER bückte sich und hob die runde Holzabdeckung an, auf deren Mitte eine Art Besenstiel befestigt war. Die beiden Enden der Stange ragten über den Rand des Holzrunds hinaus und machten aus der Abdeckung eine Wippe, die bei der leichtesten Berührung nach unten wegkippte.

»Für den Wolf reicht es, das Loch mit Reisig abzudecken, aber für meinen Zweck ist mir dieses Schnapprad lieber. Siehst du den einfachen Kipp-Mechanismus? Hier in der Mitte des Holzrads befestigen wir den Köder, die beiden Enden der Stange reichen über das Rund der Grube hinaus, hier liegt die Falltür auf. Ein leicht in den oberen Rand der Mauer gestecktes Hölzchen hält die Wippe in der Waage, und wenn der Wolf drauf tritt – schwupp – kippt die Falltür nach unten weg, und er landet in der Grube.«

Wie zum Beweis trat ER halbherzig auf eine Hälfte der Falltür, und der Wippdeckel hob sich auf der nicht belasteten Seite schlagartig an. Wer immer dort mit seinem Gewicht auftrat würde unweigerlich in die Tiefe stürzen.

»Ist wenigstens gemütlich da unten. Kannst ja mal die Süße fragen, die hier auf dich wartet. Los, komm her! Aber leise!«

Linda näherte sich der Öffnung im Boden und spähte in das fast kreisrunde Loch.

*

Der Mann aus Afrika und der Kommissar aus dem Schwarzwald waren ein ungleiches Gespann, wie sie sich an dem von Jens Bosch vorgeschlagenen Parkplatz am Ortsrand von Forbach trafen. Der eine top gestylt und glattrasiert, die grauen Strähnchen im dunkelbraunen Haar sorgfältig verteilt, der andere mit wildem Dreitagebart und ungekämmtem Haar, das in wirren Locken unter seiner Mütze hervorlugte. Jens Bosch trug einen dunkelblauen sportlichen Trenchcoat mit offenen Knebelverschlüssen, hatte den Kragen gegen den Wind hochgeschlagen und sich lässig einen blau gestreiften Schal umgehängt. Die oberen Knöpfe seines weißen Polohemds waren geöffnet, die hellblauen Jeans wurden von einem breiten schwarzen Ledergürtel gehalten.

Alan Scott hatte seine khakifarbenen Buschklamotten, die er am Tag zuvor noch auf der Farm getragen hatte, für den Flug anbehalten, sie erschienen ihm auch im wesentlich kühleren deutschen Frühling praktisch und passend. Jens Bosch fröstelte, als er den Afrikaner im Kurzarmhemd aussteigen sah, und die sandfarbene Legionärsmütze schien ihm nicht so ganz in die Schwarzwaldlandschaft zu passen.

Alan Scott begrüßte den Kommissar mit dem typischen afrikanischen Dreiergriff.

»Na, dann bin ich mal gespannt, ob du die Spur von Linda genauso zielsicher entdeckst wie damals die Wolfsspuren im Wald«, meinte Jens Bosch eine Spur zu locker, wie Alan empfand. Immerhin war nicht nur Linda wie vom Erdboden verschluckt, sondern ihre Tochter Sarah war offensichtlich in den Händen eines Mannes, den er für einen Psychopathen hielt.

»Wir haben keine Zeit für dumme Sprüche«, sagte er barsch. »Ist hier das Tal, von dem du gesprochen hast?«

»Es gibt mehrere dieser Heuhüttentäler«, antwortete Jens Bosch, ohne Alan seine Grobheit krummzunehmen. »Ich habe, ehrlich gesagt, keine Ahnung, wo du mit der Suche beginnen solltest.«

»Falls Linda wirklich hier ist, wie kam sie her?«, fragte Alan.

»Ich vermute, mit ihrem Auto. Es stand zumindest nicht mehr am Hotel.«

»Dann werde ich damit beginnen«, meinte Alan. »Irgendwo muss ihr Wagen stehen. Wie viele dieser Täler gibt es?«

Jens Bosch zuckte die Schultern. »Einige. Und sie liegen alle hier rechts und links der Murg, zwischen Gernsbach und Forbach.«

»Dann nehme ich mir jetzt diese Täler vor und fahre die Parkplätze ab«, schlug Alan vor. »Oder hast du eine bessere Idee?«

»Eine Personenortung über ihr Handy. Ich könnte das in Auftrag geben.«

»Ihr Handy ist tot, seit ich gelandet bin.«

»Dann können wir das vergessen.«

»Also ihr Auto«, sagte Alan und unterdrückte seine Resignation. Es war die einzige Option, die er hatte, und das gefiel ihm nicht. Der Kommissar erriet seine Gedanken.

»Und wenn du es nicht findest, was dann?«

»Ich werde es finden«, sagte Alan bestimmt. »Ich muss es finden.«

»Okay. Nehmen wir an, es steht auf irgendeinem Parkplatz. Klapperst du dann sämtliche dieser Heuhütten ab?«

»Das weiß ich noch nicht. Wenn ich im Busch das Versteck eines Leoparden finden will, brauche ich seine Fährte. Wenn ich die habe, finde ich auch ihn. Genauso ist es hier. Wenn ich das Auto habe, ist das wie der Beginn einer Spur.«

»Ruf mich dann an. Ich schick dir für die Heuhütten Verstärkung.«

»Lieber nicht. Mehr Leute werden leichter entdeckt. Du kommst nicht mit?«

»Ich kann nicht, tut mir leid.« Er sah auf die Uhr. »Bin schon spät dran. Der Mord an Jaschke … Ich stehe kurz vor dem Abschluss. Ich muss noch einem Verdächtigen auf den Zahn fühlen.«

»Dieser Schwaiker ist raus?«, fragte Alan.

»Ja. Linda hat mir erzählt, dass du ihn in Afrika aufgetrieben hast. Ich hoffe, dass ich jetzt gleich auf seine Waffe stoße, die wir seit dem Mord an Jaschke suchen.«

»Diese Kimber Caprivi?«

»Genau die. Hat dir Linda erzählt, dass damit auf ihre Handtasche geschossen wurde? Und es gab noch weitere rätselhafte Schüsse aus diesem Gewehr.«

»Auf sie?«

»Einer zumindest indirekt. Sie war dabei. Der zweite auf mich. Oder genau genommen auf den Baum, auf dem ich saß.«

Alan schüttelte den Kopf. Das Wort »Psychopath« lag ihm auf der Zunge, doch er schwieg und fragte stattdessen:

»Sie hat mich auch noch nach diesem Journalisten gefragt, diesem komischen Büsgens. Sie meinte, er käme auch infrage, weil er damals bei den Leuten war, die Jaschke bedroht haben. Er soll sich in Südafrika aufhalten, wurde aber gekündigt und ist zurück und zumindest nicht mehr in diesem südafrikanischen Medienkonzern tätig. Nur damit du das auch weißt.«

»Ja«, sagte Jens Bosch. »Wir haben von ihm gesprochen. Es gibt eine ganze Reihe von Leuten, die ein Motiv gehabt hätten, Martin Jaschke umzubringen.«

»Diese vier, die ihm damals mit dem Motorschlitten aufgelauert haben«, begann Alan, »weißt du, wer der vierte war?«

»Das habe ich mir auch schon überlegt. Jaschke hat nie Anzeige erstattet und nur mit Linda darüber gesprochen. Mist!«, durchfuhr es ihn.

»Was? Was ist?«

»Sie ist die Einzige, die das nach Jaschkes Ermordung noch weiß! Daran habe ich noch gar nicht gedacht! Somit gibt es noch den großen Unbekannten!«

»Den großen Bekannten«, widersprach Alan. »Mir hat sie davon erzählt.«

»Du weißt, wer der vierte war?«, fragte der Kommissar, und Alan nickte.

»Dieser Schäfer«, sagt er nur.

»Der Schäfer? Dieser harmlose alte Mann? Der kommt nicht infrage.«

»Warum nicht?«

»Er war bei Linda, als man auf ihre Handtasche geschossen hat.«

»Bist du da ganz sicher?«, fragte Alan Scott.

*

Das Geräusch ließ Sarah nach oben blicken, die Abdeckung des Schachts wurde beiseitegeschoben, fahles Tageslicht strömte ins Innere der Grube, sie vernahm die Stimme eines Mannes und erkannte vor dem Hintergrund der Baumsilhouetten, die den Blick zum Himmel versperrten, die schemenhaften Umrisse zweier Gestalten, die sich über die Öffnung beugten.

»Wir sind da!«, sagte ER laut und schob den Ast nach unten, über den sie in das Loch geklettert war. Ein stabiler, dünner Stamm, dessen abgebrochene und abgeknickte Seitenäste als Leitersprossen dienten.

»Runter mit dir!«, fauchte ER, »du wirst sicher schon sehnsüchtig erwartet!«

*

»Kimber Campari?«, wiederholte er, »hört sich an wie ein Longdrink, nicht wie ein Gewehr. Nie gehört.«

»Das Spaßen wird Ihnen noch vergehen, Herr Steidinger. Wäre es nicht besser, wir würden uns in Ihrem Büro weiter unterhalten?«

Kriminalhauptkommissar Jens Bosch war in der Metzgerei aufgetaucht und hatte nach dem Juniorchef verlangt. »Wir können hier sprechen oder Sie kommen mit ins Kommissariat«, hatte der Ermittler vorgeschlagen, und sie waren nach draußen gegangen.

»Es gibt da ein paar Indizien, die dafürsprechen, dass sich die Kimber Caprivi in ihrem Besitz befindet. Und nur, um es noch einmal deutlich zu sagen: Es handelt sich um eine Repetierbüchse Kaliber .375 H&H Magnum. Und binden Sie mir jetzt nicht den Bären auf, dass Ihnen das nichts sagt!«

Joachim Steidinger hatte mit keiner Miene auf die Worte des Kommissars reagiert. Bosch hatte seine Ungeduld unterdrückt, tief Luft geholt und war sachlich fortgefahren:

»Wir haben Erkundigungen eingezogen und wissen, dass Sie einen gültigen Jagdschein haben, aber keine eigenen Waffen besitzen. Ihr Vater hat Ihnen ein Gewehr geliehen. Und das, obwohl er nicht im Besitz einer Waffenbesitzkarte ist. Also hören Sie auf, mich zu verarschen!«

Wieder war er laut geworden, und bei seinem letzten Satz war der junge Metzgermeister zusammengezuckt. Im Nachbarhaus war ein Fenster geschlossen worden, kopfschüttelnd hatte die Nachbarin ihr Unverständnis dokumentiert.

»Woher haben Sie das denn?«, hatte Joachim Steidinger gefragt, doch die Überheblichkeit in seiner Stimme war verschwunden gewesen.

»Ich habe Ihre Frau oben am Wildsee getroffen. Sie wissen ganz genau, was Sie dort wollte. Martin Jaschke wurde mit einer Waffe vom Kaliber .375 erschossen. Die Repetierbüchse, die Schwaiker Ihrem Vater bei der Lappjagd geliehen hatte, hat das Kaliber .375. Und Ihre Frau weiß, dass Sie mit genau diesem Gewehr gejagt haben. Also zum letzten Mal: Wo befindet sich die Waffe?«

Steidinger hatte klein beigegeben und dem Kriminalbeamten vorgeschlagen, ihn zum Versteck zu führen. »Im Wald«, hatte er nur gesagt, sie waren in ihre Autos eingestiegen, und er war vorausgefahren.

»Da entlang«, sagte Joachim Steidinger jetzt und wies auf einen Weg, der von der Wiese, an deren Rand sie geparkt hatten, in den Wald abbog. »Das Versteck ist gleich da vorne, auf dem Weg zu unserem Grundstück.«

»Nach Ihnen«, gab der Kommissar vor. »Und keine Tricks. Meine Kollegen wissen, wo ich bin.«

Steidinger nickte und ging voran.

»Sie glauben aber nicht, dass ich …«, begann Steidinger und ließ den Rest seiner Frage offen.

»Dass Sie Jaschke erschossen haben? Zumindest hätten Sie ein Motiv«, stellte der Kommissar fest, »und vermutlich waren Sie zur Tatzeit im Besitz einer Waffe.«

»Ich war's nicht«, behauptete Steidinger.

»Das behaupten sie alle«, entgegnete der Kommissar. »Haben Sie denn wenigstens ein anständiges Alibi?«

»Meine Frau …«, begann Steidinger.

»Das werden wir überprüfen.«

»Da vorne ist es«, lenkte Steidinger ab.

»Das aufgeschichtete Holz an dem Fuhrweg?«

»Ja. Das Stück hier gehört uns. Und das Holz auch. Kommen Sie mit.«

Er führte den Ermittler zur Rückseite des mannshohen Holzstoßes und legte gezielt in der Mitte des Stapels eine Öffnung zwischen den Meterhölzern frei. Er bückte sich, griff hinein und zog seinen Arm wieder leer heraus. Verwirrt sah er den Kommissar an und sagte nur ein Wort:

»Scheiße!«

»Lassen Sie mich raten: Die Waffe ist weg?«

»Ja. Die hat jemand gestohlen! Man muss uns beobachtet haben, anders kann ich mir das nicht erklären.«

»Wie lange lag die schon hier?«

»Zwei Wochen vielleicht. Mein Vater wollte sie nicht mehr zu Hause haben, ohne Waffenbesitzkarte. Als Ortsvorsteher war ihm das zu heiß. Er brachte sie zuerst zu mir. Aber meine Frau wollte keine Schusswaffe im Haus. Dann haben wir sie hier versteckt.«

»Und wann haben Sie hier zuletzt nach ihr gesehen?«

Steidinger junior zuckte die Schulter.

»Keine Ahnung. Mein Vater war mal hier.«

»Und die lag hier so einfach in der Holzbeige?«

»Mein Vater hatte noch ein Langwaffenfutteral ...«

»Mein Vater!«, brauste der Kommissar auf. »Mein Vater! Mein Vater! Ich höre immer nur ›mein Vater‹! Und wo ist er jetzt – Ihr Vater?«

»Ich kann ihn herholen!«, meinte Steidinger kleinlaut.

»Rufen Sie ihn an!«

»Hier ist kein Netz. Ich fahr schnell. Er ist im Rathaus. Fünf Minuten.«

Der Kommissar überlegte einen Augenblick, dann nickte er. Später sollte er sich den Vorwurf machen, nicht mitgefahren zu sein, doch jetzt hielt er es für das Beste, vor Ort zu bleiben, das Versteck zu bewachen und über Polizeifunk die KTU anzufordern. Falls die Waffe tatsächlich hier aufbewahrt worden war, musste es Spuren davon geben.

»Wenn Sie in zehn Minuten nicht wieder da sind, haben Sie ein Problem!«, warnte er noch und sah auf die Uhr. »Zehn Minuten!«

Steidinger stieg in seinen Kleintransporter und fuhr los.

Noch neun Minuten.

Jens Bosch blickte ihm nach, bis er hinter der Wegbiegung verschwunden war.

Noch acht Minuten.

Er ging zu seinem Dienstfahrzeug und nahm in Gedanken sein Handy aus der Freisprecheinrichtung. Kein Netz, dachte er, du musst über Polizeifunk – und starrte auf das Display. Fünf Balken! Beste Empfangsqualität. Von wegen, kein Netz!

Noch sieben Minuten.

Er rief seine Dienststelle an und veranlasste das Notwendige.

Noch sechs Minuten.

Jens Bosch versuchte, Linda Roloff zu erreichen, doch ihr Handy war noch immer tot.

Noch fünf Minuten.

*Der Mann, der sich lautlos angeschlichen hat, geht hinter einem Baum in Deckung.*

Der Kommissar ging zum Kofferraum und überprüfte die Ausstattung seines Dienstfahrzeugs.

Noch vier Minuten.

*Er wartet, bis sein Opfer den Wagen verlässt.*

Zufrieden und beruhigt lehnte der Ermittler sich an den Stamm einer alten Eiche und blickte den Weg entlang, an dessen Ende Steidingers Metzgereitransporter jeden Moment auftauchen musste.

Noch drei Minuten.

*Er sucht sich eine Position für einen sicheren Schuss.*

Nachdenklich schüttelte er den Kopf. Was ging hier ab? Der Vater schießt einen Wolf. Illegal. Bringt die Waffe zu seinem Sohn. Der versteckt das Gewehr im Wald, von wo es verschwindet. Zur selben Zeit wird der Nebenbuhler des Sohnes erschossen. Mit genau diesem Gewehr.

Noch zwei Minuten.

*Er hebt die Kimber Caprivi langsam an, geht in den Anschlag.*

Der Sohn hat die Waffe. Und ein Motiv. Und kein Alibi. Und sollte jetzt so langsam hier auftauchen. Mit dem Vater.

*Er hat seinen Brustkorb im Visier. Ein Blattschuss.*

Noch eine Minute.

*Er zielt auf das Herz. Sein Zeigefinger spürt den Abzugswiderstand.*

Kriminalhauptkommissar Jens Bosch beobachtete ein Eichhörnchen, das geschickt balancierend von einem weit ausladenden Ast der Eiche in die Zweige der benachbarten Haselnussstaude kletterte.

Es war das Letzte, was er sah, bevor der Schuss krachte.

*

Alan war neben dem roten Renault in die Knie gegangen und suchte nach Spuren, was auf dem Kiesbelag des Parkplatzes so gut wie unmöglich war. Einzig die aufgewirbelten Steinchen ein Stück weit hinter Lindas Wagen deuteten auf eine Vollbremsung hin. Schließlich stand er auf und nahm die Umgebung des kleinen Wanderparkplatzes genauer unter die Lupe. Er schritt den Rand des geschotterten Platzes ab und entdeckte im Erdboden eines Naturpfads mehrere frische Spuren, die mit Sicherheit von Leuten stammten, deren Fahrzeuge hier abgestellt waren. Neben Lindas Renault ein brauner Berlingo, ein schwarzer Audi mit Hamburger Kennzeichen und ein leuchtend blaues BMW-Cabriolet mit geschlossenem Dach.

Das Wetter schien unbeständig gewesen zu sein, denn die Spuren zeichneten sich deutlich auf dem breiten Fußweg ab, der von flachen Pfützen durchzogen war, in denen der Bodengrund deutlich schimmerte. Somit war Alan klar, dass in den letzten Minuten niemand den Parkplatz auf diesem Weg verlassen hatte oder zurückgekommen war.

Er betrachtete die Fußabdrücke. Die frischen Spuren führten alle in das Tal, Wanderer, die heute dorthin aufgebrochen waren. Spuren, die zurückkamen, gab es auch, sie waren jedoch undeutlich und wurden von den anderen Fährten überlagert. Das mussten die älteren Spuren sein, wusste Alan. Er entdeckte auch eindeutige Abdrücke von schmalen Sneakers, die mit Lindas Schuhgröße übereinstimmen konnten, doch sie waren zu alt und zu verwischt, um genauere Rückschlüsse zu ziehen. Auffällig war jedoch, dass sie fast immer von einem Männerschuh überlagert wurden und beide Spuren zum Parkplatz zurückführten.

Alan überlegte. Sollten das Lindas Fußspuren sein, würde es bedeuten, dass sie nicht mehr im Tal, aber auch nicht in ihrem Wagen weggefahren war. Und dass sie vielleicht nicht allein hierher zurückgekommen war. Nur – wohin mochte sie gegangen sein?

Alan betrachtete die Umgebung. Zwei Hütten standen in unmittelbarer Nähe zum Pfad, ihre grauen Fassaden leuchteten in einem matten Silber in der Sonne, die sich für kurze Zeit ihren Weg durch die Wolken gebahnt hatte. Er beschloss, sich die beiden Hütten genauer anzusehen. Auch wenn die Fährte des Leoparden in die andere Richtung führte, konnte sein Versteck dort liegen, woher die Fährte kam. Er folgte der Spur der Sneakersabdrücke, bis sie den Weg an einer Stelle verließen, wo das Gras niedergedrückt war und eine Art Trampelpfad zur vorderen der beiden Hütten führte. Auf halbem Weg kam ihm eine Frau mit Hund entgegen. Der kurzbeinige Pekingese schnüffelte kurz an seiner Hose und schien dann das Interesse verloren zu haben. Die Frau, eine rüstige Rentnerin in salopper Freizeitkleidung, trug einen hellen Hut in der Hand und schüttelte den Kopf, als sie auf seiner Höhe war.

»Was die Leute heutzutage alles machen«, sagte sie munter. »Stellen Sie sich vor, die rammen diesen schönen Hut mit einem Messer an die Hüttenwand. Der ist doch fast noch neu, bis auf die komischen roten Flecken!«

Sie schüttelte den Kopf und ging weiter.

Alan maß der Begegnung zunächst keine Bedeutung bei. Als er bei den beiden Hütten keine weiteren Spuren fand und beschloss, seine Suche dort fortzusetzen, wo Linda zuletzt gewesen war, ahnte er noch nicht, dass ihn die saloppe Bemerkung der alten Frau im wahrsten Sinn des Wortes auf die richtige Fährte bringen würde.

*

*Der Rüde hat sich ihr angeschlossen, die herbe Ausdünstung seiner Drüsen hat sich in ihr Gehirn eingebrannt, und sie nimmt seine Duftmarken überall wahr. Das Territorium, das er gekennzeichnet hat, kennt keine anderen Markierungen, und jeder Pfad, den sie gehen, erhält von ihm sein Gepräge. Sie ist fortan in der Lage, seinen Geruch von dem jedes Artgenossen zu unterscheiden, der ihnen das Revier streitig machen könnte, sie würden sofort bemerken, wenn andere Wölfe hier eindrangen, und sie würden erkennen, ob es ein Rüde oder eine Fähe wäre. Sie riecht den Rüden über große Distanz und weiß, dass er sie auf die gleiche Weise wahrnimmt.*

*Die Wölfin verharrt, als sie den fremden Geruch ausmacht. Etwas daran verwirrt sie. Es sind zwei Duftkomponenten, die sich in ihrer feinen Nase festsetzen, sie stellt die Lauscher auf, und ihre mondgelben Augen fixieren die Richtung, aus der die Ausdünstungen kommen. Es sind mindestens zwei Düfte, und beide verbindet sie mit dem süßlichen und widerlichen Gestank des Zweibeiners.*

*Der erste, dominante Geruch ist rauchig und scharf und brennt unangenehm in ihrer Nase. Sie weiß nicht, dass es*

*Schmauch ist, aber in ihrem Gedächtnis verbindet sie ihn mit einem lauten Knall und weiß, dass dieses Geräusch den Tod bringt. Der zweite, schwächere Geruch, der aus genau derselben Richtung kommt wie der erste, ist durchdringend und herb, doch sie ist sich nicht sicher, ob sie Blut und Fäulnis riecht oder andere Ausdünstungen wie Speichel oder Schweiß.*

*Sie sieht den Rüden an, doch der scheint ebenso unentschlossen wie sie. Er hat, ebenso wie sie, den Knall wahrgenommen, und sie wissen beide, dass der Schuss in nicht allzu großer Entfernung gefallen ist. Es ist die Neugier und die Vorsicht zugleich, was sie schließlich antreibt, dem fremden Geruch nachzugehen. Ihr Instinkt befiehlt ihnen zu ergründen, was in ihrem Revier vor sich geht, und so schleichen sie leise näher. Noch wissen sie nicht, ob es Beute ist, die dort auf sie wartet, denn obwohl sie geborene Jäger sind und es lieben, das Wild zu hetzen und zu schlagen, sind sie totem Fleisch nicht abgeneigt, und die Fähe hat in der Zeit der Einsamkeit schon so manchem Fuchs oder einer Wildkatze Aas geraubt.*

*Als sie den Ort erreicht haben, der den Geruch verströmt, verharren sie in der Deckung des Waldes und beobachten das reglose Bündel, das dort am Boden liegt. Der Geruch in ihren feinen Nasen hat eine Änderung erfahren, die Dominanz hat sich gewandelt, der scharfe Rauch ist abgeschwächt, die herbe Komponente, die einer Duftmarke im Revier gleicht, hat zugenommen.*

*Ihre Witterung signalisiert den Gestank des Fremden, des Feindes, der Zweibeiner, und sie geht in Lauerstellung. Wo Zweibeiner sind, ist der Tod nicht weit, das hat sie die Erfahrung gelehrt, und ihre Augen nehmen jetzt deutlich das kantige Ungetüm wahr, das sich sonst laut brüllend, stinkend und mit ungeheurer Geschwindigkeit bewegt und dessen Augen grell leuchten, die sie blenden, wenn es auf sie zurast und, wenn es lärmend vorbeigeschossen ist, rot leuchtend verschwinden. Doch jetzt ist es still, seine Augen tot, der Lärm verstummt, fast scheint es zu schlafen.*

*In einem unförmigen Bündel, das vor einem alten Baum am Boden liegt, erkennt ihre Nase einen Zweibeiner, doch ihre Lauscher nehmen keines der Geräusche wahr, die sonst von ihm ausgehen, wenn er sich laut im Unterholz bewegt, jeder seiner Schritte schmirgelnd, scheuernd, kratzend sein Näherkommen ankündigt. Nicht leise und kaum wahrnehmbar, wie ihre Art es vermag, weich im Wind das Fell, sanft der Druck der Pfoten auf dem Waldboden, ein Schweben, Gleiten und Huschen. Stattdessen Trampeln, Knacken und Brechen. Doch jetzt bleibt er stumm.*

*Was sie irritiert, ist, dass der Duft den Anschein von Beute in ihr erweckt. Sie hat das bei einem Zweibeiner noch nie auf diese verlockende Weise wahrgenommen. Ihr Instinkt hat sie immer gelehrt, dass dieses Wesen, wo immer es in ihr Territorium eindringt, zu ihren ärgsten Widersachern gehört, ein Konkurrent und Feind, wie es keinen größeren gibt. Nie hat sie ihn als Beute gesehen, wie er sich unbeholfen bewegt, wie er aufrecht geht, wie langsam er rennt. Leicht zu überwältigen, auch auf einsamer Jagd, wie verlockend ist dieser Gedanke an hungrigen Tagen gewesen. Seine Jungen, meist nur eines allein, wehrloser als ein Frischling, tapsiger als ein Welpe, plumper als ein neugeborenes Kitz.*

*Und doch hat sie nie Jagd auf ihn gemacht, nie versucht, eines seiner Jungen zu schlagen, nie von seinem Fleisch gekostet. Jetzt, mit leerem Magen, als ihr sein Duft in die Nase steigt, ist sie gewillt, das Tabu zu brechen, und duckt sich im Unterholz wie beim Angriff auf einen Überläufer. Der Rüde neben ihr ist ebenfalls im Jagdfieber. Sein Körper ist auf den Boden gepresst, der Kopf nach vorne gestreckt, die Rute waagrecht auf dem Boden, die Läufe angewinkelt und die Sehnen zum Zerreißen gespannt. Die Ohren sind in Richtung seines kommenden Angriffs gerichtet, sein Starrblick ruht konzentriert auf dem reglosen Bündel, das die Größe eines schlafenden Wildschweins hat. Sie würden satt sein für mehr als einen Tag und von der Beute vielleicht noch länger zehren.*

*Fähe und Rüde sind von Anspannung und Jagdeifer gezeichnet, jedes der Tiere scheint mit der Attacke auf den anderen zu warten. Schon hebt sich der Körper des Rüden um einen Zentimeter an, ein leichtes Zittern geht durch seine Nerven, seine Lefzen triefen. Doch dann, in der Sekunde, als der den Angriff starten will, bremst ihn der Warnlaut der Wölfin aus.*

*Die Beute hat sich bewegt. Und lebend ist sie keine Beute mehr, das sagt ihnen der uralte Instinkt ihrer Art.*

*Ihre Muskeln entspannen sich, die Nerven werden ruhig, und nur noch als Beobachter verharren die beiden Jäger in ihrem Versteck.*

*

Linda erblickte nur zwei ausgestreckte Beine, die fast bis zur Mitte ragten, der Körper lehnte an der ihr zugewandten Wand, direkt unter ihr.

»Wir sind da!«, rief ER laut in die Grube hinunter und schob einen stabilen langen Ast nach unten, der neben dem Schacht im Grad gelegen hatte und wohl als Leiter diente.

»Runter mit dir!«, fauchte ER, »du wirst sicher schon sehnsüchtig erwartet!«

»Du Schwein!«, zischte sie, »sie werden dich kriegen! Verlass dich drauf! Alan findet dich, der fällt nicht auf deine falschen Spuren rein!«

»Alan? Ha! Dass ich nicht lache. Für ihn habe ich mir

etwas ganz besonders Schönes ausgedacht. Ja, er wird dich finden! Er soll dich finden! Hier in dieser Grube! Aber erst, wenn es zu spät ist!«

»Du bist ja krank!«, fauchte Linda. »Krank vor Rache!«

ER lachte laut auf.

»Oh nein«, widersprach ER. »Ich bin mehr als gesund. Krank war der Professor. Leider. Ich hätte ihn zu gerne auch zu dieser Party eingeladen. Dann wären wir komplett gewesen wie damals. Und dann sitzt der Drecksack im Rollstuhl. Keine Chance, ihn zum Ortstermin zu bitten. Hat mich ganz schön genervt.«

»Was hast du mit ihm gemacht?«

ER nahm seine Arme nach vorne, den linken ausgestreckt, den rechten angewinkelt und hielt ein imaginäres Gewehr. Aus seinem Mund kam ein Zischen, das sich wie ein Schuss anhörte, und ER lachte.

»Er hat es einfach nicht überlebt, mich wiederzusehen.«

»Du hast ihn umgebracht!«, schrie sie.

»Und wenn?«, höhnte ER. »Ich hab' lebenslang gekriegt. Das gehört zu meinem Portfolio. Ja, ich hab ihn umgebracht. Bumm! Na und? Das spielt doch keine Rolle mehr. Und er war nicht der Einzige, der wegen dir gestorben ist, falls dich das interessiert!«

»Wer noch?«, fuhr sie ihn an, und eine dunkle Ahnung stieg in ihr auf.

»Dein toller Kommissar!«

Linda starrte ihn an, stumm vor Schreck. Jens!

ER zog die *Gaffa*-Rolle aus der Tasche, riss ein Stück ab und klebte es ihr über den Mund, noch ehe sie seiner Bewegung ausweichen konnte. ER schob sie an den Rand der Wolfsgrube, und wies sie an, nach unten zu klettern. Linda zögerte keinen Augenblick, längst hatte sie Sarah am Boden des tiefen Schachts erspäht und beeilte sich, zu ihrer Tochter zu gelangen.

»Jetzt könnt ihr miteinander turteln, ihr Täubchen«, höhnte ER und zog, nachdem Linda unten angekommen war, den Stamm wieder zu sich herauf.

»Hier seid ihr sicher. Und bildet euch nicht ein, allein herausklettern zu können. Das Loch ist zu tief, selbst wenn ihr euch aufeinanderstellt. Und hören kann euch hier draußen auch keiner. Damit es euch nicht langweilig wird, habe ich mir ein nettes Programm für euch ausgedacht. Ich werde nämlich mal ein bisschen Fleisch hier oben auslegen.«

ER kramte einen großen Plastikbeutel aus seinem Rucksack, und Linda würgte, als der Gestank zu ihnen in die Grube kroch. Sie fühlte sich erinnert an das, was sie an jenem verhängnisvollen Tag in der Metzgerei gerochen hatte. Seltsam streng, ein Geruch wie im Raubtierhaus im Zoo. Beißend, markant, wild und doch intensiver, fleischiger, roher. Eine Mischung aus frischem Fleisch, geronnenem Blut und Raubtierexkrementen.

»Das ist frische Ziege«, höhnte ER von oben, »ganz nach dem Geschmack der Tiere, die man früher in solchen Gruben gefangen hat!«

Linda schauderte. Sie zweifelte nicht an seiner Absicht, mit diesem Köder einen leibhaftigen Wolf in die Falle zu locken. Wenn es jemanden gab, der sich einen solch teuflischen Plan ausdachte, dann ER.

»Der böse Wolf hat zwar dran glauben müssen, aber es gibt noch genügend anderes Getier, das euch vielleicht Gesellschaft leistet«, spottete ER. »Ein Fuchs wäre da noch was Harmloses, aber zwei Stadtladies und ein Wildschwein in der Grube zusammengepfercht, das könnte ein schönes Erlebnis sein. Bin gespannt, was ich morgen früh vorfinde, wenn ich euch das Frühstück vorbeibringe.«

Sein hämisches Lachen wurde verschluckt, als sich der Holzdeckel über die runde Öffnung der Grube schob. Linda sank am Schachtboden auf die Knie und ließ sich nach vorne kippen, auf den Oberkörper ihrer Tochter. Ohne die Arme öffnen zu können und leise schluchzend lagen Mutter und Tochter aneinandergeschmiegt in der Finsternis, erfüllt von Hoffnungslosigkeit und Angst.

*

Seine Hand tastete vorsichtig nach dem Schulterholster. Der erfahrene Ermittler hatte sich nach dem Sturz auf die Seite gerollt und war bewegungslos liegen geblieben. Der Schütze sollte im Glauben bleiben, sein Ziel getroffen zu haben, was ihm ja auch gelungen war. Die Brust schmerzte höllisch durch den abgewehrten Aufprall des Projektils. Eine Wunde fühlte er nicht, als er den schmerzenden Bereich abtastete, auch ballistische Splitter schienen nicht in die Haut gedrungen zu sein. Es sah aus, als sei er mit einer heftigen Prellung oder vielleicht einer gebrochenen Rippe davongekommen.

Jens Bosch zog trotz der Schmerzen unter dem Trenchcoat unbemerkt die *HK P2000 V2* aus dem Holster und lauschte angestrengt. Gab es das Geräusch sich nahender oder entfernender Schritte? Würde der Schütze näherkommen, um sich vom Tod seines Opfers zu überzeugen? Oder würde er sich aus dem Staub machen, weil er ahnte, dass Verstärkung unterwegs war? Aus der Ferne musste er seinen Treffer für tödlich gehalten haben, und es war Jens Bosch klar, dass er wohl sein Leben nur der kugelsicheren Weste mit Schutzfaktor 4 zu verdanken hatte. Gewarnt durch den auf ihn abgegebenen Schuss am Wildsee hatte er sich im Revier mit einer beschusshemmenden Weste ausgerüstet. Immerhin zählte

Steidinger zu den Hauptverdächtigen. Als er sich so plötzlich aufgemacht hatte, um seinen Vater zu holen, hatte der Kommissar, trotz seines Vorbehalts gegen das Tragen einer ballistischen Schutzweste, die SK4 angelegt.

Zum ersten Mal, seit dem Beginn seiner Polizeilaufbahn, hatte er sich dabei für die höchste Schutzklasse entschieden, denn die SK4 schützte als Einzige vor Langwaffenmunition, hatte also auch die größtmögliche Wirkungskraft gegen eine Repetierbüchse mit Großkaliber. Gleichzeitig würde er, wenn das Geschoss im Westenkörper stecken blieb, endlich einen eindeutigen ballistischen Beweis für einen Schuss aus der Waffe des Tatverdächtigen bekommen, wenn es stimmte, aus einer Kimber Caprivi.

Bosch war das Risiko bewusst eingegangen, da er sonst keinen Weg sah, Steidinger ohne Geständnis zu überführen. Er wusste, dass auch eine SK4 keinesfalls kugelsicher war, ihn allerdings bis zu einem gewissen Grad vor der tödlichen Wirkung des Geschosses schützen würde.

Glück gehabt, dachte Jens Bosch und drehte sich vorsichtig in die Richtung, aus der der Schuss gefallen war. Der Schütze war nirgends zu sehen, doch er hörte Motorengeräusche. Die Kriminaltechnik traf ein, als sich der Kommissar gerade langsam am Stamm des Baumes aufrichtete. Der Wagen, der hinter dem Einsatzfahrzeug der KTU den Weg entlangfuhr, war der Lieferwagen der Metzgerei. Jens Bosch traute seinen Augen nicht. War Joachim Steidinger so kaltblütig, hier noch einmal aufzutauchen, nachdem er gerade eben auf ihn geschossen hatte?

Doch der Mann, der aus dem Transporter ausstieg, war der Vater des Tatverdächtigen.

*

*Das Wolfspaar hat bis zum Beginn der Nacht eine beträchtliche Strecke zurückgelegt, nachdem es von dem vermeintlich toten, seltsamen Schwein vertrieben worden ist. Der Geruch des frischen Bluts, den ihnen ihre feinen Nasen aus der Ferne zuführen, ist für die beiden Wölfe zu verlockend. Hintereinander schnüren sie durch das Dickicht, die erfahrene Fähe voran, der junge Rüde trittsicher in ihrer Spur.*

*Sie nimmt den kürzesten Weg, immer geradeaus, durchquert Täler und watet durch Bäche, überquert einen Höhenzug und hat den Duft schon bald so deutlich in der Nase, dass sie witternd stehen bleibt. Auch der Rüde hat den Geruch direkt vor sich ausgemacht, und die beiden Jäger ändern ihre Taktik. Verhoffend verharren sie, ihre Augen suchen nach der Beute, doch das Einzige, was sie entdecken, sind die Metallpfosten, die ein seltsames Viereck bilden.*

*Die Wölfe kennen die Wirkung von Zäunen, ob sie nun aus Holz und stabil sind oder labil und schmerzhaft, wenn sie mit den dünnen Fasern in Berührung kommen, und ihr Misstrauen ist erwacht. Zugleich steigt der Duft der Zweibeiner in ihre Nasen und der verräterische Duft von Angst. Wer immer dort auf sie wartet, ist keine Gefahr, und doch müssen sie vorsichtig sein vor dem Unbekannten, das dort lauert.*

*Der Rüde, jung und unerfahren, ist der Erste, der sich heranwagt. Er ignoriert das warnende Knurren der Fähe und pirscht sich leise an. Der Geruch von Schweiß und Blut wecken den Jagdinstinkt in ihm, und der Hunger ist größer als die instinktive Vorsicht. Er kann keinen Feind entdecken, nur einen seltsamen Kreis aus Holz, auf dem der blutige Fleischklumpen ihn erwartet.*

*Wie hätte er auch wissen können, dass ein solches Schnapprad vielen seiner Vorfahren in diesen Wäldern schon den Tod gebracht hat? Schon damals hatten gewaltige Brocken veren-*

*deter Ziegen den Duft der Verwesung in den Tälern verbreitet und Wölfe angelockt. Betraten sie das Fallrad, um nach dem Fleisch zu schnappen, gab der Boden unter den Läufen nach, und sie stürzten unweigerlich in die Tiefe, von wo es kein Entrinnen gab. Und am Morgen kamen die Bauern mit Sensen, Äxten und Heugabeln und schlugen den Wolf in der Grube tot.*

*Sein muskelbepackter Körper umkreist das runde Brett vorsichtig witternd einmal, zweimal, dreimal. Der Geruch der Zweibeiner, der unverkennbar in der Luft liegt, wird überlagert von der Verlockung des Fleisches, das dazu nicht vor ihm flieht, sondern als ein großer, aus der Beute gerissener Bissen auf ihn zu warten scheint.*

*Genau dieser Umstand weckt das Misstrauen der Wölfin. Die erfahrene Jägerin ist klug genug, um dieser einfach zu schlagenden Beute nicht zu trauen. Sie hat schon ihr altes Rudel durch ihre Umsicht vor Giftködern bewahrt und signalisiert dem Rüden durch ihre Stimme und das im Nacken aufgestellte Fell eindeutig Zurückhaltung. Als er auf ihre Gebärden und Laute nicht reagiert, kräuselt sie ihre Nase, fletscht die Zähne und nähert sich mit aufgestellter Rute. Der jüngere Wolf klemmt den Schwanz ein, hält ihr Gebaren für das Signal der Ranghöheren auf den ersten Bissen aus der Beute, duckt sich und zieht sich ein Stück weit zurück.*

*Die Wölfin ist unsicher. Abwartend und witternd steht sie am Rand der vor ihren Augen verschlossenen Grube und setzt vorsichtig eine Pfote auf das Brett. Als es nicht nachgibt, verstärkt sie den Druck, nicht jedoch ohne ihr Gegengewicht auf die drei anderen Läufe zu verlagern. Ihr Gesicht nähert sich dem Brett, ihre Schnauze berührt das glatte Holz, und ihre feinen Tasthaare spüren die geringfügige Bewegung. Ruckartig zieht sie ihre Pfote zurück, als sich der Spalt plötzlich in*

*Mausbreite auftut und das schwere Brett ihr ein Stück weit entgegenkippt und unter ihr zu wippen beginnt.*

*Ruckartig schnellt sie zurück, bringt Schnauze und Pfote in Sicherheit, ein misstrauisches Winseln entgleitet ihrer Kehle. Ihr Haupt ist hoch erhoben, die Rute steil aufgerichtet, als sie sich aus der kleinen Lichtung in den Wald zurückzieht.*

*Der Rüde verharrte geduckt, die Ohren angelegt, die Lefzen ängstlich hochgezogen, den Schwanz tief zwischen den Läufen versteckt.*

*Schließlich folgt er ihr.*

*

Alan Scott hatte in seinem Wagen geschlafen und in aller Frühe an der Rezeption des Hotels, in dem Sarah gejobbt hatte, nach dem *Theurerhof* gefragt. Dort sei sie zuletzt gewesen, hatte das Mädchen ihm gesagt, das sich als Natascha und eine Freundin Sarahs vorgestellt hatte.

»Auch Sarahs Mutter war dort«, ergänzte sie noch. »Fragen Sie den Seniorchef, wenn Sie ihn dort sehen. Er ist immer da und schafft was.«

Alan hatte sich bedankt, sich den Weg beschreiben lassen und den alten Hof kurz darauf erreicht.

Es war niemand zu sehen gewesen, er umrundete das größte der Gebäude und fand neben dem Zugang zum ehemaligen Milchviehstall eine Tür, die nur angelehnt war. Alan trat ein und ahnte, dass das ganze Untergeschoss einst der Kuhstall gewesen war. Die einzelnen Boxen ließen sich noch im Grundriss erahnen, die Mauern der Futtertröge standen teilweise noch, an den Raufen hingen alte landwirtschaftliche Geräte, und ein paar der halbschalenförmigen Tränken waren erhalten geblieben. Eine Holztreppe führte in den Stock nach oben.

Alan folgte einem scharrenden Geräusch und trat in einen der Räume im nächsten Stockwerk. Die Zimmer atmeten den Geist einer längst vergangenen Epoche, waren liebevoll restauriert und mit Details der ehemaligen Einrichtung ausgestattet worden. Der antike Küchenherd stach ihm ins Auge, aber auch das Geschirr, die Bilder an der Wand, die Töpfe und Geräte machten den Raum zu einem kleinen Museum. Der Mann, der an dem Tisch zu schlafen schien, sah auf, als Alan in der Tür stehen blieb.

»Kann ich helfen?«, fragte er freundlich, und Alan schilderte ihm den Grund seines Besuchs.

»Wie sieht die Frau aus, die Sie suchen?«, fragte Rolf Berlin. »So ein Mädle war da. Gestern. Lange schwarze Haare, schlank. A nette Dinge«, kommentierte er noch schwäbisch, was Alan zwar nicht verstand, aber lächeln ließ. »Sie war dann aber ziemlich schnell wieder weg. Irgendetwas schien sie gehörig durcheinander gebracht zu haben.«

»Was hat sie hier gesucht?«, fragte Alan.

»Sie wollte sich ein Appartement ansehen. War auf der Suche nach ihrer Tochter. Kommen Sie, ich kann's Ihnen zeigen.«

Er legte sein Werkzeug ab, und Alan folgte ihm zu einem Ausgang auf der anderen Seite des Gebäudes, der zu einer schmalen, mit rötlichen Steinplatten gepflasterten Gasse führte. Im Vorbeigehen registrierte er eine Schwarz-weiß-Fotografie, die eine Familie vor dem Hintergrund des Hofs zeigte, in dem er sich jetzt befand. Wie von einer unsichtbaren Kraft festgehalten, blieb Alan schlagartig stehen und betrachtete das Bild. Mit einem Mal wusste er, was ihm unbewusst an dem Foto ins Auge gestochen war.

»Sorry«, sagte er betont ungezwungen, »der Mann mit dem Hut hier auf dem Bild, sind Sie das?«

»Ja, sagte Rolf Berlin, »ist schon ein paar Jahre her. Meine Frau und ich, mit der ganzen Familie.«

»Tragen Sie gerne solche Hüte?«

»Ja, immer. Im Winter dunkel und im Sommer den hellen.«

»Weiß mit schwarzem Band, wie auf dem Foto?«

»Ja.«

»Nur heute nicht?«

»Nein«, lächelte der Senior. »Heute nicht. Ich muss ihn irgendwo verlegt haben, seit gestern fehlt er.«

»Kann es sein«, fragte Alan Scott, »dass es solche Hüte öfter gibt, hier in der Gegend?«

»Eher nicht«, meinte Rolf Berlin. »Ich kenn' sonst niemanden, der so einen trägt.«

»Hm. Komisch«, murmelte Alan. »Ich habe gestern so einen gesehen. Die Frau, die ihn gefunden hat, sagte, er hing mit einem Messer an einer Hüttenwand. Und er hatte rote Flecken.«

»Rote Flecken? Dann war's nicht meiner«, lachte der Senior, um dann plötzlich ernst zu werden. »Aber Moment mal! An einer Hüttenwand, sagen Sie? Das ist jetzt aber komisch.«

»Komisch? Warum?«

»Na, weil die Tochter der Frau, die Sie suchen, wohl in den Heuhüttentälern war. Mit diesem komischen Tierarzt.«

»Bitte langsam«, bat Alan. »Das geht mir jetzt ein bisschen zu schnell.«

Er dachte nach. Linda hatte einen Tierarzt erwähnt. Sarah war in diesen Tälern mit den Hütten gewesen. Und dort war jetzt der Hut dieses Mannes aufgetaucht. Zufall? Nein!

»In dem Appartement hier hat ein Tierarzt gewohnt. Das Mädle hat sich wohl ab und zu mal mit dem getroffen. Wo war denn die Hütte, an der mein Hut hing?«

»Bei Forbach. Murgtal nennt sich das, glaube ich.«

Rolf Berlin schüttelte verwundert den Kopf.

»Sehr merkwürdig, das alles«, brummte er. »Das Mädle, der Kerl, die Frau, mein Hut. Alles im Murgtal? Hm.«

»Dieser Tierarzt. Wo ist der jetzt?«

»Abgereist. Das habe ich der Frau auch gesagt. Sein Wagen stand immer da unten neben dem Eselstall.«

»Was war das für ein Wagen?«

»Schwarzer Audi.«

Ein Bild tauchte vor Alans Augen auf.

»Mit HH?«, fragte er.

»Ja. Mietwagen wahrscheinlich.«

»Verdammt!«, zischte Alan. Da hatte er den Leoparden direkt vor der Nase, ohne es zu ahnen!

»Was können Sie mir noch über diesen Tierarzt erzählen?«, fragte er.

»Keine Ahnung. Hab ihn nur ein paar Mal gesehen. Nicht mein Fall. Das Letzte, was ich von ihm mitbekommen hab, war, dass er mich nach einer Wolfsgrube gefragt hat.«

»Einer was?«

»Einer Wolfsgrube. Darin hat man früher im Wald Wölfe gefangen. Drei bis vier Meter tiefe Löcher. Hier in der Gegend ist mal eine Spinnerin in eine gestürzt und erfroren. Dieser Tierarzt hat sich dafür interessiert und wollte wissen, wo es noch solche Gruben gibt.«

»Und? Konnten Sie ihm helfen?«, fragte Alan.

»Ja. Es gibt nur noch eine bei uns hier in der Gegend.«

»Wo?«

Alan Scott hatte Mühe, sein Jagdfieber im Zaum zu halten,

denn er fühlte, dass er eine neue Spur des Leoparden entdeckt hatte. Und diesmal würde er sein Versteck finden.

*

Linda lag wach auf dem Grund des Schachts und versuchte, mit den Augen die Dunkelheit zu durchdringen. Durch den schmalen Schlitz der Falltür drang ein Zentimeter breit Tageslicht ins Innere und zeichnete einen merkwürdigen hellen Streifen an die bemooste Steinwand. Linda fühlte, dass Sarah noch immer in ihrem Arm lag und schlief. Sie hatten sich noch in der Nacht von dem *Gaffa* im Gesicht befreit und sich schließlich auch gegenseitig die Armfesseln abgenommen.

Linda schüttelte den Kopf über sich selbst. Wie dumm war sie ihm in die Falle gegangen! Die halbe Nacht hatte sie sich den Kopf zermartert, wie sie mit Sarah aus dem Verlies entkommen konnte, doch die kreisrunde Wand war zu hoch, die Steinmauer zu glatt, um daran emporzuklettern. Sie waren diesem Scheusal in Menschengestalt und seinem Gedanken nach Rache hilflos ausgeliefert. Was sie von ihm gehört hatte, jagte ihr einen kalten Schauer über den Rücken, und sie dachte an Alan Scott.

Sicher war er längst in Deutschland gelandet, und wie sie ihn kannte, würde er nichts unversucht lassen, um sie zu finden. Die Frage war nur, wie schlau die Falle war, die ER ihm gestellt hatte. Und Jens? Hatte ER die Wahrheit gesagt? Musste Jens Bosch ebenso sterben wie Professor Kuhns? War dieser Teufel in der Lage, alle Menschen zu bedrohen, in seine Gewalt zu bringen und zu töten, die ihr nahestanden und die sie liebte? Wie krank war das Hirn dieses Psychopathen? Warum war sie IHM nicht schon damals auf die Schliche gekommen? Warum hatte sie sich mit diesem Typen eingelassen, damals, in diesem anderen Leben? Ihre Gedanken wanderten Jahre zurück.

*Sie hatte Angst gehabt, für immer mit Sarah allein zu bleiben, nachdem sie sich von ihrem Mann Rob getrennt hatte und der nach Afrika gegangen war. Dann war ER in ihr Leben gepoltert, doch schon bald hatte sie daran gezweifelt, ob ER wirklich der Mann war, der zu ihr passte. Was hatte ER ihr wirklich geben können in den wenigen Monaten, die sie sich kannten? Schon nach wenigen Wochen hatte sie gespürt, wie wenig ihr an dieser Beziehung lag, doch sie hatte keine Chance gehabt, ihn loszuwerden. Als die Zweifel gekommen waren, ihn je richtig geliebt zu haben, mehr von ihm gewollt zu haben als aufregende Nächte im Bett, war es zu spät gewesen. Sie war in Abhängigkeit geraten, und mit ihr Sarah.*

*ER wusste, wie ER alles von ihr bekommen konnte. ER spielte mit ihr, das wusste sie, ER kam und ging, wie es ihm passte, schlief tagelang in seiner kleinen Mietwohnung und quartierte sich dann wieder für fünf Nächte bei ihr ein. ER war berechnend, strahlte sie an, und sie war ihm ausgeliefert. Die Beziehung war eine Farce gewesen. So hatte sich Linda ihr Leben nicht vorgestellt.*

*Sie hatte sich an jenem Abend überlegt, mit ihm in aller Ruhe zu reden. Sie blies sanft in das Glaskugelspiel, doch die tanzenden Schatten konnten sie nicht mehr ablenken. Sie musste zu einer Entscheidung kommen. Einen klaren Gedanken fassen. Dazu musste sie sich entspannen. Ruhig werden. Die Schatten hüpften und schwebten. Gleichmäßig und immer ruhiger. Leise wie Glöckchen klimperten die Glaskugeln. Dann immer leiser. Zweimal noch. Einmal. Stille.*

*Mitten in diese Ruhe polterte ER.*

*Linda schreckte hoch. Die Tür war krachend ins Schloss gefallen. Dann sah sie seinen Schatten an der Wand, und ER stand im Zimmer. ER hatte wieder einmal seinen »Frust weggespült«, wie ER es nannte, fühlte sich besonders stark, wenn ER getrunken hatte. Linda wusste, was jetzt passieren würde, sie hatte es oft genug mitgemacht. Der Geruch nach Alkohol und kaltem Rauch, wenn ER sie zu küssen versuchte, ordinäres und gelalltes Vokabular, das ihn in seinem Zustand antörnte, zitternde Finger, die den Reißverschluss seiner Hose nicht öffnen konnten, gierige Hände überall an ihrem Körper. Es konnte wunderschön sein, mit ihm zu schlafen, wenn ER nüchtern war. Am Anfang hatte sie es auch geil gefunden, wenn ER etwas getrunken hatte und alles mit sich geschehen ließ. Sie lachten viel und spielten miteinander, ein heißer und verspielter Sex. Früher.*

*Mit der Zeit hatte sie das anders empfunden. Und als sie dann die Chance hatte, ihn ins Gefängnis zu bringen, hatte sie nicht gezögert.**

Jetzt war ER zurück, um sich zu rächen, und Linda hatte Angst.

*

Alan parkte auf dem kleinen Wanderparkplatz direkt neben dem schwarzen Audi mit Hamburger Kennzeichen. Der ist auch noch blöd genug, seinen Wagen so zu parken, dass ich ihn auf den ersten Blick finde, dachte er. Dem weißen Fiat Panda, der unscheinbar neben dem Audi stand, maß er keine Bedeutung bei.

Sein erster Fehler.

Er folgte dem Wanderweg, der unübersehbar mit dem blauen Trittsiegel eines Wolfs ausgeschildert war, und suchte an Stellen, die nicht mit Split bedeckt waren, im weichen

---

* Nashornfieber (2005)

Boden nach Spuren. Bald zeichneten sich die Abdrücke einer Frau und eines Mannes ab, die offensichtlich ständig hintereinander gegangen waren, zuerst die Frau, dahinter der Mann. Der Fährtenleser war sich sicher, Linda und ihren Entführer vor sich zu haben. Seine Kombination, dass ER sie zur Wolfgrube verschleppt hatte, schien richtig zu sein.

Er überlegte. Es waren die einzigen Spuren, die den ausgeschilderten Weg nach etwa zwei Kilometern verließen und einem schmaleren Trampelpfad folgten, offenbar eine Abkürzung. War es klug, dieser Spur zu folgen? Oder sollte er weiter auf dem Wanderweg bleiben, der, so war zu vermuten, in der Nähe an der Wolfsgrube vorbeiführte?

Alan beschloss, wie immer in solchen Situationen, seinem Instinkt zu folgen, und blieb auf der Spur des Paares. Der Pfad führte in den Wald, und die Spuren blieben deutlich lesbar. Nach etwa zehn Minuten erreichte er einen schmalen, etwa einen Meter breiten Bach, an dessen gegenüberliegender Seite sich der Weg fortsetzte. Er erkannte dort das Profil der Sohlen im weichen Untergrund, ohne sich die Abdrücke genauer anzusehen. Er hatte in seiner Angst um Linda nur einen Blick für die Fortführung der Spur und ließ die nähere Umgebung außer Acht.

Sein zweiter Fehler.

Alan Scott hatte es eilig. Er hatte schon zu viel Zeit verloren, und die Unruhe trieb ihn vorwärts. So entging es ihm, dass die Fährte des Männerschuhs tiefer eingegraben war als die Spur der Frau. Als die Abdrücke nach wenigen Metern an einer felsigen Stelle des Weges nicht mehr zu sehen waren, schob er das auf den harten Untergrund und suchte fieberhaft nach der Fortsetzung der Spur am Ende der Felsplatten. Doch es stand fest, diesen Weg war das Paar nicht gegangen.

Alan überlegte, indem er sich in die Situation der beiden Verfolgten hineinversetzte. Wie hätte er selbst sich an der Stelle des Entführers verhalten? Er hätte mit Sicherheit versucht, die Spuren zu verwischen, und wo hätte dies besser funktioniert als hier auf diesem felsigen Wegstück? Doch wohin hätte er sich von hier aus gewandt? Er hätte seine Spuren durch den Bachlauf getarnt.

Oh verdammt!, fuhr es ihm in den Sinn. Du Idiot! Bist auf deinen eigenen Trick hereingefallen! Die Spuren, die zu diesen Felsstücken führten, waren falsch! Das Paar war in Wirklichkeit im Bach weitergegangen! Diese Erkenntnis traf Alan Scott zu spät.

Er wandte sich um und eilte den Weg zurück. Dabei übersah er die Bewegung hinter einem der Baumstämme.

Sein letzter Fehler.

*

»Was will ER von uns, Mama?«, fragte Sarah und kuschelte sich wie eine Fünfjährige an ihre Mutter.

Linda holte tief Luft und streichelte ihrer Tochter übers Haar.

»ER ist krank«, sagte Linda, und es klang fast wie eine Entschuldigung. »Ich will ihn nicht in Schutz nehmen, versteh mich nicht falsch. Aber seit wir dich damals aus dieser Hütte in den Weinbergen befreit haben und ER danach ins Gefängnis kam, denkt sein krankes Hirn nur an Rache.«

»Warum hast du dich dann nicht vor ihm geschützt?«, fragte Sarah. »Du bist doch sonst so schlau und kennst keine Angst. Und du hast Alan. Und deinen Kommissar«, fügte sie noch süffisant hinzu. Sie konnte in der Dunkelheit nicht erkennen, dass Linda Tränen über die Wangen liefen.

»Gegen das, was ER vorhat, kann keiner von uns etwas ausrichten, mein Liebes.«

Linda schluckte und ersparte ihrer Tochter die Wahrheit. Dass ER über Leichen ging und dass selbst Alan Scott an seine Grenzen kommen würde.

»Und was passiert …«, begann Sarah, »… mit uns? Wird ER uns umbringen?«

»Ich weiß es nicht. ER will, dass ich leide. Vielleicht will ER, dass ich vor ihm im Dreck liege, hier in diesem Loch und ihn um Verzeihung bitte. Um Gnade flehe.«

»Aber warum? Du hast doch keines der Verbrechen begangen, für die ER in den Knast gegangen ist.«

»In seinen Augen habe ich das Verbrechen begangen, ihn da nicht rauszuhauen. Wir waren befreundet damals. Als ER dich entführt hat, um mich zu erpressen, wäre es ein Leichtes gewesen, ihn nicht anzuzeigen. Ich hätte es als einen Irrtum abtun können, behaupten können, du seist einvernehmlich mit ihm mitgegangen.«

»Bin ich das?«

»Ja. Er war so unverfroren, dich vom Kindergarten abzuholen. Und dann die Hütte. Du hast seither dieses Trauma.«

»Und jetzt fast dieselbe Situation!«

»Ja. ER spielt damit. Das ist sein ganz spezielles Schach. Alles wie damals. Sogar den Zugang zu dieser Wolfsgrube hat er gesperrt, wie dort oben in den Weinbergen den Weg zur Hütte …«

Linda begann zu erzählen …

*… ein schmaler Weg, dessen Zugang durch eine Holzschranke versperrt war. Nach einer Biegung hing ein gelbes Schild schief an einem Baum: »Privatweg. Durchgang verboten!« Alan zuckte mit der Schulter und lief weiter. Linda folgte ihm. Das trübe Wetter und die Kälte passten zu Lindas Stimmung. Das*

*alte Laub des letzten Herbstes raschelte bei jedem Schritt unter ihren Füßen, als sie durch den Hohlweg, der auf beiden Seiten von kahlen Felsplatten gesäumt war, bergan steigen. Wie Flicken in einem grüngrauen Teppich versteckten sich die kleinen Häuschen und Hütten in den alten Weingärten und an den Rebhängen, manche mit frisch gestrichenen Fensterläden, kleinen Fachwerkbalken und frisch gedeckten Dächern, andere halb verfallen und kaum als Gebäude zu erkennen.*

*Sie hatten die halb verwilderten alten Rebhänge erklommen, bis sie ein unwegsamer Waldpfad, dessen festgetretener Boden von zahlreichen flachen Kiefernwurzeln zerteilt wurde, auf eine Lichtung führte. Vereinzelt standen die gelben Köpfe des Löwenzahns auf der Wiese, zwei alte Birnbäume leuchteten in weißer Blütenpracht, während die Laubbäume am Waldrand noch kahl in den Himmel ragten.*

*»Da vorn, am Hang, siehst du das?«, fragte Alan.*

*»Du meinst diesen braunen Fleck unter den Bäumen?«*

*»Eine alte Hütte, fast nicht zu erkennen. Das wäre kein schlechtes Versteck.«*

*Alan setzte das Fernglas ab.*

*»Kannst du sonst etwas erkennen?«, fragte Linda.*

*Er verneinte. »Alles ruhig, kein Mensch zu sehen. Wen wundert das bei den Temperaturen. Ich glaub auch nicht, dass ER sich bei Tag nach draußen wagt.«*

*»Aber ER kann doch Sarah nicht den ganzen Tag einsperren?«*

*»Wir haben nur eine Möglichkeit, das herauszufinden. Wir müssen hinauf!«*

*Linda nickte und fühlte die Angst in sich aufsteigen. Luftlinie waren sie noch einige 100 Meter von der Hütte entfernt, doch in wenigen Minuten würde ER ihnen vielleicht gegenüberstehen. Noch war ihr nicht klar, wie sie sich verhalten würde, aber es machte keinen Sinn, die Begegnung weiter hinauszuzögern. Dort oben irgendwo befand sich Sarah.*

*Sie schlichen den Waldrand entlang bis zum Fuß des Hangs. Das hohe Gras mit den alten Obstbäumen ging hier in Weinbergterrassen über, die von mehreren halbzerfallenen Mauern gestützt wurden. Ein grünes Dreiecksschild wies auf das Naturschutzgebiet hin und darauf, dass das Verlassen der Wege verboten war. Nur eine schmale Steintreppe führte, rechts und links von Mauerwerk eingefasst, wie in einem offenen Schacht nach oben. Alan hatte nach Spuren gesucht, jedoch nichts Verdächtiges entdeckt, und so stiegen sie über die zum Teil eingestürzten Stufen hinauf. Doch schon nach wenigen Metern war kein Durchkommen mehr. Ein meterhoher Wall aus Schlehen- und Weißdornhecken versperrte den Weg. Von der Hütte war nichts zu erkennen.*

*»Mist!«, fluchte Alan. »Hier kommen wir nicht weiter.«*

*»Und was nun?«*

*»Wieder zurück und unten um den Hügel herum. Es muss einen Weg nach oben geben!«*

*Zehn Minuten später fanden sie ihn. Der Pfad wurde schmal und verlief bergan. Rechter Hand lag jetzt eine Streuobstwiese mit altem Baumbestand, dessen Kronen die Sicht ins Tal versperrten. »Vorsicht Bienen!«, warnte ein weiteres Schild. Der Weg führte durch den Wald in eine wilde Schlucht, in der vom Sturm gefällte Baumriesen von Efeu überwuchert über ein wasserloses Bachbett ragten. Der Pfad schien hier zu enden, doch zwischen zwei morschen Baumstämmen führten mit Moos bewachsene Steinstufen steil nach oben. Und wieder gebot ein Schild Einhalt, handgemalt und verwittert überbrachte es die Botschaft, dass dieser Weg hier endete.*

*»Wem immer hier oben die Hütte gehört, er hat dafür gesorgt, dass ihm niemand zu nahekommt«, meinte Alan und*

*stieg die Stufen empor. Nach wenigen Schritten duckte er sich und hielt Linda zurück.*

*»Die Hütte!«, flüsterte er. Linda konnte zunächst nichts erkennen, doch dann sah sie den dunkelblauen Schimmer im Dickicht.*

*»Wasserfässer«, zischte Alan.*

*Leise und langsam schlichen sie näher. Jetzt erkannte Linda den grauen Putz, der von den schiefen Mauern bröckelte, und die mit einigen Ziegelsteinen beschwerte Teichfolie, die das Dach abdeckte. Die Rückseite der Hütte war in den Hang gebaut, und ihre Größe war schwer abzuschätzen. Die Frontseite der seltsamen Konstruktion war fast ganz von Efeu überwuchert, und dicke Brombeerranken tarnten das Versteck nahezu perfekt. Das einzige Fenster, das zu erkennen war, wurde von grünen Holzfensterläden verschlossen, blaue Plastikfässer standen an den beiden Hausecken, und ein verrosteter, an mehreren Stellen eingeknickter Maschendrahtzaun umgab das verwilderte Grundstück. »Ich schleiche mich näher ran, du wartest hier«, flüsterte Alan. »Wenn ich dir ein Zeichen gebe, kommst du nach.«*

*Alan tat möglichst unbefangen und spielte den harmlosen Wanderer. Langsam schlenderte er auf die Hütte zu und spitzte die Ohren. Kein Geräusch drang nach draußen. Wie groß mochte der Bau sein, wie tief führte das Innere in den Hang? Alan pfiff vor sich hin und ging näher. Vielleicht konnte er den Kerl herauslocken und überrumpeln. Doch nichts geschah.*

*Hatte ER Sarah allein zurückgelassen? Oder wartete ER im Inneren einfach ab, bis sich der neugierige Wanderer wieder entfernte? Plötzlich horchte Alan auf. Es war Musik zu hören, leise und verzerrt, aber eindeutig Musik. Kam das Geräusch aus der Hütte? Er legte den Kopf an die Tür und vernahm eine Melodie. Ein Radio? Ein Fernseher? Und das? War das nicht eine menschliche Stimme, die dazu sang? Die Stimme eines Kindes?*

*Alan hielt den Atem an. Erst jetzt fielen ihm die Spuren auf, die sich im Erdreich vor der Tür abzeichneten. Seinem geübten Auge reichte ein Blick, und er wusste, dass das Kind nicht allein in der Hütte war. Die männlichen Stiefel hatten erst vor Kurzem die Hütte betreten. Er blickte zu Linda hinunter, um ihr, wie verabredet, ein Zeichen zu geben, doch sie war nicht zu sehen.*

*»Suchst du sie?«, zischte plötzlich eine Stimme, und Alan fuhr herum. Seitlich der Hütte stand ein unrasierter fast kahlköpfiger Kerl, der Linda mit festem Griff an sich gepresst hatte. Der Lauf seiner Waffe zeigte auf ihre Schläfe.*

*»Rühr dich nicht, sonst ist sie tot!«, zischte ER, und Alan blickte in sein bärtiges Gesicht. Linda brachte kein Wort heraus und starrte Alan mit vor Entsetzen geweiteten Augen an.*

*»Los, rein mit euch«, befahl ER und öffnete die Tür so weit, dass sie eintreten konnten. Von der niedrigen Decke baumelte eine matt leuchtende Glühbirne, und ER ließ die Tür einen Spalt geöffnet, während ER Linda krampfhaft festhielt und Alan mit seinem Blick fixierte.*

*»Ihr habt es also tatsächlich geschafft, mich zu finden, aber das tut jetzt ohnehin nichts mehr zur Sache. Der Coup ist gelaufen, und ich glaube nicht, dass man eure Leichen hier oben überhaupt einmal finden wird.«*

*»Schwein!«, fauchte Linda und schrie auf, als ER ihren Arm verdrehte.*

*»Da kannst du schreien, so laut du willst. Es gibt hier niemanden, der uns hören kann.«*

*»Wo ist Sarah, was hast du mit ihr gemacht?«*

*»Gleich nebenan. Ist ganz zufrieden mit einem eigenen Fernseher und anderen Kleinigkeiten. Ein bisschen Wildnisurlaub mit Onkel Yel, sie hat keine Probleme damit.«*

*»Kann ich sie sehen?« Lindas Stimme erstarb in einem Schluchzen.*

*»Der letzte Wunsch der Mami, was?«, höhnte ER. »Mal sehen. Kommt darauf an, wie du dich benimmst. Und natürlich dein Begleiter, Mister Tarzan, stimmts? Frischimport aus dem Urwald, hahaha. Hab' dich ganz schön reingelegt, Bürschchen, was? Aber ich habe lange genug in Afrika gelebt, um zu wissen, wie man falsche Fährten legt. Einfach rückwärts aus der Hütte gehen, und schon glaubt Tarzan, man ist vorwärts 'reingegangen.«*

*»Du in Afrika?«, röchelte Linda. Alan stand regungslos und suchte mit seinen Augen nach einer Möglichkeit, sie zu befreien.*

*Linda setzte alles auf eine Karte. Wenn es ihr gelang, den Kerl zu provozieren, würde er vielleicht unvorsichtig werden, und Alan konnte ihn überwältigen. Also sagte sie:*

*»Du wirst nicht entkommen! Sie sind dir schon auf der Spur. Sie kriegen dich, verlass dich drauf!«*

*ER blieb ruhig.*

*»Da sehe ich keine Gefahr. Wenn das hier gelaufen ist, verdrücke ich mich ins Ausland und mache mir ein schönes Leben auf irgendeiner südlichen Insel. Französisch-Polynesien vielleicht. Den möchte ich mal sehen, der mich daran hindern sollte.«*

*»Ich! Sieh' her«, sagte in diesem Augenblick eine sonore Stimme, und der Eingang der Hütte verdunkelte sich. ER fuhr herum, und Alan nützte die Schrecksekunde geistesgegenwärtig, um ihm die Waffe aus der Hand zu schlagen. Linda starrte die Gestalt an, die mit gezückter Pistole in der Tür stand.*

*»Kuhns!«, rief Linda.*

*»Überrascht?«, fragte Kuhns unvermittelt. ER schnaubte nur und schwieg.*

*»Gut gemacht«, sagte der Alte jetzt zu Alan, der die Waffe in Gewahrsam genommen hatte, und zu Linda gewandt fuhr er fort: »Und jetzt kümmern Sie sich um Ihre Tochter!«**

»Dann habe ich meine Rettung ja diesem Kuhns zu verdanken?«, unterbrach Sarah die Erzählung ihrer Mutter.

»Ja. Ihm und Alan. Ohne ihn hätten wir dich nie gefunden.«

»Das heißt, seine Rache gilt auch Alan und diesem Professor?«

»Ich fürchte, ja. Den Professor hat ER schon erledigt. Ich habe seine Todesanzeige gesehen.«

»Und Alan?«, fragte Sarah mit bebender Stimme.

*

Der Sportwagen hielt am Rand des Forstwegs auf Höhe des mannshohen Holzstoßes. Die Person, die ausstieg, sah sich nur kurz um, ehe sie auf das aufgeschichtete Meterholz zu eilte und es umrundete. Gezielt fasste eine Hand von hinten einen der halbierten Stämme, zog ihn heraus und warf ihn zu Boden, ein zweiter folgte. Schon hatte sie eine Öffnung zwischen den Meterhölzern freigelegt und langte hinein. Die Hand entfernte ein weiteres Holzstück aus der Beige, griff in die Öffnung und förderte eine schwarze Hülle zutage. Beide Hände öffneten den Reißverschluss des Langwaffenfutterals, und die Finger streichelten sanft über das rotbraun glänzende, ölpolierte Walnussholz des Gewehrschafts.

Die Waffe, nach der die Polizei seit Tagen fahndete, fühlte sich nicht schwer an und sah sehr edel aus. Die Ebenholz-

* Nashornfieber (2005)

spitze des Vorderschafts stach dunkel heraus, die ins Holz geschnittene Fischhautmaserung bot Griffigkeit beim Schuss, die Gummischaftkappe am Hinterschaft würde den Rückstoß auf ein erträgliches Maß dämpfen. Die rechte Hand befühlte die mattschwarze Beschichtung des dünnen Stahllaufs.

Vier Patronen Kaliber .375 wanderten in das Kastenmagazin, ein Blick kontrollierte die manuelle Visierung, ein rascher Griff sicherte die Waffe.

Es war Zeit für Rache.

*

»Guten Morgen, meine Süßen. Wie ich sehe, hat euch der Wolf verschont heute Nacht.«

ER hatte die Falltür beiseite gehievt, und beiden Frauen schützten ihre Augen vor dem plötzlichen Tageslicht. Linda erkannte nur eine Silhouette im Gegenlicht, doch die Stimme holte sie aus dem Albtraum in die Realität zurück.

ER war zurückgekommen.

Wo blieb Alan?

Was war mit Jens? Ihre Unruhe und Sorge, gepaart mit den Geräuschen und dem ständigen Knarren der Falltür, hatten sie in der Nacht keinen Schlaf finden lassen. Dennoch war sie hellwach, als ER fortfuhr:

»Wird langsam Zeit, das Spiel zu beenden«, grunzte ER. »Wie ich sehe, habt ihr euch von den Fesseln befreit, wie schön. Das macht das Ende unserer Partie viel interessanter. Erinnerst du dich?«, wandte er sich an Linda. »Das Schachspiel? Dame, Bauer, König? Du, dein Töchterlein und ich? Unser Familientreffen in den Weinbergen? Fehlt nur noch der Springer.«

Alan!, dachte Linda, doch sie wagte nicht zu hoffen, und hörte, wie ER sagte:

»Keine Sorge, er ist bereits auf dem Weg hierher. Und dann seid ihr matt!«

Sein höhnisches Lachen verursachte einen stechenden Schmerz in ihrem Kopf.

»Und damit ihr euch ein bisschen freuen könnt, werde ich euch jetzt schildern, wie ich mir euer letztes Stündlein vorgestellt habe. Das Grab ist ja praktischerweise schon geschaufelt, und ihr sitzt sogar schon drin. Ich hab' mir lange überlegt, welche Form der Beerdigung angemessen wäre. Und ich bin zum Schluss gekommen, dass eine Erdbestattung genau das Richtige für euch ist. Noch dazu im Familiengrab!«

Sarah schrie auf und presste sich an ihre Mutter.

»Wie kann ER sowas sagen?«, flüsterte sie, und Linda drückte ihre Tochter fest an sich.

Das Schlimme ist, dachte sie, dass ER das nicht nur sagt, sondern auch tut, doch an Sarah gewandt, flüsterte sie:

»Alan ist auf dem Weg, ER hat es selbst gesagt. Alan ist in seinem Spiel der Springer. Vertrau mir, er wird uns hier rausholen.«

»Da ist er ja, unser Dschungelkönig!«, höhnte ER, und Linda erhob sich. Der Ausgang der Grube lag zu hoch, um über den Rand etwas sehen zu können, doch sie hörte Stimmen und lauschte angespannt.

»Gab's irgendwelche Probleme?«, hörte sie, und eine männliche Stimme antwortete:

»Nein. Ich hab' mir nur den Arsch abgefroren, bis der Typ endlich kam. War wohl doch etwas mühsam, das mit der Wolfsgrube rauszufinden.«

Sarah sah erschrocken auf. »Das ist er«, hauchte sie.

»Wer? Der Tierarzt?«

Sarah nickte zitternd.

»Dafür ist er mir aber hübsch in die Falle gegangen«, ergänzte ER. »Der große, berühmte Bwana Fährtenleser lässt sich von einem kleinen Knasti so einfach an der Nase rumführen. Hast du gehört, Memsahib?«, rief ER in die Grube. »Dein afrikanischer Lover ist mir voll auf den Leim gegangen.«

»Ja«, pflichtete der falsche Tierarzt bei. »Ich konnte mich ganz gemütlich von hinten anschleichen und ihm eins überbraten. Hat dann noch kurz gedauert, bis er verklebt war und wieder zu sich kam. Aber jetzt sind wir da!«

»Ach ja, darf ich vorstellen«, ER wandte sich wieder an die beiden Frauen in der Grube, »mein Freund Freddy, genannt der *Veterinär*. Urlaubsbekanntschaft aus Rottenburg. Saß fast so lange wie ich und war so nett, mir bei der Ausarbeitung meines Plans zu helfen. War mir ein bisschen zu riskant, mich von Anfang an bei deinem Töchterchen blicken zu lassen. Hätte ja sein können, sie erkennt den lieben Onkel Yel. Auch noch nach so vielen Jahren. Und jetzt zu dir, Buschmann!«

ER drehte sich zu Alan Scott um. Linda hatte noch immer keine Möglichkeit, Alan zu sehen, zu weit stand er noch vom Grubenrand entfernt. Man schien ihn überwältigt und mit *Gaffa*-Band gefesselt zu haben. Von seinem sonstigen Zustand bekam sie nichts mit.

»Damit auch du weißt, was gespielt wird: Es geht hier um eine offene Abrechnung. Wie du dich sicher noch erinnerst, habt ihr mir übel mitgespielt, damals, da oben in den Weinbergen im romantischen Neckartal bei Tübingen.«

Mehr Hohn geht nicht, dachte Linda und schüttelte angewidert den Kopf.

»Wie ihr mich damals gefunden habt, ist mir bis heute ein Rätsel. Aber das tut auch nichts zur Sache. Frau Superjournalistin hatte ihre Nase in eine ganz große Sache gesteckt und war den Drahtziehern auf die Schliche gekommen. Was sie nicht wusste, war, dass sie ihren eigenen Lover damit ans Messer lieferte.«

ER kicherte. »Frau Superjournalistin als Komplizin des Superganoven, was für ein Dreamteam! Leider wurde mir die Sache zu heiß. Da hab' ich mir ihr Töchterchen ausgeliehen, um sie zur Vernunft zu bringen. Ich war schon immer ein schlaues Kerlchen.«

»Ausgeliehen?«, zischte Linda, »Du hast sie entführt! Sie hat bis heute ein Trauma!«

»Ach Gott, das arme Mäuschen«, säuselte ER. »Weil sie ein paar Stunden eingesperrt war. Wie schrecklich! Soll ich dir mal was sagen?«, brauste ER plötzlich auf. »Ich war 15 Jahre eingesperrt! Und ich hatte keinen lieben Onkel Yel, der sich um mich gekümmert hat.«

Linda dachte an den Prozess im voll besetzten Saal des Tübinger Landgerichts. Das war 15 Jahre her. Sie war wegen ihrer Zeugenaussage in diesem Prozess nicht offiziell als Gerichtsreporterin im Schwurgerichtssaal gewesen, doch sie hatte sich aufgrund ihrer persönlichen Betroffenheit für die Urteilsverkündung akkreditieren lassen. Sie hatte aufgeatmet, als der Richter den Angeklagten in allen Fällen schuldig gesprochen hatte und mit dem Strafmaß dem Antrag der Staatsanwaltschaft gefolgt war. Lebenslang, wegen Entführung einer Minderjährigen und schwerer Vergewaltigung in Tateinheit mit Mord.

Die Stimme vom oberen Rand der Grube riss sie aus ihren Gedanken:

»Dafür hast du ja auch einen Mord begangen, ein Kind entführt und eine Frau vergewaltigt!«

Linda atmete auf. Es war Alan! Er klang unverändert, und sie hegte die Hoffnung, dass er keine schwereren Blessuren davongetragen hatte und schon dabei war, einen Plan für ihre

Befreiung zu schmieden. Wahrscheinlich hatte er sich in voller Absicht überwältigen lassen, um auf diese Weise in ihre Nähe zu gelangen.

»Was hast du da mitzureden, du armseliger afrikanischer Löwenjäger, ha?«, fuhr ER ihn an. »Überhaupt nichts hast du mir zu sagen! Und das Spiel ist jetzt aus! Dame, Bauer, König, Springer, Läufer. Und nur der König überlebt. Ich habe es dir damals so versprochen, meine Liebe«, wandte ER sich jetzt an Linda.

Sie hörte seine Stimme von damals, als man ihn nach Prozessende in Handschellen aus dem Saal führte. *Das zahl ich dir heim! Genieß die 15 Jahre ab heute. Danach mache ich dir dein Leben zur Hölle! Dir und allen, die dir lieb und teuer sind …*

Sie hatte es verdrängt. Nicht wahrhaben wollen. Vergessen.

ER nicht.

»Wir sollten die Trauerfeierlichkeiten beginnen lassen!«, rief ER und lachte grimmig.

*

»Sie haben offensichtlich ein Motiv«, begann Kriminalhauptkommissar Jens Bosch und sah Joachim Steidinger streng an, »Sie hatten Zugang zur Tatwaffe und Sie haben kein Alibi für die Zeit, als Martin Jaschke erschossen wurde.«

»Aber meine Frau …?«, stammelte Steidinger junior.

»Ihre Frau«, unterbrach der Kommissar, »sagte aus, dass Sie in der Tatnacht nicht zu Hause waren.«

Steidingers Miene verkrampfte sich.

»Sie sollten sich überlegen, ob es nicht besser wäre, die Wahrheit zu sagen, meinen Sie nicht?«

»Ich weiß nicht, warum Bianca das behauptet«, sagte er

unsicher. »Sie war doch selbst bis spät in die Nacht unterwegs.«

»Ach?«, fragte Bosch. »Das werden wir natürlich ebenfalls überprüfen. Seit wann wussten Sie von der Affäre Ihrer Frau mit Martin Jaschke?«

»Das geht schon seit Wochen!«, schnaubte er. »Ich habe Bianca zur Rede gestellt, entweder er oder ich und die Kinder.«

»Und was sagte Ihre Frau?«

Er schwieg.

»Sie haben sie beschimpft. Und ihr gedroht.«

»Aber das habe ich doch nicht ernst gemeint!«, brauste er auf. »Sie wollte unser Glück zerstören, wegen diesem Drecks…« Er brach ab.

»Ich nehme Ihnen ab, dass Sie die Drohung gegen Ihre Frau nicht ernst gemeint haben. Aber ich nehme Ihnen nicht ab, dass Sie in Ihrem Hass auf Jaschke nicht etwas unternehmen wollten!«

Joachim Steidinger starrte auf den Boden.

»In der Tat habe ich mir überlegt, ihm einen Denkzettel zu verpassen. Aber ich wollte ihn doch nicht umbringen!«

»Aber den Wolf!«, mutmaßte Bosch. »Sie wussten, dass Sie ihn damit treffen konnten. Also nahmen Sie die Kimber Caprivi aus dem Versteck und verfolgten den Wolf. Und als Martin Jaschke Sie dabei überraschte, erschossen Sie ihn. So ist es gewesen, Herr Steidinger. Geben Sie es doch einfach zu!«

»Aber, wenn ich es doch nicht war!«, brauste er auf, und seine Stimme überschlug sich. »So war es nicht, verdammt noch mal!«

»Wie dann?« Auch Bosch verschärfte jetzt seinen Ton, und als Steidinger schwieg, fuhr er fort: »Wer hat auf mich geschossen? Warum ist Ihr Vater allein gekommen? Wo waren

Sie? Haben Sie versucht, die Schmauchpartikel an Ihren Händen wegzuwaschen? Da kann ich Sie beruhigen. Meine Kollegen arbeiten mit einer Röntgenmikroanalyse. Damit können wir selbst mikroskopisch kleine Teilchen von Schusspartikeln an Ihrer Kleidung feststellen. Sobald die Prüfung der Sachverständigen vorliegt, nehme ich Sie wegen versuchten Mordes fest.«

»Ich habe nicht auf Sie geschossen. Ich musste in die Metzgerei, es gab ein Problem mit einem Rind bei der Schlachttieruntersuchung.«

»Auch das lässt sich überprüfen. Wo ist das Gewehr abgeblieben? Ihr Vater sagte, es sei schon seit über einer Woche verschwunden. Und jetzt hat man damit auf mich geschossen!«

»Ich weiß es nicht«, antwortete Steidinger, und seine Stimme war wieder in ein leises Schluchzen übergegangen. »Fragen Sie doch mal meine Frau!«

»Was hat Ihre Frau mit der Waffe zu tun?«

»Bianca hat den Jagdschein.«

*

ER schob Alan Scott an den Rand der Grube und blickte hinunter.

»Nettes Grab, nicht wahr? Familiengruft für drei. Muss gestehen, ich hatte mir das nicht so idyllisch vorgestellt. Dachte erst an eine dieser Hütten. Aber da wärt ihr einfach nur verhungert. Und am Ende hätte euch vielleicht sogar jemand gefunden.«

Alan blickte sich um. Neben ihm stand dieser Veterinär, der ihn mit einem Kantholz niedergeschlagen hatte. Sein Hinterkopf schmerzte, und er fühlte das geronnene Blut an seinem

Hals. Wie ein blutiger Anfänger war er dem Typen in die Falle gegangen, hatte sich überrumpeln lassen wie ein unerfahrenes Gnukalb am Wasserloch vom lauernden Krokodil. Und jetzt? Seine Handgelenke zusammengeklebt, die Beine an den Knöcheln so gefesselt, dass er nur kleine Schritte machen konnte, und sein Jagdmesser hatte der andere eingesteckt.

Toll gemacht, Alan Scott, dachte er und sinnierte über einen Fluchtversuch.

»Wir verabschieden uns nun von dieser reizenden Familie«, verkündete ER.

»Und was ist mit ihm?«, fragte der Veterinär.

»Ich glaube, Tarzan braucht unser Leiterchen nicht«, meinte ER und klopfte Alan gespielt freundschaftlich auf die Schulter. »Und wenn du dir den Haxen brichst, tut das nicht mehr lange weh!«

ER fuhr, in die Grube gerichtet, fort: »Das geht jetzt ziemlich schnell. Also wenn noch jemand was zu sagen hat, dann jetzt! Wenn erst mal der Deckel zu ist und die Felsen drauf liegen, kann ich euch leider nicht mehr hören. Los, her mit den Brocken«, forderte er den Veterinär auf.

»Der will uns wirklich lebendig begraben«, stammelte Sarah. Linda stand bei ihrer Tochter und hielt sie fest im Arm.

»Quatsch«, flüsterte sie und sah zum Grubenrand hinauf, wo der Veterinär erste schwere Felsstücke abgelegt hatte. »Alan ist auch noch da«, doch sie spürte, dass auch er keinen Ausweg kannte. Selbst wenn sie es später schaffen würden, an der Grubenwand zu dritt aufeinander zu klettern, würden sie eine mit Felsbrocken und Gestein beschwerte Falltür nicht aus eigener Kraft öffnen können.

Wie auf Kommando hörten sie seine Stimme: »Passt mal auf, da unten, duckt euch an die Wand«, rief ER und gab dem Veterinär ein Zeichen. Der bückte sich zu einem der schweren

Felsbrocken und stemmte ihn mit aller Kraft über den Rand der Grube. Polternd stürzte der Stein hinunter und blieb fast in der Mitte des kreisrunden Grundes liegen.

»Versucht doch mal, ihn aufzuheben, dann wisst ihr, welches Gewicht eure Grabsteine haben!«

»Ich versuche, Zeit zu gewinnen«, flüsterte Linda in Sarahs Ohr. »Ich frag ihn was, lenk ihn ab. Vielleicht finde ich irgendwo in der Mauer einen rohen Stein und kann auf ihn zielen.«

»All diese Schüsse«, begann Linda, »wozu das Theater?«

»Um dich einzuschüchtern«, antwortete ER. »Ich habe das alles nur für dich gemacht. Der Schuss in deine Handtasche, der Schuss in den Baum, der auf den Wolf und der Hut an der Hüttenwand. Alles nur für dich! Und um deinen Superbullen zu verwirren, den der *Veterinär* erledigt hat.«

Der hat Jens Bosch – ?, durchfuhr es Linda, doch es blieb ihr keine Zeit, darüber nachzudenken. ER hatte sich neben Alan gestellt und zeigte auf das tiefe Loch, in dem er gleich landen würde.

»Sie werden dich kriegen!«, schrie Linda jetzt. »Sie werden die Waffe finden. Und ich wette, es gibt Spuren auf der Kimber Caprivi, die zu dir führen!«

»Oho«, kam es anerkennend, »Frau Superreporterin hat gut recherchiert. Eine Kimber Caprivi. Die lag ganz geschickt in einem Holzstapel im Wald versteckt. Ich habe den Kerl beobachtet, wie er das Gewehrfutteral versteckt hat, und hatte auf einmal kein Problem mehr, mir eine Waffe besorgen zu müssen. Übrigens nur geliehen, die liegt wieder dort, wo sie war. Mir ist nichts nachzuweisen!«

»Irrtum!«, schrie eine Stimme, und ER fuhr herum.

Die Mündung der Kimber Caprivi war genau auf sein Herz gerichtet, und ER erstarrte, als ER das metallische Geräusch des Handspanners hörte. ER kannte die Waffe und wusste, was das kalte Klicken bedeutete.

»Sie haben nur noch eine Chance«, sagte die Stimme.

ER fühlte den Schweiß auf seiner Stirn, sah den Veterinär im Augenwinkel, wagte es jedoch nicht, ihm ein Zeichen zu geben.

»Warum haben Sie Martin Jaschke umgebracht?« Die Frage klang eiskalt, und er spürte, dass ihn die Kugel treffen würde, wenn er log.

»Er war mein Lockvogel«, antwortete er schließlich.

»Lockvogel? Für wen?«

»Für eine gewisse Linda Roloff. Er war das beste Mittel, um ihr eine Falle zu stellen. Ihre Tochter war schon im Schwarzwald, aber ich brauchte die Mutter. Und sie war fast schneller da, als ich gehofft hatte.«

»Du hast Martin getötet, um deinen Rachefeldzug zu planen?«, schrie Linda aus der Grube, die nur aus den Geräuschen und Worten vermuten konnte, was dort oben gerade passierte.

»Ganz richtig. Ich habe auf eine günstige Gelegenheit gewartet, mit dir abzurechnen. Ich bin dir im Schwarzwald schon vor Wochen auf Schritt und Tritt gefolgt, ohne dass du mich bemerktest.« ER begann zu lachen und atmete schwer.

Linda schauderte.

»Willst du noch mehr wissen?«, fragte ER. »Wollt ihr noch mehr wissen?«, schrie ER, und sein Schädel verfärbte sich rot vor Anstrengung. »Wollt ihr?«, kreischte ER und die Schlagadern an seiner Stirn traten deutlich hervor.

ER ist wahnsinnig, dachte Linda. Krank vor Hass und wahnsinnig in seinem Rachegedanken. Und jetzt, wo ihm dort oben irgendetwas aus dem Ruder läuft, dreht ER durch!

»Ja!«, schrie ER, »die Scheiße lief mir bergauf! Ich war dabei, als dieser Steidinger vor seinen Freunden damit prahlte, einen Wolf erschossen zu haben. Es war kein Zufall, dass ich ihn beobachtete, wie er mit seinem Sohn das Gewehr im Wald versteckte, weil er Angst hatte, dass man ihm auf die Schliche kommt.«

»Mit diesem Gewehr haben Sie Martin getötet!«, hörte Linda jetzt die Stimme.

Oben stand ER noch immer unbeweglich.

»Jetzt wissen Sie alles«, sagte ER. »Habe ich jetzt meine Chance?«

»Martin Jaschke hatte auch keine!«, rief die Stimme.

Im selben Moment hatte ER eine Pistole in der Hand und zielte. Alan reagierte im Affekt und hechtete ihm in den Arm. ER strauchelte, der Schuss ging fehl.

»Was ...? Wie ...?«, brachte ER noch heraus, ruderte mit den Armen in der Luft und kippte gefährlich über den Abgrund. Seine Hände krallten sich in Alans Arm und Schulter, und Scott hatte Mühe, das Gleichgewicht zu halten. Mit einem harten Schlag befreite er sich von den zupackenden Fingern und trat einen Schritt zurück.

ER prallte durch Alans Aktion ebenfalls zurück, sein rechtes Bein glitt ins Leere, ER hing wie ein Seiltänzer mit kreisenden Armen über dem Abgrund, seine Hände suchten krampfhaft Halt in der Luft, ER stierte auf die Gestalt, die dort so plötzlich aufgetaucht war, und auf das Gewehr, das sie noch immer wie versteinert im Anschlag hielt. ER schwankte, fühlte, wie sein Gewicht ihn nach hinten zog, spürte keinen Grund, konnte sich nicht mehr im Gleichgewicht halten und stürzte mit einem gellenden Schrei in die Tiefe der Grube.

Linda und Sarah waren aufgesprungen und hatten sich an die Wand gedrückt, als ER vor ihnen auf den Felsbrocken knallte und mit zerschmettertem Schädel liegen blieb.

Bianca Steidinger ließ die Kimber Caprivi sinken.

*

Linda nippte an dem Kaffee, den Jens Bosch ihr eingegossen hatte, und lächelte ihn erleichtert an. Alan Scott hatte den Arm um sie gelegt, und Sarah lehnte mit geschlossenen Augen an ihrer Seite.

»Ich hatte solche Angst, du könntest tot sein!«, sagte Linda, zu Jens gewandt.

»ER hat es auch mit allen Mitteln versucht«, sagte er. »Und ohne die Schutzweste wäre ich jetzt nicht hier.«

Sie saßen auf den losen Felsen, die zu ihrem Grabhügel bestimmt worden waren. Linda, Alan Scott, Sarah und der Kommissar. Etwas abseits saß Bianca Steidinger und starrte auf die Grube, aus der man vor einer halben Stunde die Leiche des Mörders geborgen hatte.

Den Veterinär hatten sie in Handschellen abgeführt. Jens Bosch hatte dafür gesorgt, dass er Bianca Steidinger zur Vernehmung begleiten würde, und die Kollegen verabschiedet. Er selbst war Zeuge der letzten Minuten an der Wolfsgrube geworden und hatte Bianca Steidinger beruhigt.

»Sie trifft keine Schuld«, hatte er gesagt. »Und auch Alan nicht. Durch seine Aktion hat er den Schuss aus der Pistole abgewendet. Dass der Tote dann strauchelte und stürzte, war ein Unfall.«

»Wobei ER es nicht anders verdient hat«, ergänzte Alan Scott jetzt. »Dieser Schuft hätte uns alle in diesem Loch verrecken lassen.«

Der Kommissar schwieg. Er hasste jede Art von Selbstjustiz und unterließ es, Alan Scott beizupflichten, obwohl er ihm recht gab. Ein Mensch, der mordete und billigend den Tod anderer Menschen in Kauf nahm, nur um seine Rachepläne durchzuführen, hatte es in der Tat nicht anders verdient.

Linda schwieg ebenfalls und schien in Gedanken versunken. Sie hatte die ganze Dimension dessen, was ER mit seiner Rache angerichtet hatte, erst innerhalb der letzten Stunde wirklich verstanden.

»Weshalb der Wolf?«, murmelte sie jetzt. »Und weshalb Martin?«

Alle schwiegen betroffen.

»Weshalb ich?«, fragte Jens Bosch schließlich.

»Ein krankes Hirn«, meinte Alan Scott, »und ein Stück weit hat ER dir die Antwort auf deine Frage selbst gegeben. ER wollte dich einschüchtern, quälen. Darum hat ER sich nicht nur an den Menschen vergriffen, denen ER Rache geschworen hatte, sondern auch an Menschen, die dir lieb sind.«

Jens Bosch fuhr fort: »Stell dir die Sache mal zu Ende vor: Wenn man euch irgendwann einmal tot in der Wolfsgrube gefunden hätte, wären sämtliche Ermittlungen ins Leere gelaufen. Kein Mensch hätte etwas von seinen Racheplänen gewusst. ER wäre ungeschoren davongekommen.«

»Ihr wart doch auf seiner Spur? Oder wie kam die Polizei hierher?«, fragte Linda.

»Bianca Steidinger hat uns alarmiert, als sie sich sicher war, Jaschkes Mörder hier zu finden.«

»Aber«, Linda wandte sich an Bianca, »wie sind Sie ihm auf die Spur gekommen?«

Bianca Steidinger blickte auf und ihre Augen drückten Trauer aus.

»Ich?« Sie holte tief Luft und begann leise zu erzählen.

»Ich habe in der Nacht auf Martin gewartet. Wir hatten uns verabredet. Ich saß in meinem Wagen auf dem Kaltenbronn, als ich eine Gestalt bemerkte, einen Mann, der mit einem Gewehr zum Parkplatz kam. Ich habe ihn in den weißen Panda steigen sehen. Ich hielt ihn für einen Jäger. Ich habe ihn nur kurz gesehen, aber sein Gesicht habe ich mir gemerkt.

Als Martin überfällig war, bin ich nach Hause gefahren. Es war nicht ungewöhnlich, dass er nachts draußen blieb. Für seine Wölfe tat er alles.«

»Und wie kamen Sie jetzt an die Kimber?«

»Ich kannte das Versteck. Mein Mann hat es mir erzählt, nachdem die Polizei da war und er mich um ein Alibi bat. Er war in der Nacht zu Hause. Aber ich nicht.«

»Und wie haben Sie uns hier gefunden?«, fragte Linda.

»Ich habe Sie beobachtet«, antwortete Bianca und sah jetzt Linda an. »Ich hatte das Gefühl, dass ich über Sie an Martins Mörder rankomme. Ich habe Sie verfolgt. Ich habe gesehen, wie Sie im Murgtal in den weißen Panda gestiegen sind, und bin Ihnen bis zum Wanderparkplatz nachgefahren.«

»Sie haben uns das Leben gerettet!«, sagte Linda. »Woher wussten Sie, dass er uns in die Wolfsgrube steckte?«

»Ich bin Ihren Spuren gefolgt. Es war nicht schwer.«

»Allerdings,« bemerkte Alan Scott. »Wenn man sich nicht wie ein Frischling anstellt und dem Leoparden direkt in den Rachen springt.«

»Am Bach bin ich ins Straucheln gekommen, aber dann habe ich Ihr Armband zwischen den Steinen entdeckt.«

»Armband? Welches Armband?«, fragten Alan und Jens Bosch wie aus einem Mund.

»Na, dieses hier«, sie deutete auf ihren linken Arm, wo ein schmales graues Band schimmerte.

»Das war für dich gedacht«, meinte Linda und zwinkerte Alan zu. »Ich hätte es einfach nicht so gut verstecken dürfen. Ich hatte es an dem Bachlauf zurückgelassen. Dort, wo ER die falsche Fährte gelegt hat, wollte ich dir ein Zeichen geben. Ich habe einen Fichtenzweig gelegt, dessen gewachsene Spitze die Richtung anzeigt. Alte Jägertradition. Ich hatte dir mal davon erzählt.«

»Ich habe in meiner Angst um dich nur auf die Spuren geachtet«, grummelte Alan Scott. »Mir ist weder ein Zweig noch dein Armband aufgefallen.«

»Aber mir«, sagte Bianca Steidinger. »Ich hatte, als Sie bei mir waren, das Band an Ihrem Arm gesehen und wusste, dass ich richtig bin. Und als ich daneben den Leitbruch entdeckt habe, wusste ich, wohin ich gehen musste.«

»Leitbruch?«, fragte Jens Bosch. »Das klingt wie höhere Mathematik.«

»Nein«, erklärte Linda. »Jägersprache. Verständigungszeichen unter Jägern. Habe ich von meinem Großvater gelernt. Mit diesen Zeichen kann man sich ohne Worte verständigen. Aber woher kennen Sie Bruchzeichen?«, fragte sie Bianca Steidinger.

»Ich habe den Jagdschein«, antwortete die junge Frau. »Nur so kam ich noch rechtzeitig zur Grube.«

»Ich Idiot«, knurrte Alan. »Wo ich doch auch so ein Armband trage. Hier! Mit diesem zauberhaften Spruch und diesem Wolfsporträt. Ich lasse mir meines jetzt neu bedrucken und der Spruch muss lauten: *Wer der Herde folgt, sieht nur Ärsche*!«

Linda lachte, und Bianca griff das Band, um es ihr über das Handgelenk zu streifen.

»Behalten Sie es bitte«, sagte Linda. »Es bringt Glück.«

# EPILOG

Zwei Tage später brachte Linda Alan zum Flughafen.

Sie trugen beide kein Armband.

Als sie vor den Terminals aus dem Wagen stiegen, schulterte Alan Scott seinen Rucksack und sah sie lange an.

»Weißt du«, sagte er, »ich habe mir das noch einmal überlegt.«

»Was?«, flüsterte sie.

»Das mit dem Spruch. Auf dem Armband. Und ich war einkaufen.«

Er grinste. Dann holte er zwei graue Armbänder aus einer kleinen Stofftüte und streifte sich eines über das Handgelenk.

»Was steht darauf?«, fragte sie.

»Dein Spruch. Der von der Wolfssonne, der dir immer Glück brachte. Und der dir jetzt das Leben gerettet hat. *Der Mond ist die Sonne der Wölfe.*«

Sie küsste ihn, er hielt ihr das zweite Armband entgegen, und sie streckte ihren Arm danach aus. Mit einem geschickten Griff drehte er die Außenseite des Silikonbands nach innen, bevor sie einen Blick auf die Schrift werfen konnte.

»Lass es so. Bitte drehe es erst um, wenn ich weg bin«, sagte er.

Er gab ihr einen langen, innigen Kuss, drückte sie noch einmal an sich und ging durch die große gläserne Tür ins Terminal.

Linda wusste, er würde sich auch dieses Mal nicht umdrehen. Das tat er nie. Sie blieb eine Minute stehen und sah einer Maschine nach, die über die Dächer des Airports in den Horizont glitt. Dann fuhren ihre Finger langsam unter das Silikon, kehrten die Schriftseite nach oben, und sie las sie die Worte auf ihrem Armband.

*Ich warte auf dich.*

*

*Die Fähe und der Rüde haben ihr neues Revier erkundet.*

*Sie sind auf keine Markierungen ihrer Artgenossen gestoßen, aber auf zahlreiche Duftmarken und Spuren von Beute. Zu zweit ist die Jagd ein Kinderspiel, und sie meiden seither die Behausungen der Zweibeiner. Wer immer von nun an in ihr Revier eindringt, wird ihr Heulen hören und kann sie auf dem Mondpfad finden. Es ist der Pfad, dem ihre Artgenossen schon seit Generationen folgen, auf dem sie sich allen Veränderungen anpassen und immer wieder neu um ihr Überleben kämpfen. Ihre Kraft gibt ihnen Freiheit, das Belauern ist ihre Strategie und die Unsichtbarkeit ist ihre Stärke. So kommt es, dass fast niemand sie zu Gesicht bekommt, und doch sind sie da.*

*Ihre Spuren führen zwischen den Felsen und Mooren hindurch, ihr mutiger Geist treibt sie voran, sie folgen nur ihrem eigenen Instinkt, bestimmen nur über sich selbst und kämpfen für ein Leben in Freiheit.*

*Als die beiden Wölfe nach Einbruch der Nacht die kahle Kuppe des von wenigen Bäumen gesäumten Höhenzugs erreicht haben, ist einmal mehr die Wolfssonne über den Grinden des Schwarzwalds aufgegangen.*

*Der Rüde erklettert den höchsten Felsen und lässt seine Stimme erklingen. Es ist das Heulen, das die Wölfin vor Tagen in diese Gegend gelockt hat, und ohne zu zaudern, fällt sie ein. Immer wieder unterbrechen die beiden Krafttiere ihr Duett, gehen aufeinander zu und lecken sich die Schnauzen. Dann ertönt er wieder, in schaurigem Zwiegesang, der Urschrei der Wälder des Nordens, wie er einst die Kontinente beherrschte. Lauter als jedes Signal anderer Lebewesen, rau, unheimlich und wild.*

*Das Lied, das verkündet: »Ich bin ein Wolf«.*

*Es wird immer dann erklingen, wenn der Mond des Menschen ihnen in der Dunkelheit Stärke und Kraft verleiht.*

*Das uralte Lied ihrer Art.*

*Das Lied von der Sonne der Wölfe …*

ENDE

*Weitere Titel finden Sie auf den folgenden Seiten und im Internet:*

**WWW.GMEINER-VERLAG.DE**